ANNE SANDERS

Mein Herz ist eine Insel

Buch

Isla Grant ging es schon mal besser. Ohne Wohnung, ohne Job und ohne ihren Verlobten, der sie mit einem Unterwäschemodel betrogen hat, bleibt ihr keine andere Wahl, als nach Hause zurückzukehren. Und das, obwohl sie eigentlich nie wieder einen Fuß auf die winzige Insel Bailevar an der rauen Westküste Schottlands setzen wollte, noch dazu hatte sie in den letzten Jahren kaum Kontakt zu ihrer Familie. Als sie bei ihrer Ankunft als Erstes auch noch ausgerechnet ihre Jugendliebe Finn wiedertrifft, sind alle unliebsamen Erinnerungen zurück. Ihr einziger Lichtblick ist die alte Dame Shona, die wie keine andere Geschichten erzählt, besonders gern die Legende von der verschwundenen Insel. Doch schon bald erkennt Isla, welch tragisches Geheimnis Shona zu verbergen versucht. Und auch ihre eigene Vergangenheit holt Isla unaufhaltsam ein – und wird so manche Überraschung bereithalten …

Autorin

Anne Sanders lebt in München und arbeitet als Autorin und Journalistin. Zu schreiben begann sie bei der *Süddeutschen Zeitung*. Als Schriftstellerin veröffentlichte sie unter anderem Namen bereits erfolgreich Romane für jugendliche Leser. Die Küste Cornwalls begeisterte Anne Sanders auf einer Reise so sehr, dass sie spontan beschloss, ihren Roman *Sommer in St. Ives* dort spielen zu lassen. Dieser eroberte die Herzen der Leserinnen und war wochenlang auf der *Spiegel*-Bestsellerliste. *Mein Herz ist eine Insel* ist ihr zweiter Roman bei Blanvalet.

Von Anne Sanders bereits erschienen

Sommer in St. Ives

Anne Sanders

Mein Herz ist eine Insel

Roman

blanvalet

Sollte diese Publikation Links auf Webseiten Dritter enthalten, so übernehmen wir für deren Inhalte keine Haftung, da wir uns diese nicht zu eigen machen, sondern lediglich auf deren Stand zum Zeitpunkt der Erstveröffentlichung verweisen.

MIX
Papier aus verantwortungsvollen Quellen
FSC® C014496

Verlagsgruppe Random House FSC® N001967

1. Auflage

Neumarkterstr. 28, 81673 München
Redaktion: Angela Kuepper
Umschlaggestaltung: www.buerosued.de
Umschlagabbildungen:
living4media/Jalag/Olaf Szczepaniak;
www.buerosued.de
JF · Herstellung: wag
Satz: Buch-Werkstatt GmbH, Bad Aibling
Druck und Bindung: GGP Media GmbH, Pößneck
Printed in Germany
ISBN 978-3-7341-0591-3

www.blanvalet.de

Für blö, meinen Pelz in der Brandung.
Fels, meine ich. Fels.

1

Isla

Wenn ich an Bailevar denke, denke ich an Krabben. Tonnen davon. Eimerweise hässliche rotbraune Schalentiere, mit starren Augen und klackernden Scheren, und dann an das Knirschen, das diese Schalen erzeugten, wenn meine Mutter sich ihrer annahm. Ich sitze mit einem Malbuch am Küchentisch, und *krrrrrk.* Ich spiele mit den Filzpuppen, und *knackknackknackknackknack.* Meine Mutter, die dünnen Arme in viel zu großen Gummihandschuhen, bis zu den Ellbogen in Krustentierleichen vergraben. Der Gedanke bereitet mir Gänsehaut, auch jetzt noch. Der Gedanke an diese Insel, an mein Elternhaus, an dieses Bild und all die anderen beschwört einen Widerstand in mir herauf, so stark, dass er eigentlich den Bus zum Stillstand zwingen müsste, in dem ich gerade sitze. Nur tut er es nicht.

Die Räder holpern über Viehgatter, die schmale Straße entlang, vorbei an grünen Weiden, dunklen Waldstücken, farnbedeckten Hügeln. Wie oft ich diese Strecke gefahren bin. Von Oban nach Craignure nach Fionnphort nach Bailevar. Mein halbes Leben habe ich auf Fähren und in diesem Bus verbracht, so kommt es mir jedenfalls vor. Und dass ich heute noch einmal hier sitze, auf dem Weg in mein sogenanntes Zuhause, ohne Plan und ohne Rückfahrkarte, das hätte ich niemals für möglich gehalten. Nicht vor einem Jahr, nicht vor einer Woche. Nicht bis gestern, als mir Eric eröffnete … als er mir sagte … Ich kneife die Augen zusammen und drücke den Hinterkopf in die Lehne meines Sitzes. Ich kann jetzt nicht an Eric denken. Wenn ich an Eric denke, verliere ich das letzte bisschen Verstand.

Der Bus hält am Fährpunkt von Fionnphort, und es beginnt zu regnen, was absolut nicht überrascht. Das Klima an der Westküste ist rau, auf den Inseln rauer, und nun, Anfang September, ist es rau und nicht selten nass. Gott, ich klinge wie ein Reiseführer. Das ist es, was Bailevar mit mir macht. Es gibt so vieles, woran ich hier nicht zurückdenken möchte, dass ich mich freiwillig mit dem Wetter beschäftige.

Und wenn ich schon dabei bin – der Wind ist stark. Meine Haare wirbeln aus der Kapuze meiner Regenjacke, mir ins Gesicht, während ich den Koffer zur Fähranlegestelle zerre und meine Leinentasche, die ich in der anderen Hand halte, so nervtötend oft gegen mein Schienbein schlackert, als wolle sie mich piesacken. Soll ich das als Zeichen verstehen? Was, wenn ich gar nicht heimkehren, sondern mein blödes Gepäck zurück in den Bus hieven und mich schleunigst in die andere Richtung davonmachen sollte? Ich seufze. Als könnte ich irgendwohin. Hätte ich in Edinburgh bleiben sollen? Wohl kaum. Nach dem Streit mit Eric wollte ich nur eines: weg. Dass ich in Bailevar enden würde, wurde mir erst klar, als ich am Bahnhof stand und das Ticket nach Oban in der Hand hielt. Und was sagt das jetzt über mich aus? Dass ich in der Krise meines Lebens genau dorthin flüchte, von wo ich seinerzeit nicht schnell genug fortkommen konnte? Von wo ich annahm, schon die schlimmsten Miseren meines Lebens hinter mir gelassen zu haben? Nun, gut gemacht, Isla. Mit deinen zweiunddreißig Jahren bist du genauso planlos, wie du es mit zweiundzwanzig warst.

Wobei, das ist nicht ganz richtig. Mit zweiundzwanzig, da hatte ich Pläne, Myriaden davon. Ich weiß noch genau, wie ich damals auf diesem Schiff stand, draußen an Deck, Kyles alten Rucksack umgeschnallt, die Nase in den Wind gereckt, den Kopf voller Ideen. Studieren stand ganz oben auf der Liste, und ja – aus Sicht der schottischen Fischerfamilie schien diese Idee geradezu aufständisch. Die eigenen vier Wände. Weg vom Vater. Von den Brüdern. Der Insel. Den Erinnerungen. Ein ganz neues Leben.

Die Sohlen meiner Stiefel klackern über das Metall der Laderampe, und dann wuchte ich Koffer und Tasche ins Innere der muffigen Kabine, an schäbigen Sitzbänken vorbei in den hinteren Teil, wo ich vor einem Fenster stehen bleibe, mit dem Rücken zum Raum. Dieses Schiff war schon alt, als ich ein Kind war. Und es knarzt und riecht und schwankt genauso wie damals. Überhaupt ist alles genau wie damals. Die alte Fähre, das raue Meer, die Insel Iona, Bailevars berühmte Nachbarin, auf die das Boot zusteuert, bevor es links daran vorbeizieht. Ich blicke aus dem Fenster, doch durch die regenverhangenen Scheiben kann ich die Abbey kaum erkennen, gerade mal

Ionas verschwommene Konturen zeichnen sich ab. Die meisten, die in Fionnphort auf die Fähre steigen, wollen dorthin, die wenigsten nach Bailevar, denn da gibt es nichts zu sehen. Von da wollen die Menschen weg. Ich zumindest, ich wollte das. Ich und meine Mutter.

Ich sehe aus wie sie. Weshalb ich die Kapuze meiner Jacke auch im Innern des Schiffs aufbehalte. Die bleiche Haut, die roten Locken, das alles ist zu auffällig, um nicht aufzufallen. Aus dem Augenwinkel sehe ich mich nach den anderen Passagieren um, die mit dem Rücken zu mir auf den Sitzbänken ausharren. Ich hoffe wirklich, dass ich hier niemanden treffe, den ich nicht treffen möchte. Dass mich niemand anspricht, bevor ich mir überlegt habe, was ich auf all die Fragen antworten werde.

Bailevar ist klein, wirklich winzig. Es leben kaum sechzig Menschen dort, und die kennen alle und jeden und wissen alles und mehr, und das hat mich damals verrückt gemacht und wird es diesmal wieder. Ich bin mir ziemlich sicher, auf diesem Schiff sind einige, die mich kennen. Wer sonst sollte auf die Fähre steigen? Zumal es die letzte ist, die heute ablegt. Nach achtzehn Uhr ruht die See. Dann gibt es kein Entkommen mehr, kein Hin und kein Zurück, zumindest nicht für die, die nicht selbst ein Boot besitzen.

Ist das Lilian McIntyre da vorne? Oh, Mist. Ich hoffe, sie entdeckt mich nicht. Solange niemand bemerkt hat, dass ich hier bin, ist es vielleicht auch nicht wahr. Ich ziehe die Kapuze ein Stück tiefer in die Stirn und wende den Blick wieder dem Fenster zu.

Die Fahrt dauert fünfundzwanzig Minuten, die nach Iona nur zehn. Das bedeutet, dass wir auf Bailevar noch ein ganzes Stück weiter draußen liegen, da, wo sich nichts mehr vor uns auftürmt außer den eisgrauen Wellen des Nordatlantiks. Das Leben auf der Insel ist ruppig, und die Menschen sind es auch. Ich frage mich, wieso Lilian McIntyre immer noch hier ist. Weshalb es überhaupt jemand vorzieht, auf diesem Eiland zu bleiben, statt in der Zivilisation zu leben, ist mir ein Rätsel. Wobei, natürlich, es ist ihr Zuhause. Und das hat schon manche daran gehindert zu gehen. Meinen Vater, meine Brüder, den alten Graham und all die anderen Farmer und Fischer, und Shona natürlich. Allerdings nicht Finn. Das Letzte, was ich von Finn weiß, ist, dass er in irgendeinem angesagten Restaurant in London in der Küche stand. Also gut, nicht in irgendeinem – in *dem* Restaurant. Eric hat zwei Monate lang darauf gewartet, einen Tisch zu bekommen, was ich erst dann erfuhr, als wir unsere Koffer für das Wochenende packten und er mir eröffnete, dass mein *Ex* inzwischen wohl sehr gut mit dem Kochlöffel umgehen könne, und fragte, ob das eventuell auf andere seiner Qualitäten schließen ließe (zwinker, zwinker).

Letztlich sind wir nicht nach London geflogen, aber es gab keinen Streit deswegen. Man muss Eric zugutehalten, dass er mich nicht ärgern oder provozieren wollte, sondern tatsächlich überraschen: Er dachte, ich würde mich freuen, Finn wiederzusehen, zumal dieses hypergehypte Lokal an sich schon den Flug nach England wert gewesen wäre, ganz abgesehen davon, dass ich mit einem der Köche geschlafen hatte, aber das habe ich nicht laut gesagt, sondern lediglich in Gedanken hinzugefügt. Ich hätte es genauso gut aussprechen können. Wenn Eric etwas nicht war, dann eifersüchtig – offensichtlich –, und auch wenn mich das zu Beginn unserer Beziehung einige Male irritierte, habe ich es mir mit den Jahren abgewöhnt, es persönlich zu nehmen. Besser gesagt, es nicht auf Erics Gefühle zu mir zu beziehen. Er war nicht deshalb nicht eifersüchtig, weil ich ihm nicht wichtig war. Er hat mir vertraut. Und ja, er war ein von sich eingenommener Pfau, der nicht im Traum daran gedacht hätte, ich würde ihn mit einem dahergelaufenen schottischen Inselkoch betrügen. Aber er hat mir auch vertraut. Und ich ihm. Bis gestern Abend.

Ich kann jetzt nicht über Eric nachdenken. Wenn ich an Eric denke, setzt mein Herz aus.

Also gut.

Finn.

Ich bin froh, dass er nicht auf Bailevar ist. Unsere gemeinsame Geschichte ist so alt wie Methusalem und so unaufregend wie Toastbrot, aber irgendwie bin ich froh, dass ich mich ihr nicht auch noch stellen muss. Wenn ich es recht bedenke, fühle ich mich im Augenblick überhaupt nicht in der Lage, mich irgendwem oder irgendetwas zu stellen, und ja, die Ironie entgeht mir nicht: In einer solchen Situation meinem Vater gegenüberzutreten ist womöglich nicht die glanzvollste Idee. Ich seufze. Und dann bleibe ich einfach stehen und lasse das Meer an mir vorüberziehen.

»Isla?«

Oje. Ich starre weiter aus dem Fenster. Durch den Regen schimmert die überschaubare Küste Bailevars, die Reihe der kleinen Cottages am Wasser, der schmale Steg. Womöglich vier Minuten noch, dann legen wir an, und beinahe hätte ich die Überfahrt ohne Zwischenfälle überstanden. Mist.

Mist, Mist, Mist.

»Isla Grant?«

Ich nehme einen tiefen Atemzug, dann drehe ich mich zu Lilian um.

»Lilian, hey«, sage ich, redlich bemüht um einen entspannten Gesichtsausdruck. »Das ist aber eine Überraschung! Dich habe ich ja ewig nicht gesehen. Wie geht es dir?«

Lilian blinzelt verwirrt, und ich kann es ihr nicht verübeln. Ich bin selbst erstaunt über diesen Redeschwall. Angriff ist eben die beste Verteidigung. »Du siehst sehr gut aus«, lege ich nach. »So … frisch.«

»Oh, na ja, ich … danke.« Aus ihren viel zu großen Augen sieht sie mich viel zu lange an. Ehrlich, mit diesem Kugelblick wirkt sie wie ein übergroßes Stofftier, das man in zu weite Kleidung und zu hohe Schuhe gestopft hat. Was macht sie in diesen Pumps auf dem Schiff? Das sind mindestens sechs Zentimeter Absatz. »Du siehst auch gut aus«, sagt sie schließlich. »Hast dich gar nicht verändert.«

»Mmmmh.«

Wir blicken einander an, während die Fähre ihre Kurve in Richtung Anlegestelle dreht. Wie eigentlich alle in dieser Gegend haben Lilian und ich eine Geschichte. Wir sind zusammen zur Schule gegangen. Wir waren nicht die engsten Freundinnen, denn Lilian ist … sie war, damals zumindest, mehr Einzelgängerin, als ich es je hätte sein können, denn immerhin hatte ich Finn. Lilian hatte nie jemanden, aber sie schien auch nicht unglücklich deswegen. Sie war gut in der Schule, obwohl sie ihr nie wichtig war, denn die Farm ihrer Eltern war das, worauf es letztlich ankam. Ich nehme an, sie ist immer noch dort, was sie mit einem ihrer nächsten Sätze bestätigt.

»Ich hatte ein Vorstellungsgespräch im Tobermory-Hotel«, sagt sie. Sie schwankt und greift nach dem Geländer vor dem Fenster. Ich werfe erneut einen Blick auf ihr lächerliches Schuhwerk, das hiermit erklärt wäre.

»In den nächsten Monaten gibt es auf der Farm nicht allzu viel für mich zu tun, also …« Sie zuckt mit den Schultern.

Ich nicke. Ich weiß, wovon sie spricht. Auf einer Insel wie Bailevar gibt es nie für alle Jobs, im Winter noch weniger als in den restlichen Monaten des Jahres, weshalb viele der Bewohner auf den nächstgrößeren Inseln arbeiten oder gleich auf der Hauptinsel. Ich selbst hatte nach der Schule eine Stelle in Oban. Auch in einem Hotel. Das ist es wohl, was wir Inselmädchen so tun, während die Männer Fischer werden oder Farmer. Oder Koch.

»Du wohnst jetzt in Edinburgh, oder?«, fragt sie.

»Ähm, ja?« Das klang wie eine Frage. »Und du?«, gebe ich schnell zurück. »Du lebst immer noch auf der Farm deiner Eltern?«

Lilian nickt, dann sieht sie aus dem Fenster.

Und ich weiß, was sie denkt: Es kann nicht jeder den Absprung schaffen, zu irgendeinem Künstler ziehen, die Familie im Stich lassen, sich aus dem Staub machen mit qualmenden Sporen. Das ist, was sie alle insgeheim denken. Was sie mich haben spüren lassen, jedes Mal, wenn ich in den vergangenen Jahren zurückgekehrt bin. Weshalb ich in zehn Jahren nur dreimal hier war, vor sechs Jahren das letzte Mal.

Lilian sieht wieder mich an. »Weiß dein Vater, dass du heimkommst?«

Womit wir beim Thema wären. »Nun«, beginne ich, doch dann wird unser Gespräch seligerweise durch das Knistern der Lautsprecher unterbrochen, durch die der Fährmann auf unsere Ankunft auf Bailevar aufmerksam macht. Ich bin nicht überrascht, die Stimme unseres Nachbarn zu erkennen, Anthony Scott. Er hat schon damals – schon immer eigentlich – die Fähre gelenkt, und es ändert sich eben nichts in dieser kleinen, beschränkten, einöden Welt.

Ich hätte nicht herkommen sollen.

»Es war richtig nett, dich zu treffen«, sage ich, während ich nach meinem Gepäck greife. »Bestimmt laufen wir uns in den nächsten Tagen noch öfter über den Weg.« Bis Lilian antworten kann, bin ich bereits halb aus der Tür, die aufs Deck hinausführt.

»Ich hoffe, du bleibst ein bisschen«, ruft sie mir nach. »Bis dann!«

»Genau«, rufe ich über die Schulter zurück. Dann ducke ich mich zwischen den restlichen Passagieren hindurch und laufe auf den Ausgang zu.

Den ganzen Weg über fühle ich mich verfolgt. Während ich die Rampe vom Schiff nach oben eile, auf die Straße einbiege und in Richtung meines Elternhauses laufe, bohren sich Blicke in meinen Rücken und wabern Sprechblasen über meinem Kopf, ich spüre es. *Ist das nicht Isla? Was will sie hier? Hat sie ihrem Vater nicht schon genug zugemutet?,* steht darin geschrieben, und ich gehe immer schneller, die Kapuze beinahe bis über die Nase gezogen.

Von der Anlegestelle bis zu unserem Haus ist es nicht weit. Ich muss im Grunde nicht einmal abbiegen, ich gehe einfach die Straße hinunter, parallel zum Wasser, die Häuserreihe entlang, bis die Abstände zwischen den Cottages größer werden, sie rechts und links vor mir auftauchen wie in die Landschaft gesprenkelte Farbtupfen, und dann, vor dem rosafarbenen auf der rechten Seite, bleibe ich stehen.

Ich atme tief durch.

Die Fenster sind erleuchtet, der Kamin pafft graue Rauchwolken in den noch graueren Himmel, und aus dem aufgeschobenen Küchenfenster dringen Stimmen zu mir nach draußen. Tiefe Stimmen. Mein Vater und zumindest einer meiner Brüder sind zu Hause, Will vermutlich. Herrje, was mache ich hier? Ich blicke nach links, am Gartenzaun entlang zu der Stelle, an der der alte Kiosk meiner Mutter steht, und sogleich habe ich das Gefühl, mein Magen sei ein Stück tiefer gerutscht. Die Glasfront, die zur Straße zeigt, ist mit Brettern zugenagelt, das Dach verwittert. Von dieser Position aus kann ich nicht erkennen, ob der Schriftzug noch zu lesen ist, aber ich erinnere mich genau, wie diese kleine Holzbude einmal strahlte. *Catie's Crabs.* Mein Vater hat ihr den Kiosk gebaut. Er funktionierte den alten Geräteschuppen um, sägte ein Fenster aus der halben Vorderfront, montierte Läden, brachte Schlösser an, bemalte ihn in einem dunklen Rot, das Caitrionas Lieblingsfarbe war und zugleich an einen Krebs erinnerte. Viel ist nicht davon übrig geblieben, weder von der Farbe noch von seinem Glanz. Der kleine Kiosk sieht aus, als habe ihn seit einem Vierteljahrhundert niemand mehr betreten, was gut und gerne wahr sein kann. Ich wende den Blick ab und starre stattdessen die Eingangstür des Hauses an, während ich mich zum wiederholten Mal frage, ob das wirklich eine gute Idee war. Womöglich hätte ich zu Mac fahren sollen, doch streng genommen ist er nicht nur mein Freund, sondern auch Erics, und … Ich weiß nicht. Vermutlich hätte ich egal wohin fahren sollen, nur nicht hierher.

Der Hausschlüssel hängt an meinem Schlüsselbund, und der ist in meiner Handtasche, die wiederum in meiner Leinentasche steckt, was im Grunde völlig egal ist, denn auf Bailevar sperrt sowieso niemand zu. Auf Bailevar kommt der Postbote ins Haus und legt die Briefe auf dem Küchentisch ab, denn eben, die Türen sind alle offen. Seltsamerweise bin ich trotzdem nie auf die Idee gekommen, den Schlüssel vom Bund zu nehmen. Obwohl ich so viele Jahre nicht hier war. Obwohl ich ihn schon damals kaum benutzt habe. Ich bin versucht, es jetzt zu tun. Ihn abzunehmen, meine ich. Nach sechs Jahren, die ich meine Familie nicht gesehen habe, ist es vermutlich an der Zeit, den Schlüssel zurückzugeben, der mir ohnehin nicht zusteht.

Von der Straße sind es genau sieben Schritte bis zur Haustür, dort stelle ich Koffer und Tasche ab und drücke auf den Klingelknopf. Drinnen brummt es. Dann wieder Stimmen, Geschirr klappert, Schritte. Als sich die Tür öffnet, steht mein Vater da – groß, breit, ungekämmt, mit weit aufgerissenen Augen. Nach einer Ewigkeit sagt er: »Isla.« Seine Stimme klingt schroff.

»Hi, Dad.«

Mein Herz klopft. Schneller, als der Rauch abzieht.

»Isla? Isla Grant?« Hinter meinem Vater taucht Wills

schwarzer Haarschopf auf, aber im Gegensatz zu Dad grinst er über das ganze Gesicht. »Rotkäppchen«, ruft er, während er meinen Vater zur Seite schiebt, beide Arme um mich legt und zudrückt. »Was hast du angestellt? Bist du auf der Flucht und suchst ein sicheres Versteck? Hast du eine Bank ausgeraubt? Einer alten Dame die Handtasche geklaut?«

»Sehr witzig«, nuschle ich in sein T-Shirt, aber ich muss doch lachen, als er mich loslässt, beide Hände um mein Gesicht legt und meinen Kopf hin und her dreht, als betrachte er ein seltenes Kunstobjekt. »Geh weg«, sage ich ihm, »deine Finger riechen.« Was wahr ist. »Hilfe, was ist das?«

»Blutwurst, Little Red. Hab gerade Abendessen gemacht.« Er sieht mich an und wirft dann einen Blick auf unseren Vater, bevor er mich hinter sich her in die Küche zieht. »Wie lange warst du nicht mehr hier? Zehn Jahre? Fünfzehn?« Er zwinkert mir zu. »Ich wette, ich kann mittlerweile besser kochen als du. Sieh dich doch an – dünner als ein Segelmast. Gibt es in diesen Schickimicki-Kreisen nichts zu essen?« Mit einer Hand drückt er mich auf einen Stuhl, mit der anderen wuschelt er durch meine Haare, und während ich seinen Arm wegschlage, wird mir klar, was er da tut – er nimmt meinem Vater die Gelegenheit, seine Schockstarre zu überwinden und das zu tun, was vermutlich darauf folgen würde. Mich zu fragen, was zum Henker ich hier zu suchen habe, wieso ich glaube, er sollte mich überhaupt reinlassen, wo dies doch das Haus ist, das ich vor zehn Jahren nicht schnell genug verlassen konnte. Sein Haus. Bevor er mich einfach vor der Tür stehen lässt.

Will macht sich am Ofen zu schaffen, und ich ziehe langsam den Reißverschluss meiner Regenjacke auf. Ich spüre den Blick meines Vaters auf mir, der in der Tür steht, in der einen Hand meinen Koffer, in der anderen die Leinentasche. Als ich mich zu ihm umdrehe, sieht er mich an, als würde er mich am liebsten zurück zur Fähre begleiten.

»Es tut mir leid, dass ich hier so reinplatze«, sage ich.

»Ist etwas passiert?«

Ich zögere. Er sieht schlecht aus. In der Zeit, die ich nicht hier war, scheint mein Vater um die doppelte Anzahl an Jahren gealtert zu sein. Er ist immer noch groß und breit und muskulös, ganz Arbeiter, ganz Fischer. Doch seine Haut wirkt eingefallen, die braunen Augen wässrig, die Haare sind stahlgrau, schmutzig und definitiv zu lang, die Kleidung ungepflegt. Früher, sehr viel früher, da war Nathanial Grant ein gut aussehener, strahlender Mann. Ein Kraftprotz, voller Energie und Selbstvertrauen. Nie der aufgeschlossene Spaßvogel, der sein Sohn Will ist, mein Bruder Kyle kommt sicher mehr nach ihm. Ernst, eigenbrötlerisch und hübsch dominant, wenn es drauf ankommt, jedoch mit einem großen brummigen Herzen. Meiner Mutter hat das gefallen. Caitriona Kavanagh ließ alles hinter sich, inklusive ihres Verlobten, um bei meinem Vater bleiben zu können. Nicht, dass ich das von *ihr* weiß – als sie uns verließ, konnte ich noch nicht mal meinen Namen schreiben. Ich sehe meinem Vater in die Augen. Und ich denke, der Zorn, den wir gegen Caitriona hegen, ist womöglich das Einzige, was uns verbindet.

»Isla?«

Ich blinzle mich aus meinen Grübeleien. Mein Bruder steht an die Spüle gelehnt, den Pfannenwender in der Hand, die Augenbrauen hochgezogen. Mein Blick huscht zurück zu unserem Vater. »Ich dachte, ich könnte ein paar Tage hierbleiben. Ich ...« *... kann jetzt gerade nicht erklären, weshalb,* vollende ich den Satz im Stillen. Stattdessen zucke ich mit den Schultern. »Eventuell ziehe ich weg aus Edinburgh«, murmle ich noch, dann ist es still. Dad steht nach wie vor mit dem Gepäck da, bis Will zu ihm geht, es ihm aus der Hand nimmt und die Taschen neben der Treppe abstellt.

»Du kannst in der kleinen Kammer neben dem Bad schlafen«, sagt er, als er zurück in die Küche kommt. Er platziert einen Teller vor mir, Besteck, ein Glas. »Es steht eine Schlafcouch drin, falls mal einer von den Jungs es nicht mehr zurück auf seine eigene Insel schafft.«

Waaa, wie das klingt. *Zurück auf seine eigene Insel.* Hinter Wills Rücken verdrehe ich die Augen. Und dann frage ich mich, weshalb ich das tue. Ich meine, so ist es nun mal – wer auf den Inseln wohnt, besitzt statt eines Autos besser ein Boot, und wer hier aufgewachsen ist, hat ziemlich sicher auch Freunde auf Iona oder Mull, mit denen er zur Schule gegangen ist und die er dann und wann besucht. Da ist nichts seltsam dran oder ungewöhnlich oder lachhaft. Ich seufze.

Ach, Will. Er bemüht sich. Und ich bin eine schlecht gelaunte Kuh.

»Was ist mit meinem Zimmer passiert?«, frage ich.

»Das«, erklärt er, während er Blutwurst, Kartoffelbrei und Zwiebelringe auf unsere Teller verteilt, »ist wie der Rest des ersten Stockwerks in meinen Besitz übergegangen.« Für einen Augenblick zögert mein Bruder, so als wolle er noch etwas hinzufügen, dann stellt er die Pfanne zurück auf den Herd, nimmt drei Bier aus dem Kühlschrank, öffnet sie und platziert sie in der Mitte des Tischs.

Die Haustür fällt ins Schloss.

Wir drehen uns zur Tür um, wo gerade noch mein Vater stand und jetzt nichts mehr ist.

»Lass ihm Zeit«, sagt Will. Er setzt sich an den Tisch, mir gegenüber, und fängt an zu essen, die Augen auf mich gerichtet. Ich starre auf meinen Teller. Gebratene Blutwurst mag für manche das Ekligste sein, das sie sich vorstellen können, aber ich habe sie früher tatsächlich gern gegessen. Besonders dann, wenn sie frisch von MacFarnham kam, dem besten Metzger im Umkreis von dreißig Seemeilen. Als Kinder hat unser Vater uns einmal im Monat dorthin mitgenommen, wir haben groß eingekauft, für mehr als hundert Pfund, und dann alles in die Gefriertruhen im Keller eingeschichtet. In dieser Familie wurde immer nur Fleisch gegessen, was absolut grotesk ist, gemessen daran, dass sie größtenteils aus Fischern besteht. Aber mein Vater hasst Fisch. Es war das Letzte, das sie ihm auf den Tisch stellte, bevor sie ging.

»Hat er gedacht, er sieht mich nie wieder?«, frage ich. »Hat er es *gehofft?«*

»Ach, komm schon, Isla, er ist überrascht, das ist alles.«

»Überrascht.« Ich greife nach einer der Flaschen und schenke mir ein. Ich bin keine große Biertrinkerin, aber irgendwie habe ich den Eindruck, ein paar Gläser davon könnten mir heute nicht schaden. Seit fünf Jahren esse ich kein Fleisch mehr, aber ich bringe es nicht über mich,

Will dies zu gestehen. Dass mein eigener Bruder so etwas nicht über mich weiß, ist erschütternd.

Ich betrachte ihn. Er sieht aus wie immer. Die dunklen Haare in Form gegelt, das schwarze T-Shirt, das über der breiten Brust spannt, ein Tattoo, das aus irgendeinem dunklen Muster besteht und sich über seinen linken Arm schlängelt. Mein Bruder ist vierunddreißig Jahre alt und lebt noch immer im ersten Stock seines Elternhauses. Möchte ich wissen, wieso das so ist?

»Warst *du* überrascht?«, frage ich schließlich.

»Ich hätte eher mit dem Weihnachtsmann gerechnet als mit dir«, gibt er ohne zu zögern zurück.

»Okay.« Ich nehme eine Gabel von dem Kartoffelbrei, der nicht mit Blutwurstfett kontaminiert ist. »Vermutlich hätte ich anrufen sollen. Es kam nur alles ziemlich plötzlich. Und ich weiß nicht, womöglich dachte ich, das hier ist immer noch mein Zuhause, also … Wenn ich allerdings geahnt hätte, dass er davonläuft, sobald er mich sieht, dann …«

»Isla.« Will hält sein Besteck still und starrt mich nieder. Mein ansonsten vor Charme sprühender Bruder sitzt da mit einer Miene, die mich an das erinnert, was ich vor einigen Minuten schon einmal dachte: Diese heitere Begrüßung diente allein dem Zweck, meinem Vater den Wind aus den Segeln zu nehmen. Jetzt, im dämmrigen Licht der abgenutzten, niedrigen Küche, wird klar, dass Will nicht halb so unbekümmert ist, wie es zunächst den Anschein hatte. Er wirkt verärgert. Schlimmer noch, verletzt. »Das ist nicht seine Schuld, okay? Niemand ist hier an irgendetwas schuld.« Er sieht mich weiter an, und als ich nicht antworte, seufzt er. Ein weiteres Mal wirkt es so, als wolle er noch etwas anderes sagen, etwas Deutlicheres womöglich, doch dann klappt er den Mund zu und macht sich daran, Blutwurst und Zwiebeln auf seine Gabel zu häufen.

»Was?«, frage ich. »Nun spuck's schon aus. Du findest es nicht richtig, dass ich hergekommen bin.«

»Quatsch, Isla, was soll der Mist?«

»Was dann? Niemand ist schuld, aber doch irgendwie ich?«

Er schüttelt den Kopf, und dann seufzt er noch einmal. »Du könntest fragen, wie es uns so ergangen ist«, sagt er schließlich. »Wie es ihm geht. Du kommst hier an, nach so vielen Jahren, und ich freue mich wirklich, dich wiederzusehen, aber statt dich gleich in Selbstmitleid zu suhlen, weil Dad anlässlich deiner doch ziemlich überraschenden Heimkehr keinen Freudentanz aufführt, könntest du dich einfach auch mal umsehen, wie es anderen damit ergeht.«

Ich spüre, wie ich rot werde, obwohl Wills Blick seinen Worten einen guten Teil ihrer Schärfe nimmt, und sofort lenkt mein Bruder ein. Wie schon angedeutet, ist er der Unkomplizierteste von allen, die kleinste Hürde. Dass er sich auch nur mit einem Satz gegen mich wendet, könnte mir gut und gerne die Tränen in die Augen treiben, würde er nicht hinzufügen: »Okay, Rotkäppchen, stell dich nicht so an. Du bist gerade erst gelandet, und so schnell kommt niemand wieder runter von dieser Insel. Bleibt noch ausreichend Zeit für Small Talk.« Er stopft sich mehr Kartoffelbrei in den Mund. »Außerdem«, fährt er undeutlich fort, »weiß Kyle noch nichts davon, dass du wieder hier bist. Das wird *witzig.*« Sagt's, grinst und spült sein Essen mit einem halben Pint Bier hinunter.

Ich stöhne, innerlich und laut, im gleichen Augenblick, als sich die Haustür öffnet und mit dem Windstoß mein Vater hereinweht, den Arm voller Feuerholz. »Das werden wir brauchen«, brummt er, stapft an uns vorbei und legt die Scheite in den Korb neben dem altmodischen Ofen.

Ich hatte ganz vergessen, wie es hier ist. Dass in diesem Haus auf dem mit Holz beheizten Küchenofen gekocht wird, und das bereits ab Spätsommer. Dass die Decken so niedrig sind, dass selbst ich mit meinen eins zweiundsiebzig Angst habe, mir am Türrahmen den Kopf zu stoßen. Dass es im Gang nach kaltem Stein riecht und in Caitrionas altem Zimmer nach Lavendel. Dass es auf dieser Insel nur einen einzigen Ort gibt und ein einziges Pub, dass die Leute arm sind und stur, und dass es hier Fische gibt, überall Fische. Und Krabben. Die Luft riecht nach Meer, und sie schmeckt nach Algen. Das alles weiß ich. Und ich weiß, warum ich so viele Jahre nicht hier gewesen bin.

Aus diesen Gründen. Aus all diesen Gründen.

2

Isla

Der Lavendelduft ist es, der mich noch vor der Morgendämmerung weckt, der mich die halbe Nacht nicht hat schlafen lassen. Das hier ist nicht Caitrionas altes Zimmer, und doch hängt der Duft mir in der Nase, als hätte ich mir einen Strauß Blüten um den Hals gehängt. Ich liege auf der Ausziehcouch und blicke durch den Vorhangspalt durchs Fenster. Dieser Raum ist tatsächlich nicht mehr als eine Kammer, nicht einmal drei Meter breit, und mit dem aufgeklappten Sofa und der kleinen Kommode davor wirkt er ausreichend vollgestopft. Das werden ja gemütliche Tage werden, denke ich. Ein Grund mehr, möglichst bald einen Plan zu entwerfen und weiterzuziehen.

Von hier aus kann ich das Meer sehen. Noch nicht deutlich, dazu ist es zu dunkel, doch es lässt sich erahnen. Ich liebe das Meer. Obwohl es hier so übermächtig ist und ich die Insel verabscheue, habe ich das Meer immer vermisst. Edinburgh hat einen Hafen, aber das ist kein Vergleich zu dem schroffen, unverbauten Blick, den man an beinah jedem Punkt Bailevars hat. Diese Insel ist das letzte Stück Land vor einer Riesenmenge Atlantischen Ozeans, und das macht sie automatisch zur Kämpferin und mit ihr jeden ihrer Bewohner. Ich schüttle den Kopf, während ich die Decke zurückschlage und aus dem Bett steige. Vermutlich bin ich zu schwach. Vermutlich bin ich deshalb weggegangen, um mich hinter den graubraunen Mauern Edinburghs zu verstecken, hinter einem Mann, der zehn Jahre lang nicht nur mein Partner, sondern auch mein Arbeitgeber war und der Besitzer der Wohnung, in der ich gelebt habe, und der mich nun, nachdem besagte Mauern um mich herum auseinanderbröckelten, als hätten sie noch nie aufrecht gestanden, leer zurücklässt. Absolut leer.

Ich ziehe mich an und gehe nach unten. Das Haus ist still, aber es kann nicht mehr lange dauern, bis mein Vater und Will es verlassen, um mit dem Boot rauszufahren. Nun, Zeit für ein fulminantes Frühstück, würde ich sagen. Der gestrige Abend gestaltete sich nicht übermäßig lang und mehr oder weniger einsilbig, weshalb es heute eigentlich nur besser werden kann.

Ich heize den Ofen an, und es ist wie eine Zeitreise. Beinahe witzig. Es raucht und qualmt in der alten Küche, und ich kichere bei dem Gedanken daran, wie sauber und ordentlich es jetzt gerade an Erics Hochglanztheke zugeht, auf der er sich maximal ein Eiweißomelett zubereitet, lieber jedoch einen grünen Smoothie. Ich öffne das Fenster weit und wische mir die Tränen aus den Augen. *Lachtränen,* wohlgemerkt. Dann brate ich ein Omelett mit Zwiebeln, dazu Speck für Vater und Bruder, ich toaste Brot und brühe Kaffee auf, und bis ich meine erste

Tasse getrunken habe, stehe ich immer noch alleine da. Wie früh bin ich aufgestanden? Ich laufe zurück nach oben, um mein Handy zu suchen und nach der Uhrzeit zu sehen, und auf dem Weg dorthin bleibe ich vor Wills Schlafzimmer stehen. Es ist kein Laut zu hören. Ich öffne die Tür, und das Bett ist leer. Mein Handy zeigt 6:17 Uhr an. 6:17 Uhr und sieben verpasste Anrufe, zwölf Text- und zwei Voicemailnachrichten. Ich ignoriere alles außer der Uhrzeit und lasse das Telefon zurück in meine Tasche fallen. Ich muss vergessen haben, wie spät die Sonne um diese Jahreszeit aufgeht, natürlich sind die anderen längst mit dem Boot draußen. Das fulminante Frühstück also wird ein ziemlich einsames werden, mit zu vielen Eiern, nicht verzehrtem Speck und eingebranntem Kaffee.

Der Ort hat sich kein bisschen verändert. Um genau zu sein, ist es gar kein Ort, damals wie heute nicht, er hat ja nicht mal einen eigenen Namen. Ist es merkwürdig, dass das Dorf auf Iona »Baile Mor« heißt? Und wir hier auf Bailevar, wir haben nur das? Nur diesen einen Namen? Bailevar *Dorf* also besteht aus einer übersichtlichen Anzahl von Häusern, die meisten alt, die meisten bunt, einer Hauptstraße, die durch Wiesen und Weiden zu einer winzigen Kapelle führt, in der schon seit Ewigkeiten niemand mehr einen Gottesdienst abgehalten hat, weil der Pfarrer nur noch auf Iona predigt, und hinter der nurmehr Pfade zu den Klippen und den darunterliegenden Stränden führen. In die andere Richtung, zur Fähranlegestelle hin, führt die Straße unter anderem an *Brimer's Craft Shop* vorbei und an Shonas kleinem Gemischtwarenladen. Und noch weiter, unten am Hafen und neben der verwitterten Fischhalle, steht *The Old Man's Inn,* das einzige Pub Bailevars und sozialer Dreh- und Angelpunkt der Insel. Ich frage mich, ob dort immer noch die Band spielt, bei der mein Dad mitmacht. Ob Finns Vater nach wie vor den Tresen schmeißt, während seine Frau in der Küche Burger und Fisch brät. Ob Finn noch oft herkommt, um seine Eltern zu besuchen … Ich schiebe den Gedanken beiseite, während ich das klobige Gebäude passiere und einige weitere, bevor ich hinter *Mason's Cottage* nach rechts abbiege und den Hügel hinaufsteige in Richtung Golfplatz. Hinter dem Areal liegen drei Farmen, unter anderem die Schaffarm von Lilians Familie. Und an der Südspitze der Insel, an ihrem zackigen, von schroffen Felsen geformten Ende, da steht die Ruine des Leuchtturms, die heute nur noch den wilden Hasen als Zufluchtsort dient.

Diese Insel. Ich kenne jeden Fleck auf ihr und jeden Menschen, und früher kannte ich mit Sicherheit auch jedes Schaf. Ich weiß, wo man den besten Sonnenuntergang sieht, wo die Seehunde liegen und die Otter räubern, ich bin im Winter im Meer geschwommen und im Sommer durch Höhlen geklettert, habe Muscheln gesammelt und in der alten Halle Krabben sortiert, die die Fischer kurz nach Mittag aus ihren Booten dort abladen. Vom Golfplatz aus schlage ich den Pfad ein, der sich auf den höchsten Punkt des Hügels schlängelt. Ich stemme mich gegen den Wind. Es regnet nicht, aber die Luft bläst kalt in mein Gesicht, und die Sonne bereitet sich gerade erst darauf vor, sich zu zeigen. Noch bin ich niemandem begegnet, obwohl ich wette, dass achtundneunzig

Prozent der Inselbewohner bereits auf den Beinen sind. So ist das Leben hier. Es ist einsam, und es verlangt dir einiges ab.

Als ich die Spitze des Hügels erreicht habe, bleibe ich stehen. Der Wind zerrt an mir, aber das stört mich nicht. Mit einer Hand schirme ich meine Augen ab und blicke auf den Ozean hinaus, der schwarzblau glänzt und auf dessen Oberfläche Fischerboote tanzen. Vier Stück. Ich weiß nicht, welches davon meiner Familie gehört, aber sicherlich sind sie dort draußen, mein Vater, Will und Kyle, dessen Begrüßung mir immer noch bevorsteht. Wäre ich hiergeblieben, würde ich vermutlich gerade Krabben pulen oder Mayonnaise zubereiten oder nach Fionnphort übersetzen, um den Großeinkauf zu erledigen, all das tun, was ich nie wollte. In Edinburgh dagegen habe ich um diese Zeit noch im Bett gelegen, bis mindestens neun Uhr, denn vorher macht in den Künstlerkreisen, in denen Eric und ich verkehrt haben, niemand einen Finger krumm. So viele wichtige Menschen, die ich durch ihn kennengelernt habe – Fotografen wie er, Models, Designer, *yada, yada, yada* – und doch keinen einzigen, den ich nach dem Streit mit ihm hätte anrufen wollen. Mac eventuell, ja. Und das auch nur, weil er Eric seit jeher für einen blasierten Snob hält. Mac wäre womöglich als Einziger nicht überrascht gewesen von Erics Geständnis, aber ihn anzurufen kam mir dennoch falsch vor. Eric ist kein blasierter Snob. Er hat mich auch nicht mit einem seiner Models betrogen, wie es Mac schon hundertmal vorausgesagt hat. Er hat sich in eine Frau verliebt, die sieben Jahre älter ist als er und dazu verheiratet. Macht es das alles nur noch schlimmer? Möglicherweise.

Die Sonne geht auf. Sie erhellt den Himmel und schiebt die Wolken beiseite. Noch einmal lasse ich den Blick über die Landschaft schweifen, über die bucklige Weide und die zerzausten Gräser zu dem strahlend weißen Sandstrand, der beinahe karibisch wirkt. Zeit, sich vom Hügel und unter die Menschen zu begeben. Früher oder später wird sich die Nachricht meiner Rückkehr ohnehin verbreitet haben. Womöglich statte ich Shona einen Besuch ab und kaufe ein paar Lebensmittel ein, zur Abwechslung etwas Grünes. Nachdem es mit dem Frühstück nichts wurde, kann ich vielleicht beim Abendessen punkten. Ganz sicher wird Kyle auftauchen. Er wird die deutlicheren Fragen stellen, so viel steht fest. Fürchte ich mich davor? Oh, ja. Doch das Schlimmste habe ich bereits hinter mir, denn schließlich bin ich hier.

Die Türglocke ist noch nicht verklungen, da höre ich schon Schritte, die eilig über den Steinboden schlurfen, und dann steht Shona vor mir, und ich breche auf der Stelle in Gelächter aus.

»Was, um Himmels willen, ist mit deinen Haaren passiert?«, japse ich. »Du siehst aus, als hättest du dir rosa Zuckerwatte in den Zopf geflochten.«

»Isla Grant!«, ruft Shona, und es klingt ehrlich entgeistert, und ich frage mich allmählich, was an meinem vollen Namen so faszinierend ist, dass es niemand bei Isla belassen will. »Das wird deinen Vater umgehauen haben, habe ich recht? Hat er überhaupt einen Ton herausbekommen? Der alte Toffel. Kind, du siehst wunderbar aus! Was auch immer dich hierher zurückverschlagen hat, es steht dir gut zu Gesicht.«

»Eine Trennung, Shona«, sage ich trocken, und Shona schmatzt ihre pink bemalten Lippen zusammen, als hätte sie es schon immer geahnt, ganz die weise alte Dame, die sie nun mal ist.

»Manche Männer lassen einen in der Tat strahlender zurück, als sie einen aufgefunden haben«, erklärt sie, und schon wieder bringt sie mich zum Lachen. Womöglich habe ich mehr von dieser Insel vermisst als das Meer.

»Also«, sage ich, während ich Shona tiefer in den Laden hinein folge. »Die Haare?«

»Nichts weiter«, gibt sie zurück. »Ich könnte schwören, da stand Schaumfestiger auf der Flasche, nicht Schaumtönung. Aber was macht's? Ein bisschen Farbe im Leben, das hat noch keinem geschadet. Rosa dazu! Ich fühle mich wieder wie ein Backfisch!«

Ich laufe grinsend hinter Shona her, durch den Laden, an der kurzen Theke vorbei, hinter der Ally Donne steht und mir mit offenem Mund nachsieht, durch eine hintere Tür in den niedrigen Hausgang und hinauf in den oberen Stock. Hier hat Shona ihre Wohnung, seit fast sechzig Jahren schon, seit sie Boyd Thomson, den Gemischtwarenhändler, heiratete und mit ihm den Laden übernahm.

»Was macht Ally Donne hinter dem Tresen?«, frage ich, als ich Shona in die Küche folge. »Habt du und Boyd endlich beschlossen, euch ein wenig Hilfe zu holen?« Ally ist die Frau von Harris Donne, der Fischer ist und ein guter Freund meines Vaters. Die beiden gehen angeln in ihrer Freizeit – wie bizarr ist das? Darüber hinaus haben die Donnes eine Tochter, Isobel. Sie ist einige Jahre jünger als ich, deshalb kenne ich sie kaum, aber sie sah schon damals aus wie ein Mannequin, die Inselschönheit sozusagen. Isobel Donne. Ob sie es wohl weg geschafft hat?

»Ally ist schon seit fast vier Jahren im Laden.« Shona geht zum Herd, nimmt den Kessel und füllt ihn mit Wasser. »Sie hat ihn übernommen, als Boyd starb.«

»Was?« Das Lächeln gefriert auf meinem Gesicht, denn, Gott, das wusste ich nicht. Shonas Mann ist vor vier Jahren gestorben, und ich erfahre erst jetzt davon? »Das tut mir so leid«, stammle ich. »Hätte ich gewusst, dass … ich wäre zur Beerdigung gekommen. Es tut mir wirklich schrecklich leid.« Es gibt überhaupt keine Worte dafür, wie leid mir das tut, doch Shona zuckt mit den Schultern.

»Du warst nicht hier«, sagt sie. »Du führst dein eigenes Leben.« Sie setzt sich zu mir an den Tisch, während das Teewasser heiß wird, und nimmt meine Hand. »Mach dir darüber nicht auch noch Gedanken, Isla, du hast gerade ganz andere Probleme.« Ihre blauen Augen blitzen. »Was hat Kyle gesagt? Ist er sehr sauer, dass du dich sechs Jahre nicht gemeldet hast? Hat er dir Schimpfwörter an den Kopf geworfen und sich den Bart gerauft wie ein Eumel?«

»Wie ein …« Ich pruste, doch dann verziehe ich das Gesicht. »Das steht mir wohl erst noch bevor«, sage ich, und nun ist es Shona, die lacht.

»Ein bisschen Entrüstung hast du verdient«, sagt sie. »Aber nur ein bisschen.«

Wir sehen einander an wie zwei alte Freundinnen, die sich Jahre nicht gesprochen haben, und genauso fühle ich mich. Shona ist die Großmutter, die ich nie hatte, und jetzt, da ich ihrer zähen, kleinen Gestalt gegenübersitze, wird mir klar, wie sehr sie mir gefehlt hat. Sie sieht aus wie ein Mädchen mit ihrem dicken, weiß-rosa geflochtenen Zopf und dem bunten Strickkleid, zu dem sie Gummistiefel trägt. Ihr Gesicht ist rund, obwohl sie eine so schmale Person ist, und ihre Augen lächeln fast immer. Shona ist ein achtundachtzig Jahre altes Mädchen, und ich könnte sie aufessen, so gern hab ich sie.

»Wie ist es dir ergangen?«, frage ich. »Ich meine …« Ohne Boyd, meine ich, aber schon wieder schießt mir Röte in die Wangen angesichts meiner Ignoranz, die mir in diesem Augenblick unerträglich selbstsüchtig erscheint. Was, wenn nicht Boyd, sondern Shona selbst … Ich darf überhaupt nicht daran denken, was dann gewesen wäre.

»Ich komme gut zurecht«, sagt Shona. »Es war anfangs ein bisschen ungewohnt, aber du kennst die Insel. Hier kümmert sich jeder um jeden, weshalb ich mir nicht vorkomme wie eine einsame alte, verwitwete Frau.« Sie lächelt mich an, und ich denke: *Nun, das ist genau das, was mich damals vertrieben hat,* aber ich spreche es nicht aus. »Boyd ist friedlich eingeschlafen«, fährt Shona fort. »Er hätte es sich nicht anders wünschen können. Und er fehlt mir, an jedem einzelnen Tag. Aber so ist das Leben, Isla. Damit müssen wir uns abfinden.«

»Ach, Shona …« Sie ist so tapfer. Und ich fühle mich nach wie vor schlecht.

»Hätte mir zu Beginn meines Lebens jemand erzählt«, sagt sie, »dass ich einmal fünfundfünfzig Jahre mit ein und demselben Menschen verbringen würde, ich hätte es nicht geglaubt. Selbst als …« Sie stockt, und dann schüttelt sie den Kopf und lässt den Satz in der Luft hängen.

»Waren deine Eltern nicht auch ihr ganzes Leben lang zusammen?«, frage ich.

»Damals sind die Menschen aber nicht so alt geworden, Kindchen.« Sie seufzt. »Ich bin achtundachtzig Jahre alt und fühle mich wie achtundsiebzig. Das muss die Seeluft sein.« Sie zwinkert mir zu, und dann beginnt der Wasserkessel zu pfeifen.

Während Shona den Tee zubereitet, nehme ich zwei der geblümten Tassen aus der Vitrine neben der Tür, mitsamt Unterteller und Zuckerdose, und stelle sie vor uns auf den Tisch, so wie früher. Shonas Küche ist ganz anders als unsere – verspielter und bunter und gemütlicher, weniger rustikal, irgendwie. Vor Jahren, als Kind und als Jugendliche, habe ich mehr Zeit hier verbracht als bei uns zu Hause. Shona und Finn waren Dreh- und Angelpunkt in meinem Leben, noch bevor er und ich so eine Art Paar wurden. Shona ist Finns Großtante, die Schwester seines Großvaters. Und sie ist das Herz dieser Insel, zumindest für mich.

»Nun«, beginnt sie, als sie sich zurück an den Tisch setzt und die Kanne vor uns abstellt, »erzähl mir von dieser Trennung, die dich dazu bewogen hat, nach all den Jahren hierher zurückzukehren. Was hat er angestellt, dein Fotografen-Freund?«

»Er …« Ich stocke. Es auszusprechen macht es irgendwie so wahr, doch schließlich sage ich es doch: »Er hat sich in eine andere verliebt.«

»Er hat dich betrogen?«

»Nicht körperlich, nein.« Ich seufze, aber nur deshalb, weil es wirklich wehtut, darüber zu sprechen. »Er hat diese Frau kennengelernt, eine Kundin. Sie hat sich an Eric gewandt, weil sie für einen offiziellen Empfang der Stadt eine Art Fotocollage von … ach, egal. Das ist nicht wichtig. Jedenfalls: Sie ist verheiratet und sieben Jahre älter als er. Sie ist kein Model, nicht einmal annähernd so schön wie die Mädchen, die er schon fotografiert hat. Aber er fühlt sich mit ihr verbunden, sagt er. Und ihr geht es offenbar genauso. Doch ›bevor sie dem nachgeben, wollten beide erst bereinigen, was es zu bereinigen gibt‹, so hat er sich ausgedrückt.«

Shona sieht mich an, die Augen rund und groß. »So etwas Dummes habe ich noch nie gehört«, sagt sie.

Ich gieße Tee ein. »Nicht wahr? Bereinigen, das klingt so medizinisch«, sage ich, doch Shona schüttelt den Kopf.

»›Bevor sie dem nachgeben‹?«, fragt sie ungläubig. »In welchem Jahrhundert leben die beiden? Sollte er nicht, du weißt schon, bevor er ›es bereinigt‹, wissen, wie der Hase läuft?«

Ich runzele die Stirn. »Shona, ich denke nicht, dass das unbedingt das Thema …«

»Und ob das ein Thema ist«, ruft sie. »Ihm muss doch klar sein, wogegen er dich eintauscht! Was, wenn es zwischen den Kissen nicht stimmt? Dann ist es mit der Verbundenheit ganz bald vorbei.«

»Nun, das ist dann sein …«

»War der Sex gut zwischen euch? Ich meine, ihr wart nicht erst seit gestern zusammen, habe ich recht? Da können einem schon mal die Füße einschlafen bei dem Thema.«

»Shona«, beginne ich, bevor mir für einen Sekundenbruchteil der Gedanke kommt, ob sich darum die Textnachrichten und Voicemails auf meinem Handy drehen. Ob Eric festgestellt hat, dass es mit der Neuen »zwischen den Kissen nicht stimmt«, und nun verzweifelt versucht, mich nach Edinburgh zurückzuholen? Auf der

Stelle verwerfe ich den Gedanken wieder. Es ist gerade mal zwei Tage her. Was auch immer er mir zu sagen hat, gründet sich ganz sicher nicht auf ungezähmter Leidenschaft. Es hat wohl eher damit zu tun, dass sein Gewissen ihm zu schaffen macht. Und er Mitleid mit mir hat. Und sein Mitleid ist das Letzte, was ich jetzt brauche.

»Ich denke, *das* Thema wird Eric keine Schwierigkeiten bereiten«, bringe ich schließlich hervor. »Gott, Shona, du bist wirklich unglaublich.«

»Das muss dir nicht peinlich sein.«

»Es ist mir nicht peinlich«, sage ich, »solange es *dir* nicht peinlich ist, mich so unverblümt auf mein Ex-Sexleben anzusprechen.«

»Ist es nicht.«

Ich lache. »Ja, das höre ich.«

»Nun ja, ich war auch mal jung«, beginnt sie, »und das war gar keine so unaufregende Zeit. Selbst als ich noch nicht mit Boyd …«

»Noch Tee?« Ich greife nach der Kanne. »Was ist das? Earl Grey? Schmeckt sehr, sehr gut.«

Shona grinst mich an. »Also gut«, erklärt sie, »dann lass dir wenigstens das Eine gesagt sein: Er versucht, durch diese Verschleierungstaktik als Unschuldslamm dazustehen, aber du solltest ihm nicht auf den Leim gehen. Er ist und bleibt der Halunke in diesem Spiel.«

»Ich weiß. Das tue ich nicht.«

»Er hat dich für eine andere verlassen, das kann niemals nobel sein, auch wenn er noch so ehrenhaft tut. Von wegen, ›alles ist fabelhaft, ich bin schließlich nicht mit ihr in die Kiste gehüpft‹.«

Ich nicke.

Wir trinken Tee.

Und ich denke, ich habe noch nicht annähernd begriffen, was zwischen Eric und mir geschehen ist und was das für mich bedeutet.

»Und du bist hier, weil du nirgendwo anders hinkonntest?«, fragt sie schließlich, und als ich automatisch das Gesicht verziehe, tätschelt sie wieder meine Hand.

»Wir haben in seinem Loft gelebt«, grummle ich. »Ich habe in seinem Studio gearbeitet.« Ich schüttle den Kopf, denn mehr fällt mir dazu nicht ein. Dass mein gesamtes Leben mit Eric Cunningham verknüpft war, habe ich erst bemerkt, als es auseinanderbrach.

»Es ist gut, dass du hergekommen bist«, sagt Shona. »Das hier ist dein Zuhause. Und du bist immer willkommen.«

»Das sah gestern Abend nicht wirklich danach aus.«

»Ach, gib diesen Sturköpfen ein wenig Zeit. Nathanial mag mürrisch und abweisend wirken, aber er hat das Herz am rechten Fleck, und er ist immer noch dein Vater. Den ich übrigens schon kannte, als er noch in seine Hosen geschippert hat«, fügt sie hinzu. »Bei Bedarf kann ich das gern einmal anbringen.«

»Ich werde darauf zurückkommen.«

»Tu das, Kindchen.« Sie sieht mich an, als wolle sie noch etwas sagen, doch dann schüttelt sie den Kopf.

»Was?«, frage ich. Wieso versucht hier jeder, die Gespräche mit mir auf halbem Wege abzubrechen? »Du wolltest noch was sagen. Ich hoffe nur, es hat nichts mit den Hosen meines Vaters zu tun.«

»Nein, hat es nicht«, sagt Shona, und dann seufzt sie. »Du weißt, dass Libby eine Fehlgeburt hatte?«

»Ja.« Ich sehe sie überrascht an. »Es ist Jahre her, oder? Das war, kurz bevor ich das letzte Mal hier war.«

Shona nickt. »Nun, sie hatte noch zwei weitere in den darauffolgenden Jahren«, fährt sie fort, »und gerade ist sie wieder schwanger.«

Für einen Augenblick weiß ich nicht, was ich sagen soll, nur eines weiß ich ganz sicher: dass es in den kommenden Tagen noch unzählige solcher Augenblicke geben wird, in denen ich mich frage, wie es passieren konnte, dass ich die Menschen, die mir einmal am nächsten standen, so sehr aus den Augen verloren habe. So sehr, dass ich nicht einmal weiß, dass die Frau meines älteren Bruders Höllen durchlebt haben muss, während ich in Edinburgh Lichtreflektoren hin und her geschoben habe. Dass Kyle, mein großer, brummiger, starker Bruder, vermutlich zusammengebrochen ist über diesen Nachrichten, denn er sehnt sich nach Kindern, nach einer Familie. Unbedingt.

Ich bin ein schlechter Mensch. Ich bin ein verkommener, egoistischer Mensch. Wieso hat Will nichts erwähnt?

»Ich denke, das solltest du wissen, bevor du Kyle begegnest«, sagt Shona.

Ja, das sehe ich genauso. »Danke, dass du es mir gesagt hast. Wie geht es Libby jetzt? Wie weit ist sie?«

»Ich bin mir nicht sicher, aber schon in der zweiten Schwangerschaftshälfte, denke ich. Bestimmt geht es diesmal gut.« Shona lächelt mir zu. »Hoffen wir es, insbesondere für deinen Bruder. Libby mag aussehen wie eine Elfe, aber sie ist stark wie ein Bär. Kyle dagegen hat das alles sichtlich mitgenommen, mehr als sie, zumindest hatte es den Anschein.«

»Ich kann nicht glauben, dass ich …« *Nicht für ihn da war,* denke ich, doch ich spreche den Satz nicht aus, wozu auch? Ich war ewig nicht hier, es war meine Entscheidung, nun muss ich die Konsequenzen tragen, auch wenn das bedeutet, dass Kyle mich hassen wird und der Rest der Insel auch. Alle, bis auf Shona vermutlich.

»Hier.« Sie schiebt einen Teller mit Plätzchen zu mir hin, mit riesigen, unförmigen Teigklötzen, um genau zu sein.

»Was ist das?« Ich nehme einen der Kekse in die Hand und beäuge ihn misstrauisch. Er sieht aus wie ein Haufen Sand, mit winzigen Einkerbungen, die … Bäume darstellen könnten, mit Ästen und Blättern und einem Küstenstreifen mit Sand und Meer und viel Fantasie. Dieser Keks ist auf jeden Fall eine komplette Mahlzeit, groß wie mein Handteller, und meine Hände sind ehrlich nicht klein.

»Die verlorene Insel«, sagt Shona. »Ich backe sie selbst und verkaufe sie unten im Laden.«

Ich blinzle einige Sekunden lang, dann starre ich erneut auf das Gebäck in meiner Hand. »Die verlorene Insel«, wiederhole ich. Die verlorene Insel. Gott, das hätte ich beinahe vergessen. Das einzige Mysterium, das Bailevar je umgab und an das kaum jemand mehr glaubt als Shona. Die Insel vor der Insel, die einst im Meer versank.

»Orange-Ingwer«, sagt Shona. »Schmecken nicht übel.«

Ich lege den Inselkeks vor mir ab und betrachte ihn von allen Seiten. »Du backst die selbst? Ist das nicht eine Heidenarbeit?«

»Ich backe doch nicht jeden per Hand, Dummchen. Ich habe mir einige Formen anfertigen lassen. Beziehungsweise Finn hat das für mich organisiert.«

Finn. Ich bin nicht sicher, ob ich den Namen laut ausgesprochen habe oder nicht, er hallt auf jeden Fall nach in meinem Kopf. Und mir entgeht nicht, dass auch Shona ihren Worten nachspürt, sie studiert mein Gesicht, als wolle sie es malen.

»Du stehst also immer noch unten im Laden?«, frage ich, um das Gespräch in eine andere Richtung zu lenken. »Obwohl Ally da ist?«

Shona winkt ab. »Ally hat so gut wie alles übernommen«, sagt sie. »Ich kümmere mich nur noch um die Souvenirs.«

Ich blicke wieder auf den Keks, damit Shona nicht den Zweifel in meinen Augen entdeckt. Ich meine, Souvenirs von Bailevar – wer kauft die? Selbst von einer untergegangenen Insel, vorausgesetzt, es hat sie je gegeben, will niemand einen Keks, solange kein Tourist den Weg hierherfindet. Ich frage nicht, welche anderen Andenken sie dort unten im Laden hütet oder wer ihr je etwas davon abgekauft hat. Ich beiße in den Keks und sage: »Hmmm, der ist richtig gut, Shona.« Das ist er wirklich. »Er schmeckt … wie … ich weiß nicht, wie …«

»… die Orangen-Ingwer-Marmelade, die Finns Mutter früher von ihren Einkäufen aus London mitgebracht hat.«

»Genau.« Ich sehe Shona verblüfft an. Ich habe Jahre nicht an diese Marmelade gedacht, obwohl Finn und ich sie als Kinder praktisch aus dem Glas gelöffelt haben. Sie war süß, im Gegensatz zu all den anderen bitteren Sorten, die es in England und Schottland gibt. Sie schmeckte wie kandierte Früchte, zuckrig und klebrig und am Ende nur das kleinste bisschen scharf. »Also, diese Kekse sind …« Ich breche mehr von dem Teig ab und schiebe ihn mir in den Mund. Das ist so einer von Marcel Prousts Madeleine-Momenten, denke ich. So ein Augenblick, in dem ein Geschmack oder ein Geruch eine Erinnerung heraufbeschwören, so heftig, als habe man sie gerade erst erlebt.

»Das Rezept ist von Finn«, sagt Shona, und ich verschlucke mich.

»Ja?«, huste ich. »Mmmh.« Ich lege die angebissene Insel zurück auf den Teller. Finn. Zum Verrücktwerden-immerwiederFinn.

Shona lächelt mich an. »Er hat das Pub übernommen, weißt du?«

Und auf einmal bekomme ich gar keine Luft mehr, und mein Herz fühlt sich an, als wäre es mir in den Magen gerutscht, mit der Geschwindigkeit eines herabrasenden Fahrstuhls. Whoooosh.

»Das Pub?«, quietsche ich. Oh, Isla. Stell dich nicht dümmer, als du bist. Es gibt nur ein Pub auf dieser Insel, und das hat schon immer Finns Familie gehört. *»The Old Man's Inn?«*

»Ganz genau dieses, Kindchen.«

»Finn ist hier?«

»Mh-mh.« Shona steht auf, und obwohl sie sich beeilt, sich von mir wegzudrehen, um das Geschirr in die Spüle zu räumen, sehe ich dennoch das Leuchten in ihren Augen, das sie zu verbergen versucht.

»Shona«, beginne ich, »ich habe gerade eine Trennung hinter mir!«

»Oh, ich weiß, Mäuschen.« Sie könnte nicht unaufrichtiger klingen.

»Mir ist klar, Finn ist mit dir verwandt, und du hast

es immer gern gesehen, dass wir … ich meine … wenn wir …«

»Ihr seid ein so schönes Paar gewesen«, sagt sie. »Es ist ein Jammer, dass das nicht gehalten hat.«

»Wir waren kein *richtiges* Paar.« Nicht wirklich. Wir waren mehr so etwas wie eine Zweckgemeinschaft. Zwei einsame Insulaner auf der Suche nach … was weiß ich.

»Nun«, beginnt Shona, »zwischen den Kissen hat es aber gestimmt, oder etwa nicht?«

»Shona!«

Shona hält sich den Bauch vor Lachen. Dann räumt sie die restlichen Spuren unseres Teekränzchens beiseite, immer noch kichernd, bevor sie sich erneut zu mir setzt, die blauen Augen voller Schalk und Hinterlist. »Mach dir keine Sorgen, Kindchen, ich werde dich nicht in seine Richtung schubsen«, sagt sie.

Ich glaube ihr kein Wort, doch ich sage: »Das ist gut, denn weißt du, zwischen Finn und mir, das ist schon lange nicht mehr …«

»Ich möchte seine neue Freundin schließlich nicht unglücklich machen.«

Und damit bringt sie mich zum Schweigen, obwohl mein Mund noch offen steht.

Ich habe mir gewünscht, Finn nicht zu sehen, wenn ich nach Bailevar zurückkomme. Ich habe gehofft, dass er nach wie vor in London arbeitet, in irgendeinem überteuerten Yuppie-Lokal. Ich habe nicht damit gerechnet, dass es anders sein würde. Ich habe nicht damit gerechnet, dass er hier ist. Und erst recht war ich nicht darauf gefasst, dass dies meinen Herzschlag ins Flattern bringen würde. Und dass er nicht alleine ist.

Was habe ich mir gedacht? Selbstverständlich hat Finn jemanden, ich habe die vergangenen zehn Jahre schließlich auch nicht im Zölibat gelebt. Ich habe Eric geliebt. Ich wollte den Rest meines Lebens mit ihm verbringen. Ich habe kaum an Finn gedacht, sehr selten, und … ja. Er ist ein toller Kerl, wieso sollte es keine Frau in seinem Leben geben?

»Was denkst du jetzt, Isla? Du siehst aus, als würden die Gedanken hinter deiner Stirn Cancan tanzen.«

Ich sehe Shona an. Diese kleine Intrigantin mit ihren großen, unschuldigen Augen und dem zuckenden Mundwinkel. Diese Information hat sie so gut platziert, das muss Absicht gewesen sein.

Ich stehe auf, laufe zur Spüle, nehme den angebissenen Inselkeks von seinem Teller und beuge mich dann zu Shona hinunter. »Ich muss los«, sage ich und drücke ihr einen krümeligen Kuss auf die Wange. »Und ich denke … wir sehen uns.«

Es dauert keine fünfzehn Minuten, bis ich mich höchstpersönlich von Finns Aufenthalt auf der Insel überzeugen kann. Der schwarze Geländewagen mit dem *Old-Man's-Inn*-Logo rauscht an mir vorbei, als ich mit meiner Einkaufstüte aus Shonas Laden trete, und ich kann mich gerade noch rechtzeitig zurück in den Hauseingang flüchten – zumindest hoffe ich das. Ich denke nicht, dass er mich gesehen hat. Ich denke schon, dass Finn hinter dem Steuer saß. Der dunkelblonde Haarschopf, das kantige Kinn. Der Jeep kam von der Straße, die zum Inneren Bailevars und zu den Farmen führt. Vermutlich war auch er einkaufen an diesem Vormittag.

»Hast du was vergessen?« Ally Donne steht hinter mir in der geöffneten Ladentür, während ich mich nach wie vor in ihrem Eingang herumdrücke, und mustert mich prüfend. Falls sie eine Befürworterin meines Handelns in den vergangenen Jahren sein sollte, ist es ihr nicht anzumerken. »War das Finns Wagen da eben? Hast du dich vor ihm versteckt?«

»Quatsch«, lüge ich. »Ich … keine Ahnung, wem das Auto gehört, aber es hätte mich beinahe umgefahren.« Ich lasse sie stehen, wohl wissend, dass sie mir kein Wort geglaubt hat und sicherlich schon Pläne schmiedet, wem sie alles von Islas Flucht vor Finn Taylors Auto erzählen kann. Auf dieser Insel verbreitet sich Tratsch schneller, als die Wolken ziehen, und das will in Schottland etwas heißen. Ich seufze. Es regnet schon wieder. Willkommen zu Hause.

3

Isla

»Was riecht hier so komisch?« Die Eingangstür ist kaum ins Schloss gefallen, da steht Will hinter mir und sieht über meine Schulter in den Topf, in dem ich rühre. »Du hast gekocht, Schwesterchen? Ist das *Reis?«*

Ich schüttle den Kopf über seinen ungläubigen Tonfall. »Das ist nur die Beilage«, erkläre ich. »Der Auflauf ist im Ofen.«

»Reis zu einem Auflauf«, murmelt er, aber da höre ich kaum noch hin, denn in der Tür hat sich Kyle aufgebaut, und für einen Augenblick vernebelt die Angst meine Sinne, er könnte sich umdrehen und wieder hinausstürmen, ohne mit mir gesprochen zu haben. *Libby,* schießt es mir durch den Kopf. *Mein Bruder muss mich hassen.* Doch da löst sich seine bärige Gestalt aus dem Türrahmen, kommt auf mich zu und schließt mich in die Arme. Es ist eine unbeholfene Umarmung, und sie ist kurz, aber es ist eine.

»Hallo, Kyle«, sage ich, als wir uns voneinander lösen, und Kyle nickt mir zu.

»Will sagte, dein schicker Fotograf hat Mist gebaut?«

Ich werfe Will einen Blick zu, doch der ist gerade damit beschäftigt, seine schmutzigen Stiefel auszuziehen – auf dem Küchenboden, den ich heute Nachmittag gewischt habe. »Nun«, beginne ich, »nicht gerade Mist, es ist eher, nun ja …« Ist ja nicht so, als würde ich diese Dinge mit meinen Brüdern besprechen, weshalb mich wirklich interessieren würde, wie Will darauf kommt. Erzählt habe ich ihm jedenfalls nichts.

»Soll ich rüberfahren und ihm eine mitgeben? So ganz großer-Bruder-mäßig, meine ich?«

»Nein danke.« Ich lache, und es klingt genauso hölzern, wie sich unsere Umarmung angefühlt hat. »Das wird nicht nötig sein, wirklich.«

»Mmmh.« Er sieht mich an mit diesem durchdringenden Blick, und wie gestern vor meinem Vater beginnt mein Herz, schneller zu schlagen. Nach einer gefühlten Ewigkeit öffne ich den Mund, um etwas zu sagen, doch Kyle kommt mir zuvor. »Vielleicht hätte ich das doch tun sollen«, brummt er, »ein paar Jährchen früher. Dann wären nicht sechs Jahre vergangen, bis du dich hier wieder sehen lässt.«

Ich klappe den Mund wieder zu. Kyle schweigt. Ich schätze, das war es erst einmal mit unserer Unterhaltung, er ist nach wie vor nicht gut darin. Diesbezüglich gleicht er meinem Vater, wohingegen Will und ich es immer noch geschafft haben, miteinander zu sprechen. Kyle fährt sich durch die Haare. Sie sind zu lang, weshalb er sie im Nacken zu einem Zopf gebunden hat, und mit dem Vollbart und den dunklen Augen könnte er gut und gern als Hippster-Model durchgehen, ganz ohne es zu ahnen.

»Es ist schön, dich zu sehen«, sage ich, und als Kyle nicht antwortet: »Wie geht es Libby?«

»Es geht ihr gut.« Kyle nickt wieder.

»Schön, ich ... vielleicht könnte ich sie morgen mal besuchen? Ist sie zu Hause?«

»Sie arbeitet bei Aiden im Craft Shop. Mir wäre es lieber, sie täte das nicht, aber ...« Kyle runzelt die Stirn, als fiele ihm gerade erst auf, dass er bereits zu viel erzählt hat, und dann lässt er den Satz in der Luft hängen.

»Geh mal zur Seite, Isla.« Will schiebt mich ein Stück weg, um die Ofentür zu öffnen. »Scheiße, ich hab Hunger. Ich könnte ein Pferd essen!« Er macht sich daran, die Form aus dem Ofen zu heben, als mein Vater plötzlich durch die Tür stürmt.

»Hast du sauber gemacht?«, fragt er, und sein Kiefer arbeitet dabei, was kein gutes Zeichen ist.

»Ich hab ein bisschen gesaugt und das Bad ...«

»Niemand braucht in diesem Haus sauber zu machen«, ruft er dazwischen, »das haben wir in den vergangenen Jahren sehr gut selbst hingekriegt, deine Brüder und ich.«

»Ich wollte nur ...«

»Niemand, Isla. Kümmer du dich um dein eigenes Zuhause, es gibt keinen Grund für dich, in diesem herumzuschnüffeln.«

Für einige Sekunden ist es so still in der Küche, dass nicht einmal das Knistern des Feuers zu hören ist. Mein Vater und ich sehen uns an, und ich weiß, wenn ich nicht gleich die Flucht ergreife vor seinem brodelnden Blick, werden meine Augen anfangen zu tränen.

»Wundervoll«, sagt Will schließlich. »Das war ... interessant.«

Mein Vater wirft ihm einen Blick zu, dreht sich um und verlässt den Raum. Kyle seufzt. Ich blinzle und nehme den Kochlöffel in die Hand.

»Das Essen ist gleich fertig«, murmle ich. »Es gibt ein Gemüsedal aus dem Ofen und Reis und …«

Will tritt hinter mich und drückt meine Schulter. Und dann fragt er: »Es gibt *was* aus dem Ofen?«

»Gemüsedal.« Ich atme aus. »Allerdings nur Tiefkühlgemüse. Ich weiß nicht, aber die Auswahl in Shonas Laden scheint mir noch kleiner geworden zu sein. Frische Sachen bekommt man gar nicht mehr und … hey!«

Will nimmt mir den Kochlöffel aus der Hand, den Reis von der Platte und stellt den Herd aus. »Gemüse!«, ruft er, als hätte ich ihm Fischaugen angeboten oder püriertes Hirn. »Wir waren den ganzen Tag draußen, Isla, wir haben *Hunger,* und du willst uns *Gemüse* servieren?«

»Ja, also, Linsen sind auch drin.«

Ich bin zu aufgewühlt, um über Wills Ausbruch zu lachen, doch als er Luft holt und ruft: »Wir sind Männer, Isla«, da tue ich es doch. Ich lache, und Kyle brummt, und Will legt einen Arm um mich und raunt mir zu: »Nimm dir das nicht zu Herzen, du bist hier genauso zu Hause wie wir.« Noch bevor ich darauf reagieren kann, schiebt er mich zur Tür.

»Hey!«

Er drückt mir meine Jacke in die Hand. »Zieh dich an, wir essen im Pub.«

»Im Pub?«

»Schau nicht so entsetzt, Finn kocht sehr anständig mittlerweile, und es gibt Fleisch, Rotfüchschen – genau das, was deine Brüder brauchen.« Er sieht Kyle an. »Du kommst doch mit, oder?«

»Lass mich erst nach Libby sehen«, antwortet er. »Dann komm ich vielleicht nach.«

»Ist gut.«

»Will.« Ich versuche, mich aus seinem Griff zu winden, während er mich mitsamt meiner Jacke zur Tür hinaus und die Stufen hinunter in den Vorgarten schiebt. »Ich würde wirklich lieber hier essen. Geh du allein ins Pub, ich …«

»Lass ihn ein bisschen schmoren«, unterbricht er mich. »Er kriegt sich wieder ein.«

Für ein, zwei Sekunden habe ich Schwierigkeiten zu begreifen, dass er unseren Vater meint, und in diesen Sekunden geht auch Will ein Licht auf. Er bleibt stehen und sieht mich an.

»Aaaah«, sagt er. »Finn.«

»Nein.« Herrje. Ja! Im Augenblick weiß ich nicht, wo mir der Kopf steht, nur dass der Tag viel zu lang war und mein Kissen nach mir ruft. Das ich mir aufs Gesicht pressen kann. »Es ist nur, ich muss nicht die ganze Insel im Sturm erobern«, sage ich schließlich.

»Wie du meinst.« Will lässt mich los. »Dann noch einen schönen Abend mit Dad.«

Er winkt mir zu, und ich sehe meinen Brüdern hinterher, wie sie sich vorm Gartentor voneinander verabschieden, wo Will nach links, in Richtung Hafen, und Kyle nach rechts, zu seinem eigenen Haus, davongeht. Ich bleibe stehen. Der Wind plustert meine Locken auf und meine Ärmel, doch die schlimmste Gänsehaut verursacht mir der Blick meines Vaters, der sich in meinen

Nacken bohrt, *ich spüre es.* Also gebe ich mir einen Ruck und laufe Will hinterher. Bailevar ist keine acht Quadratkilometer groß. Wie lange kann ich Finn Taylor da aus dem Weg gehen?

4

Finn

Das Geheimnis eines erfolgreichen Ladens sind zufriedene Mitarbeiter. So hat es mir mein Vater beigebracht, als ich noch nicht einmal über den Tresen sehen konnte, und heute sage ich mir diesen Satz vor, während ich die Hände an einem Küchentuch abtrockne, die Arme vor der Brust verschränke und mich vor zweien meiner Mitarbeiter aufbäume, die kurz davor sind, sich die Haare auszureißen. Gegenseitig.

»Was ist hier los?«

Isobel zuckt zusammen, als sie meine Stimme hört, doch einschüchtern tut es sie nicht. »Dein Suppenkoch versucht, mich rumzukommandieren«, erklärt sie, »und das nicht zum ersten Mal. Mir reicht's.« Sie verschränkt die Arme, ebenso wie ich, und wirft Liam und mir abwechselnd wütende Blicke zu.

»Izzy …«, beginnt Liam.

»Nenn mich nicht Izzy«, faucht Isobel.

»Ich sagte lediglich, es wird voll heute Abend, und es sollten die zwei Extratische aufgestellt werden. Tom kann das machen, ich wollte nur, dass das nicht vergessen wird, in einer halben Stunde …«

»Kümmer dich um deinen eigenen Kram«, unterbricht Isobel ihn erneut. »Du hast hier im Restaurant nichts zu suchen.«

»Nun, ich denke schon.«

»Schau ich dir in deine Suppentöpfe? Mach ich das?«

Liam seufzt. Isobel redet weiter auf ihn ein, und ich stehe daneben und versuche herauszufinden, worum sich dieser Streit wirklich dreht. Liam ist kein Suppenkoch, er ist mein Souschef. Und natürlich hat er alles im Restaurant zu suchen, denn als mein Stellvertreter hat er das Pub genauso im Blick wie ich und jedes Recht, das Serviceteam anzuweisen. Isobel weiß das. Also denke ich, dass diese Auseinandersetzung rein gar nichts mit arbeitstechnischen Zuständigkeiten zu tun hat und weit mehr der Tatsache geschuldet ist, dass die zwei ein Paar sind.

»Okay«, rufe ich über die Stimmen beider hinweg, und für einen Augenblick ist es still. »Isobel, gibst du bitte Tom Bescheid, er soll die beiden Tische aufstellen, die ersten Gäste können jeden Augenblick hier sein. Liam«, fahre ich fort, während Isobel den Mund öffnet, wohl um zu protestieren, »Nick hat dich eben gesucht, er hatte irgendeine Frage wegen des Hummerfonds.« Liam nickt. Er wirft einen letzten Blick auf Isobel und macht sich auf den Weg in die Küche. Im Gegensatz zu seiner Freundin weiß er, dass ein Restaurant nicht der richtige Ort für private Querelen ist, in der Kernzeit besteht kaum die Möglichkeit, Luft zu holen. Wir beide sind das gewöhnt, denn wir haben gemeinsam in London gelernt, unter schwierigen Bedingungen, um es vorsichtig zu formulieren, oder sagen wir so: Inzwischen erkenne ich einen Choleriker in der Küche schon an seiner Bouillabaisse.

Ich sehe Isobel an, die sich keinen Schritt wegbewegt hat und auf ihrer Unterlippe herumbeißt, als wolle sie mir etwas sagen.

»Es wird wirklich Zeit, Izzy«, erkläre ich schließlich.

»Connor hat eben angerufen«, platzt es aus ihr heraus, und ich seufze. Connor Robertson, Isobels Ex-Freund, ein eins neunzig großer Haufen Ärger auf zwei Beinen, mit nichts als Schwachsinn in seinem breiten blonden Dumpfschädel.

»Er sagt, er will vorbeikommen«, erklärt sie. »Ich will nicht … ich will nicht, dass er wieder mit Liam aneinandergerät.«

»Und wieso sagst du Liam das nicht einfach, anstatt mit ihm einen Streit um nichts vom Zaun zu brechen?«

»Es wäre besser, wenn er heute die Küche nicht verlässt.«

Jetzt muss ich lachen. Frauen. *Mädchen!* »Izzy.« Ich seufze. »Du denkst, wenn du deinen Freund anbrüllst, wird er sich den restlichen Abend nicht mehr aus der Küche trauen? Du wirst Liam nicht verbieten können, ins Restaurant zu kommen.«

»Dann wäre es besser, wenn ich nicht hier wäre. Connor wird wieder gehen, und es gibt keinen Ärger.«

Ich sehe Isobel an. Sie ist Mitte zwanzig, groß, wunderschön, furchtlos und selbstbewusst, und ich kann nicht glauben, dass sie sich von einem Quadratidioten wie Connor Robertson einschüchtern lässt.

»Was ist hier wirklich los?«, frage ich sie.

»Das habe ich doch gerade gesagt: Connor hat angerufen, und …«

»Und was hat er gesagt?«

Isobel starrt mich an, einige zähe Sekunden lang, dann zieht sie ein Gesicht.

»Ich muss für ein, zwei Stunden weg. Kann ich Lilian anrufen, damit sie für mich einspringt?«

»Du musst weg?« Ich sehe sie ungläubig an. »Wohin?«

Wieder eine Pause, die Isobel mit einem Stöhnen beendet.

»Er hat betrunken geklungen«, sagt sie verzweifelt.

»Okay. Das ist nichts Neues, oder?«

»Er will jemanden mit rübernehmen. Irgendeinen Gast vom Festland.«

Aaah. Daher weht der Wind. Auf einer Insel, auf der die letzte Fähre um achtzehn Uhr anlegt, gibt es natürlich Möglichkeiten, für etwas mehr als das Fährticket von einem Ufer ans andere zu kommen, mit etwas mehr oder weniger aufrichtigen Typen. Ich meine, ich selbst habe ein Boot, um meine Gäste nach ihrem Besuch in meinem Restaurant zurück zum Parkplatz nach Fionnphort bringen zu lassen. Aber ich habe auch einen Mitarbeiter dafür, der nicht trinkt, bevor er sich hinter das Ruder stellt.

»Was willst du dagegen tun?«, frage ich.

»Ich weiß nicht. Ihn anrufen, auf ihn einreden. Ihn davon abhalten, irgendwann eine Dummheit zu begehen, die er nicht mehr ausbügeln kann.« Sie zuckt mit den Schultern.

»Du wirst ihn nicht davon abbringen«, sage ich, »erst recht nicht, wenn er betrunken ist.«

»Ich muss es versuchen.«

»Und wie oft willst du das noch machen?«

»Finn …«

»Er ist erwachsen, Izzy. Ihr seid nicht mehr zusammen. Du bist nicht für ihn verantwortlich.«

»Ich weiß.« Sie wirft einen Blick auf die Küchentür, hinter der Liam verschwunden ist. Liam, der ein Stück kleiner ist als Isobel und sehr viel kleiner als Connor, der helle rote Haare hat und davon zu wenig und für den sich Izzy dennoch entschieden hat, was ihrem Ex nie in den Kopf gehen wird. Weil er nicht sieht, was Liam noch von ihm unterscheidet, und das hat sehr viel mit dem Organ zu tun, das bei Connor nur aus luftleerem Raum besteht.

»Ruf Lilian an«, sage ich schließlich. »Komm wieder, wenn du denkst, du hast genug gerettet.«

»Das mache ich.« Sie sieht erleichtert aus. »Danke, Finn.«

»Und ich werde dich nicht decken, wenn Liam nach dir fragt. Wieso sagst du ihm nicht einfach, was du vorhast, anstatt ihn in die Küche zu vergraulen?«

»Ich will nicht, dass er denkt, ich kümmere mich mehr um das, was Connor tut, als ich sollte.«

»Dann kümmere dich nicht mehr um Connor, als du solltest.«

Izzy verdreht die Augen. »Ich rufe Lilian an, sie kommt sicher.«

»Okay.« Ich bin schon halb in der Küche, da ruft Isobel mir hinterher.

»Finn?«

»Ja?« Ich drehe mich zu ihr um.

Sie sieht mich an, öffnet den Mund, schließt ihn wieder.

»Nichts«, erklärt sie schließlich. »Danke für deine Hilfe.«

Es ist Mittwoch, der Laden ist ausgebucht, ich habe alle Hände voll zu tun, und das ist perfekt. Ich erinnere mich noch an das *Old Man's Inn,* als mein Großvater hinter der Theke stand: der Raum so verraucht, dass meine Kinderlunge brannte und meine Augen tränten, der Tresen vollbepackt mit backenbärtigen Fischern, auf den Tellern verbratener Fisch und klebrige Pies. Mein Großvater zapfte das Bier, meine Großmutter schmiss die Küche und, Gott habe die Frau selig, aber kochen konnte sie nie. Das Pub war das, was es schon seit zwei Jahrhunderten war: eine Anlaufstelle für ausgehungerte Einheimische, die nach Schwerstarbeit auf See nicht schmecken, sondern sich ihre Bäuche vollhauen wollten, mit warmer Hausmannskost und süffigem Ale.

Mir ist klar, dass einige Leute in Bailevar nicht mögen, was ich hier tue – was aus dem *Old Man's Inn* geworden ist, seit ich es vor vier Jahren von meinem Vater übernommen habe. Ein paar der Fischer verübeln es mir, dass die Küche jetzt auch Gäste anlockt, die nicht auf der Insel leben. Sie sehen es nicht gern, dass sich hinter der Bar ein abgetrennter Restaurant-Bereich befindet, dass sich dort geschniegelte Städter über sautierte Rasiermessermuscheln und sous-vide gegartes Rind hermachen, was ihnen vorkommt wie ein Katzenhaar in ihrem Bier. Doch die Sache ist die: Es war Zeit für eine Veränderung. Zeit, aus dem Pub, das seine Besitzer mehr oder weniger gut über die Jahre gebracht hatte, etwas mehr zu machen. Und womöglich aus Bailevar. Die

Insel hat ein wenig Aufmerksamkeit verdient, das ist zumindest meine Meinung. Der Schatten Ionas ist größer als die Insel selbst, doch Bailevar hat auch etwas zu bieten: Strände, weiß wie mit Mehl bestäubt, und Wasser, klarer als Luft. Es gibt etwas Besonderes auf Bailevar – mehr als die mysteriösen Geschichten, die Shona unter die Leute bringt.

»Hast du mit ihr gesprochen?«, fragt Nick, sobald ich die Küche betrete. Er ist dabei, die Steaks in ihrer Marinade zu wenden, seine Hände sind grün von einem zähen Öl- und Rosmaringemisch, und ich sehe von ihnen zu Liam, der den Inhalt einer der Töpfe abschmeckt.

»Sie ist nach Hause gefahren«, sage ich ihm, »Lilian wird ihre Schicht übernehmen, es war …«

»Lilian wird wessen Schicht übernehmen?«, unterbricht mich Nick.

»Izzys.« Ich runzle die Stirn. »Wessen sonst?«

Die beiden Köche wechseln einen Blick, den ich nicht verstehe. »Sollte hier sonst noch jemand Schichten tauschen, von dem ich nichts weiß?«, frage ich.

»Du hast es ihm nicht gesagt?«

»Ich bin nicht dazu gekommen. Isobel war so aufgebracht – wieso ist sie *nach Hause* gefahren?«

»Ihr habt mir *was* nicht gesagt?« Ich sehe von einem zum anderen.

Liam räuspert sich. »Isla ist hier. Sie ist zurück auf der Insel. Isobels Mutter hat sie heute Vormittag bei Shona gesehen.«

Ich starre die beiden an, und für den Moment bin ich sprachlos.

Isla und ich, wir waren Freunde. Bevor wir irgendetwas anderes wurden, war ich Islas Anker und sie meine ganze Motivation. Die Dinge wurden nicht einmal dann kompliziert, als der Sex hinzukam, dafür war unsere Beziehung zu pragmatisch, nehme ich an. Problematisch wurde es erst, als Isla beschloss, dass meine Nähe genauso unerträglich war wie das Leben auf der Insel selbst. Beengend. *Erstickend.* Wenn ich es mir recht überlege: Vielleicht hat sie es nicht wirklich beschlossen, vielleicht hat sie es nicht einmal ausgesprochen. Es muss eine Art Gefühl gewesen sein – das Gefühl, als wäre meine Person so unmittelbar mit der Insel verknüpft, dass sie auf einmal nichts mehr wollte als weg. Nicht nur von Bailevar. Auch von mir.

Sobald mir das klar wurde, und ich weiß noch sehr genau, wann das war, bin ich gegangen. Ich suchte mir eine Ausbildungsstelle in England, wechselte dort von einem Restaurant ins nächste, immer eine Stufe höher, bis ich schließlich im *Westex* ankam, einem der angesagtesten Läden des Landes. Ich wusste, mit dem, was ich dort lernte, und dem Renommee, das ich sammelte, würde ich irgendwann selbst etwas Großes schaffen können, und zwar hier, im *Old Man's Inn.* Nicht, weil das Pub seit seinem Bestehen in Familienbesitz ist, oder sagen wir, nicht nur. Aber es ist so: Ich liebe diese Insel. Sie ist meine Heimat, mein Zuhause, meine Vergangenheit, meine Erinnerung und meine Zukunft. Ich wollte immer dorthin zurück, all die Jahre, die ich in England war, und dass ich schneller als gedacht wieder zu Hause war, hing von verschiedenen Umständen ab, war mir aber mehr als recht. Ich bin hierher zurückgekehrt, habe das Pub übernommen, es zu dem gemacht, was es heute ist, ohne auch nur einen einzigen Gedanken an … Nein, das ist nicht wahr. Ich habe Isla mehr als zehn Jahre nicht gesehen, doch gedacht habe ich an sie.

»Finn?« Liam hat seinen Kochlöffel weggelegt und die Hände in die Seiten gestemmt.

Ich sehe von ihm zu Nick, der ebenfalls auf eine Reaktion von mir zu warten scheint, und schüttle den Kopf. »Das ist …« Nun. Großartig? Interessant? Ist ja nicht so, als kenne einer von beiden Isla, sie haben allenfalls von ihr gehört. Von Shona hauptsächlich, der Geschichtenerzählerin schlechthin. Aber womöglich auch von Will oder Isobel oder irgendjemand anders. Sie wissen von mir und Isla und dass diese Sache sich so alt anfühlt wie die Mauern des Pubs. Also warum die gespannten Gesichter? Das ist nur Isla, um Himmels willen. Eine alte Jugendfreundin, mehr nicht. Isla.

»Okay, lasst uns anfangen!« Ich klatsche in die Hände. »Das wird ein langer Abend, und gleich geht er los. Falls Isla irgendwann vorbeikommt, werde ich sie euch vorstellen. Hat jemand schon die Karte auf die Tafel gemalt?«

Ich bin schneller aus der Küche raus als ein Hund am Futternapf. Liam ruft mir nach: »Was ist mit Izzy?«, und ich spüre die Blicke der anderen Köche in meinem Rücken – die von Nick und von Robin und Erin, die von ihren Vorspeisen und Desserts aufblicken. Ich laufe durch die Tür und stoße beinahe mit Adam zusammen, der die Bar schon fast fertig hat. »Hey, Chef. Bist du heute hinten oder hier?«

»An der Bar«, sage ich. Ich muss die Tür im Auge behalten. Aus den unterschiedlichsten Gründen, wie mir scheint.

5

Isla

Finn wiederzusehen ist niederschmetternd, auf so viele unterschiedliche Arten. Ich betrete das Pub, und mein Herz bleibt stehen. Und als habe er ein Geräusch gehört, die quietschenden Bremsen meiner Entschlusskraft beispielsweise, sieht er hinter der Bar von seinen Gläsern auf und starrt zurück. Bilder jagen durch meinen Kopf: Finn und ich nebeneinander im Schulbus, beim alten Leuchtturm, am Strand, im Boot seines Vaters. Finn in Shonas Küche, in meinem Zimmer, in meinem Bett. Finn und ich. Jahre früher. Sein Lachen und die Fältchen um seinen Mund, die schon da waren, als er erst siebzehn war. Das Blitzen in seinen Augen. Und dann der Ausdruck darin, als wir uns voneinander verabschiedet haben, an unserem Treffpunkt, vor mehr als zehn Jahren. Ich dachte, ich hätte es vergessen, aber nein. Finn kommt auf mich zu, und ich sehe den Augenblick vor mir, klarer als jemals zuvor. Und mir fällt ein, warum ich mich dem besser nicht stellen wollte. Oder womöglich ist es mir gerade wieder entfallen. Wie bitte? Worüber haben wir eben noch …

»Isla.«

Er nimmt mich in seine Arme, drückt mich, dann lacht er mich an, und ich kann gar nicht anders, ich lache ebenfalls, kurz und irgendwie schmerzvoll. Etwas regt sich in mir. Etwas, das ich ewig nicht gespürt und schon vergessen hatte und das nun an die Oberfläche ploppt wie ein Korken, den man unter Wasser gedrückt hat. Dieser Duft. Er riecht genauso wie früher. Wie ist das möglich? Wie ist es möglich, dass er noch so riecht und ich mich so gut daran erinnere, dass mir augenblicklich schwindlig wird?

»Ich hab schon gehört, dass du wieder da bist«, sagt er, während wir uns voneinander lösen. »Was für eine Überraschung!«

»Allerdings«, antwortet mein Bruder über meinen Kopf hinweg. »Nicht nur für dich.«

Finn lächelt. »Es ist schön, dich wiederzusehen. Ich hoffe, du bleibst ein bisschen.«

Ich zucke mit den Schultern. »Ein bisschen«, sage ich.

Die Sekunden ticken voran, doch genau in dem Moment, in dem ich fürchte, es könnte unbehaglich werden, ruft der schlaksige Riese hinter der Bar nach ihm.

»Finn! Die Bestellung für Tisch drei!«

»Komme!« Er hebt eine Hand. »Entschuldigt, es geht gerade rund«, sagt er zu uns. »Setzt euch. Dahinten am Fenster ist noch Platz. Ich hoffe, ihr seid später noch hier, dann können wir reden.«

»Ja, ich …« Keine Ahnung. Ich denke, ich möchte besser nicht mit ihm reden, aber irgendwie scheint sich Finn alle Mühe zu geben, meine Vorbehalte aus dem Weg zu räumen. Als wären zehn Jahre gar nichts. Als wäre nie etwas zwischen uns gewesen. Vermutlich war es das auch nicht. So unspektakulär, wie Finn und ich auseinandergingen, was sollte da gewesen sein? »Das wäre nett«, sage ich schließlich. »Und falls es heute zu spät wird, dann vielleicht ein andermal?« Gott, wie distanziert ich klinge. Abweisend. Mir wird selbst kalt bei meinem Tonfall, doch Finn scheint davon nichts zu bemerken.

»Ganz sicher.« Er lächelt wieder, dann ist er weg.

Ich sehe ihm nach, wie er zur Bar geht und sich dahinterstellt, wie er sich mit dem Barkeeper bespricht und gleichzeitig ein goldgelbes Bier aus einem der Hähne zapft. Finn sieht aus … wie Finn. Die blauen Augen, die dunkelblonden Haare, immer einen Tick zu lang. Er ist groß und sportlich, und er trägt eine smaragdgrüne Kochschürze über seiner Jeans wie einer dieser Sterneköche aus dem Fernsehen. Seine Züge sind reifer geworden, aber er ist immer noch Finn. Ich weigere mich zu denken, ich hätte ihn vermisst, aber dieses Gefühl, tief in mir drin – nun, dieses Gefühl scheint etwas anderes zu sagen.

»Sieh dir das Pub an, Isla«, meint Will, während wir uns an Tischen und Stühlen vorbeischlängeln, »der alte Herr ist kaum wiederzuerkennen, was?«

»Allerdings«, murmle ich. Der rechteckige Raum, der, seit ich denken kann, eigentlich immer nur aus einem klobigen Tresen und klobigen Holztischen bestand, wirkt ziemlich verändert. Die Bar ist noch dort, wo sie war, allerdings hat Finn sie augenscheinlich abschleifen und sicherlich neu streichen lassen. Sie sieht immer noch urig und gemütlich aus, aber weit weniger schäbig. Die Hochstühle davor sind aus schlichtem, gepolstertem Holz und dürften den knorrigen Hintern der alten Fischer, die darauf sitzen, besser tun als die Hocker, die sie ersetzt haben. Gut ein Drittel des Raums hat Finn zu einem Restaurant erklärt. Drei Stufen führen auf ein von einem niedrigen Zaun umrahmtes Podest, auf dem elegant gekleidete Menschen an weiß gedeckten Tischen sitzen, sechs Stück, um genau zu sein. Lilian eilt an mir vorbei, sie trägt schwarze Strümpfe zu einem schwarzen Rock und einer weißen Schürze sowie zwei Teller, die aussehen, als könnten sie in einem Food-Katalog abgebildet sein.

Ich bin ehrlich überrascht. Aus einer Fischerkneipe hat Finn ein Edelpub mit Restaurant gemacht, und das auf Bailevar, der weltunwichtigsten Insel inmitten des Nirgendwo.

»Er kann es mittlerweile echt mit dem *Three Chimneys* auf Skye aufnehmen«, sagt Will, während wir uns an einen der kleinen Tische vor der großen Fensterfront setzen, auf denen nicht eingedeckt ist und an denen keine feinschmeckenden Anzugträger sitzen. »Die Bestellungen haben im vergangenen Jahr so sehr zugelegt, dass es schon Wartezeiten gibt. Viele der Gäste wohnen auf Iona, essen aber wollen sie bei uns. Es heißt, die Leute mögen Finns Küche, weil sie leicht ist. Innovativ.«

»Leicht«, spotte ich. »Innovativ.« Ich verpasse meinem Bruder einen freundschaftlichen Tritt gegen das Schienbein. »Was weißt du von leichter, innovativer Küche, William Grant?«

»Vielleicht nichts«, sagt mein Bruder. »Aber ich erkenne ein Business-Genie, wenn ich eines sehe.«

Ich drehe mich zur Bar um, und meine Blicke treffen die von Finn. »Bier?« Seine Lippen formen das Wort, ohne dass er es ausspricht, und warum auch immer, ich bin gebannt, und ich nicke. Die Menschen auf dieser Insel wissen nicht, dass ich keine Biertrinkerin bin, denn als ich fortging, habe ich noch so gut wie gar keinen Alkohol konsumiert. Das ist heute anders. Definitiv. Und wer weiß, vielleicht gewöhne ich mich sogar an den Geschmack von Bier.

Früher wusste Finn einmal alles von mir. Alles. Es versetzt mir einen Stich, ihn heute zu sehen und zu fühlen, dass es nun nicht mehr so ist. Dass er mich nicht kennt. Dass ich ihn nicht kenne. Dass wir keine Ahnung vom Leben des anderen haben, nicht einen Hauch.

»Wo ist seine Freundin?« Ich weiß nicht, warum ich das gefragt habe, es ist einfach so aus mir herausgeplatzt.

»In Glasgow.« Will verzieht keine Miene. »Sie arbeitet als Pflegerin in dem Heim, in dem seine Großmutter untergebracht ist. Mütterlicherseits«, fügt er hinzu, als er meinen verwirrten Gesichtsausdruck bemerkt. Finns Großeltern sind beide seit Jahren tot, und dass es noch eine lebende Großmutter gibt, hat mich im ersten Moment irritiert. »Deshalb sind Finns Eltern nach Glasgow gezogen«, fährt mein Bruder fort. »Die Großmutter hat bis zuletzt ein kleines Hotel geführt, das die beiden nun übernommen haben. So konnte Finn das Pub haben und Finns Mum in der Nähe ihrer eigenen Mutter sein.«

»Oh. Hm.« Glasgow. Eine Pflegerin. »Dann sehen sich die beiden nicht sehr oft, nehme ich an?«

Nun runzelt mein Bruder die Stirn, und ich kann seine unausgesprochene Frage ganz deutlich hören in meinem Kopf. *Das ist hängengeblieben, Isla? Dass Finn seine Freundin nicht oft sehen kann?* Stattdessen sagt er:

»Das wird er dir sicher selbst erzählen, wenn du ihn fragst.«

Das Essen im *Old Man's Inn* ist unbeschreiblich. Will hatte recht: Es ist zeitgemäß und aufregend und vollkommen fehl an diesem Platz. Zumindest sollte es das sein. Stattdessen sitzt ein alter Fischer wie John Graham am Tresen und verschlingt ein Gericht, das aussieht wie eine Luxusversion von Fish & Chips, und ich, ich kratze die Reste eines veganen Shepherd's Pie von meinem Teller. Vegan! Auf Bailevar! Und er war köstlich.

»Oh Gott«, seufze ich, während ich den letzten Klacks Pastinakenpüree aus seiner Miniaturform kratze. »Das war …«

»Hab ich's nicht gesagt? Der Mann ist gut.«

»Mmmmmmh.« Ich bin kurz davor, meinen Teller mitzuessen. »Wenn du es leicht und lecker magst, hättest du auch mein Linsengericht probieren können«, sage ich.

»Leicht und lecker, aber auf jeden Fall mit Fleisch«, erwidert Will. »Außerdem hat Finn einen Vertrauensbonus. Ich esse schon seit Jahren hier, und …«

Und dann stoppt sich mein Bruder und nimmt mir stattdessen die Gabel aus der Hand, als Lilian an unseren Tisch kommt, um das Geschirr abzuräumen. Die Arme hatte den ganzen Abend mächtig zu tun, wie es scheint, sie und ein weiterer Kellner, der offenbar Tom heißt, sich aber Tomtom nennt, und noch immer sitzen Gäste dort oben in dem Restaurantbereich, ekstatisch über ihren Desserts.

»Wow, du hattest ziemlich Stress, oder?«, fragt Will. »Du bist ganz rot im Gesicht.«

Lilian wird noch röter. »Ich bin eingesprungen«, sagt sie. »Für Isobel. Sie …« Doch dann stockt sie, räumt rasch unsere Teller zusammen und läuft in Richtung Küche davon.

Ich sehe ihr nach. »Sie ist noch genauso verschroben wie damals.«

»Sie ist schüchtern.«

Wenn ich das richtig interpretiere, starrt Will auf Lilians Hintern. »Die Menschen sind verschieden«, fährt er fort. »Kann nicht jeder so ein überschwängliches Sonnenscheinchen sein wie du.«

»Witzig.«

Mein Bruder grinst.

Ich lasse den Blick zurück zu den Restaurantgästen schweifen. »Wie kommen die eigentlich nach Hause?«, frage ich. »Die letzte Fähre war doch schon weg, als die Leute hier ankamen.«

»Finn hat ein eigenes Boot«, erklärt Will. »Anders würde es nicht gehen.«

Ich nippe an meinem Bier. »Und was, wenn es stürmt?« Ja, was dann? Das Meer ist rau. Je näher der Winter rückt, desto ungemütlicher wird es. Und wenn es richtig schlimm ist, fährt nicht einmal mehr die Fähre. Horror. Kein Entkommen.

»Wenn die Vorhersage danach ist, verlegt Finn die Reservierungen auf einen anderen Tag«, erklärt Will. »Er hat ohnehin nur Mittwoch bis Samstag geöffnet. Falls es wirklich hart auf hart kommt, gibt es Gästezimmer. Und von Oktober bis April schließt er das Restaurant. Was so Leute wie ihn da mächtig freut.« Er nickt in die Richtung, in der John Graham sitzt. »Dann haben er und die anderen Einheimischen das Pub wieder für sich. Und für diejenigen, die hier sonst essen wollen, macht das vielleicht gerade den Reiz aus. Dass man nicht jederzeit einen Tisch kriegt in diesem piekfeinen Restaurant auf einer abgelegenen Insel.«

»Ist das sein Werbeslogan?«, frage ich. *»Das piekfeine Restaurant auf einer abgelegenen Insel?«* Ich lächle, um dem Sarkasmus in meiner Stimme ein wenig die Schärfe zu nehmen, doch Will seufzt nur.

»Willst du noch ein Bier?«, fragt er. »Ich schätze, Tomtom schippert die Gäste demnächst rüber, dann hat Finn Zeit, sich zu uns zu setzen.«

Ich zögere. Irgendwie habe ich den Eindruck, dass ich mir mit meiner derzeitigen Stimmung nicht viele Freunde machen werde. Nicht hier im Pub, zu Hause allerdings auch nicht. Finn steht hinter dem Tresen, das Handy am Ohr. Es ist kurz vor neun, womöglich telefoniert er mit seiner Freundin, mit wem sonst? Bestimmt säuselt sie ihm ins Ohr, wie sehr er ihr fehlt, wie sehr sie sich auf ein Wiedersehen freut, *yada, yada.* Oder auch nicht. Finn rauft sich die Haare. Er wirft einen Blick auf mich, und wie ertappt drehe ich den Kopf weg. Finn und ich, das ist Geschichte. Er soll nicht denken, es interessiert mich, was er seiner Freundin via Telefon ins Ohr gurrt.

»Entschuldigt, aber ich muss noch mal weg«, sagt er, plötzlich nicht mehr hinter der Theke, sondern an unserem Tisch, ohne Telefon, die Hände in die Seiten gestemmt. »Isobel hat ein bisschen Ärger mit … egal.« Er sieht mich an. »Können wir uns morgen sehen, Isla? Ich würde gern hören, wie es dir ergangen ist, bevor du wieder abreist.«

»Ich … ja. Gut.« Ich nicke. »Ich bin noch nicht sicher,

was morgen ansteht, aber … klar, vielleicht. Oder die nächsten Tage?«

Mein Bruder gibt ein grunzendes Geräusch von sich.

Finn sagt: »Alles klar. Bis bald. Hoffentlich.«

»Ciao, Finley«, sagt Will. Und dann, in mehr als spöttischem Tonfall, als Finn gerade noch in Hörweite ist: *»Ich bin noch nicht sicher, was morgen ansteht. Klar, vielleicht, oder auch nicht«,* und dann fängt er an zu lachen.

Ich funkle ihn an.

»Was, Isla? Du kannst Sarkasmus nur dann gut ab, wenn du selbst damit um dich wirfst?« Er steht auf und geht zum Tresen, die Rechnung begleichen, wie ich annehme, während mein Blick zurück zu der Küchentür wandert, hinter der Finn verschwunden ist. Das war mein erster Tag hier, und ich bin so müde, als hätte ich mein halbes Leben auf der Insel verbracht. Haha. Als wäre es nicht genau so gewesen. *Siehst du, Isla?,* sage ich zu mir selbst. *Du bist eben doch die Beste, wenn es um Hohn und Häme geht. Oder du bist nur halb so witzig, wie du denkst. Und halb so stark. Und halb so …* Ich gähne. Ich bin ehrlich müde. Dann stehe ich auf und schlüpfe in meine Jacke, bevor ich tatsächlich anfange, mit mir selbst zu reden.

6

Isla

Meine Mutter war Tänzerin. Sie war groß, feingliedrig, mit feuerroten Locken, dunkelgrauen Augen und einem strahlend schönen Lächeln. Überhaupt war vieles an ihr strahlend – so funkelnd und brillant, dass sie unwillkürlich jeden in ihren Bann zog. Sie betrat einen Raum, und die Atmosphäre begann zu glimmen. Sie durchschritt eine Menschenmenge, und ein Schweif glitzernder Ehrfurcht wogte hinter ihr her. Und dann, wenn sie fort war, hinterließ sie Dunkelheit. Ein absolutes, unausweichliches, entmutigendes *Nichts.*

Caitriona war achtzehn, als sie meinen Vater traf, auf der Fähre von Fionnphort nach Bailevar. Ich frage mich, ob sie sich gleich in ihn verliebte, ob ihr Verlobter, der sie begleitete, etwas davon bemerkte, ob meinem Vater klar war, dass dies seine künftige Frau sein würde. Ich stelle mir viele Fragen, die Caitriona betreffen. Fragen über Fragen. Warum ist sie gegangen? Warum hat sie uns Kinder zurückgelassen? Wenn mein Vater mich ansieht, sieht er dann sie?

Kyle war acht, Will war fünf, ich war drei Jahre alt, und ich sollte mich nicht an diesen letzten Tag mit ihr erinnern, aber er hat sich mir ins Gedächtnis eingebrannt wie ein früher Horrorfilm. Der Morgen war kalt, der Himmel klar. Wir Kinder aßen unsere Pfannkuchen am Tisch. Unsere Mutter stand am Fenster und sah hinaus. Einer von meinen Brüdern fragte, was los sei – es war ungewöhnlich, dass sie um diese Zeit einfach nichts tat, sie musste die Mayonnaise anrühren für die Krabbenbrötchen, die sie mittags den Arbeitern in ihrem Kiosk verkaufte. Stattdessen stand sie nur da. So lange, bis es für meine Brüder Zeit wurde aufzubrechen, dann liefen wir zu viert dick eingepackt den Weg zum Hafen hinunter, wo das Schiff ablegte, das Kyle und Will nach Iona und zur Grundschule brachte. Und dann, als die anderen fort waren, zog sie mich den ganzen Weg zurück an der Hand und gab mich bei Shona ab. Das war das letzte Mal, dass ich Caitriona Grant gesehen habe. Sie war damals achtundzwanzig Jahre alt. Sie hinterließ meinem Vater einen Brief auf dem Küchentisch und einen Fischeintopf im Kühlschrank.

»Shona?«

Die Türglocke kündigt meinen Besuch an, doch im Inneren des Ladens rührt sich nichts. »Mrs. Donne? Shona?« Es ist zwölf Uhr mittags, und ich habe den Morgen damit verbracht, durchs Haus zu wandern, mein altes Zimmer zu durchstöbern, *ihr* altes Zimmer, ich hatte Linsen zum Frühstück und habe die Reste beseitigt, um meinen Vater nicht noch mehr gegen mich aufzubringen, denn was auch immer er gestern Abend gegessen hat, mein Auflauf war es nicht. Es hängt kein einziges

Bild an den Wänden meines Elternhauses, das ist mir aufgefallen. Nicht von mir oder einem meiner Brüder oder meinem Vater mit seinen Söhnen noch von *ihr* … natürlich nicht. Kein einziges. Wer sich erinnern möchte, muss sich sehr, sehr anstrengen. Anzunehmen also, dass es ohnehin keiner versucht. Ich war nicht in ihrem Kiosk. Vielleicht irgendwann mal, aber nicht heute.

Es ist so still in Shonas Laden, als hätte er gar nicht geöffnet, aber die Eingangstür war nicht verschlossen, deshalb … Ich weiß nicht. Ich bleibe am besten hier, um auf sie zu warten. Ich schlendere zwischen den Regalen umher, an Bohnenkonserven und Müslipackungen vorbei hin zu Putztüchern und Waschmittelkartons und schließlich zu dem einen Eck, in dem Shona ihre *Souvenirs* aufbewahrt. Die verlorene Insel. Die einzige Geschichte, die Bailevar je einen Reiz verschaffen könnte, wenn sie doch bloß wahr wäre. Oh, Shona glaubt daran, so viel steht fest. Und der alte Graham vermutlich. Eventuell Louise Lamboure – die ist sicherlich verrückt genug, um sich an hanebüchene Mythen zu klammern. Was … ich nicht so gemeint habe. Shona ist von der Wahrheit der Geschichte überzeugt, und sie ist alles andere als verrückt. Shona ist eine kluge, warmherzige Frau. Mit viel Fantasie.

In einem Korb liegen die Riesenkekse, für die Finn das Rezept entwickelt hat. Daneben türmen sich die gleichen Inselkunstwerke, allerdings nicht aus Plätzchenteig, sondern aus rosafarbener Seife. Jemand hat das Motiv auf Küchenhandtücher gedruckt. Und dann ist da ein Schal mit dem gleichen Bild, ein wunderbar dichter, warmer Winterschal aus flauschiger Wolle, an dem ich vorbeigreife, um mir stattdessen eines der Hefte zu nehmen, die Shona neben all den anderen Dingen aufgefächert hat. *Bailevars versunkene Vergangenheit* steht darauf geschrieben, und wenn ich es richtig verstehe, hat hier jemand die Geschichte der Insel notiert, die Geschichte der verlorenen Insel, die alle so nennen, obwohl jeder ihren Namen kennt. *Isle of Shean.*

»Libby war so nett, die Legende für mich aufzuschreiben.«

Mir fällt beinahe das Heft aus der Hand, so sehr erschreckt mich Shonas Stimme in dem stillen Laden. »Himmel, hast du dich angeschlichen? Ich hätte beinahe einen Herzinfarkt bekommen.«

»Mit so etwas scherzt man nicht in deinem Alter«, sagt Shona. »Nicht in Gegenwart einer fast Neunzigjährigen.«

»Ja, Shona«, necke ich sie. »Arme gebrechliche Frau.« Ich schüttle den Kopf. »Die Tür war nicht abgeschlossen. Habt ihr überhaupt geöffnet?«

»Natürlich, ich bin nur allein heute. Ally musste irgendetwas für Isobel besorgen, also bin ich eingesprungen. Aber auch ich muss dann und wann austreten, oder etwa nicht?«

Ich verdrehe die Augen. Und mir fällt ein, dass Finn gestern Abend sagte, Isobel habe mit irgendetwas oder irgendjemandem Schwierigkeiten, und er müsse los, um ihr zu helfen. »Was ist mit Isobel?«, frage ich. Aus ... *Gründen* erwähne ich Finns Namen besser nicht.

»Oh, Izzy geht es gut«, sagt Shona, »sie hatte gestern Abend ein wenig Ärger mit ihrem Ex, aber Finn hat sich darum gekümmert.« Sie sieht mich an mit ihren Unschuldsaugen, und mir ist klar, das war noch nicht alles. Also komme ich ihr zuvor.

»Ja, ich habe Finn gesehen«, sage ich. »Es war kurz, es war in seinem Pub, und es ist nichts passiert.«

»Und er war untröstlich, dass er zu Izzy musste und nicht ausführlicher mit dir sprechen konnte.«

Ich seufze. »Natürlich.« *Natürlich* ist Shona bestens informiert wie vermutlich der Rest der Insel. Ich wende mich dem Heft in meiner Hand zu – jedes Thema ist besser, als mit Shona über Finn zu sprechen. »Daran kann ich mich gar nicht erinnern«, sage ich und wedle mit der Broschüre. »Wann sind die gemacht worden?«

»Vor drei oder vier Jahren. Libby hat mir nicht nur geholfen, die Geschichte aufzuschreiben, sie hat auch die Zeichnungen dazu gemacht, siehst du?« Sie nimmt mir das Heftchen aus der Hand und blättert darin. Einige hübsche Bilder erzählen die Legende von Ciaran, der auf der Eilean O Shean lebte, die einst vor der Küste Bailevars lag, und der sein Leben verlor, als er versuchte, die Frau zu retten, die er liebte.

»Diese Legende«, sagt Shona, während sie zurück zur ersten Seite blättert und mit den Fingerspitzen Libbys Bleistiftstriche nachzeichnet, »sie ist die Magie in unserem Herzen. Sie ist das, was uns in schlimmen Zeiten davor bewahrt, den Glauben an uns selbst zu verlieren, besonders dann, wenn die Realität an unseren Träumen zerrt. Sie ist das, was uns hoffen lässt, denn das Wunder ist immerhin schon einmal geschehen.«

»Ja«, sage ich trocken. »Die Insel ist untergegangen.«

»Mmmmh. Immer noch so schwarzseherisch, meine kleine, liebe Isla.« Shona tätschelt meinen Arm. »Die Insel ist untergegangen, davor jedoch, da wurde sie uns geschenkt. Erinnerst du dich?«

Ich seufze. »Ich erinnere mich. Es hieß, sie sei eines Tages einfach aus dem Meer aufgetaucht. Tatsächlich gesehen hat sie jedoch niemand, nicht wahr?«

»Und ob sie gesehen wurde!« Jetzt wedelt Shona mit dem Zeigefinger vor meinem Gesicht herum. »Als sie aus dem Meer emporkam, aus den Tiefen des Ozeans, da erhellte sie alles um sie herum, im Umkreis von einhundert Meilen. Sie war von Licht umgeben, erzählten sich die Menschen, sie tauchte auf und glühte, und das Meer um sie herum erhellte sich zu einem leuchtenden Türkis, so strahlend, dass es die Zuseher gleichermaßen blendete und betörte. Ihre Felsen waren schroffer, die Strände weißer, die Hügel grüner. Jeder, der je einen Fuß auf diese Insel setzte, spürte den Zauber, der von ihr ausging. Ihren Frieden. Er umhüllte den, der sich dem Eiland näherte, er vibrierte geradezu durch ihn hindurch. Es war nicht nur Ciaran, der diese Magie ausmachte, aber er war ein großer Teil davon. Mit ihm begann die eigentliche Geschichte der Insel – der Part, in dem es darum geht, wie lange du bereit bist zu warten, zu suchen, wie viel du bereit bist zu opfern. Wie sehr du an dich selbst glaubst und an die, die dich lieben.«

Wider besseres Wissen hänge ich an Shonas Lippen. Ich habe diese Geschichte schon Dutzende Male gehört, und doch klingt sie jedes Mal anders. Neu. Und verdammt will ich sein, wenn sie sich nicht jedes Mal nach genau dem anhört, was Shona einem gerade an unnötigen Weisheiten unterjubeln möchte.

Ich schüttle den Kopf. Da ist noch etwas anderes. Diese Geschichte, sie bedeutet auch *Kindheit. Erinnerung. Nach Hause kommen.*

»Alles, was später geschehen ist, ist geschehen, weil die Liebe verlorenging. Alles, was Eilean O Shean je passiert ist, ist darauf begründet. Und als die Insel im Meer versank, da riss sie nicht nur Ciaran, Moyra und all die anderen Bewohner mit in die Tiefe. Sie nahm auch ein Stück *Leben* mit. Das Leben, das niemand mehr führte.« Shonas Stimme hallt in dem kleinen Laden wider, während sie die Broschüre schließt, in meine Hand legt und dann meine Wange tätschelt, als ahne sie, was in mir vorgeht. Wie ich mich fühle. Dass etwas in mir ganz genau weiß, wovon sie spricht, ob ich nun an diese Legende glauben möchte oder nicht. Sie selbst hat Tränen in den Augen – auch das weckt Erinnerungen, mehr als mir lieb ist.

»Ich weiß nicht, weshalb du diese Geschichte wieder und wieder erzählst«, murmle ich schließlich. »Sie ist nichts als traurig, oder? Am Ende sind alle tot, und die Insel ist verschwunden.«

»Ich dachte, du glaubst nicht an die Geschichte?«

»Das tue ich nicht. Aber wenn ich schon eine erfundene Legende wieder und wieder unter die Leute bringe, dann doch wenigstens eine schöne?«

»Oh, Isla, Liebes.« Nun nimmt sie mir das Heft wieder weg, greift nach einem der Geschirrtücher und einer Rosenseife und geht damit hinüber zum Verkaufstresen. »Manchmal erfahren wir viel mehr, wenn wir zwischen den Zeilen lesen, hat dir das nie einer gesagt?«

Ich seufze, während ich ihr folge und sie die Souvenirs in eine Papiertüte packt, die sie mir anschließend in die Hand drückt.

»Hier. Grüße aus Bailevar.«

»Danke sehr.«

»Wenn du nicht einschlafen kannst, dann lies über unsere Vorfahren, mein Kind.«

»Mmmmh.«

»Ihr Herz schlägt noch immer«, sagt Shona.

»Wessen Herz?«

»Das Herz der verlorenen Insel. Auf der Spitze von Ceann Tórr kannst du es schlagen hören, wenn die See ruhig ist und die Nacht tief.«

»Oh, Shona ...«

»Ha! Ich veräppel dich nur, Isla, Liebchen!« Shona grinst mich an. »Du kannst es auch in der Dämmerung hören, aber nur, wenn der Wind wahrhaft flüstert.«

Ich seufze noch einmal.

»Hast du Hunger?«, fragt Shona.

»Nicht wirklich«, antworte ich, denn immerhin hatte ich Linsen mit Reis zum Frühstück. »Aber ich könnte einen Kaffee vertragen.«

»Ah, welch ein Glück du hast, dass mein Großneffe den besten Kaffee ganz Bailevars kreiert«, sagt sie.

»Shona, wirklich ...«

»Nein, im Ernst. Du bekommst keinen besseren. Und keinen anderen.« Sie zwinkert mir zu. Dann holt sie ihren Mantel – ein abgegriffenes gelbes Regenungetüm –, zieht mich nach draußen und Richtung Hafen, zu Finns Pub.

»Du hast den Laden nicht zugesperrt«, sage ich ihr.

»Ach, Isla«, lacht sie.

Ich weiß, was sie vorhat, denn erstens ist Shona durchsichtig wie Zellophan, zweitens tut sie nichts, um ihre Absichten zu verbergen.

»Er ist noch nicht lange mit dieser Pflegerin zusammen, weißt du«, nuschelt sie zwischen zwei Bissen ihres Steak- und Mushroom-Pies. »Und die beiden sehen sich nicht oft. Das soll also heißen, ich bin mir nicht sicher, ob das eine Zukunft hat. Falls sich jemand dazwischendrängen will, meine ich.«

»Hast du nicht gestern erst gesagt, du möchtest Finns neue Freundin nicht unglücklich machen?«

»Oh, das möchte ich auch nicht. Sie ist ein liebes Mädchen. Und so hübsch.«

Ich starre Shona an.

»Aber ich denke, es passt womöglich nicht hundertprozentig zwischen den beiden«, sagt sie.

»Mh-mh.«

Sie zeigt mit der Gabel in Richtung Bartresen, hinter dem ich Finn vermute, und ich nehme ihr das Besteck aus der Hand, ohne hinzusehen. »Ich meine, er sieht irgendwie abgelenkt aus, oder? Nicht ganz bei der Sache. So als …«

»Schluss damit«, sage ich. »Wenn du die Zeit, die ich hier bin, damit verbringst, Kupplerin zu spielen, reise ich früher ab, als du *Leb wohl* sagen kannst. Ich werde mich nirgendwo dazwischendrängen, hörst du? Das mit mir und deinem Großneffen ist lange vorbei. Ich bin – ich bin *in Trauer.* Immerhin habe ich gerade eine Trennung hinter mir.«

»Mmmmmh.« Shona nimmt eine zweite Gabel aus dem Spender auf dem Tisch, und einige Minuten lang verspeist sie schweigend Teig und Steakstreifen und Champignons. Ich rühre mit einem Teelöffel in meinem Cappuccino, doch ich spüre ihre Blicke auf mir. Es ist unfair.

Sie weiß, ich kann nirgendwohin, und sicher fragt sie sich gerade, wie ich es anstellen will, von hier zu verschwinden und das umzusetzen, was ich ihr angedroht habe. Und wovon ich mich ernähren will in der Zeit, die ich hier bin, denn wie seit jeher gibt es auf Bailevar keine andere Anlaufstelle für Nahrung als das alte Pub am Hafen.

Ich sehe mich um. Das Lokal ist gut gefüllt mit Einheimischen, das Restaurant ist abgeriegelt, nur der Bereich um die Bar herum wird bedient. Isobel ist nicht da, dafür Tom, der Kellner von gestern. Ich nicke Finn zu, ich kann ihn schließlich nicht ignorieren, und dann schweift mein Blick zur Tür, wo er auf einen Mann fällt, den ich noch nie gesehen habe – was selten genug vorkommmt hier auf Bailevar, wo jeder jeden kennt und alles über den anderen weiß. Auch Shona sieht auf, als die Tür zufällt, doch dann wendet sie sich wieder ihrem Essen zu.

»Da kommt der Grund, weshalb Finn gestern Abend wegmusste«, sagt sie.

»Tatsächlich?« Ich sehe Shona an. »Wer ist das? Ich dachte, Finn sei gegangen, um Isobel zu helfen.«

»Das hat er auch. Izzys Ex, dieser Dummkopf von einem Jungen, ist wieder einmal betrunken hierhergeschippert, und diesmal hatte er diesen Fremden dabei. Izzy konnte ihn nicht davon abhalten – also, Connor, nicht den Fremden –, und als er hier ankam, hat er erst mal Ärger gemacht. Connor. Weshalb Finn runter ist zur Anlegestelle, um Izzy beizustehen. Dann hat er den jungen Mann mitgebracht und in einem der Zimmer über dem Pub einquartiert. Ein Tourist, stell dir vor.« Wohlwollend sieht sie zur Bar, an der sich der Fremde auf einem der

Hocker niedergelassen hat. »Ich weiß nicht, wann das letzte Mal ein Tourist auf der Insel übernachtet hat. Also einer, der nicht bei Finn gegessen hat.«

»Ach, Shona.«

»Sag nicht *ach, Shona.* Oft sind es die unscheinbaren Dinge, die das Leben lebenswert machen.«

»Das meinte ich nicht. Mich wundert eher, woher du all diese Informationen hast, so kurz nachdem die Dinge geschehen sind.«

»Das ist eine wirklich kleine Insel, Isla.«

»Hm-hm.«

»Und ich habe wirklich große Ohren.«

Ich lächle in meinen Kaffee, der tatsächlich ausgezeichnet ist, und dabei werfe ich verstohlene Blicke auf den Fremden an der Bar. Er wirkt gepflegt. Schon etwas älter. Anfang vierzig vielleicht. Groß, schmal und schlaksig, das Gesicht kantig, er trägt eine Brille, und in seinen dunkelbraunen Haaren blitzen graue Strähnen. Als er sich zu mir umdreht, blicke ich schnell in meine Tasse, nicht jedoch, bevor ich nicht seine Augen gesehen habe, die ebenfalls dunkel sind, beinahe schwarz. Ich seufze. So also werden die nächsten Tage meines Lebens aussehen? Die größte Attraktion wird ein Tourist sein, der sich über Finns Pub ein Zimmer gemietet hat?

»Übrigens«, sagt Shona. »Ich würde niemals *Leb wohl* zu dir sagen, Kindchen, immer nur *Auf Wiedersehen.*«

7

Isla

Der Tag, an dem ich Finn Taylor das letzte Mal sah, war ein Freitag, zwei Wochen, bevor ich Kyles Rucksack packte, um nach Edinburgh zu ziehen. Finn war aus London gekommen, um seine Eltern zu besuchen. Das war, kurz nachdem seine beiden Großeltern verstorben waren. Seinem Vater ging es nicht gut, und Finn nutzte jede Gelegenheit, die freien Tage während seiner Ausbildung als Koch zusammenzulegen und nach Hause zu fahren. Wir trafen uns am alten Leuchtturm. Ich weiß nicht, weshalb, aber schon der Gang dorthin fühlte sich für mich wie ein Abschied an. Vermutlich, weil ich die Insel verlassen würde, endlich, nach so vielen Jahren der Unentschlossenheit. Theoretisch wäre es Finn und mir möglich gewesen, uns auch weiterhin zu treffen, bei Besuchen unserer Familien oder außerhalb Bailevars, es liegt schließlich kein Ozean zwischen London und Edinburgh. Und doch. Wir haben es nicht, und dass dies so sein würde, war uns womöglich damals schon klar. Als Finn auf mich zukam, über die unebene Wiese mit ihrem Geröll und ihren Grasbuckeln, da sah er mich an, als wäre es das allerletzte Mal.

Dieser Leuchtturm oder das, was davon übrig blieb, ist ein seltsames Gebilde aus verwittertem Stein, ein paar Stahlrohren und glaslosen Fenstern, die in drei Richtungen zeigen. Die vierte Mauer ist eingerissen, ihre Steine sind längst den Abhang hinunter und ins Meer gekullert, so wie der Rest des Turms. Das, was noch steht, ist etwa fünf Meter hoch, zweieinhalb Quadratmeter breit und der Ort, an dem ich meine Unschuld verlor. Ich kann es selbst kaum glauben, während ich mich jetzt, fünfzehn Jahre später, am Sockel auf die Plattform hochziehe und dann, weil ich jeden Mauervorsprung und jeden Spalt in diesem Gebilde kenne, hinaufklettere in eines der hohlen Fenster, in dem man sitzen und sich anlehnen und auf das Meer hinausblicken kann. Wie immer pfeift der Wind über die Insel. Unvorstellbar, dass man hier zwischen diesen zugigen, alten Mauern Schlafsäcke ausrollen und dann Stunden darin verbringen kann, aber tatsächlich ist es innerhalb der drei Wände und unterhalb der Fenster relativ windstill, und das Einzige, was man in der Nacht von dort unten sieht, ist der Mond, der sich auf dem Wasser spiegelt.

Ich blicke hinunter zu der Stelle, an der Finn und ich so viele Male unser Lager aufgeschlagen haben, und dann hinüber zum Strand. Keine Menschenseele ist hier am Donnerstagnachmittag, nur wir sind da, meine Erinnerungen und ich. Wie befreiend muss es sein, in einer großen Stadt wie London aufzuwachsen? Oder irgendeinem anderen Ort, an dem man nicht alle paar Schritte auf etwas stößt, das einen an früher denken lässt? Ich kann unmöglich hier sitzen und mich hineinziehen lassen in diesen Strudel aus nostalgischen Gedanken, die nirgendwo hinführen. Ich muss an meine Zukunft denken. *Also gut, Isla Grant. Was hast du nun vor, nachdem deine Beziehung zum Teufel, deine Wohnung nicht existent und dein Job nichtig geworden ist?* Mir ist beinahe zum Lachen. Beinahe. Dann schließe ich die Augen, lehne den Kopf an die Mauer und schmecke dem Salz auf meiner Zunge nach.

Apropos Salz: Libby kommt zum Abendessen. Auf dem Weg von Finn zur Leuchtturmruine bin ich bei ihr im Craft Shop gewesen, und obwohl kaum etwas los war (natürlich nicht), wollte sie nicht dort mit mir sprechen, sondern am Abend, in Ruhe, am Küchentisch. Sie hat sogar angeboten, die Zutaten für unser Abendessen mitzubringen und es zu kochen, vermutlich hat Kyle ihr von meinem Linsen-Desaster erzählt. Es ist ehrlich keine gute Idee, dass ich hier bin. Jedes Sandkorn auf dieser Insel weiß mehr über meine Familie, als ich es je tun werde, und es passt womöglich besser zu ihr. Ich könnte nach Glasgow gehen. In einem Hotel arbeiten wie früher auch. Eventuell haben sogar Finns Eltern etwas zu tun für mich in dem Hotel, das sie nun offenbar bewirtschaften. Finn und ich sind nicht im Streit auseinandergegangen, und seine Eltern haben mich immer gemocht. Und was spricht schon dagegen, mit zweiunddreißig noch einmal das zu tun, was einem mit neunzehn schon keinen Spaß gemacht hat? Haha, haha.

Noch einmal sehe ich zum Strand, und diesmal liegt er nicht verlassen da. Eine schwarze, schlaksige Gestalt schlendert am Wasser entlang, und ich muss nicht ihr Gesicht sehen, um zu wissen, dass es der Fremde aus dem

Pub ist. Er trägt eine Umhängetasche und etwas in der Hand, das vermutlich ein Fotoapparat ist, und wer sonst sollte so ausgerüstet an den Strand kommen, wenn nicht Bailevars einziger Tourist? Er spaziert auf mich zu, alle Zeit der Welt in seinen gemächlichen Schritten. Wir sind noch nicht so nah, dass unsere Blicke zu erkennen wären, doch plötzlich spüre ich, dass ich das auch nicht möchte. Ich drehe mich weg und will gerade von meiner Fensteröffnung hüpfen, als sich Finn neben mir nach oben zieht.

»Hey«, sagt er.

»Huch. Hey. Woher wusstest du, dass ich hier bin?«

»Shona sagte, du seist in diese Richtung weitergegangen.«

»Shona?«

»Mmmh.«

Er lächelt mich an, und da ist es wieder, dieses Rumoren in meinem Magen. Als hätte ich Linsen gefrühstückt. Pffff. Der war gut, Isla.

»Wolltest du schon wieder gehen?«, fragt er mich.

»Nicht unbedingt.« Ich sehe von seinen Augen, die beinahe grau wirken unter dem bedeckten Himmel, auf seine Lippen, auf das unbeirrbare Lächeln darauf, und wieder zurück. »Was ist mit dem Pub? Kannst du deine Gäste einfach so alleinlassen?«

»Der Mittagstisch ist durch. Und die Nachmittage sind nie übermäßig stressig. Das schaffen Nick und Adam allein.«

»Der Barkeeper«, sage ich. »Und der ...?«

»Nick ist einer der Köche.«

Er sitzt jetzt neben mir, so nah, dass mir wieder sein Duft in die Nase steigt.

»Abends sind wir zu fünft, manchmal ein paar mehr, aber nachmittags, wie schon gesagt …« Er macht eine fahrige Handbewegung. »Sei's drum. Es wird mich niemand vermissen.«

Vermissen. Ja, also. Ich sehe Finn an. Keine Ahnung. Habe ich ihn vermisst? Ich weiß es wirklich nicht. Welchen Finn überhaupt? Ist er noch der von damals? Oder ist der Junge, den ich mal kannte, längst dem Mann gewichen, von dem ich keine Ahnung habe, wie er tickt?

»Du hast ganz schön was erreicht, wenn man sich das Pub so ansieht«, sage ich.

Er zuckt mit den Schultern. »Es läuft nicht schlecht. Und alle haben bekommen, was sie wollten. Meine Eltern konnten bedenkenlos nach Glasgow gehen, um sich um Nanny zu kümmern. Ich durfte auf der Insel bleiben.«

»Ah, das hatte ich vergessen.«

»Was hattest du vergessen?«

»Dass du Bailevar so liebst«, sage ich. »Dass du nie von hier wegwolltest. Eigentlich komisch, dass du überhaupt nach London gegangen bist. Darüber haben sich bestimmt einige gewundert.«

Finn sieht mich an, sagt aber nichts. Ist es seltsam, dass wir beide nun wieder hier sind? Nicht nur auf der Insel, sondern hier, am Leuchtturm, ausgerechnet an dem Ort, der mit so vielen gemeinsamen Erinnerungen verknüpft ist? Als könnte er die Gedanken von meinem Gesicht ablesen, sieht Finn nach unten, zu der Stelle, an der früher unser Schlafsack lag, und dann aufs Meer hinaus.

»Komischer Typ«, sagt er und nickt in die Richtung, wo Bailevars Vorzeige-Tourist im Sand stehen geblieben ist, um Muschelschalen zu betrachten, wie es aussieht.

»Weshalb?«

Finn zuckt mit den Schultern. »Ich weiß nicht. Nur so ein Gefühl.« Er sieht mich an, und sein Lächeln wird breiter. »Neben der Tatsache, dass er unfassbar viele Fragen stellt. Über die Insel, ihre Einwohner, wer was tut, wer wie lange hier ist, wo es was gibt und so weiter. Wo er einen Friedhof findet.«

»Einen Friedhof?«

»Als wollte er einen Reiseführer schreiben.«

»Warum sollte er das tun?« Mein Blick muss eine an Blasphemie grenzende Ungläubigkeit ausdrücken, denn nun beginnt Finn zu lachen.

»Ja, warum sollte er das?«

Nebeneinander sitzen wir in dem Mauervorsprung, der einmal ein Fenster war, lassen die Beine baumeln, die Hände nur ein paar Zentimeter voneinander entfernt, doch nun schwingt Finn einen Fuß auf die andere Seite, damit er sich am ehemaligen Fensterrahmen anlehnen kann, und macht es sich bequem. Und ich weiß nicht, warum mich das beunruhigt, aber es ist so, und weil das so ist, setze ich mich ebenfalls um, sodass wir uns ansehen und der Abstand zwischen uns größer ist.

»Jetzt warst du so viele Jahre nicht hier«, sagt er, »aber dein Groll auf die Insel hat kein bisschen abgenommen.«

»Groll.« Ich sehe ihn nachsichtig an. »Ich hege keinen Groll. Diese Insel ist nur nach wie vor der langweiligste Ort, den ich mir vorstellen kann.« Das ist ein Schlag gegen alle, die hier leben, also auch gegen ihn, doch Finn ist mit nichts aus der Fassung zu bringen, was sein entspannter Gesichtsausdruck verdeutlicht. *Wie früher,* schießt es mir durch den Kopf. Hat sie mich schon immer wahnsinnig gemacht, Finns stoische Ruhe? Diese unantastbare Gelassenheit?

»Dann war das Leben in Edinburgh aufregender? So, wie du es dir gewünscht hast?«

»Das war es, ja.« Ich nicke. Unnötig zu erwähnen, dass Finns Frage in keinster Weise ironisch klingt, sondern aufrichtig interessiert. »Edinburgh ist eine wirklich schöne Stadt«, sage ich. »Sehr viel Geschichte, sehr viel Kultur. Der Hafen.« Ich nicke noch einmal. Sollte ich jemals Reiseführer schreiben, wären sie auf alle Fälle mies.

»Ja, ich war ein paarmal dort.«

»Natürlich.«

»Es gibt einige sehr gute Restaurants in Edinburgh.«

»Allerdings, einige. Man kann dort haufenweise Dinge unternehmen.«

»Warst du die ganze Zeit über dort? Die ganzen zehn Jahre, meine ich.«

Ich nicke. Zehn Jahre. Ich sehe Finn an und dann auf meine Fingerspitzen. »Ich werde nicht dorthin zurückgehen, schätze ich.«

»Manchmal trennt man sich«, sagt er, »obwohl die letzte Entscheidung noch gar nicht getroffen ist.«

Überrascht blicke ich auf. Woher weiß Finn von meiner Trennung von Eric? »Verdammte Shona«, rufe ich dann.

Finn lacht. »Du kennst sie. Sie konnte noch nie gut ein Geheimnis bewahren.«

»Sieht ganz danach aus.«

»Nimm es ihr nicht übel.«

»Phhh.«

»Sie meint es nur gut.«

»Oh mein Gott.« Und nun bin ich entsetzt. »Sie hat es

auch bei dir versucht? Das mit der Kuppelei, meine ich. Wie macht sie das bloß? Sie hatte doch kaum Zeit zwischen ihren Bemühungen, mich auszuhorchen, und dir alles brühwarm zu erzählen!«

»Sie nimmt sich die Zeit, glaub mir.« Finn grinst über das ganze Gesicht. »Sie sagte, dein Fotograf hätte sich als rückgratloser Luftikus erwiesen. Und ja, sie hat noch ein bisschen mehr erzählt.«

»Was? Was hat sie erzählt?«

»Sie – ich weiß nicht recht.« Finn legt den Kopf schief und kneift betont nachdenklich die Augen zusammen. »Sie redete irgendwas von Kopfkissen, aber im übertragenen Sinne meinte sie wohl, dass der Sex zwischen euch nicht mehr so prickelnd …«

»Stopp!« Ich kann meine Lider nicht mehr spüren, so weit habe ich die Augen aufgerissen. »Scheiße. Das hat sie nicht gesagt.«

Finn lacht noch lauter. »Du denkst, so was würde ich erfinden?«

»Aaaah.« Ich stöhne, aber dann muss auch ich lachen, und auf einmal ist es so, als wäre ein Knoten geplatzt. Als wäre diese anstrengende Unterhaltung mit dem besten Freund meiner Jugend, die so zäh und mühevoll begann, auf einmal dorthin zurückkatapultiert worden, wo sie hingehört – in die kuschelige Ecke unserer gemeinsamen Vergangenheit, in der man sich gerne aufhält, wo man sich freudig erinnert, in der man sich wohlfühlt, weil man sich einmal näher war als nah und weil man diese Verbundenheit immer noch spüren kann, wie denn auch nicht? Hier zu sitzen, auf diesen alten Steinen, die kalte Seeluft im Gesicht und Finn Taylor neben mir. Das erste

Mal, seit ich auf Bailevar angekommen bin, *fühle* ich mich angekommen. Shona. Gerissene, schelmische Shona. Ob sie ahnte, dass wir ihre kleine Sexkapade brauchen würden, um die Stimmung zwischen uns zu lockern? Zuzutrauen wäre es ihr. Ich werde Finn nicht erzählen, dass sie auch mir etwas verraten hat, über ihn und seine Freundin in Glasgow. Er soll nicht denken, dass es irgendeine Rolle zwischen uns spielt, was Shona über unsere aktuellen oder eben auch ehemaligen Lebensabschnittsgefährten denkt, und dass sie glaubt, das mit Finn und mir sollte noch einmal etwas werden. Wir waren immer am besten darin, Freunde zu sein und mehr nicht. Mehr nicht. Dabei sollten wir es auf jeden Fall belassen.

Bis wir uns ausgelacht haben, wische ich mir die Tränen aus den Augenwinkeln und blinzle in Richtung Strand. Der Fremde ist verschwunden. Der Wind hat seine Spuren verweht. Nur Finn und ich sind hier, alles wie immer, und doch …

»Wie geht es dir?«, fragt er schließlich.

»Wegen Eric, meinst du?« Ich zucke mit den Schultern. »Wenn ich ehrlich bin, habe ich noch kaum darüber nachgedacht. Es ging alles ziemlich schnell. Und dann war ich plötzlich hier.«

»Ja, ziemlich plötzlich.« Finn nickt. »Das hat mich wirklich überrascht. Sehr.«

»Und ich bin überrascht, dass du noch Haare hast«, sage ich. Zwei Sekunden herrscht Stille, dann brüllen wir los.

Alles ist wie immer. Und doch ist nichts mehr so, wie es war.

»Isla ist jetzt Vegetarierin.«

»Oh.« Die Zange mit dem Steak schwebt zwei Sekunden lang über meinem Teller, bevor Libby sie zu Wills hinüberlenkt und das Fleisch dort fallen lässt. »Das wusste ich nicht«, sagt sie, und mein Vater brummt, während ich meinen Bruder ansehe und mich frage, was ich ihm noch alles nicht erzählt habe, das er trotzdem weiß. Er zieht eine Augenbraue hoch, ich schüttle den Kopf, und Will zuckt mit den Schultern. Eines muss man uns beiden lassen: Nach so vielen Jahren, die wir voneinander entfernt gelebt haben, kommunizieren wir immer noch prächtig miteinander. Und das ganz ohne Worte.

Mein anderer Bruder hat den Blick auf seine Frau geheftet, auf ihr Gesicht, dann auf ihren Babybauch, dann wieder auf ihr Gesicht. Wenn man bei Libby überhaupt von Babybauch sprechen kann. Sie ist im sechsten Monat, wie ich mittlerweile erfahren habe, aber immer noch schmal und zierlich wie eine Elfe und mit ihren eins zweiundfünfzig auch nicht viel größer. Sie hat kurze blonde Haare und warme blaue Augen und ist der Typ Frau, den jeder Mann gern beschützen möchte, denn obwohl sie schon auf die vierzig zugeht, ist sie immer noch irgendwie Mädchen geblieben. »Dann Kartoffeln und Bohnen, oder, Isla?«, fragt sie mit ihrer hellen Stimme.

»Klar«, antworte ich.

Wir sitzen zu fünft um unseren Küchentisch, mein Vater an einem Kopfende und Libby am anderen, denn trotz Kyles nachdrücklichen Protesten übernimmt sie all die Arbeit, vom Kochen über das Tischdecken bis hin zum Servieren. Wir haben inzwischen aufgegeben, ihr Hilfe anzubieten. Ich muss daran denken, was Shona zu mir sagte – dass Libby zart und zerbrechlich aussehe, aber stark sei wie ein Bär. Ich frage mich, ob sie es ist, die diese Familie zusammenhält. Wenn ich mir die großen, kräftigen Seebären am Tisch so ansehe, wie sie Libbys sanften Anordnungen folgen, dann bin ich mir beinahe sicher.

»Es ist so schön, dich wiederzusehen, Isla«, sagt sie, nachdem wir alle unsere Gabeln aufgenommen haben. »Kyle hat gestern Abend von kaum etwas anderem gesprochen. Und bestimmt geht es dem Rest der Insel genauso.«

Ich verziehe das Gesicht, während ich meinen erstaunten Blick von meinem großen Bruder abwende, und Libby lacht auf. »Was hast du erwartet? Bailevar hat die verlorene Tochter zurück. Natürlich reden *alle* darüber.«

»Ich glaube, die alte Louise Lamboure interessiert es herzlich wenig, ob Isla wieder hier ist oder nicht«, sagt Will.

»Schwimmt sie immer noch bei Wind und Wetter raus?«, frage ich.

»In ihrem Neoprenanzug«, antwortet Will. »Und Mason, der dürfte sich auch nicht für dich interessieren, Isla.«

»Mason …«

»Unser Postmann.«

»Und Müllmann.«

»Du erinnerst dich nicht mehr an Mason?«

»Natürlich erinnere ich mich an Mason«, sage ich, »mir ist nur auf Anhieb nicht die Person zum Namen eingefallen. Jetzt weiß ich es wieder.«

»Okay«, sagt Will, »jedenfalls – ihm dürfte egal sein, ob du auf Bailevar bist oder woanders, er hat ziemlich sicher gar nicht mitbekommen, dass du fort warst.«

»Das hat er sicher mitbekommen«, sagt Kyle.

»Aber dann bestimmt gleich wieder vergessen. Du kennst doch Mason.«

»Aiden dagegen war ziemlich neugierig«, erklärt Libby. »Aiden Brimer? Du erinnerst dich? Mein Boss im Craft Shop?«

»Ja, natürlich.«

»Hat mich heute den ganzen Tag gelöchert«, fährt Libby gut gelaunt fort. »Wollte wissen, wieso du hier bist. Wie lange du bleibst. Wem du Bescheid gegeben hast. Warum du nicht …« Sie beißt sich auf die Unterlippe, erbarmt sich meines gequälten Gesichtsausdrucks und schweigt. »Sorry«, sagt sie, und dann ist es still am Tisch.

Mein Vater schneidet das Fleisch, und es klingt viel zu laut in meinen Ohren. Kyle … Kyle macht Geräusche beim Kauen. Will wackelt unter dem Tisch mit dem Knie, und auf einmal wird mir die angespannte Stimmung am Tisch zu viel. Augenscheinlich hat Libby sie aufzulockern versucht, und jetzt, nachdem sie aufgegeben hat, senkt sich die Glocke des Unbehagens tief und tiefer auf uns herab. Besser, das Gespräch wieder aufzugreifen, als an dieser Beklommenheit zu ersticken.

»Nun«, sage ich. *»Das* jedenfalls habe ich an Bailevar nicht vermisst.«

»Nein?« Kyle sieht von seinem Steak auf. »Was hast du vermisst?«

Er sieht mich ernst an, aber ich spiele es herunter. »Nicht den Klatsch und Tratsch«, erkläre ich stattdessen. »Schlimm genug, dass Shona mich mit all diesen Geschichten piesackt, ich muss nicht auch noch selbst zum Inhalt ihrer Märchen werden.«

»Das bist du längst«, sagt Libby. »Erst heute Nachmittag hat mir Shona erzählt, wie gut Finn und du zusammen aussaht, dass ihr spazieren wart am alten Leuchtturm und …«

»Stopp.« Ich hebe eine Hand, und Libby kichert.

»Du und Finn?«

»Lass es, Will.«

»Nein, mal ehrlich, Isla, ich hätte mich nie getraut, danach zu fragen, aber jetzt, wo es schon Inselgespräch ist …«

Ich stöhne. »Hört auf damit! Es wäre nett, wenn zumindest meine Familie davon absehen würde, sich über mich und das, was ich tue, das Maul zu zerreißen. Das geht nun wirklich niemanden etwas an.« Ich lache, hysterisch geradezu, meine Brüder lachen höflich mit, doch mein Vater legt sein Besteck nieder, etwas zu laut, und ich bemerke meinen Fehler zu spät.

»So meinte ich das nicht«, erkläre ich sofort.

»Wie hast du es denn gemeint?«, fragt er.

»Nun, ich …«

»Mir ist schon klar, wie du es gemeint hast«, unterbricht er mich. »Du kannst tun, was du willst, und es hat niemanden zu interessieren. Du kannst dich melden, wenn du es für nötig hältst, einmal im Jahr oder einmal in fünf Jahren oder gar nicht, du darfst entscheiden, wo du lebst und mit wem, und niemand hat das Recht, dein Tun zu hinterfragen.«

»Ich …«

»Und ja, natürlich, du bist besser als die anderen hier auf der Insel, die sich *das Maul über dich zerreißen.* Besser als Shona, die wie eine Großmutter zu dir war, besser als Finn, der alles für dich getan hätte. Du bist die Beste, Isla. Du bist erhaben. Und was auch immer der Grund dafür ist, dass du dich dazu herabgelassen hast, auf diese Insel zu kommen, die du so verachtest, genauso wie die Menschen, die darauf leben, es geht uns selbstverständlich nichts an.«

Mein Vater hat sehr leise gesprochen, und als er fertig ist, habe ich Gänsehaut. Ich blinzle ihn an, geschockt und sprachlos, und dann Will und Kyle, die am Tisch erstarrt sind. Indes greift mein Vater nach seinem Bierglas, leert es und steht auf, doch kurz bevor er die Tür erreicht, springe ich von meinem Stuhl.

»Warte.«

»Worauf denn?«

»Herrgott, warte einfach!«

Er dreht sich zu mir um und verschränkt die Arme vor der Brust. »Ich bin nicht derjenige, dem man hier irgendetwas befehlen kann, Isla«, sagt er. »Ich habe dich in mein Haus gelassen, ohne dich nach deinen Gründen zu fragen, und das, obwohl du es beinahe eingerissen hast bei deinem Weggang. Ich muss gar nichts. *Nichts.«*

»Also schön, wenn du es genau wissen willst«, sage ich laut, »ich hatte im ersten Augenblick keine Ahnung, wo ich hinsollte. Eric – Erics Wohnung war auf einmal keine Option mehr, also dachte ich – ich dachte …«

»Du dachtest, du kommst in das Haus deines alten Vaters, das du seit sechs Jahren und dreieinhalb Monaten nicht mehr betreten hast.«

Es ist auch mein Haus, schießt es mir durch den Kopf, gleich vor: *Er kann unmöglich die Monate zählen.* Sechs Jahre und dreieinhalb Monate. Mein Mund steht offen, und ich zögere eine Sekunde zu lang, denn mein Vater hat sich ein weiteres Mal von mir weggedreht und will zur Tür hinaus.

»Du hast dich auch nicht bei mir gemeldet«, rufe ich.

»Ach ja?« Er bleibt stehen. »Das hast du von uns erwartet? Dass wir dir hinterhertelefonieren nach deinem letzten Besuch? Bei dem du kein gutes Haar an diesem Ort gelassen hast? Oder an uns? Bei dem du deine Brüder als stumpfsinnig und feige bezeichnet hast, weil sie sich hier auf der Insel verstecken, anstatt in der Stadt ein *richtiges* Leben zu leben? So wie du?«

»Dad.« Aus dem Augenwinkel sehe ich Will aufstehen.

»Nimm sie nicht in Schutz«, sagt mein Vater. »Das wird allmählich alt, William.«

Der Boden unter meinen Füßen vibriert, ich spüre es deutlich. Sein Zittern fährt in meinen Körper, von der Fußsohle die Beine hinauf, die Hüfte entlang, an der Taille nach oben, die Arme hoch und dann hinunter, bis in meine Fingerspitzen. An der Seite balle ich meine Hände zu Fäusten. »Er muss mich nicht in Schutz nehmen«, sage ich ruhig. »Ich habe nichts getan. Und nichts gesagt, nicht so, wie du es hier darstellst, nichts weiter als das, was ich denke. Dass diese Insel klein ist. Dass man hier nicht atmen kann. Dass sie einen erstickt mit all dem, wofür sie steht und woran sie erinnert.«

Mein Vater ist verstummt. Und ich habe zu viel gesagt.

»Und du hast recht«, erkläre ich abschließend, »dies ist dein Haus und nicht mein Zuhause. Das war es schon lange nicht mehr. Mehr als die zehn Jahre nicht.«

»Isla …«

»Ist schon gut.« Ich sehe Kyle an. »Ihr habt alle recht.

Ich weiß nicht, was in mich gefahren ist hierherzukommen. Ich bin so dumm. Ich hätte genauso gut in Edinburgh bleiben können.«

Mein Vater verschränkt die Arme vor der Brust. Ich schiebe mich an ihm vorbei.

»Ach, komm schon, Isla«, ruft Will hinter mir her, da bin ich bereits halb die Treppe hinauf. »So weit waren wir doch schon. Das ist auch dein Zuhause. Du kannst so lange bleiben, wie du möchtest.«

Ich schlage die Tür zu der kleinen Kammer hinter mir zu, ziehe den Koffer unter der Couch hervor, zerre meine Kleider aus der Kommode und werfe sie hinein. In Windeseile habe ich gepackt – all meine Sachen, inklusive der Leinentasche. Mein vollständiges derzeitiges Leben ist in unter zwei Minuten zur Abfahrt bereit. Ich schleife Koffer und Tasche die Treppe hinunter und zur Haustür hinaus. Mein Vater ist nirgendwo zu sehen. Will und Kyle stehen in der Küchentür, Libby davor. Sie sehen nicht glücklich aus, aber auch nicht wirklich überrascht.

»Du kannst auf keinen Fall so gehen«, sagt Will.

Mir ist klar, was er meint, doch in diesem Augenblick kann ich ihm nichts versprechen. Die letzte Fähre für heute ist schon weg, aber morgen? Ich bin nicht sicher, ob ich noch länger auf Bailevar bleiben kann. Eines steht fest: Es war ein Fehler, herzukommen. Während ich den Weg zu Shona einschlage, höre ich die Stimme meines Vaters, selbst wenn er es mir diesmal nicht hinterhergerufen hat.

Geh doch. Pack deine Sachen und hau ab. Du bist nicht die Erste in dieser Familie, und wir haben es schon einmal überlebt.

8

Finn

Der Markt in Tobermory ist weit davon entfernt, etwas Besonderes zu sein, im Gegenteil: Unscheinbare, mehr oder weniger improvisierte Stände reihen sich in einer muffigen Halle aneinander, Stick- und Strickarbeiten lokaler Handarbeitskränzchen werden ebenso feilgeboten wie Räucherfisch und selbst gebackene Scones, aber MacEwan serviert einen herausragenden Haggis, und Pattie's Pastries sind in jedem Fall die Reise wert. Die eine ist. Fähre und Auto zusammengerechnet, dauert die einfache Fahrt mehr als zwei Stunden, doch ich musste mal raus. Also warum nicht hierher?, denke ich, während ich an den provisorischen Tischen vorbeischlendere. Nun. Zum einen deshalb nicht, weil ich im Pub gebraucht werde. Zum anderen, weil »weit« offenbar nicht weit genug ist, um den Kopf freizubekommen von den Gedanken an Isla, die in mir rotieren, seit sie gestern Abend in meinem Restaurant aufgetaucht ist. Oder schon vorher. Sie hier wiederzusehen, an diesem ersten Abend, das war, als habe mir jemand mit einem Hammer vor die

Stirn geschlagen und mir anschließend jedes Schmerzmittel verweigert. Das Lächeln auf meinem Gesicht fühlte sich an wie festgetackert, mein Herz, als sei es völlig aus dem Takt geraten. *Das ist nur Isla?* Ich schüttle über mich selbst den Kopf. *Nur* Isla, ja, ganz genau die. Das Mädchen, das meine beste Freundin war, seit ich denken kann. Die junge Frau, um die all meine Gedanken kreisten, bis ich Anfang zwanzig war. Und dann die Isla, die auf einmal aus meinem Leben verschwand, prompt und endgültig, als hätte es sie nie gegeben. *Paff.*

Und nun ist sie wieder hier. Isla Grant. Ganz so, wie ich sie in Erinnerung hatte, kein bisschen verändert, als wären all die Jahre nichts gewesen. Nichts. Isla Grant. Meine Auferstehung und mein Untergang.

Ich werde mit Shona reden müssen. Ihre Behauptung, dass Isla nicht bei ihr unterkommen könne, weil ihr Gästezimmer renoviert werde … Weder Isla noch ich haben ihr geglaubt, noch war Shona im Entferntesten darum bemüht, ihre freche Lüge zu kaschieren. Sie wollte, dass Isla in einem meiner Fremdenzimmer unterkommt, so viel stand für uns beide fest, obwohl weder sie noch ich es ausgesprochen haben. Ich bin mir nicht sicher, was in Shona vorgeht. Diese ganze Geschichte ist so lange her, ich kann mich nicht einmal daran erinnern, wie sie damals auf die Trennung reagiert hat. Die Trennung, die eigentlich gar keine war, denn wer sich nie offiziell zueinander bekannt hat, der kann auch nicht offiziell auseinandergehen. Irgendwann war einfach Schluss, und sie und ich, wir waren weg. Womöglich ist es das, wovor Shona Angst hat. Dass Isla ein weiteres Mal mit wehenden Fahnen von der Insel flieht, ohne sich um die zu kümmern, die sie zurücklässt?

Diese Stimme. Dieser Duft. Wie sie sich angefühlt hat. Als Isla gestern Abend ins Pub stürmte, schien sie zu allem bereit: Die grauen Augen Funken sprühend, die roten Haare wild wie Feuer, sie strotzte vor Entschlossenheit, wütend auf alle und jeden, eine Amazone auf dem Kriegspfad. Sie brauche ihr Elternhaus nicht, erklärte sie, weder das noch die ständigen Anklagen ihres Vaters. Wem nutze überhaupt ein Zuhause, das für sie noch nie eines gewesen sei? Sie könne nicht für die Krisen ihres Vaters verantwortlich gemacht werden, erklärte sie, sie habe mit ihren eigenen genug zu tun. Sie habe Caitriona nicht aus dieser Einöde vergrault.

Es war noch nicht allzu spät und zumindest die Einheimischen noch bei ihrem Bier um die Bar versammelt, als Isla aufging, dass sie mit ihrer kleinen Wutrede, die eigentlich nur für meine Ohren bestimmt war, die Hälfte des Lokals unterhielt. In diesem Augenblick hätte ich am liebsten gelacht, aber in Wahrheit war dies einer der traurigsten Momente seit Langem. Ich habe Isla selten weinen sehen, so gut wie nie eigentlich, doch diesmal, das schwöre ich, diesmal war sie kurz davor. Sie nahm wortlos den Zimmerschlüssel und ging schweigend in Richtung Hintertür, wo sich der Aufgang zu den Gästezimmern befindet. Den restlichen Abend ließ sie sich nicht mehr blicken. Als ich ihr später etwas zu essen brachte, öffnete sie die Tür mit regloser Miene, kein bisschen Emotion mehr darin. Und das Erste, was mir durch den Kopf schoss, war: Darin warst du immer gut, Isla Grant. Dichtmachen. Dich abschotten. Verdrängen. Alle ausschließen, die dir zu nahekommen, und am Ende so schadenfrei wie möglich aus allem hervorgehen. Der Nachmittag am Leuchtturm war einer dieser Klassiker. Ich habe mich so sehr in unsere Jugend hineinkatapultiert gefühlt, dass mir von dem Flashback beinahe schwindlig wurde. Zehn Jahre hat sie mit dem Kerl verbracht, und sie hat keine Ahnung, wie es ihr nun geht?

Soweit ich das beurteilen kann, haben diese zehn Jahre in der Stadt, umgeben von Kunst und Kultur und all dem, was Bailevar in ihren Augen vermissen lässt, rein gar nicht an ihrer Persönlichkeit rütteln können. Die Zeit heilt die Wunden nicht, sie betäubt nur den Schmerz. Weshalb Isla nach wie vor das abgeschlossenste, sturste, unerreichbarste Geschöpf ist, das ich je kennengelernt habe. Womöglich deshalb hatte ich das Bedürfnis, heute Morgen nach Tobermory aufzubrechen. Um die Distanz, die Isla unweigerlich wieder zwischen uns bringen wird, selbst herbeizuführen. Und aus welchem Grund, frage ich mich, habe ich ihr dann das Versprechen abgenommen, wenigstens so lange zu bleiben, bis ich zurückgekehrt bin?

Doch wie das so ist mit Versprechen.

Wie das so ist mit Isla.

»Hey, Finn. Schön, dich zu sehen. Finn?«

Ich habe gar nicht bemerkt, dass ich vor Frasers Stand stehen geblieben bin, geschweige denn, wie lange ich dort schon Löcher in die Luft starre, doch als er mich mit seiner erstaunten Begrüßung aus meinen Gedanken reißt, schüttle ich mich schnell ins Hier und Jetzt zurück.

»Hey«, sage ich betont überschwänglich, während ich ihm die Hand reiche. »Wo ist Leah? Willst du mir erzählen, du hast heute selbst gebacken? Dann überlege ich mir das noch mal mit meinem Frühstück.«

Fraser lacht. »Keine Sorge. Sie hat gebacken, und sie wird auch gleich hier sein. Sie bringt die Kleine kurz zu ihrer Großmutter, heute gab es nur Gequäke.« Er verdreht die Augen, aber ich weiß, er ist kein bisschen genervt. Fraser Buchanan ist der gechillteste Typ, den ich kenne, und das tue ich schon seit einer Weile, seit unserer Schulzeit in Oban. Wie ich ist er in seiner Heimat geblieben, in seinem Fall in Tobermory, und hat Leah Tinnley geheiratet, ebenfalls eine Klassenkameradin, mit der er mittlerweile fünf Kinder hat.

»Die Bäckerei läuft gut?«, frage ich ihn.

»Ich kann nicht klagen. Das Pub?«

»Immer besser, danke. Ihr müsst vorbeikommen, ich hab Gästezimmer über dem Restaurant, dann machen wir uns einen schönen Abend.«

»Ah, das wäre was«, sagt er. »Whisky und ein guter Pie.«

Ich lache über seinen sehnsüchtigen Gesichtsausdruck. »Vielleicht passt deine Mutter ja mal auf die Kleinen auf.«

»Ab drei ist es schwierig, irgendeine Großmutter davon zu überzeugen, auf die Kleinen aufzupassen«, gibt er zurück. Er packt mir eine Tüte mit Scones, Shortbread und Crumpets, das volle Touristenprogramm, und drückt sie mir in die Hand. »Du bist nicht wirklich zum Einkaufen hier, oder?«, fragt er. »Was hat der kleine Markt in Tobermory, was dir nicht ins Restaurant geliefert wird?«

»Leahs Crumpets«, sage ich und hebe die Tüte an. »Plus, ich musste mal raus.«

»Klar«, sagt er, und dann nach kurzem Zögern: »Ich habe gehört, Isla ist zurück?«, und für einen Moment bleibt mir die Luft weg.

»Shit, das hat sich bis hier oben herumgesprochen?«

»Leah hat mit Lilian telefoniert. Es ging um den Job hier im Hotel, da hat sie es ihr erzählt.«

Ich schüttle den Kopf. »Ja«, sage ich, »Isla ist vor ein paar Tagen angekommen. Die Frage ist, wie lange sie bleibt. Nicht sehr lange, denke ich.«

»Hm.«

Ich trete einen Schritt zur Seite, während Fraser einer jungen Frau ein paar Stücke von dem Apple Pie verkauft. »Grüß sie von mir«, sagt er schließlich.

»Das werde ich.«

»Ist sie immer noch so … *Isla?«*

»Du meinst stur, verbohrt, engstirnig und – stur?« Ich grinse ihn an. »Ich würde sagen, ja, Mann, ist sie.«

»Und setzt sie dir immer noch so zu wie damals?«

Ich versuche, seine Frage mit einem Lachen herunterzuspielen. »Keine Ahnung, was du meinst«, sage ich. Ich weiß genau, was er meint. Er ist lange genug mit Isla und mir befreundet gewesen, um zu wissen, was für ein Auf und Ab unsere Nicht-Beziehung gewesen ist. Mehr Ab als Auf zuletzt, bevor sie auf einmal gar nicht mehr existierte.

Ich bin noch nicht sicher, was morgen ansteht, aber … klar, vielleicht. Oder die nächsten Tage? Aaah, Finn. Du kommst in Teufels Küche. Vergiss sie. Vergiss Isla. Vergiss es, bevor es etwas zu vergessen gibt.

»Ich grüße sie«, wiederhole ich.

»Mach das«, sagt Fraser.

»Komm vorbei.«

»Ah, Mann, das hoffe ich. Das hoffe ich wirklich.«

Wir verabschieden uns, und ich setze meinen Rundgang durch die Markthalle fort. Ohne Eile. Je später ich zurückkomme nach Bailevar, desto höher ist die Wahrscheinlichkeit, dass Isla noch dort ist.

So eine Fahrt über die Insel ist wie eine Meditation: Du kannst nie schneller fahren, als es dir die Single-Track-Roads erlauben oder die Schafe, die gerne mal vom Wegrand auf die Straße spazieren, ohne sich von herannahenden Autos schockieren zu lassen. Die Ruhe ist einmalig. Die Luft erstklassig. Ich weiß nicht, wie oft ich diesen Weg schon gefahren bin, über Craignure nach Fionnphort nach Bailevar, doch jedes Mal, wenn ich es tue, falle ich in einen Zustand tiefster Zufriedenheit. Vielleicht, weil die Landschaft eine beruhigende Wirkung auf mich hat. Vielleicht aber auch, weil es nach Hause geht.

Und so eine Fahrt, die lässt einem viel Zeit zum Nachdenken, viel zu viel Zeit. Gott, diese Sache mit Isla – wenn ich mich im Nachhinein daran erinnere, dann ist es, als … Ich schüttle den Kopf und richte mich im Fahrersitz auf. Mit einem gewissen Abstand ist es immer leicht, Dinge in etwas hineinzuinterpretieren, die niemals da gewesen sind. Sie zu verklären. Wir waren jung, wir hatten nur uns. Wir waren *unausweichlich,* ja, ich denke, das sind ihre Worte gewesen. Oder waren es meine? Bis ich zurück bin, habe ich Kopfschmerzen, und es ist Nachmittag. Ich habe es nach wie vor nicht eilig, doch als ich Will vor dem *Old Man* herumlaufen sehe, werden meine Schritte automatisch schneller. Sie kann nicht abgereist sein, oder doch? Ich weiß nicht, weshalb, aber ich spüre, dass sie noch auf der Insel ist.

»Hey«, begrüßt er mich. »Warst du den ganzen Tag unterwegs?«

Ich nicke. »Seit fünf Uhr früh etwa. Ich war auf dem Markt in Tobermory.«

Will sieht mich an, berechtigter Zweifel über das ganze Gesicht geschrieben. Wie kann man so viele Stunden auf diesem lächerlichen Markt verbringen?, lautet die passende Frage dazu, aber ich zucke nur mit den Schultern. »Ich habe Fraser Buchanan getroffen«, sage ich, »wieso fragst du? Ist Isla da drinnen?« Ich bin kurz davor, mich über meinen eifrigen Tonfall zu ärgern, aber jetzt mal ehrlich: Sie ist da drinnen, oder etwa nicht? Sie hat es versprochen. Da drinnen oder irgendwo anders auf der Insel, jedenfalls nicht auf dem Weg sonst wohin.

»Ja, sie sitzt an der Bar«, sagt Will, und ich wäre beinahe erleichtert, wenn dieser seltsame Tonfall nicht wäre.

»Okay. Also, was ist mit ihr?«

»Sie ist … Ich weiß nicht … Sie hat bei dir übernachtet, richtig?«

»Nicht direkt bei mir«, erkläre ich. »In einem der Fremdenzimmer.«

»Genau, das meinte ich.« Er macht eine Geste, als wolle er sich durch die Haare fahren, hält jedoch mitten in der Bewegung inne und vergräbt stattdessen die Hände in den Taschen seiner Lederjacke. Erst jetzt fällt mir auf, wie gestylt er aussieht und wie er riecht, als sei er in Shonas Rosenseifenwasser gefallen und erst nach drei Stunden wieder aufgetaucht.

»Hast du noch was vor?«, frage ich, genau in dem Augenblick, in dem Will sagt:

»Sie sitzt mit diesem Typen an der Bar, und ich weiß nicht, sie lässt es so aussehen, als hätte sie die Nacht mit ihm verbracht. Ist der Amerikaner? Er gefällt mir nicht. Und Isla ist … seltsam. Noch seltsamer als sonst.«

Ich sehe an Will vorbei auf die Eingangstür des Pubs, hinter der sich Isla Gott sei Dank noch befindet, in welcher Stimmung auch immer. »Was hat sie gesagt?«

»Dass es mich nichts angeht, wo oder mit wem sie die Nacht verbringt.«

»Mehr nicht? Da hat sie streng genommen recht, würde ich sagen.«

»Hör zu, ich hab eine Verabredung, übers Wochenende in Glasgow, ich wollte eigentlich schon längst unterwegs sein und nur kurz bei Isla vorbeischauen, aber jetzt denke ich, ich weiß nicht, vielleicht sollte ich besser hierbleiben. Das, oder du passt für ein paar Tage auf sie auf.«

»Ah, Will.« Jetzt muss ich lachen. Losprusten eher, denn Will Grant ist einer meiner ältesten und besten Freunde, aber er ist auch ahnungslos wie eine Nordseekrabbe. Er lebt seit Jahren mit Lilian auf einer knapp acht Quadratkilometer großen Insel, aber ist ihm klar, dass sie verliebt in ihn ist? Nein. Und er kennt seine Schwester seit den zweiunddreißig Jahren, die sie auf der Erde weilt, und gibt vor, nicht zu wissen, dass sie noch nie etwas anderes getan hat als das, was sie wollte? »Das ist ein Scherz, oder?«, frage ich ihn schließlich. »Dass du denkst, ich könnte sie von irgendetwas abhalten?«

»Sie sieht zu allem entschlossen aus, Finn, ich weiß nicht, ob sie noch hier sein wird, wenn ich zurückkomme.«

»Dann sag ihr, dass sie bleiben soll.«

»Das habe ich.« Die Hand landet schließlich doch in Wills gegelten Haaren. »Die beiden sind solche Sturschädel, einer schlimmer als der andere. Und meinem Vater geht es nicht gut dabei. Er würde es nie zugeben, aber es macht ihn verrückt, dass er mit Isla keine normale Beziehung haben kann.«

»Hat er ihr wirklich gesagt, das hier sei nicht ihr Zuhause?«

Will verzieht das Gesicht.

»Sie war ziemlich wütend gestern Abend«, sage ich, »aber sie ist noch hier, oder nicht?«

»Es wäre schön, wenn das so bleibt, zumindest, bis ich wieder da bin.«

»Ich werde sehen, ob ich sie überzeugen kann.«

»Danke, Mann. Hey: Wer, wenn nicht du, kann diesem Weib Verstand einbläuen?«

»Ja, okay. Du verpasst deine Fähre.« Ich klopfe ihm auf die Schulter und schiebe ihn gleichzeitig in Richtung Anlegestelle.

»Kümmer dich um meine Schwester.«

»Viel Spaß in Glasgow, Will.«

»Tu nichts, was ich nicht auch tun würde.«

»Jetzt wird es unappetitlich.«

»Aaaah, ich wusste, du denkst an so etwas. Ihr seid aber auch ein schönes Paar. Erst gestern sagte Libby …«

»Oh, Shit, das Schiff legt ab. Ciao, mein Freund.« Ich drehe mich um und spurte geradezu ins Pub.

»Wie geht es Fraser?«, ruft Will mir hinterher. »Hat er inzwischen herausgefunden, wie man verhütet?«

Ich schließe die Tür hinter mir und atme erleichtert auf. Wie war das gleich wieder mit dem Verstand von Nordseekrabben? So dumm kommen mir die Tiere gar nicht mehr vor.

9

Isla

Der Fremde auf Bailevar heißt Jared Campbell, er hat eine zu helle Stimme, aber einen angenehmen Geruch, und er kann nichts für meine schlechte Laune, doch er erträgt sie mit Fassung, seit beinahe anderthalb Stunden schon. Seit er den Fehler machte, sich zu mir an die Bar von Finns Pub zu setzen, einige Hocker entfernt, aber dennoch nah genug, um mitzubekommen, wie ich erbost die Tastatur meines Laptops bearbeitete, wütend über den Miet- und den Jobmarkt und auf mich, die ich noch nicht einmal weiß, in welcher Gegend genau ich nach beidem suchen will. Ich hätte einfach losfahren sollen, zumindest das. Um ein paar Meilen zwischen mich und meinen Vater zu bringen, aber nein, ich habe Finn versprechen müssen, hier auf ihn zu warten. Warum? Ich habe keine Ahnung. Ich kann mir ja nicht mal die Frage beantworten, weshalb ich Eric nicht eines seiner dummen Stative auf den Kopf gehauen habe, nachdem er mein Leben so zielsicher zerbombt hat. Und dann stürmt plötzlich Will herein, um den großen Bruder zu spielen – Will, der gestern ungerührt zusah, wie unser Vater mich quasi aus dem Haus katapultierte –, und so habe ich womöglich angedeutet, ich hätte die Nacht nicht allein verbracht, nur um ihn zu ärgern. Und dann ist mein Blick womöglich zu dem Fremden an der Bar geschnellt und wieder zurück zu meinem Bruder, mit einem kleinen, triumphierenden Lächeln darin. Der Fremde zuckte nicht mit der Wimper, als Wills funkelnder Blick ihn traf. Er hob lediglich die Hand, winkte und sagte: »Hi! Ich bin Jared.«

Das war das erste Mal an diesem Tag, dass ich aufrichtig lachen musste. Und Jared Campbell, wie er sich anschließend vorstellte, gut aussehender und derzeit einziger Übernachtungsgast Bailevars, war der Grund dafür.

»Also, habe ich das richtig verstanden?«, fragt er gerade. »Diese Louise Lem…«

»Lamboure.«

»… Lamboure, natürlich, also, sie ist … was? Neunzig Jahre alt und schwimmt jeden Morgen im Meer, egal, zu welcher Jahreszeit?«

»Sommer wie Winter.« Ich nicke. »In einem Neoprenanzug. Allerdings weiß keiner so genau, wie alt Louise wirklich ist. Sie hat es nie jemandem verraten.«

»Ich verstehe.« Jared legt den Kopf schief und nippt an seinem Cappuccino. Er tut das oft, ist mir aufgefallen. Also, den Kopf schief legen. Jared Campbell sieht aus wie ein Junge in der Haut eines Anfang Vierzigjährigen. Schmal, schlaksig, dunkle Augen, dunkle Haare, diese Hornbrille, die ihn reichlich belesen aussehen lässt, und dieser weiche Mund, meist zu einem Halblächeln verzogen. Ich runzle die Stirn und nehme einen Schluck von meinem Milchkaffee. *Abgesehen* von dem Mund und wie weich oder auch nicht weich er nun sein mag, wirkt er wie ein Intellektueller, denke ich. Mit einem zurückhaltenden Charme, irgendwie. Und ja, Sex-Appeal. Eine Art Arthur-Miller-Sex-Appeal, mit volleren Haaren.

»Und dann gibt es noch diese Band, die aus dem Müllmann und dem Postboten besteht?«, fragt er.

»Nicht nur.« Mein Vater macht auch mit, denke ich, habe aber keine Lust, es laut auszusprechen. »Es sind noch ein paar andere dabei. Aber ja, auch der Müllmann und der Postbote, die ein und dieselbe Person sind.«

»Ach ja?«

»Mason.« Ich nicke. »So viele Menschen gibt es auf Bailevar eben nicht«, erkläre ich. »Und so viele Jobs eben auch nicht. Oder so viel Müll. Oder so viele Briefe auszutragen.« Ich schüttle den Kopf. »Ich rede zu viel«, sage ich dann. »Ihnen raucht sicher schon der Kopf von all dem Zeug, das ich in den letzten Stunden erzählt habe.«

»Überhaupt nicht. Das waren die amüsantesten anderthalb Stunden, die ich hier auf der Insel verbracht habe.«

Ich weiß nicht, weshalb ich rot werde, aber ich spüre es auf meinen Wangen. Diese Augen sind beunruhigend. Auf eine Art. Ist es das, was die Leute meinen, wenn sie sich für stille Wasser begeistern? Ich räuspere mich. Ich bin immer noch wütend. Und womöglich habe ich ihn mit meiner kleinen Charade für meinen Bruder dazu animiert, mit mir flirten zu wollen, doch dies ist weder der Ort noch die Zeit für … was auch immer. Was ist überhaupt los mit mir? Ich habe weitaus größere Probleme und nicht im Mindesten Interesse daran, mir ein neues aufzuhalsen.

»Wieso sind Sie eigentlich hier?«, frage ich. »Ich meine,

auf Bailevar? Dem letzten Ort, an dem ich freiwillig Urlaub machen würde.«

»Was ist so schlimm an Bailevar?«

»Nun.« Ich muss beinah lachen bei der Frage, aber nur beinah. Jared Campbell kann nicht wissen, wie verbittert seine Gesprächspartnerin ist. »Die Insel ist klein. Kleiner als klein. Und es gibt nichts darauf zu sehen.«

Einige Sekunden lang blickt er mich an, als gäbe es hier jede Menge zu entdecken, zumindest aus seiner Perspektive, aber diesmal bin ich gewappnet. Ich erwidere seinen Blick kühl und entschlossen.

»Was ist mit diesem Pub?«, fragt er schließlich. »Ich hatte schon in Glasgow davon gehört, von dem *Old Man's Inn* hier und dem *Three Chimneys* auf Skye.«

»Ja«, stimme ich zu. Finn. »Wenn man ein gutes Restaurant als Sehenswürdigkeit betrachten will, dann hat Bailevar nun wohl doch eine.«

»Ein Restaurant ist immer nur so gut wie sein Koch.«

»Mmmmh.«

»Finn Taylor, richtig?«

Ich sehe Jared Campbell an. Kann es sein, dass ich in den vergangenen neunzig Minuten hundert Fragen beantwortet habe, mein Gegenüber dagegen jeder einzelnen von meinen ausgewichen ist?

»Er scheint seine Sache wirklich gut zu machen.« Damit winkt Campbell Adam heran, der an einem der Tische vor den Fenstern Zeitung liest. Es ist nicht viel zu tun heute Nachmittag, was vermutlich sein Glück ist, gemessen daran, dass sein Chef nach wie vor durch Abwesenheit glänzt. Mein Blick schweift zum Fenster, und dort draußen steht er. Finn. Er unterhält sich mit Will, was ein bisschen eigenartig ist. Ist mein Bruder die ganze Zeit hier gewesen? Seit er aus dem Pub gestürmt ist, was, ich weiß nicht, eine halbe Stunde her sein müsste?

»Möchten Sie auch noch einen Kaffee?«

»Was?« Ich starre immer noch hinaus zu Will und Finn. Er trägt Jeans und Stiefel und eine blaue Regenjacke, und er sieht abwechselnd meinen Bruder an und dann zum Pub, so als sprächen die beiden über mich. »Oh, nein danke. Ich müsste mich allmählich auf den Weg machen.«

»Weil Ihnen die Insel zu langweilig ist. Wollen Sie deshalb weg von hier?«

Ich sehe ihn an, die Brauen erhoben diesmal. Ich habe ihm nicht erzählt, dass ich die Insel verlassen möchte, und gerade jetzt, in diesem Augenblick, habe ich nicht vor, von Bailevar zu fliehen, sondern eher vor Finn und meiner Verwandtschaft.

»Ich meine bloß, Ihr Bruder hat sich offenbar Sorgen darüber gemacht, dass Sie nicht mehr hier sein könnten, wenn er nach dem Wochenende zurückkehrt.« Jared lächelt, aber irgendwie habe ich das Gefühl, ich habe schon zu viel gesagt. Und nach wie vor hat er meine Frage nicht beantwortet. Was er hier tut. Ich möchte nicht über mich reden. Nicht über mich, nicht über meinen Vater, nicht über Will. Nicht über Finn, der soeben zur Tür hereinplatzt.

»Du bist noch hier!«, ist das Erste, was er sagt, und Jared zieht eine Augenbraue hoch.

»Was an ein Wunder grenzt«, erkläre ich, »gemessen daran, dass du den ganzen Tag fort warst und ich offensichtlich Schimmel ansetzen sollte, während ich auf dich warte. Wo bist du gewesen?« In dem Moment, in dem ich es ausspreche, gereizt und nicht gerade freundlich, da kommt es mir: Er muss in Glasgow gewesen sein, bei seiner Freundin, der Pflegerin. Auf einen *Kurzbesuch.* Um es diplomatisch auszudrücken. Ich warte seine Antwort nicht ab, greife meinen Laptop und den Notizblock, auf den ich bislang noch nicht entdeckte Wohnungsangebote niederschreiben wollte, und springe von meinem Barstuhl. »Ich brauche frische Luft«, murmle ich, und dann, lauter: »Es war sehr nett, mit Ihnen zu plaudern, Jared. Einen schönen Nachmittag noch auf Bailevar.«

»Isla.«

Finn ruft hinter mir her, aber ich drehe mich nicht nach ihm um. »Was?«

»Ich habe Fraser getroffen, auf dem Markt in Tobermory. Ich soll dich grüßen. Er sagt, er und Leah kommen womöglich bald mal vorbei.«

Verdammt. Noch. Mal. Finn soll auf keinen Fall wissen, dass der Gedanke daran, er könne womöglich nach Glasgow gefahren sein, um seine Freundin zu vögeln, auch nur im Entferntesten in meinem Hirn Gestalt angenommen hat. Und schon gar nicht will ich, dass er mir erklärt, wo er gewesen ist, um mich zu beschwichtigen. Das ist so Finn. Immer zwei Schritte vorausdenken, immer tun, was dem anderen gefallen könnte. Aber ich bin nicht mehr sein Problem. Er muss nichts tun, um mir mein vertracktes Leben zu erleichtern.

Ich drehe mich zu ihm um. »Nun, dann werde ich vermutlich schon weg sein«, sage ich, aber er verzieht keine Miene dabei.

»Komm heute zum Abendessen«, sagt er stattdessen.

»Ich will ein neues Rezept ausprobieren.« Aus dem Augenwinkel sehe ich, wie Jared Campbell seine Jacke nimmt und nach draußen geht. Ist er die ganze Zeit meinetwegen hiergeblieben?

»Na, das sollte ich mir auf keinen Fall entgehen lassen, oder?«, sage ich trocken, bevor ich mich umdrehe und nach oben gehe.

Ein Gute-Laune-Knopf wäre jetzt ganz angenehm. So ein großer roter, runder Buzzer, auf den ich meine Faust hämmere, bis mir zum Lachen zumute ist. Ha!

Ja, ich brauche Luft, doch ich gehe nicht spazieren, denn so, wie ich mein Glück einschätze, treffe ich garantiert jemanden auf meinem Weg. Mrs. Donne, die mir neugierige Blicke zuwirft, oder meinen Vater, der mich besser überhaupt nicht ansieht, oder Shona, auf die ich tatsächlich böse bin, weshalb ich sie heute auf keinen Fall besuchen möchte. Das Gästezimmer wird renoviert, dass ich nicht lache. Sie selbst musste ihr Grinsen unterdrücken, als sie mich mit dieser Ausrede ins Pub schickte zu Finn, der seine Großtante natürlich auch auf der Stelle durchschaute. Oh ja, es ist mühsam. Neben all den anderen Unwegsamkeiten in meinem Leben kommen mir ihre Kuppelversuche vor wie die Mücke im Schlafzimmer.

Ich setze mich auf die großen Steine am Hafenbecken, unmittelbar unter den Holztischen vor dem *Old Man's Inn,* von einer Mauer vor dem zunehmenden Wind und den Blicken der Vorbeigehenden geschützt. Es hat sich zugezogen, und der Himmel bauscht sich auf wie kurz vor einem Sturm. Ich setze mich aufrechter hin und halte die Nase in den Wind. Ich werde nicht mehr lange hier sein. Ich werde etwas für mich finden. Einen anderen Ort, einen anderen Job. Es wird hart sein, erst einmal, aber ich werde es schaffen. Ich habe schon viel mehr geschafft als manch anderer, ich muss mich nur dann und wann daran erinnern.

In meiner Jackentasche brummt mein Handy. Ich hatte es heute Morgen ans Ladegerät gehängt, und doch überrascht mich der Ton, denn auf Bailevar ist es mit dem Telefonnetz so eine Sache. Das Foto von Mac leuchtet auf. Das, auf dem er eine Federboa um den Hals geschlungen hat und eine Zigarettenspitze zwischen seinen Lippen steckt. Silvester vergangenes Jahr. Mac, Eric, ich und eine ganze Menge anderer Leute beim traditionellen Hogmanay auf der Princes Street. Das Feuerwerk spiegelt sich in Macs dunklen Augen. Eric hat mich geküsst um Mitternacht, und ich habe gedacht, das sollen die anderen erst einmal hinbekommen – einen solchen Kuss nach zehn Jahren Beziehung. Nie im Leben hätte ich gedacht, dass es kein elftes Jahr für uns geben würde. Und ich bin mir ziemlich sicher, Eric auch nicht.

Ich kann das Bild nicht länger ansehen. Ich lehne den Anruf ab und bin dabei, das Handy in meiner Jackentasche zu vergraben, als eine SMS aufplingt.

MAC: Solange du mich wegdrückst, Darling, weiß ich wenigstens, dass du am Leben bist. Halleluja.

MAC: Es sei denn, jemand hat dich entführt.

MAC: Und an einen Stuhl gefesselt, dann hab ich angerufen, das Handy klingelte, und man nahm es dir weg.

MAC: Ich hoffe bloß, es hat dir niemand die Hand abgehackt deswegen?

MAC: Das könnte ich mir nie verzeihen, wenn mein Anruf dafür verantwortlich sein sollte, dass du künftig einhändig durchs Leben gehen musst.

MAC: Oh, Darling, was für eine Vorstellung!

MAC: Jetzt schmeckt mir der Tee nicht mehr.

MAC: Was, wenn es die rechte Hand ist? Dann könntest du dir nicht einmal mehr …

Ich drücke Macs Nummer, bevor er ins Detail gehen kann, und schon während des ersten Klingelns nimmt er ab.

»Es geht mir gut«, beginne ich. »Du musst dir keine Sorgen um mich machen. Niemand hat mich entführt, alle Hände sind noch dran.«

»Wieso gehst du dann nicht ans Telefon mit diesen hübschen Händen?«

»Weil ich nicht darüber sprechen kann, Mac.« Es entsteht eine kurze Pause, in der ich mich frage, ob er überhaupt weiß, worüber. Ich meine, ich bin seit vier Tagen weg, aber ich habe vor meiner Abreise schließlich keine Handzettel verteilt, auf denen ich unsere Trennung verkündet habe. Hat Eric es unseren Freunden gesagt? *Seinen* Freunden vielmehr, denn ich war schließlich nur der Neuzugang in seinem erlauchten Kreis, und das beinahe zehn Jahre lang.

»Du musst nicht darüber sprechen«, sagt Mac schließlich. »Bald wird ohnehin niemand mehr über ihn reden. Eric *who?* Glaub mir, der Mann ist schneller vergessen, als du Bidet sagen kannst.«

»Bidet?«

»Ich weiß nicht, wie ich darauf komme. Vermutlich die Geschichte mit deiner abgehackten Hand, ehrlich, die Vorstellung hat mir zugesetzt.«

Ich kann heute nicht lachen, dafür ist meine Stimmung einfach zu schlecht. Aber ich weiß, Mac meint es gut, das tut er immer.

»Mir ist klar, dass ich dich nicht aufmuntern kann, Sweetie – ich sehe dich förmlich vor mir, die Augen schmal, der Mund verhärtet, Rauch wabert aus den Ohren. Aber glaub mir, das geht vorbei. Er wird sehr schnell einsehen, was für einen Fehler er begangen hat, und dann …«

»Mac.«

»Dann wird er womöglich feststellen, dass es zu spät ist, weil du seit jeher etwas Besseres verdient hast als diesen präpotenten Kretin.«

Ich seufze. »Wer hat es dir gesagt?«, frage ich. Wieder ein Moment Stille, in dem nichts zu hören ist als das Rauschen des Windes um mich herum. Ich lasse den Blick über das Meer schweifen, das in immer höheren Wellen ans Ufer rauscht. Es wird Zeit für mich, den Platz zu wechseln, denn bald werden die Steine, auf denen ich sitze, von Wasser überflutet sein.

»Mac?«

»Jemand hat die beiden zusammen gesehen, dann hat es sich herumgesprochen.«

»Recht schnell, vermute ich?« Diese Szene. Am Ende ist sie genauso schlimm wie Bailevar, was ehrlich lachhaft ist. Lachhaft!

»Eric ist ein Idiot, Isla, das habe ich ernst gemeint. Er wird seinen Fehler einsehen.«

»Ich will wirklich nicht darüber sprechen, Mac.«

Er seufzt. »Er ist trotzdem ein Idiot. Und das hat er dir hoffentlich gesagt?«

»Keine Ahnung. Ich habe ein paar Nachrichten von ihm auf der Mailbox und ein paar Texte, aber nichts davon angesehen.« Mein Magen krampft sich zusammen. »Können wir bitte das Thema wechseln?«

»Ja, klar, sorry.« Ich höre, wie er Luft holt. »Nicht, dass er mir in irgendeiner Weise leidtäte, aber es heißt, er sei ein wenig verzweifelt darüber, dass du nicht auf seine Anrufe reagierst. Nun ja. Geh besser nicht dran. Du solltest den Teufel tun und ihm Absolution erteilen oder so etwas. Soll er sich Sorgen machen. *Ich* habe mir Sorgen gemacht. Woher sollte ich denn wissen, ob es dir gut geht? Wo du gelandet bist? Wo *bist* du gelandet?«

Ich antworte nicht. Eric darf auf keinen Fall erfahren, dass ich keinen anderen Ort wusste als mein ungeliebtes Elternhaus. Mac meint es gut, aber er kann ein Tratschweib sein, auch das steht fest.

»Isla?«

Und ich weiß, ich kann ihm trotzdem vertrauen, aber ich kann ihn schlecht einschätzen. Was, wenn er seinen kleinen Chanel-Koffer packt und hertippelt? Wenn ich schon nicht auf diese Insel passe, dann wäre es bei Mac so, als liefere man eine Giraffe in einer Kleintierzoohandlung ab. »Ich bin zu Hause«, sage ich schließlich, »aber ich bleibe nicht mehr lange. Ich weiß noch nicht, wo ich dann hingehe.«

»Du bist auf dieser Insel? An den Hinterbacken des Universums?«

»Wie gesagt, nur noch kurz. Dann ziehe ich weiter.«

»Ich weiß, du willst es nicht hören, aber du hättest zu mir kommen können. Jederzeit.«

»Ich weiß. Danke, Mac.«

»Du kannst immer noch herkommen, wann immer du bereit bist.«

»Danke.«

»Wo willst du denn hin?«

»Ich weiß es noch nicht. Glasgow womöglich.«

Mac seufzt abermals, vermute ich zumindest, denn genau in diesem Augenblick grollt über mir der Donner, und die Verbindung beginnt zu rauschen.

»Himmel, was ist das, Isla? Das klang, als würde ein T-Rex dir das Handy aus der Hand beißen.«

»Ich muss Schluss machen«, sage ich, »ein Gewitter zieht auf. Ich will nicht klatschnass werden.«

»Aber natürlich nicht! Es ist ohnehin so zugig auf diesen kleinen Inseln da im Nirgendwo, am besten du …«

»Mac? Ich kann dich nicht mehr hören! Danke für deinen Anruf! Ich melde mich bald wieder!«

»Ich hab dich nicht angerufen!«

»Ja, also – bis bald, ja?«

»Pass auf dich auf, Isla.«

»Das mache ich.«

»Das war nicht wirklich ein T-Rex, oder? In diesen Gegenden weiß man nie. Da schwimmen Monster in Seen und …«

»Auf Wiedersehen, Mac.«

Ich nehme das Handy vom Ohr und stecke es schnell in meine Jackentasche. Dann klettere ich über die Steine hinauf zu der alten Mauer und hüpfe darüber. Es regnet bereits, sehr sanft noch, aber ich kann den Sturm bereits in meinem Nacken spüren. Den Sturm oder … ich weiß nicht. Ob Mac recht hat mit den Monstern? Nur manchmal leben sie eben nicht in Seen oder im Meer, sondern in einem selbst, tief drinnen, weit unten, verschüttet und doch jederzeit zum Sprung bereit.

10

Finn

Ein schottisches Sprichwort besagt: Wenn es regnet, dann warte eine Minute. Doch so schnell und zuverlässig sonst die Wolken ziehen, heute ist es anders. Ein Gewitter bahnt sich an, ein handfestes, und das bringt einen Sturm mit sich und wühlt das Meer auf, sodass es unmöglich sein wird, die Gäste von Fionnphort hierherzuschippern oder zurück.

»Auf wann soll ich die Reservierungen verschieben?« Isobel bleibt neben mir stehen und sieht aus dem Fenster, auf die pechschwarze Wolkenwand, die auf Bailevar zurollt, ein nicht gerade gemütlicher Anblick. Isla ist da draußen. Ich bin nicht sicher, wo sie hinwollte, aber es wäre allmählich Zeit für sie zurückzukehren.

»Ich fürchte, in diesem Jahr wird das nichts mehr«, antworte ich, während ich mich umdrehe und zurück zum Tresen gehe. »Der September ist voll, und nicht mal bei den bestehenden Reservierungen ist sicher, ob das Wetter halten wird. Vielleicht sollten wir das Restaurant im nächsten Jahr schon Ende August schließen. Oder mittags statt abends die Karte anbieten. Das könnte uns jede Menge Enttäuschungen ersparen.«

»Einige wären ganz und gar nicht enttäuscht.«

Mein Blick folgt Isobels zur Tür, wo sich gerade eine Handvoll alter Männer hindurchzwängt, beladen mit ihren Instrumentenkisten, angeschoben vom Pfeifen des Windes.

»Scheiße, ist das wild da draußen«, erklärt Mason, seinen Akkordeon-Kasten in der einen, Nathanials Schlagzeugtrommel in der anderen Hand.

»Das wird ordentlich was geben.« Harris Donne stellt seinen Dudelsack neben der Bar ab und ist schon halb wieder draußen, den Rest der Instrumente holen, nehme ich an.

»Dann müssen wir eben lauter spielen als das Gewitter«, ruft Aiden Brimer ihm nach.

»Sind wir heute unter uns?« Jamie MacCubbin, Schaffarmer und E-Gitarrist der *Bailevars,* bleibt vor mir stehen.

Ich nicke. »Isobel sagt den Gästen ab.«

»Schon dabei, Chef.«

»Aaaah, das ganze gute Essen für uns allein.«

»Es gibt Jakobsmuscheltatar«, erkläre ich. »Auf Algensalat.«

»Du schockierst mich nicht, Junge. Ich kannte dich schon, als du in Windeln auf der Bar herumgekrabbelt bist.«

Ich lache ihn an, und er lacht zurück.

Gott, wie ich es liebe, hier zu sein.

Während die Band ihr Set in der Ecke vor dem Restaurant-Bereich aufbaut, passen wir in der Küche in der Tat die Karte an. Es hat wenig Sinn, einer Meute betrunkener Einheimischer etwas anderes zu servieren als Fisch & Chips, Steak-Pie und Burger, selbst wenn sich einige durchaus als experimentierfreudig erweisen. Allerdings nicht, wenn *The Bailevars* aufspielen. Diese Pub-Abende sind eine Mischung aus Gröl-Karaoke und Bierseligkeit und nicht dazu gedacht, sich den Geschmack der Ales mit gehobener Küche zu verderben.

Während ich hinter dem Tresen die Kasse herrichte, beobachte ich Nate Grant dabei, wie er sein Schlagzeug zusammenschraubt. Früher, vor Caitriona, spielte er Akkordeon, doch dann, nachdem sie ihn verlassen und er der Musik fast fünfzehn Jahre lang den Rücken gekehrt hat, sattelte er auf Schlagzeug um. Brachte es sich selbst bei. Und ist richtig gut inzwischen. Es braucht vermutlich keinen Psychologen, um einen Zusammenhang herzustellen, doch wenn man Nate danach fragt, winkt er jedes Mal ab. Isla dagegen ist überzeugt davon, dass ihr Vater sein Akkordeon deshalb nicht mehr angerührt hat, weil Caitriona es so liebte. Viele Abende der Woche spielte er seiner Frau irische Lieder darauf vor, Lieder aus ihrer Heimat. Isla und ihre Brüder wurden damit in den Schlaf geschaukelt, und dann, als Caitriona weg war, wurde es plötzlich still im Haus. Als habe man einem schnatternden Vogel mit einem Ruck den Hals umgedreht, erklärte sie mir einmal, Isla Grant, dreizehn Jahre alte Bitterkeit. Und, wie ich schon sagte, die Zeit heilt die Wunden nicht.

»Oh.«

»Oh. Hey, Lilian. Hat Isobel dir nicht Bescheid gegeben? Wir brauchen dich heute leider nicht, wir mussten den Restaurant-Gästen absagen wegen des Gewitters.«

»Äh …« Lilian sieht sich um, als höre sie das erste Mal von dem schlechten Wetter, dann blinzelt sie mich an. »Ich habe mir so was gedacht, war mir aber nicht ganz sicher.«

»Sorry«, wiederhole ich. »Isobel hätte dich anrufen sollen.« Das hätte sie wirklich. Oder womöglich hätte ich heute Isobel nach Hause schicken sollen. Lilian braucht den Job, das weiß ich spätestens, seit sie sich in Tobermory beworben hat. Wobei das mit dem Hotel offenbar hinfällig ist. Der Weg ist zu weit, Lilian müsste sich dort ein Zimmer suchen, was wiederum Kosten verursachen würde, die in keinem Verhältnis zur Entlohnung stünden. »Bleib trotzdem hier«, sage ich ihr. »Die Band spielt heute Abend, und du kannst etwas essen – geht aufs Haus.«

»Oh, das ist nett, vielen Dank.«

»Ist doch klar.«

Ich werfe Lilian einen Blick zu, allerdings einen sehr kurzen. Wie ich vermutet habe, ist sie rot geworden, während sie sich aus ihrem viel zu weiten Mantel schält und sich im Raum umsieht. Es gibt keinen Grad an Schüchternheit, der den von Lilian McIntyre unterbieten könnte, weshalb es ein Wunder ist, dass sie es fertigbringt, in einer Kneipe zu arbeiten. Noch dazu macht sie es gut. Es ist ein Jammer, dass ich sie nicht öfter einsetzen kann, aber mit Isobel und Tom, die vor ihr hier waren, und dem Umstand, dass Lilian im Sommer weniger Zeit hat wegen der Farmarbeit … Ich runzle die Stirn, während ich ins Kühlfach greife und eine Cola für sie herausnehme, und auf einmal frage ich mich, ob dies das Leben ist, das sie sich erträumt hat. Das sie immer führen wollte. Auf der Farm der Eltern leben, ab und zu im Pub aushelfen. Einen Mann anhimmeln, der seit Jahren zu dumm ist zu erkennen, was sich direkt vor seiner Nase befindet. Das Stirnrunzeln vertieft sich. Es muss an Isla liegen, dass ich mir überhaupt Gedanken darüber mache. An Isla, deren einzig erklärtes Lebensziel darin bestand, von hier fortzukommen. Und die nun wieder hier ist. Genau hier, sozusagen zwei Meter von mir entfernt, was mich für einen Augenblick völlig überrumpelt. Wann ist sie zurückgekommen? Ich habe keine Ahnung. Und ihr Vater auch nicht, wie es scheint. Er blickt von seinem Schlagzeug auf und bohrt Isla Löcher in den Hinterkopf.

»Hey«, sagt sie.

»Hey. Ich hab gerade an dich gedacht.«

Isla sieht mich an, als wäre es ihr lieber, ich würde nicht über sie nachdenken, und automatisch muss ich grinsen. Gott, diese Frau. Wenn ich schon dabei bin, mir Fragen zu stellen, dann frage ich mich, was gewesen wäre, wenn sie hiergeblieben wäre. Wären wir zusammen? Wäre sie glücklicher? Wäre ich es? Nicht zum ersten Mal, seit ich Isla wiedergesehen habe, versetzt mir mein schlechtes Gewissen einen Stich. Ich bin glücklich. Das ist keine Frage von »was wäre wenn«. Überhaupt gibt Islas Aufenthalt hier noch keinen Anlass dazu, pausenlos in der Vergangenheit zu schwelgen. Sie tut es auch nicht.

»Du sagtest heute Nachmittag etwas von Essen«, erklärt sie. »Steht das Angebot noch? Hi, Lilian.«

»Hi!«

»Klar.« Ich deute auf den Hocker neben dem von Lilian. »Setz dich doch.«

Isla setzt sich, das Gesicht geradeaus auf die Flaschen hinter der Bar gerichtet, das Kinn angespannt. Es ist so offensichtlich, dass sie den Blick nach hinten, zur Band, zu ihrem Vater, meidet, dass mir allein vom Hinsehen der Kiefer wehtut.

»Willst du was trinken?«

»Rotwein, bitte.«

»Kommt sofort.« Ich schenke Isla ein, während sie sich Lilian zuwendet, dann gehe ich in die Küche, um ihr Essen zu bestellen. Sie weiß nicht, dass ich ihr tatsächlich etwas vorbereitet habe, um der alten Zeiten willen, und schon in der Sekunde, in der ich das denke, hinterfrage ich, was ich getan habe. Um der alten Zeiten willen? Es ist wohl eher an der Zeit, aus dem sentimentalen Wirrwarr, in das ich mich offensichtlich manövriert habe, aufzutauchen und den Kopf wieder geradezukriegen.

»Der Wein ist gut«, sagt Isla, als ich zurück an die Bar komme. »Ist noch mehr davon da?« Sie hält mir ihr leeres Glas hin, und ich fülle es wortlos wieder auf. So, wie es aussieht, hat sich ihre Stimmung von gestern Abend über heute Nachmittag bis jetzt nicht sonderlich aufgehellt, doch das mag daran liegen, dass der Grund ihres Übels in diesem Augenblick hinter ihr einen Soundcheck vollführt. »Ist es nicht kraftvoll«, murmelt sie, »dieses Getrommel?« Sie setzt das Glas an die Lippen und nimmt einen Schluck, der nicht mehr viel übrig lässt. »Als würde sich ein Gorilla auf die Brust klopfen. Dongdongdong.« Sie sieht mich an. »Dong. Oder war das Tarzan? Wie dem auch sei.« Sie nimmt einen weiteren Schluck, und das Glas ist leer.

»Isla …«

»Finn.« Sie starrt einen Moment lang in meine Augen und wendet sich dann Lilian zu. »Und du bist wegen der Band hier?«, fragt sie. *»The Bailevars.* Haha, das ist wirklich urkomisch. Ich meine, wie stumpfsinnig muss man sein, seine Band nach dem Ort zu benennen, in dem man … Ach, egal.« Sie versetzt der armen Lilian einen Stoß. »Müsstest du nicht schon mitsingen können? Ist doch jeden Freitagabend das Gleiche, oder?«

»Nun, jeder kann hier mitsingen«, murmelt Lilian, und ich überlege, ob es nicht doch irgendetwas für sie zu tun gibt, um sie vom Tresen wegzubekommen, bevor Isla ihre ganze miese Laune an ihr auslassen kann, doch dann ruft mich Nick zurück in die Küche, und ich überlasse Adam das Feld. Und ich weiß, dass das ein Fehler ist, lange bevor ich Isla eine gute halbe Stunde später wiedersehe, die Hand auf Jared Campbells Schulter, die fast leere Flasche Rotwein vor sich.

Keine Ahnung, es stört mich. Nicht nur, dass sich Isla betrinkt, nicht nur, dass sie den Kopf in den Nacken wirft und über irgendetwas lacht, das dieser Amerikaner ihr ins Ohr geraunt hat. Nicht nur, dass sie ihren Vater ignoriert, der mit den anderen Musikern um einen Tisch sitzt und in seinen Pommes stochert. Sie benimmt sich wie ein Teenager, wie ein depressiver allerdings. Es liegt so vieles im Argen mit diesem Bild von der angetrunkenen Isla an der Theke meines Pubs, dass ich nicht weiß, wo ich mit Denken anfangen soll.

Also probiere ich es mit Handeln. Campbells Handy

erweist mir den Gefallen zu surren, und als er aufsteht, um das Gespräch anzunehmen, laufe ich mitsamt zweier gefüllter Teller um die Bar herum, stelle den Pie vor Lilian ab und die Eier vor Isla, dann setze ich mich auf den frei gewordenen Hocker.

»Was ist das?«, fragt Isla.

»Das erkennst du nicht?«, frage ich zurück, bevor ich bei Adam eine Flasche Wasser bestelle.

»Scottish Eggs?« Sie nimmt ihre Gabel und stupst damit die frittierten Bälle auf dem Teller hin und her, bevor sie mich lächelnd ansieht. »Du hast ein Gedächtnis wie ein Elefant, Finn Taylor.«

»Was ist mein Lieblingsessen?«

»Surf and Turf«, antwortet sie sofort.

»Siehst du, kein Elefantengedächtnis vonnöten«, erkläre ich.

Sie seufzt. Dann nimmt sie einen Schluck von dem Wasser, das Adam vor ihr abgestellt hat, und sagt: »Ich habe ewig keine Scottish Eggs mehr gegessen.«

»Seit du Vegetarierin bist, vermute ich mal.«

Das Lächeln verschwindet von Islas Gesicht, und dann lacht sie doch los. »Diese Insel«, sagt sie. »Weiß eigentlich jeder alles über mich, seit ich wieder hier bin?«

»Wovon du ausgehen kannst.« Ich nicke.

»Also gut, dann.« Sie spießt eins der Bällchen auf die Gabel. »Da ist kein Fleisch drin, nehme ich an?«

»Haferflocken und Nüsse statt Hack.«

Isla schüttelt den Kopf. Dann nimmt sie den ersten Bissen. »Mmmmmh. Würzig. Lecker. Vielleicht sogar besser als deine richtigen Bällchen.«

»Meine *richtigen* Bällchen.«

»Die hab ich früher so gern gemocht.«

»Ich weiß.«

»Kinderessen.«

»Lange her.«

»Ich denke sowieso, ich habe die letzten hier gegessen. Auf Bailevar. Womöglich am Leuchtturm. Mit dir.«

Sie beißt noch einmal ab, genüsslich, dann kaut sie ebenso langsam und sieht mich dabei an, als ob ... Irgendetwas stimmt nicht. Isla sieht mich an, wie sie mich vor Jahren zuletzt angesehen hat – vor Milliarden von Jahren, wenn überhaupt – und ... Ich räuspere mich. Dann erinnere ich mich daran, dass sie betrunken ist. Obwohl sie kaum betrunken wirkt. Entschlossen stehe ich auf. »Ich gehe besser wieder in die Küche«, sage ich, und Isla greift nach meiner Schulter, streift meinen Arm entlang und nimmt schließlich meine Hand.

»Musst du wirklich? Ich dachte, wir könnten uns heute ein bisschen näher unterhalten.«

Näher? »Später«, sage ich, aber sie lässt meine Hand nicht los. »Wenn die Band angefangen hat, gibt es hinten nicht mehr viel zu tun.«

»Okay.«

»Okay.« Wirklich. Irgendetwas stimmt nicht. Lilian sieht mich seltsam an, als ich mich von Isla löse und in die Küche fliehe, sozusagen. Ich bin mir sicher, gleich sitzt wieder dieser Kerl neben ihr, aber es ist nicht an mir, deshalb eine Magenverstimmung zu bekommen. Obwohl es sich gerade danach anfühlt. Ganz genau so fühlt es sich an.

11

Isla

»Hier, probier das mal.« Mit der einen Hand kippe ich meinen Whisky in Lilians Cola-Glas, während ich mit der anderen Adam zu mir winke, um mir einen neuen zu bestellen.

»Was machst du da?«, ruft Lilian über den Lärm der Band hinweg, und ich schreie zurück: »Du kannst doch nicht den ganzen Abend Cola trinken, Herrgott noch mal!«

Und so ist es. Schlimm genug, dass sie seit gut einer Stunde neben mir sitzt, ohne auch nur ein Wort mit jemand anderem zu wechseln als mit mir, sie wirkt dabei so unentspannt wie die Sphinx. Was sie auch ist. Also, unentspannt. Könnte am Grad ihrer Nüchternheit liegen. »Glaub mir, Lilian«, sage ich. »Mit ein bisschen Alkohol ist die Welt viel leichter zu ertragen.«

Und so ist es. Noch einmal versuche ich, die Aufmerksamkeit von Adam, dem Barkeeper, zu erlangen, der mich seit zwei Gläsern geflissentlich zu ignorieren versucht. Sein Pech, denn ich bin nicht leicht zu ignorieren.

»Noch einen«, brülle ich ihm zu, als er sich endlich zu mir umdreht, nachdem ich ihn mit einem Bierdeckel am Hinterkopf getroffen habe. »Und einen für Lilian.« Ich beobachte haarscharf, dass sein Blick zunächst zur Küchentür schnellt, aus der immer noch Finn zurückkehren müsste, bald hoffentlich. Dann lässt er die Schultern hängen und zapft einen Laphroaig. Ich weiß nicht, was der Kerl von mir will. Ich bin über dreißig, zahle die Zeche und bin nicht annähernd betrunken, das müsste er doch wohl mitkriegen. Ich meine, was ist das für ein Barkeeper, der nicht einschätzen kann, ob seine Gäste zu viel getrunken haben oder nicht? Ich vertrage Rotwein einfach gut. Deshalb bin ich auf Whisky umgestiegen. Whisky, mein scharfer kleiner Freund in der Not. Dank der brennenden Leidenschaft, die du in meinem Inneren entfachst, ertrage ich sogar das schottische Gejaule hinter mir, das gerade erst angefangen hat, aber irgendwie kein Ende nehmen will. »Ich meine, die können nicht lange durchhalten, oder?«, frage ich Lilian, weil mich sonst ohnehin keiner hört. »Diese Altherrenriege? Was für eine lustige Truppe.« Ich verdrehe die Augen.

Jared oder Mr. Hotpants, wie ich ihn heimlich getauft habe, hat sich schon ziemlich früh verabschiedet, er wollte sehen, ob er von dem Wetterspektakel vor dem Haus Bilder schießen kann. Kyle ist hier, mit Libby, aber die beiden haben sich an den Musikertisch gesetzt, etwas abseits, damit das ungeborene Kind keinen Hörschaden erleidet, wie ich vermute. Oder Opfer einer völlig fehlgeleiteten musikalischen Früherziehung wird (mäh, was für ein Zungenbrecher). Mein Vater hat bislang kein Wort mit mir gewechselt, wer hätte das gedacht? Adam stellt zwei große Gläser Leitungswasser vor mir ab und zwei sehr, sehr kleine Gläser Whisky, und ich atme erleichtert auf.

»Mmmmmmh.« Gut ist der. Rauchig und torfig und *heiß*.

»Hier.« Ich schiebe Lilian ihr Glas hin.

»Isla, ich weiß wirklich nicht, ob ich noch mehr Whisky trinken sollte. Ich bin eigentlich niemand, der …«

»Ja, ja, *yada, yada.*« Ich drücke ihr das Glas in die Hand, hebe ihren Arm hoch und versuche, ihr den Schnaps einzuflößen.

»Isla.«

»Lilian.«

Sie seufzt, dann nippt sie, während sie sich anstrengt, meine Finger in ihrem Gesicht loszuwerden.

»Uuuuh.«

Ich kichere. Lilian ist zu niedlich. Ist mir früher gar nicht aufgefallen, aber ihr Gesicht hat tatsächlich etwas sehr Hübsches, mit diesen riesigen braunen Augen und den runden Bäckchen und der Art und Weise, wie sie die Nase rümpft, während sie den Mund verzieht. Süß.

»Wieso hast du keinen Freund?« Ich lege einen Arm um ihre Schultern. »Du bist doch putzig! Kommst du überhaupt mal raus aus diesem Kaff? Hattest du schon mal jemanden?« Ich setze mich kerzengerade auf. Oh, nein, sie wird doch nicht … »Du bist keine Jungfrau mehr, oder?«, schreie ich in ihr Ohr, offenbar laut genug, dass Adam es hört, der einen halben Meter neben uns steht. Lilian wird rot. Ich zucke mit den Schultern. »Ich sollte dich jemandem vorstellen«, überlege ich laut, etwa zehn Sekunden lang, denn dann fällt mir ein, dass ich alle Leute, die ich über Bailevar hinaus kenne, in Edinburgh zurückgelassen habe und dass sie außerdem Erics Freunde sind und nicht meine.

»Eigentlich gibt es nur Mac«, sage ich schließlich, »aber der ist sicher fast doppelt so alt wie wir und schwuler als die *Village People.*« Ich seufze. Mac. »Ich könnte bei ihm wohnen, weißt du? Er hat es angeboten. Ich wollte nur … weg, verstehst du? Von Eric und allem.«

Lilian sieht mich an. »Also ist es wahr? Dass du hier bist, weil dich dein Freund betrogen hat?«

Ich stöhne. Dann nehme ich einen Schluck Whisky. Mann! »Ich will gar nicht wissen, wer das erzählt hat und was man auf diesem Eiland sonst noch herumtratscht«, murmle ich, und Lilian wird noch röter.

»Entschuldige«, lese ich von ihren Lippen, denn sie sagt es zu leise, als dass ich es verstehen könnte.

»Nicht deine Schuld.« Ich tätschle ihre Hand. Die klapperdürr ist. Himmel, gibt denn niemand diesem Kind etwas zu essen?

»Adam!«, brülle ich, und Adam zuckt zusammen. »Wir hätten gern noch etwas zu trinken für meine dünne Freundin hier. Hast du irgendwas mit Sahne? Heißen Whisky mit Sahne vielleicht?«

»Isla.« Jetzt stöhnt Lilian, aber ich lasse mir von ihr nicht die Laune verderben. Mein Fuß wippt im Takt der Musik, während ich an meinem Laphroaig nippe und daran denke, wie gut sich Finns Arm unter meinen Fingerspitzen angefühlt hat, wie stark und muskulös und … *stark.* Eric ist ein verdammt dünner Hering dagegen. Ich kichere. Hering. Ganz genau. Fisch. »Finn ist …« Ich nehme noch einen Schluck, dann versetze ich Lilian einen

Stoß mit dem Ellbogen, der sie verschreckt aufquieken lässt. »Finn ist irgendwie scharf, findest du nicht? Ich meine, er sah schon als Junge ziemlich gut aus, aber jetzt … so erwachsen.«

Lilian sagt nichts, aber das macht nichts. Ich kann eine Unterhaltung führen, auch ohne mit jemandem zu reden. »Eigentlich hatte ich gehofft, ihn nicht wiederzusehen«, fahre ich fort, und nun schaut Lilian doch ein wenig überrascht. »Ich meine, nicht *nie wieder«,* erkläre ich, »nur nicht dieses Mal, wo ich doch seit ewigen Zeiten nicht hier war, genug zu tun habe mit meinen Brüdern und …« Ich werfe einen Blick auf meinen Vater. Er hockt hinter seinem Schlagzeug, aufrecht, total verschwitzt, und drischt auf seine Trommeln ein, als gäbe es kein Morgen. Das Stück endet, und ich wende den Blick ab, bevor er merkt, dass ich ihn betrachte.

»Ich denke, ich wollte Finn nicht sehen, weil mir klar war, dass er nach wie vor zu gut ist, um wahr zu sein«, murmle ich schließlich. Und als mir dämmert, was ich da gerade gesagt habe, kippe ich den Rest meines Whiskys und bestelle mir einen neuen.

»Was, denkst du, wäre ein guter Job für mich?«

»Ich weiß nicht. Irgendwas im Hotel? Das hast du schon mal gemacht, oder?«

»Wäh, Lilly, jetzt streng dich mal ein bisschen an. Hotel ist langweilig. Was könnte ich noch machen?«

»Mmmmh.« Lilian runzelt die Stirn und beißt auf ihrer Unterlippe herum. Sie hat ihre seltsame Strickjacke ausgezogen und sitzt nun da in einer hellen Bluse, die Haare zerzaust, die Wangen gerötet, aber diesmal vom Alkohol. Himmel, das ging schnell. Ein Whisky-Cola und dann noch das kleine Gläschen, und schwupps, aus Lilian wird ein Fräuleinwunder, um es mit Shonas Worten zu sagen. »Was hast du in Edinburgh gemacht? Fotografiert, oder?«

Ich ziehe ein Gesicht. »Eher den Bürokram. Das Set aufgebaut. Die Aufträge übernommen, die nicht den *Künstler* selbst erforderten.« Ich seufze. Die Wahrheit ist: Ich habe mein Studium abgebrochen wegen der Möglichkeit, in Erics Fotostudio zu arbeiten, mit *ihm* zu arbeiten, und nun stehe ich da mit nichts.

»Was ist mit Tobermory?«, frage ich Lilian.

»Es ist doch zu weit«, antwortet sie.

»Ja, aber das wusstest du vorher, oder?«

Lilian schaut ganz traurig.

»Du willst hier nicht weg«, sage ich ihr, mehr Feststellung als Frage. »Warum, um Himmels willen, willst du hier nicht weg?«

»Ich mag es hier.«

»Du magst es hier.« Ich sehe sie ungläubig an.

»Das Meer, die Luft, die Insel. Meine Eltern. Die … die Leute. Das ist mein Zuhause.«

»Und du wolltest nie weg?«

»Nein.«

»Hast du dich nie nach etwas Größerem gesehnt, nach mehr Möglichkeiten, nach einer besseren Zukunft?«

»Nein.«

»Nicht mal nach einem besseren Job?«

»Es wird schon gehen. Finn gibt mir ab und an Schichten, und im Sommer wird es besser auf der Farm.«

Ich mustere sie, aber ich begreife es nicht. Lilian!

»Warst du nie eifersüchtig auf mich, dass ich einfach gegangen bin?«, frage ich schließlich.

Lilian blinzelt mich mit ihren großen, großen Augen an. »Nein«, sagt sie dann. »Warum denn auch?«

Die Band spielt seit zwanzig Minuten, aber Finn ist noch nicht zurück. Allmählich frage ich mich, was er in der Küche treibt. Ich meine, die Gäste – überwiegend Männer und überwiegend betrunken – stehen um die kleine Bühne herum, schwanken und grölen und haben sicherlich alles andere als Essen im Sinn. *The Old Man's Inn* erinnert überhaupt nicht mehr an das feine Lokal, in das ich hier vor zwei Tagen gestolpert bin. Es erinnert eher an eine Spelunke, wie sie früher von Piraten heimgesucht wurde.

Piraten. Räuber. Betrüger. Eric. Ich ziehe das Handy aus meiner Tasche.

»Ist dir klar«, frage ich Lilian, »dass ich dachte, ich würde Eric heiraten? Ich meine, zehn Jahre – nach zehn Jahren kann man doch wohl davon ausgehen, dass man allmählich einen Antrag bekommt und kein ›Ich habe mich in eine andere verliebt‹. Adam!« Einhändig scrolle ich durch meine Nachrichten, während ich den Barkeeper ein weiteres Mal zu mir winke. »Was habe ich bisher auf dem Deckel?«, frage ich ihn, und neben mir beginnt Lilian zu kichern. Ich lache mit. Sie macht ehrlich Spaß, wenn sie angetrunken ist.

»Zu viel, würde ich sagen«, brummt Adam, der wirklich keinen Spaß macht heute.

»Eine knappe Flasche Wein«, beginne ich, »und drei Laphroaig, habe ich recht?« Ich bin nicht dumm. Ich vertrage jede Menge Alkohol, aber die harten Sachen … nun. Die sollte man portionieren. »Ich schätze, ein Bier wird noch gehen«, erkläre ich, und Adam verzieht das Gesicht. »Hey! Willst du Drinks vergraulen oder deine Gäste verkaufen?« Und dann winke ich ihn weg, damit er nicht denkt, ich würde mit ihm über meinen Alkoholkonsum debattieren wollen.

»Okay, wo waren wir?« Ich scrolle durch meine Nachrichten, etwas, das ich seit meiner Ankunft hier nicht getan habe. »Das sind viele«, erkläre ich Lilian auf gut Glück, denn irgendwie ist das Display wirklich klein, wenn man es recht bedenkt, und die Zeilen verwischen so seltsam vor meinen Augen. Ich öffne die erste von Erics SMS.

»Oh, Isla«, rufe ich mit theatralischer Stimme, *»wie ist es nur so weit gekommen? Du warst doch immer das Licht meines Lebens!«*

»Das steht da?« Lilian sieht mich skeptisch an.

Ich seufze. »Nein.« Dieser Arsch. *»Isla, sei doch vernünftig«,* steht da, *»du kannst hier so lange wohnen, bis du etwas anderes findest. Das ist auch dein Zuhause gewesen.«* Ich starre Lilian an. »Gewesen. Gott, ich bin froh, dass ich seine dummen Nachrichten nicht früher angeschaut habe. Wer schreibt so was? Gewesen.« Ich schüttle den Kopf. Dann klicke ich die nächste Botschaft an. *»Komm schon, Isla, geh an dein Handy«,* lese ich vor. Und dann scrolle ich sie durch:

»Du machst mir ein furchtbar schlechtes Gewissen. Ich will mir keine Sorgen um dich machen müssen, Isla.«

»Wo willst du denn hin? Warte wenigstens bis morgen.«

»Isla, geh ans Telefon, bitte.«

»Ich weiß, wir hätten viel früher miteinander reden sollen.«

»Denkst du, ich wollte das?«

»Stopp.« Lilian legt eine Hand über mein Display. »Wwww, bitte aufhören«, sagt sie, »das ist furchtbar!«

»Szenen einer Trennung«, sage ich.

»Ich weiß nicht«, antwortet Lilian. »Einfach nur traurig.«

Womit ich ihr recht geben muss. Ich schalte mein Handy aus und stecke es zurück in meine Tasche, ohne mir die restlichen Nachrichten anzusehen. Genau deshalb habe ich sie nicht vorher gelesen. Weil ich wusste, so würden sie klingen – nach Selbstmitleid und Schuldzuweisungen und zu vielen vergeudeten Jahren.

»Sei froh, dass dir so etwas erspart bleibt«, sage ich. »Ich meine, wenn man Single ist, hat das durchaus Vorteile. Viele. Viiiiiiele.«

»Ich habe … es gibt da jemanden«, murmelt Lilian. Sie setzt ihr Glas an und trinkt einen großen Schluck Bier. »Jemand, der …«

Und in diesem Augenblick schiebt sich Finn zwischen uns beide, und ich vergesse auf der Stelle, was Lilian mir sagen wollte, für immer.

»Finn!« Ich lege ihm beide Arme um den Hals und schmiege meine Wange an seine. »Wo warst du so lange?«, raune ich in sein Ohr. »Du hast das ganze Konzert verpasst.« Was vermutlich stimmt. Einen Augenblick lausche ich in die Stille, die sich dankenswerterweise über das Pub gelegt hat. Womöglich eine dankenswerte Pause. Danke, danke, dan…

»Wie viel hast du getrunken, Isla?«

»Wieso fragt mich das jeder?« Ich sehe Finn traurig an.

»Das hat dich noch niemand gefragt«, wirft Lilian ein, »du hast es Adam freiwillig aufgezählt.«

»Was auf dasselbe hinausläuft«, behaupte ich und greife nach meinem Bier, doch Finn nimmt mir das Glas aus der Hand.

»Hey!«

»Hey, Isla!« Er lächelt, und für ein, zwei Sekunden bin ich verwirrt. Worüber haben wir gesprochen? »Wartest du hier kurz auf mich? Ich bin gleich wieder da.« Und dann ist er weg, und zu spät fällt mir auf, dass er mein Bier in der Hand hält.

Ich seufze. Jetzt, wo die Band aufgehört hat zu spielen und nur mehr das Gemurmel und Gelächter der Piraten zu hören ist, bemerke ich ein Surren im Ohr, das vorher noch nicht da gewesen ist. Und ein Gurgeln im Magen. Oder auch etwas höher. Ich richte mich auf dem Barhocker auf und atme tief ein. Eventuell verträgt sich Bier doch nicht so gut mit Whisky, denke ich, als ich nach meinem Wasserglas greife. Oder mit Rotwein. Keinesfalls aber werde ich ihm erlauben, wieder ans Tageslicht zu kommen. Ich meine, ins schummrige Bar-Licht oder …

»Isla?« Lilians Hand liegt plötzlich auf meiner Stirn. »Geht es dir nicht gut?«

»Was?« Ich schiebe die Hand weg. »Mir geht es bestens.« Denke ich. Wenn ich es mir recht überlege …

»Okay, lass uns gehen.« Und da ist Finn schon wieder. Er hat einen Arm um meine Taille gelegt, und er riecht verdammt gut. Allerdings spricht er mit Lilian. »Ich habe Nick Bescheid gesagt, er wird dich nach Hause fahren, in Ordnung?«

»Das ist gar nicht nötig«, sagt Lilian, »ich kann zu Fuß gehen, das macht mir nichts.«

»Heute nicht«, gibt Finn zurück, »es stürmt immer noch ziemlich heftig da draußen.«

Er redet weiter mit Lilian, und ich bin vertieft in die Bewegung seiner Lippen, die Gedanken ganz weit weg. Der erste Kuss – wo war das noch gleich? Unten am Leuchtturm? Nein, ich denke nicht. Der Leuchtturm kam erst später. Im Schulbus? Shonas Küche? Ich kann mich nicht erinnern, wo genau es war, ich weiß nur noch, wie erstaunt ich gewesen bin und wie sprachlos. Und wie sehr Finns Lippen auf meinen gekribbelt haben und wie schnell sich dieses Kribbeln ausbreitete, über meine Wangen zu den Ohren, den Nacken hinunter. Ich habe es nie bereut, dass Finn mir den ersten Kuss meines Lebens gab, denn es war der beste, den ich hatte. Ich wünschte, ich könnte erklären, wieso mich der Gedanke daran genau in diesem Augenblick so fesselt. Das Gurgeln in meinem Magen ist jedenfalls einem völlig anderen Gefühl gewichen, und dieses schiebt mich nun offenbar nach vorn, näher zu Finn und dann noch näher, bis meine Lippen seine berühren, am äußeren Eck seines Mundes, und dort zwei Sekunden verharren, bis Finn einen halben Schritt zurückweicht und mich entgeistert anstarrt.

Ich sage lieber nichts. Finn sagt auch nichts, Lilian aber kichert. »Ich gehe dann mal Nick suchen«, flötet sie in ihrem angetrunkenen Singsang. »Auf Wiedersehen, Isla. Das war ein lustiger Abend. Vielleicht können wir das irgendwann wiederholen?« Sie gleitet von ihrem Barhocker, Brust raus, Beine gestreckt, dann tänzelt sie grinsend durch die Männermenge in Richtung Küche davon.

»Der Alkohol hat ihr so gutgetan«, seufze ich, und Finn, den Blick nach wie vor auf mich gerichtet (oder auf meinen Mund?), räuspert sich. »Komm, ich bringe dich nach oben«, sagt er.

»Hey!« Ich versuche, mich aus seinem Arm zu befreien, der sich abermals um meine Taille gewunden hat, um mich von meinem Barhocker zu ziehen. »Der Alkohol tut mir auch gut!«, rufe ich.

»Klar. Aber nicht noch mehr davon.«

»Finn!« Ich stemme die Füße in den Boden, doch das verstärkt nur seinen Griff um meinen Körper. Er schiebt mich regelrecht zu der Tür, die nach oben zu den Zimmern führt, und als wir durch sie hindurchgestolpert sind, legt er den anderen Arm unter meine Knie und trägt mich die Treppe hinauf.

»Finn.« Ich höre augenblicklich auf zu zappeln. Und ich stelle mir vor, dass ich jetzt diejenige bin, die entgeistert dreinblickt, die Nase nur ein paar Zentimeter von seiner Wange entfernt, die Gedanken schon wieder bei seinen Lippen, die heute nur Dinge erzählen, die ich nicht hören möchte. Ich lege den Kopf schief und versuche mich zu erinnern, ob mich je ein Mann eine Treppe hinaufgetragen hat, doch die Antwort ist eindeutig nein. Hätte ich das zugelassen? Auf keinen Fall. Würde ich es jetzt zulassen, wenn ich nicht betrunken wäre? Womöglich nicht. Wir sind schon halb oben, als ich mich mit den Umständen abfinde und ein ganz anderer Gedanke meine Überlegungen stört. »Erinnerst du dich noch an unseren ersten Kuss?«, frage ich. Für einen Moment gerät Finns Gang ins Stocken, dann bewegen wir uns weiter die Treppe hinauf.

»Dir wird morgen der Kopf dröhnen«, sagt er.

»Mir geht es prächtig«, gebe ich zurück, bevor ich unauffällig an seinem Nacken schnuppere.

Nicht unauffällig genug, wie es scheint. »Isla.« Finn macht eine Bewegung mit dem Kopf.

»Wo war das, Finn? Weißt du es noch?«

»Natürlich weiß ich das noch.« Wir sind vor meinem Zimmer angekommen. »Es war oben auf Dan Fantons Weide. Du wolltest mir helfen, den Zaun zu reparieren, und hattest dir mit dem Hammer auf den Daumen geschlagen. Ich wollte dich trösten, und … eins führte zum anderen. Zufrieden? Zimmerschlüssel?«

Wortlos ziehe ich den Schlüssel aus meiner Hosentasche. Es war so klar, dass Finn sich an diesen Kuss erinnert, viel besser als ich. Ich erinnere mich an das Gefühl, nicht aber an den Ort. Oder vielleicht spricht das auch für mich? Dass ich damals, an diesem Nachmittag oben auf Dan Fantons Wiese, alles andere um mich herum vergessen und nur noch *gefühlt* habe? Den ewigen Wind, der uns zusammenschob, das Salz auf unseren Lippen, von einem halben Tag auf der Weide, hoch über dem Meer.

»Küsst du mich noch mal?«

Jetzt lacht Finn, während er mich durch die Tür trägt und vor dem Bett absetzt.

»Im Ernst«, sage ich, »küss mich.« Ich greife nach seinem Arm, bevor er sich wegdrehen kann, und stelle mich dicht vor ihn hin.

»Küss mich«, wispere ich.

»Du hast zu viel getrunken«, gibt er zurück, aber ich sehe genau, wie er schlucken muss, wie sich sein Adamsapfel hebt und senkt und wie er keine Anstalten macht, aus meinem Zimmer zu fliehen.

»Finn.« Ich stelle mich auf die Zehenspitzen, denn trotz meiner eins zweiundsiebzig ist er ein gutes Stück größer als ich, und dann lege ich meine Lippen auf seine. Ich kann nichts dafür, ich seufze bei dem Kontakt, und wenn das Seufzen mehr wie ein Stöhnen klingt, bin ich betrunken genug, um keine Scham zu empfinden. Ich lasse meine Hände über seine Schultern zu seinem Nacken wandern, und dort vergrabe ich sie in seinen Haaren. Finns Fingerspitzen streicheln meinen Hals. Er gibt einen Laut von sich, der all meine Nervenenden auf einmal in Aufruhr versetzt, und dann öffnet er seinen Mund, und ich nehme das als die Einladung, die es ganz sicher ist, doch da sind seine Hände auf meine Schultern geglitten, und er schiebt mich von sich weg.

»Das ist keine gute Idee«, sagt er.

Für zwei Sekunden ziehe ich die Möglichkeit in Betracht, ihn zu ignorieren, nach seinem Hemd zu greifen, die Knöpfe zu öffnen, mit den Händen über seine Brust zu streichen, hin zu dem Bund seiner Jeans. Gott, er sieht gut aus, wie er so dasteht, die Haare zerwühlt, die Augen wach und groß, die Lippen noch feucht von meinem Kuss. Doch dann bin ich diejenige, die schlucken muss, denn mir fällt der Grund wieder ein, weshalb das hier wirklich eine ganz und gar schlechte Idee ist.

»Oh.« Ich nicke. »Deine Freundin. Entschuldige. Das war mies von mir.«

Finn sagt nichts dazu. Schließlich nimmt er einen tiefen Luftzug und streicht mit zwei Fingern über meine Wange. »Leg dich hin«, sagt er, »ich bring dir ein Aspirin nach oben.« Damit dreht er sich um und ist aus der Tür.

12

Finn

Zu sagen, dies sei das Schwerste gewesen, was ich je getan habe, wäre eine absolute Übertreibung. Ich habe schon Netze voller Fisch eingeholt, ich habe Bäume gefällt und, oh ja, ich habe Isla gehen lassen – das war schwer, das war das Schwerste, bis heute. Doch ich denke: *wäre sie nicht so betrunken gewesen.* Wäre sie nicht so betrunken gewesen, hätte sie überhaupt den Versuch gemacht, mich zu sich ins Bett zu ziehen? Es war falsch von ihr, das Ganze überhaupt zu starten in dem Glauben, dass ich eine Freundin habe. Auch das schiebe ich auf den Alkohol. Isla ist nicht so, sie würde nie auf die Idee kommen, sich zwischen einen Mann und eine andere zu schieben. Nicht die Isla, die ich kannte. Die Isla, die ich kannte, die war … ja, wie war sie? Im Grunde nicht viel anders als die von gestern Abend, nüchterner allerdings. Sehr viel nüchterner, in jeglicher Hinsicht. Sie so zu sehen, so *nahbar,* das war neu. Und seltsam. Ich darf ehrlich nicht näher darüber nachdenken, wie gut sich dieser Kuss angefühlt hat. Und Islas Finger in meinen Haaren. Und ihre Hände auf meiner Brust. Das war …

»Wird das noch etwas mit deinem Abschlag, oder siehst du weiterhin dem grünen Gras beim Wachsen zu?«

»Ah, entschuldige«, murmle ich. Aus dem Augenwinkel werfe ich Shona einen Blick zu. Womöglich hätte ich absagen sollen. Gestern war ein langer Abend, später lag ich stundenlang wach, und im Moment ist Golf wirklich das Letzte, womit sich mein rauchender Kopf beschäftigen will. Und Shona merkt das, natürlich merkt sie das. Noch ein Grund, sie lieber nicht zu treffen, wenn man ihr etwas verheimlichen möchte. Sie bekommt es ziemlich sicher heraus. Ich gebe ihr maximal eine Viertelstunde, während wir hier über den alten Golfplatz spazieren, unter dem klaren, aufgefrischten Himmel, den das Unwetter zurückgelassen hat.

»Weißt du, was Ciaran immer gesagt hat?«, fragt sie, während ich den Ball zielsicher in einer der sumpfigen Stellen versenke, die der Regen letzte Nacht geformt hat und aus der ich ihn ganz sicher nie wieder herausfischen werde. »Er sagte: ›Wenn der Wein sich senkt, lernen die Wörter schwimmen.‹«

»Ist das so? Mir war nicht klar, dass er sich auf Poesiealbum-Sprüche spezialisiert hatte.«

»Mmmmmh. Er sagte außerdem: ›Gefahr und Vergnügen, sie wachsen oft an einem Halm.‹«

Ich schüttle den Kopf, während wir gemeinsam zu der Stelle gehen, an der Shonas Ball auf ihren nächsten Schlag wartet, nur ein paar Meter vom fünften Loch entfernt. Für ihre achtundachtzig Jahre spielt sie eine fantastische Partie, was womöglich kein Wunder ist, gemessen daran, dass sie seit mehr als sechs Jahrzehnten darauf besteht, mindestens einmal in der Woche auf dem Golfplatz zu stehen, bei Wind und Wetter, die letzten Jahre vorzugsweise mit mir. Erst recht, nachdem mein Vater nicht mehr hier ist. Ich bin das Einzige, was Shona an Familie auf der Insel geblieben ist, und sie für mich ebenso. Und ich will mir gar nicht vorstellen, wie es sein wird, wenn sie einmal nicht mehr ist. Wieder betrachte ich sie aus dem Augenwinkel, wie sie sich über dem Ball positioniert, in ihrem grünen Wollkleid, dem gelben Friesennerz und den geblümten Gummistiefeln. Sie ist fit und gesund und weit davon entfernt, Anlass für meine Sorgen zu geben.

»Vielleicht hätten wir das hier auf morgen verschieben sollen«, sagt sie, nachdem sie gespielt hat. »Den Ball da vorn siehst du nie wieder.«

»Vermutlich nicht.« Ich seufze. »Lass uns einfach ein bisschen vor uns hinschlagen.«

»Uh-oh.« Shona lacht, während wir weiter über den kleinen Hügel laufen, das Gras satt und nass unter unseren Sohlen. »Das klingt nach einer harten Nacht. Wie war die Band?«

»Wie immer. Nicht zu überhören.«

»Wie war das Essen?«

»Wie war das Essen. *Wie war das Essen?«*

»Und die Stimmung? Waren viele Leute da?«

»Du weißt ganz genau, dass es bei den *Bailevars* immer voll ist. Worauf willst du hinaus, Shona?«

»Was soll das heißen, worauf ich hinauswill?«, fragt sie. »Es ist doch wohl nichts dabei, neugierig darauf zu sein, wie der Abend verlaufen ist.«

»Wieso bist du nicht einfach selbst gekommen?«

»Ach, ich weiß nicht.« Sie zuckt mit den Schultern. »Das Wetter war so eine Misere, und ich hatte Suppe auf dem Herd.«

»Genau.« Ich lache hämisch. »Soll ich dir sagen, warum du nicht gekommen bist? Weil du ein schlechtes Gewissen hast wegen deines kleinen Kunststücks, das du mit Isla und dem Gästezimmer vollführt hast. Stichwort Renovierung, du erinnerst dich?«

»Ich bin alt, aber nicht dement. Das war vorgestern. Natürlich erinnere ich mich.«

Ich schlage einen neuen Ball, der annähernd da landet, wo ich ihn haben möchte. »Und hast du seitdem mit Isla gesprochen?«, frage ich sie.

»Das werde ich noch. Wenn sie nicht mehr beleidigt ist. Denkst du, sie trägt es mir nach?«

»Ich fürchte, nein.«

»Hat es denn etwas gebracht?«

»Lass mich nicht bereuen, dass *ich* dir nichts nachtrage«, sage ich.

Eine Weile schweigt Shona, während sie ihren Ball einlocht und dann weiter schlägt und wir über den Platz wandern, geruhsam, atmend, denn das ist mit das Wesentliche am Golfen auf Bailevar. Es geht nicht so sehr um das Spiel an sich, sondern darum, die Umgebung zu genießen, tief Luft zu holen und sich bewusst zu machen, wie privilegiert wir alle sind, die wir hier leben dürfen, auf diesem kleinen Fleck mitten im Meer, mit dieser Natur, dieser Ruhe, dieser Energie. Wir sind stehen geblieben, auf unsere Schläger gestützt, und blicken aufs Wasser hinaus, als Shona sagt: »Ich habe das Gefühl, dass sie nicht sehr lange hier sein wird.« Ich antworte nicht, und sie blickt zu mir auf. »Ich wünschte, wir könnten sie zum Bleiben bewegen. Die lange Zeit, die sie fort war, hat sie noch ein bisschen bitterer gemacht, meinst du nicht?«

»Isla wurde die, die sie ist, als sie drei Jahre alt war und ihre Mutter die Familie verließ.«

»Andere Menschen haben auch schlimme Verluste zu ertragen, doch sie kommen darüber hinweg. Irgendwann. Irgendwie.« Sie lässt den Blick wieder übers Meer schweifen, auf dem Sonnenstrahlen glitzern wie Diamanten auf Samt.

»Die Grants haben sich von diesem Schock nie erholt, das weißt du genauso gut wie ich. Nicht nur Isla hat damit zu kämpfen, auch Kyle und Will und Nate, jeder auf seine eigene Art.«

»Ich weiß.« Shona nickt. »Ich weiß.« Sie wendet sich wieder ihrem Spiel zu. »Aber weißt du, was ich noch weiß? Dass du ihr behilflich sein könntest, all das endlich zu überwinden.«

Ich gebe einen ungläubigen Laut von mir. »All das? Ich fürchte, du überschätzt meinen Einfluss auf Isla, wenn du denkst, dass ich ihr bei irgendetwas helfen kann.«

»Du unterschätzt dich. Immerhin warst du jahrelang ihr bester Freund. Und mehr als das. Vergiss das nicht.«

»Und habe ich ihr etwa damals helfen können, *all das* zu überwinden?«, frage ich. »Und was überhaupt? Sie hat keine Verlustängste, was Beziehungen angeht, sie war zehn Jahre mit diesem Typen zusammen. Sie wollte nur mit mir keine Beziehung haben.« Ich bleibe stehen, die Hände in die Hüften gestemmt. Ich liebe Shona, aber sie macht mich zu gleichen Teilen wahnsinnig. Mindestens. Allein, dass sie von mir verlangt, überhaupt darüber nachzudenken. Ich kann Isla nicht helfen. Nicht einmal Isla kann Isla helfen. »Und was die Sache mit ihrem Vater angeht«, fahre ich fort, ziemlich laut inzwischen, »das ist nun wirklich etwas, das die beiden unter sich regeln müssen. Niemand kann die zwei dazu bringen, einander wieder zu vertrauen.«

»Denkst du denn, Isla ist sich überhaupt darüber im Klaren, dass es darum geht? Sie glaubt, ihr Vater kann sie nicht ansehen, weil sie Caitriona so sehr ähnelt.«

»Das ist doch Schwachsinn.«

»Aber ja.«

Shona setzt den Weg den Hügel entlang fort, und ich folge ihr zögernd. »Ohne es zu wollen, hat sie mit ihrem Fortgang noch einmal in die gleiche Kerbe geschlagen«, erkläre ich, ein wenig ruhiger jetzt. »Sie hat ihren Vater verlassen wie ihre Mutter zuvor, und … Ach, was soll's. Bin ich Psychologe?« Wir stehen vor meinem Ball, den ich versuche einzuputten, was mir keinesfalls gelingt.

Shona fragt: »Denkst du, sie hat sich inzwischen selbst verziehen?«

»Was verziehen?«

»Dass sie es damals nicht zulassen konnte, dich zu lieben.«

»Aaaaah.« Ich stöhne. »Shona, bitte …«

»Und gestern hättest du die Chance gehabt, sie daran zu erinnern, was sie verpasst hat.«

Ich erstarre bei diesem Satz, doch Shona verzieht keine Miene. Was habe ich gesagt? Keine Viertelstunde. Und sie musste es nicht einmal aus mir rauskitzeln, sie wusste es schon.

»Wer hat es dir erzählt?«

»Was erzählt?«

»Na, was? Dass ich Isla gestern ins Bett getragen habe.«

»Du hast sie ins Bett getragen?« Sie sieht tatsächlich fasziniert aus.

»Nun tu nicht so unschuldig. Irgendjemand hat dich ja wohl bestens informiert.«

»Wieso hast du sie ins Bett getragen?«

»Weil sie zu viel getrunken hatte.«

»Und das hat sie ein bisschen lockerer werden lassen, nehme ich an?«

»Du weißt genau, wie locker.« Ich werfe ihr einen genervten Blick zu. »Und du weißt auch, was sie getan hat. Aber soll ich dir was sagen? Es ging gar nicht um mich. Sie wollte nicht mich küssen, da hätte genauso gut dieser Amerikaner stehen können, aber da war nun mal ich. Und Isla hatte Wein und Whisky intus, und vermutlich war sie frustriert wegen ihrer ganzen Situation, und ihr Typ hat sie schließlich auch betrogen, und …«

»Sie hat dich geküsst.« Shonas Augen strahlen mit dem Himmel um die Wette, und ihr Lächeln ist so breit wie Südengland. »Und dann hast du sie auf ihr Zimmer getragen.«

Ich runzle die Stirn. Ich bin so ein Idiot. »Du wusstest es nicht«, stelle ich fest.

»Aber ich habe ziemlich gut geraten, oder?«

»Du hast überhaupt nicht geraten. Du hast mir jedes Detail aus der Nase gezogen.«

»Nicht jedes Detail.« Sie zwinkert mir zu, diese kleine hinterlistige Hexe. Dann greift sie ihren Schläger ein wenig fester und stapft, zu beschwingt für meinen Geschmack, in die Richtung, in der ihr Ball gelandet ist. »Wenn wir sie irgendwie beschäftigen, können wir sie vielleicht noch ein bisschen länger hier halten«, ruft sie über ihre Schulter. »Und dann wird das vielleicht noch etwas mit dieser ganzen Küsserei.«

»Niemand küsst hier irgendwen, und da fällt mir ein: Woher weiß Isla, dass ich eine Freundin habe?«

»Von mir, warum?«

»Weil du genau weißt, dass Heather und ich uns zurzeit nicht sehen. Und obwohl sonst kaum eine Information bei dir sicher ist, hat sich diese kleine Nichtigkeit noch nicht in ganz Bailevar herumgesprochen. Gibt es einen besonderen Grund dafür, dass du ihr *das* nicht erzählt hast?«

»Weil ich dachte, es erhöht deinen Marktwert, Dummchen.«

»Ach, Shona, komm schon, was sollen diese Kindereien, das ist …«

»Gern geschehen.«

Ich seufze. Allmählich fällt mir nichts mehr ein. »Okay, das Loch noch, ja? Dann muss ich zurück, den Mittagstisch vorbereiten.«

»Wir sollten ein Fest veranstalten«, sagt Shona.

»Was für ein Fest?«

»Ich weiß nicht.« Sie zuckt mit den Schultern. »Das Bald-ist-Winter-Fest oder das Insel-tauch-auf-Fest.«

»Das Insel-tauch-auf-Fest?«

Noch einmal zuckt Shona mit den Schultern. »Irgendwann muss die Insel doch wieder auftauchen.«

»Shona …«

»Isla muss sich irgendwie beschäftigen, sonst ist sie

schneller weg, als du Potzblitz sagen kannst. Mmmmh. Sie könnte den Krabbenkiosk auf Vordermann bringen! Wir bauen Bänke und Tische davor auf, so wie früher, als ihr Kinder wart.«

Oh Mann. Ich erinnere mich nicht an diese Feste, aber ich habe davon gehört, dass Caitriona Grant es schaffte, die Menschen im Ort zu verzaubern, sie zusammenzubringen, sie regelrecht zu betören. Ich will nicht darüber nachdenken. Ich verachte diese Frau aus tiefstem Herzen, denn sie hat es fertiggebracht, drei kleine Kinder und einen Mann zu zerstören aus gänzlich egoistischen Motiven. Und wenn ich schon nicht darüber nachdenken will, dann Isla erst recht nicht. Allein die Vorstellung, den Kiosk ihrer Mutter … »Das ist die schlechteste Idee, die du je hattest«, sage ich. »Bitte schlag Isla das nicht vor, sonst nimmt sie die nächste Fähre, das verspreche ich dir.«

»Denkst du nicht, sie muss sich irgendwann damit auseinandersetzen?«

»Nicht so.«

»Okay. Dann feiern wir im Pub, und Isla soll nur Caitrionas Rezept für die Krabbenmayonn…«

»Finn!« Adams Stimme dröhnt über den Hügel, und nie war ich dankbarer für eine Unterbrechung. Ich sehe Shona an und schüttle den Kopf. »Tu das nicht«, bitte ich sie. »Misch dich da nicht ein, du kannst sie nicht zwingen, sich diesen Dingen zu stellen. Sie war damals nicht bereit dafür, und für mich sieht es nicht danach aus, als wäre sie es jetzt. Himmel, sie weigert sich, über ihre Mutter zu sprechen! Sie nimmt nicht mal ihren Namen in den Mund!«

Shona zuckt die Schultern.

»Lass es. Bitte. Bitte, Shona.«

»Finn!« Ich sehe mich nach Adam um, der auf uns zugelaufen kommt, und gehe ihm entgegen.

»Was ist los?«, frage ich ihn, als er nur noch ein paar Schritte entfernt ist. »Ist irgendwas passiert?«

»Büro«, japst er, »Einbruch.« Er bleibt stehen und stützt die Hände auf den Knien ab, um Luft zu holen. »Jemand ist ins Büro eingebrochen«, bringt er schließlich hervor.

»Ins Büro?« Für ein paar Sekunden weiß ich überhaupt nicht, wovon Adam da spricht. »Mein Büro?« Wieso sollte jemand in mein Büro einbrechen? »Wann?«

»Keine Ahnung. Heute Morgen? Gestern Nacht? Wir haben es eben erst entdeckt.«

»Okay.« Ich bin nach wie vor verwirrt. Der Safe, in dem ich die Kasse aufbewahre, ist im Büro, aber einen Safe knacken?

»Der Safe wurde nicht angerührt«, sagt Adam, als hätte er meine Gedanken gehört, »es sieht überhaupt alles unangetastet aus. Es wäre gar nicht aufgefallen, wäre das Schloss nicht aufgebrochen gewesen.«

Das Schloss. Ich starre auf Adam, der nach wie vor nach Luft ringt, während ich überlege, was diese Nachricht bedeutet. Es wurde in mein Büro eingebrochen, da gilt es wohl als Erstes herauszufinden, was fehlt. Oder sollte man vorher die Polizei verständigen? Ich runzle die Stirn. Bis die aus Mull angereist ist, ist garantiert schon ein Dutzend Leute durch sämtliche Spuren getrampelt, die es geben könnte. Und was sollten sie dann tun? Jeden Gast verhören, der gestern Abend bei dem Konzert war? Das waren alles Stammgäste, niemand von ihnen würde auf die Idee kommen, in mein Büro einzubrechen, wozu auch? Dieses Schloss gibt es überhaupt nur aus einem einzigen Grund, wegen der Restaurant-Gäste nämlich, die in den Sommermonaten ins Pub kommen. Im Winter ist die Tür die meiste Zeit gar nicht abgesperrt. Wenn etwas sicher ist auf dieser Welt, dann ist es eine Insel wie Baillevar, auf der jeder jeden kennt und Streitereien nie größer werden als die, die man unter sich austragen kann.

Shona tippt meinen Arm an. »Du solltest nach dem Rechten sehen.«

Ich nicke.

»Ich komme mit dir.«

»Okay.«

»Ich werde Isla davon überzeugen, dass sie keine Angst vor Krabbenmayonnaise haben muss.«

13

Isla

Irgendetwas hämmert gegen meine Stirn, und im Halbschlaf wische ich mit der Hand darüber, um, was auch immer mich da nervt, zu töten. Mir ist danach. Ich bin noch nicht ganz wach, und schon könnte ich vor Ärger um mich schlagen. »Grrrrmpf«, mache ich, als das Klopfen nicht aufhört, stattdessen Stimmen dazukommen. »Lass mich«, grummle ich und ziehe die Decke über den Kopf. Keine gute Idee, denn, Gott, mir geht es schlecht. Wie sehr, wird mir allerdings erst bewusst, als ich die Decke zurückschlage, die Augen öffne und ein Lichtschwert meine Pupillen wegfräst. So fühlt es sich zumindest an. Ich kneife die Lider zusammen. Die Stimmen werden lauter, dazu schlagen Türen, und Tische werden gerückt. »Mann!«

Ich setze mich auf, und obwohl ich es sogleich bereue, hieve ich mich umständlich aus den Fängen meiner Matratze. Mein Zimmer ist leer, weshalb das Hämmern wohl eindeutig aus dem Inneren meines Kopfes kommt, die Stimmen allerdings, die nicht. *Noch* nicht. Ich höre

Gemurmel, tiefes Männermurmeln, und eine hellere Frauenstimme darüber. Wieder werden Möbel hin und her geschoben, und jemand poltert über die Treppenstufen. Das alles klingt, als würde es sich unmittelbar neben meinem Gehirn abspielen, an dessen Wänden rütteln und sämtliche Lappen durcheinanderwirbeln. Nun ... also ... aua. Womöglich hat die Mischung aus zu viel Rotwein und zu vielen Whiskys meine Vorstellungskraft angefacht, mit Sicherheit ist sie für den Beton in meinem Kopf, die Tsunami-Welle in meinem Bauch und den toten Fisch in meinem Mund verantwortlich. Ich schleppe mich ins Badezimmer. Unter die Dusche. Drehe den Wasserhahn auf. Ich bleibe da stehen, bis der Wasserdampf den Spiegel beschlägt und meine Haut vor Hitze prickelt.

»Guten Tag, Isla. Oder sollte ich sagen, guten Morgen? Du siehst aus, als seist du gerade erst aus dem Bett gekrochen. Hast du gut geschlafen? Süß geträumt?«

»Schhhh«, zische ich, »musst du mir ins Ohr brüllen? Ich bin nicht taub.« Ich sehe Shona strafend an, während ich mich tiefer in den Stuhl unter dem Fenster kauere, mich an meiner Kaffeetasse festhalte, die Sonnenbrille ein Stück höher schiebe. Ich sehe kaum etwas, um ehrlich zu sein, es ist zu dunkel im Gastraum, und durch das Fenster blendet zusätzlich das Licht. Ich schließe die Augen hinter der Brille, denn, wie schon erwähnt, tasten Lichtschwerter nach mir, unaufhaltsam und böse!

Shona kichert und zieht sich einen Stuhl heran, auch das viel zu laut und mit sichtlich ruhigem Gewissen.

»Hast du es schon gehört?«, brüllt sie.

Ich zucke zusammen. »Was?«, grummle ich. »Ich bin

gerade erst reingekommen. Wo sind denn alle? Ich musste mir selbst einen Kaffee machen, keine Ahnung, ob hier überhaupt geöffnet ist.«

»Die anderen sind im Büro«, erklärt Shona, »ein paar umzingeln das Haus. Es ist eingebrochen worden.«

»Eingebrochen?« Ich runzle die Stirn. Umzingeln das Haus? »Wer hat wo eingebrochen? Wann?«

Shona kichert wieder, dann tätschelt sie meine Hand. »Warte einen Augenblick«, sagt sie. »Das ist eine lange Geschichte. Ich mache mir einen Tee.«

Ich sehe ihr hinterher, wie sie zum Tresen stapft mit ihren schmutzigen Gummistiefeln und sich wie selbstverständlich einen Tee zubereitet. Vermutlich brauche ich kein schlechtes Gewissen zu haben wegen meiner Selbstbedienung, aber ein bisschen mulmig ist mir schon. Das ist Finns Lokal, und ich bin Gast hier und … Denk lieber an etwas anderes, Isla. Ich setze mich aufrechter hin und schmecke dem bitteren Kaffee nach, und ich überlege, ob ich es wohl noch schaffe, meine Sachen zu packen und die nächste Fähre zu erwischen, aber es ist zu spät. Die Bilder sind wieder da: Finns Lippen, sein Lachen, seine Hände, er trägt mich, dann küsst er mich, dann drückt er mich weg. Seit ich die Lider geöffnet habe, schieben sich diese Szenen vor mein inneres Auge, und ich frage mich, weshalb ich nicht mehr getrunken habe, so viel, dass mir am nächsten Morgen die peinlichen Erinnerungen erspart bleiben.

»Jemand hat das Schloss zu Finns Büro aufgebrochen«, sagt Shona, als sie sich wieder zu mir an den Tisch setzt, einen dampfenden Becher in der Hand. »Auf den ersten Blick fehlt nichts, aber Finn sagt, es hat jemand in seinem

Schreibtisch zwischen den Papieren gewühlt, obwohl sich derjenige redlich bemüht hat, keine Unordnung zu hinterlassen. Finn hat es trotzdem bemerkt. Wir waren gerade auf dem Golfplatz, als Adam angerannt kam, um ihn zu holen.«

»Auf dem Golfplatz?« Ich blinzle.

»Ja, Isla, du weißt doch, dieses grüne Dings mit den zahllosen Huckeln und Löchern, auf dem man kleine weiße Bälle hin und her paldovert.«

»Finn war heute schon Golf spielen?«

»Es ist vierzehn Uhr, Liebchen.«

»Oh.« Ich sehe aus dem Fenster, als könnte ich die Uhrzeit anhand des Sonnenstands lesen, und dann in meine Kaffeetasse, die leer ist. Mein Magen knurrt. Ich sollte etwas essen, und, sei's drum, selbst wenn ich die Fähre heute noch erwische, wird es bald dunkel werden, und ich hänge auf Mull fest. »Ich muss etwas essen«, murmle ich, »meinst du, die Küche öffnet irgendwann wieder?«

»Das Pub bleibt heute Mittag geschlossen«, sagt Shona. »Warte hier, ich besorg dir was.«

Bevor ich sie daran hindern kann, ist sie aufgesprungen, abermals zum Tresen getippelt, dann daran vorbei in die Küche. Nach wie vor sind Stimmen zu hören, vom Gang hinter der Treppe vermutlich. Ein Einbruch. So was. Ich kann mich nicht erinnern, dass auf Bailevar jemals auch nur ein Gartenzwerg verschwunden ist, und nun bricht jemand in Finns Büro ein. Dass es überhaupt abgeschlossen war, wundert mich. Ob Finn die Polizei gerufen hat? Ich muss beinahe lachen bei dem Gedanken. Die Polizei. Hier gibt es keine Polizei. Auf einer Insel, auf der Mädchen wie Lilian mitten in der Nacht allein durch die Einsamkeit nach Hause laufen wollen, ist jeder sicher. Aaaah, ich wünschte, ich könnte mich nicht daran erinnern. Ich wünschte wirklich, ich hätte aus den drei Whiskys fünf gemacht. Oder fünfzehn, allen Lichtschwertern zum Trotz.

»So«, sagt Shona, »hier, iss.« Sie hält mir eine Scheibe Toast unter die Nase. »Ich würde empfehlen, das trocken zu genießen, bevor noch etwas Schlimmeres passiert.« Sie stellt ein Glas Wasser vor mir ab und drückt mir eine Tablette in die Hand. »Für den Kopf«, sagt sie. »Obwohl ich mir nicht sicher bin, ob dem in diesem Zustand irgendetwas helfen kann. Du wirkst hübsch blümerant, Liebchen, das muss man schon sagen.«

»Humph.« Ich nehme Shona das Brot aus der Hand. »Danke. Was machst du überhaupt hier? Hast du gar kein schlechtes Gewissen? Wegen deiner Lachnummer mit der Renovierung?« Ich beiße in den Toast, der sich in meinem Mund wie Staub anfühlt, und würge ihn nur mit Mühe hinunter. »Ugh.« Hach, ich tue mir selbst leid. Was habe ich mir gedacht gestern Abend? So generell?

»Lieber etwas Süßes?«, fragt Shona. »Ciaran hat immer gesagt: ›Die Heilung kann manchmal schlimmer sein als die Krankheit.‹« Sie greift nach ihrer Tasche und zieht einen der Verlorenen-Insel-Kekse heraus.

Ich verdrehe die Augen. »Wieso trägst du die mit dir herum? Um ahnungslose Touristen damit zu bewerfen?«

»Sei nicht dumm, ich werde doch niemandem Gebäck an den Kopf schmeißen.« Shona knibbelt die Folie auf, zieht den Keks heraus und legt ihn vor mich hin. »Ich hatte den hier für Mr. Campbell eingepackt«, erklärt sie. »Ich konnte ja nicht ahnen, dass er über Nacht zum Hauptverdächtigen eines Verbrechens werden würde.«

»Wie? Bloß weil er nicht von hier ist, muss er derjenige sein, der in Finns Büro eingebrochen ist?«

»Natürlich nicht.« Shona schüttelt den Kopf. »Aber es könnte sein, dass er es war. Und denkst du, ihm wäre in dem Fall danach, Süßes zu knabbern?«

Ich seufze. Dann beiße ich in den Keks und spüle ihn mit einem Schluck von Shonas Tee hinunter. »Ich habe Jared Campbell gestern Nachmittag kennengelernt. Ich fand ihn sehr sympathisch. Er war am Abend draußen, bei dem Sturm, um Landschaftsaufnahmen zu machen. Welchen Grund hätte er gehabt, in Finns Büro einzubrechen?«

»Du findest ihn also sympathisch?« Shona rückt ein Stück näher mit ihrem Stuhl und beugt sich ein Stück weiter über den Tisch. »Finn sagte mir bereits, dass du auch ihn geküsst hättest, wenn er gestern zufällig neben dir an der Bar gestanden hätte. Denkst du, das wäre möglich gewesen?«

Woah. Okay. Ich starre in Shonas blitzblaue Augen. Nicht nur, dass sie von dem Kuss weiß – nein, das wundert mich nicht. Finn hat … er hat *was* behauptet? Dass ich jeden geküsst hätte an diesem Abend? Jared Campbell? Wer hat ihr erzählt, dass ich Finn geküsst habe? Es kann unmöglich Finn selbst gewesen sein. Er ist viel zu … viel zu Finn, um so etwas herauszuposaunen. Also, wer war es? Adam? Lilian? Irgendein anderer der 30 Besucher, die beim Konzert im Pub waren? Am besten, ich ignoriere diesen Teil des Gesprächs, also frage ich: »Haben sie die Polizei gerufen?«, und Shona zögert keine Sekunde, sie antwortet: »Natürlich nicht. Wozu? Bis die von Mull hier sind, vergeht ein Jahr. Und es ist ja offenbar nichts weggekommen.«

»Mmmmh.« Wir schweigen eine Weile, Shona schlürft ihren Tee, ich schlucke meine Tablette, doch ich werde das Gefühl nicht los, dass da noch etwas kommt. Als stünde ich unter Beobachtung. Als wüsste sie etwas, das ich unbedingt auch wissen sollte.

»Was?«, frage ich schließlich.

»Gar nichts«, antwortet Shona. Und wieder schweigt sie, und ich sehe aus dem Fenster.

Dieser Himmel da draußen. Als hätte es den Mördersturm nie gegeben. Grell und überschwänglich spannt er sich über Hafen und Meer, kreischende Möwen kreisen hoch unter seinem hellblauen Dach, die Steine, gestern noch tiefschwarz und überflutet, sind getrocknet, sie backen in der Sonne. Ich sehe ein wenig genauer hin und horche ein wenig tiefer in mich hinein. Dieser Anblick, diese Geräusche, diese Stimmung hier – das alles ist so vertraut, obwohl ich es so viele Jahre nicht um mich hatte. Es ist, als hätte sich die Insel in mein Inneres gebrannt oder als sei Bailevar ein Teil von mir oder umgekehrt, ich weiß es nicht. Es war ohnehin nie so, dass ich mich unvollständig gefühlt hätte, wenn ich woanders war, ganz im Gegenteil: Aufgeatmet habe ich, lautstark und gründlich, als ich endlich von hier fortkam. Ich wollte nie wieder zurück. Die wenigen Male, die ich hier war, seit ich nach Edinburgh gezogen bin, kam ich widerwillig und aus reinem Pflichtgefühl. Ich habe keine Ahnung, weshalb ich plötzlich hier sitze, auf die Vögel lausche und den Booten zusehe, wie sie im Hafenbecken träge schaukeln, und wieso ich dabei empfinde, was ich empfinde.

Eine Art … Ziehen im Magen, ein Gefühl, das an Sehnen erinnert oder – ach, ich habe keinen blassen Schimmer.

Ich setze mich aufrechter hin. Ja, da ist etwas in meinem Magen, und ich gehe sehr stark davon aus, dass es mit Toast und Tablette auf Alkoholspiegel zu tun hat. Ich sollte allmählich zurück auf mein Zimmer gehen. Wenn ich gleich am Morgen aufbreche, kann ich es zumindest bis nach Oban schaffen, wenn nicht sogar nach Glasgow, kommt darauf an, wie die Busse am Sonntag fahren. In Glasgow nehme ich mir ein Zimmer und suche mir irgendeinen Job im Hotel, bis mir etwas Besseres einfällt. Das kann nicht so schwer sein, denke ich. Zur Not schlucke ich meinen Stolz herunter und melde mich wirklich bei Finns Eltern. Ich schaudere ein wenig. Allein der Gedanke, wieder Zimmermädchen zu spielen, verursacht mir körperliches Unbehagen, und dann Finn … Ich werde nicht mehr daran denken. Ich weiß nicht, was gestern los war, aber schon jetzt fühle ich mich, als wäre ich gar nicht dabei gewesen. Das war nicht ich. Das war Isla, frustriert und wütend, in der Annahme, sie könne genauso viel vertragen, wie sie in sich reinschütten kann. Wenigstens habe ich niemanden vollgekotzt. Oh mein Gott. Okay, ich muss nach oben. Ich schiebe meinen Becher von mir weg und bin dabei aufzustehen, als Shona sagt: »Wir sollten ein Fest veranstalten«, und mich mitten in der Bewegung innehalten lässt.

»Ein Fest?« Ich sehe sie an, das Schlimmste annehmend. Oder sagen wir, das im Augenblick Schlimmste, denn ganz sicher hat Shona meine Gedanken erraten und will mich nur davon abhalten aufzustehen, um meine Sachen zu packen. »Was für ein Fest?«

»Ich habe bald Geburtstag.«

Es braucht ein paar Sekunden, doch dann fällt es mir wieder ein, und ich runzle die Stirn. »Du hast erst im November Geburtstag«, sage ich ihr, doch Shona zuckt mit den Schultern. »Das ist nicht mehr lange hin.«

»Das sind zwei Monate, und vorfeiern bringt Unglück, oder etwa nicht?«

»Wir könnten meinen Geburtstag feiern und die Wiederauferstehung der Insel.«

»Die Wiederauferstehung der Insel.« Ich schüttle den Kopf. »Shona …«, und dann setze ich mich wieder. Ich weiß, was sie hier tut, und weil ich es weiß, nehme ich ihre Hand. »Ich kann nicht hierbleiben, das ist dir klar, oder? Ich meine, das war ein Kurzbesuch, es war nie geplant, dass ich länger bleibe. Und nachdem Dad …« Ich vollende den Satz nicht. Wenn ich jetzt gehe, denke ich, wird er mir überhaupt Lebewohl sagen? »Ich muss weiter. Ich muss mein eigenes Leben leben.«

Shona sieht mich an, das Gesicht ausdruckslos. »Finn hat schon zugestimmt«, sagt sie. »Wir stellen draußen Bänke auf und Heizstrahler, und ganz sicher wird die Altherrenband aufspielen, die lassen sich keine Gelegenheit entgehen. Ich dachte zunächst an den Kiosk, aber … Du könntest zumindest die hervorragenden Krabbenbrötchen machen, die du als Kind …«

Ich lasse Shonas Hand los, als hätte ich mich an ihr verbrannt. »Shona«, sage ich warnend, doch sie spricht unbeirrt weiter.

»… so geliebt hast. Die mit der Mayonnaise. Die deine Mutter im Kiosk verkauft hat.«

Ich springe auf. Und werfe einen ungläubigen Blick auf

die alte Dame mit den rosafarbenen Zöpfen, die zu mir aufsieht, als habe sie nie in ihrem Leben ein Wässerchen getrübt. »Wieso fängst du von Caitriona an?«

»Nun, eigentlich ging es um das Rezept ihrer …«

»›Das Rezept ihrer‹ … Shona! Glaubst du allen Ernstes, irgendjemandem hier würde es nützen, diese alten Rezepte auszugraben? Oder Geschichten, wenn wir schon dabei sind?«

»Ja, das denke ich in der Tat, Isla! Es würde sehr vielen nützen, ganz besonders aber dir!«

»Ich muss gehen«, sage ich. Und dann gehe ich, aber nicht in Richtung meines Zimmers, sondern zur Eingangstür hinaus, die abgesperrt ist und an deren Schloss ich rüttle, bis es mir gelingt, den Schlüssel herumzudrehen.

»Es gibt Zeiten, da muss man sensibel sein«, ruft Shona mir hinterher, »und es gibt Zeiten, da sollte man definitiv damit aufhören.«

»Hat das auch Ciaran gesagt?«, brülle ich über meine Schulter zurück, und Shona ruft: »Nein, aber weißt du, was er immer sagte? ›Lass deine Füße niemals schneller rennen als deine Schuhe!‹«

Und dann bin ich raus, die Straße hoch, in Richtung nirgendwo.

Diese Insel, sie ist zu klein für mich. Ich bin erst eine halbe Stunde gelaufen und habe schon das Gefühl, sie dreimal umrundet zu haben. Was so natürlich nicht stimmen kann. Es liegt an meinem Gemütszustand. Alles sieht gleich aus, die windzerzausten Gräser, die ätzend hellen Sandbuchten, das Meer, das an die Felsen schlägt. Das

Einzige, was auf dem Hügel hier oben anders ist als anderswo auf Bailevar, sind die alten Bäume, deren Stämme nicht in den Himmel wachsen, sondern praktisch parallel zum Boden: Sie haben sich den Stürmen gebeugt, die immer wieder an ihren Ästen gerissen haben, und nun ducken sie sich vor den Winden, so wirkt es jedenfalls auf mich.

Ich setze mich auf einen der Stämme und starre auf den Fleck, an dem einmal diese vermaledeite Insel gewesen sein soll. Deren Herzschlag man von hier angeblich hören kann. Dass ich nicht lache. Shona und ihre Geschichten. Diese Insel und die lächerlichen Strohhalme, an die sie sich klammert. Shona und ihre vermeintliche Großmütterlichkeit. *Es gibt Zeiten, da sollte man aufhören, sensibel zu sein.* Mein lieber Herr Gesangsverein. Aber was weiß ich schon? Vielleicht sollte man.

Ich höre Schritte hinter mir und sehe über die Schulter. Jared Campbell kommt auf mich zu, die schwarze Jacke bis zum Kinn zugeknöpft, eine weitere über den Arm geworfen. »Ich habe gesehen, wie Sie aus dem Haus gestürmt sind«, ruft er mir entgegen, »und dachte, ich bringe Ihnen eine Jacke, es ist hübsch kalt heute. Hier.« Er hält sie mir entgegen, und ich verschränke die Arme vor der Brust.

»Sind Sie mir gefolgt?«, frage ich.

»Nun.« Er lässt die Hand sinken und fährt sich mit der anderen durch die Haare. »Es ist wirklich extrem frisch hier oben mit dem Wind und allem. Darf ich?«

Es gefällt mir nicht, dass Jared Campbell, ein Mann, von dem ich so gut wie gar nichts weiß und den kein Mensch kennt, mir durch Bailevars Einöde folgt, egal aus welchen Gründen, doch meine Laune könnte mieser kaum sein, und in einem hat er recht – es *ist* arschkalt hier oben. Ich nicke also, nehme ihm die Jacke aus der Hand, und er setzt sich neben mich auf den Baumstamm. An der schweren Schafwolljacke baumelt noch das Preisschild.

»Es ist eingebrochen worden, wissen Sie das?«, frage ich, während ich die Hände durch die Ärmel schiebe.

Jared zieht überrascht die Augenbrauen hoch. »Die Jacke habe ich gestern in dem hiesigen Craft Shop gekauft«, erklärt er, »und ja, ich weiß von dem Einbruch, Mr. Taylor hat es mir vorhin erzählt, als ich die Treppe herunterkam. Er sagte, es sei nichts gestohlen worden. Kommt so etwas hier denn öfter vor?«

Ich starre ihn unverwandt an, während ich die viel zu weite Strickjacke zuknöpfe und das kratzige Etikett aus meinem Nacken fische. Jared sieht ahnungslos genug aus. Die dunklen Augen ernst, aber neugierig, den Hauch eines Lächelns auf den Lippen. Hätte ich ihn geküsst, wäre er gestern an Finns Stelle gewesen, so wie Shona es vermutet hat? Als wir nebeneinander an der Bar saßen, da war … irgendetwas, das von diesem Mann ausging, irgendwas, das ich überhaupt nicht fassen kann. Doch da war auch etwas, das mir nicht gefiel. Das Fremde, vielleicht, denn ja, das bin ich auf dieser Insel einfach nicht gewöhnt. Ich schüttle den Kopf. Und Mann, ich hoffe nicht. Ich hoffe nicht, dass ich jetzt so eine bin, die Fremde in Bars küsst und dann versucht, sie in ihr Zimmer zu ziehen.

»Isla?«

»Ja?«

»Kommt es öfter vor, dass eingebrochen wird auf dieser Insel?«

»Oh.« Die Frage, richtig. Ich zucke mit den Schultern. »Ich war länger nicht hier, aber ich denke nicht, dass so etwas zur Tagesordnung gehört. Ich meine, was sollte man schon stehlen? Fischköpfe und Hühnereier?«

Jared sieht mich seltsam an, und ich seufze. Dann drehe ich mich von ihm weg und starre wieder aufs Meer hinaus, auf den imaginären Umriss eines imaginären Eilands mit einem imaginären Herzen.

»Hören Sie etwas?«, frage ich, und Jared, der ziemlich dicht neben mir sitzt, wie ich finde, legt den Kopf schief, lauscht und schüttelt ihn dann.

»Was sollte ich hören?«

Ich seufze wieder. Dann drehe ich mich zur Seite, sodass ich ihm direkt in die Augen blicken kann. »Was machen Sie eigentlich hier?«, frage ich ihn.

»Ich?« Er blinzelt, und für einen Moment denke ich, er sieht womöglich unschuldiger aus, als er ist. Warum auch immer ich das denke. Ich kenne den Mann überhaupt nicht.

»Ich bereise die kleineren Inseln rund um Schottland«, sagt er. »Auf der Suche nach Geschichten.«

»Geschichten? Sind Sie Schriftsteller?«

»Um Gottes willen, nein.« Er lacht. »Autor. Für Magazine. Eigentlich mache ich hier Urlaub, aber man weiß nie, was man so mitnehmen kann.«

»Hm.«

»Hm?«

»Aber Sie kommen nicht aus England.«

»Nein, ich bin aus den USA.«

»Von wo genau?«

Noch einmal lacht Jared, diesmal aber klingt es ein klein wenig angestrengt. »Sie stellen sehr viele Fragen heute. Das hat aber nichts mit dem Einbruch in Mr. Taylors Büro zu tun, oder?«

»Was? Nein, natürlich nicht.« Ich schüttle den Kopf. »Entschuldigen Sie, ich wollte nicht klingen wie die Dorfpolizei, es ist eher …« Ich sehe ihn an. Bereits gestern hat er kaum eine meiner Fragen beantwortet, und auch heute habe ich den Eindruck, Jared Campbell weicht aus.

»Ich bin aus Valhalla, das liegt in der Nähe von New York.«

»Ah«, sage ich. »Das klingt – dramatisch.«

Jared lacht. »Nein, dramatisch ist es dort wohl eher nicht. Äh … Ich bin Einzelkind«, fährt er fort, »habe einen kroatischen Vater und wurde ursprünglich Jadro getauft, obwohl Dad bei der Heirat den Familiennamen meiner Mutter annahm.«

»Jadro?«

»Das war der Name meines Großvaters, doch meine Eltern haben mich von Anfang an Jared gerufen, schließlich bin ich in den USA aufgewachsen. Und ja – offenbar wollte mein Vater, dass wir uns anpassen. Er ist in die USA gekommen, um neu zu beginnen.«

Ich betrachte Jared Campbell. Jetzt, wo ich weiß, dass er kroatische Wurzeln hat, ergibt das Dunkle in seiner Erscheinung sehr viel mehr Sinn.

»Ich bin nicht sicher, wie lange ich noch auf Bailevar sein werde«, sagt er, »aber bisher gefällt mir die Insel aufrichtig gut. Zunehmend besser.«

Er sieht mich an und macht den Eindruck, als meine

er, was er sagt. Als meine er es sehr, sehr … persönlich. Für einen Augenblick trifft mich diese Erkenntnis unverhofft, dann blinzle ich mich wach. Und räuspere mich. Und blicke erneut aufs Meer.

»Wenn Sie Geschichten sammeln, dann ist diese hier vielleicht etwas für Sie«, beginne ich. Mit einer Hand deute ich aufs Wasser hinaus, mein Zeigefinger zeichnet einen kleinen, schnörkeligen Huckel in die Luft. »Da vorn«, führe ich aus, »etwa zweihundert Meter rechts von diesem Felsen und, ich weiß nicht, vielleicht sechshundert Meter weit draußen, da lag einmal eine Insel vor Bailevar. Sie hieß Eilean O Shean.«

»Eilean O Shean.« Jared lässt den Blick ebenfalls über das Wasser schweifen. »Wo ist sie jetzt?«

»Verloren«, sage ich.

»Verloren?«

Ich nicke. »Oder sagen wir, *verschwunden* trifft es eher.«

»Was ist passiert?«

»Was passiert ist?«, wiederhole ich ungläubig. »Sie gehen tatsächlich davon aus, dass etwas eine Insel zum Verschwinden bringen kann?«

»Nun, haben Sie nicht gerade gesagt …«

»Es ist eine Geschichte«, unterbreche ich ihn. »Sie sammeln Geschichten, haben Sie gesagt, und – voilà – das ist sie: die einzige Geschichte, die Bailevar zu erzählen hat. Erzählt man sich. Nun, *Shona* erzählt das hauptsächlich, aber ja. Eilean O Shean.« Ich sehe Jared an, und der nickt mir aufmunternd zu.

Ich seufze ergeben. »Sie handelt von diesem Jungen«, erkläre ich. »Diesem Rothaarigen … ich bin nicht sicher, wie alt. Vielleicht Anfang zwanzig, vielleicht jünger. Jedenfalls: Irgendetwas war mit dem … diese Insel …« Ich starre Jared Campbell an, während ich angestrengt versuche, mich zu erinnern. Was genau war mit Ciaran geschehen? Womöglich hätte ich einen Blick in die Broschüre werfen sollen, die Shona mir untergejubelt hat. Aber so oft, wie ich diese Legende als Kind gehört habe, sollte man meinen, ich könnte mich daran erinnern. »Ciaran hieß er«, sage ich schließlich. »Ein Findelkind, glaube ich. Und dennoch lag diese Insel ihm aus irgendeinem Grund zu Füßen. Und dann ist er gestorben. Und die Insel ist untergegangen.«

Wieder starrt Jared mich an, und dieses Mal nicke ich ihm zu.

»Das war's?«, fragt er. »Das war die Geschichte?«

»Nun ja. Im Großen und Ganzen, ja.«

Jared lacht. »Die einzige Geschichte, die Bailevar zu erzählen hat, und die ist nicht mehr als fünf Sätze lang?«

»Sie sollten Shona danach fragen.«

Jared lacht immer noch.

»Ganz sicher hätte sie das alles ganz anders erzählt.«

»Sicher«, stimmt Jared mir zu. »Davon ist auszugehen.«

Ich seufze noch einmal. Kann nicht jeder mit einem Elefantengedächtnis und/oder blühender Fantasie gesegnet sein.

Schließlich hole ich Luft.

»Also gut«, beginne ich, »es war einmal, vor langer, langer Zeit, als Schottland noch Wälder hatte und die Menschen ihren Aberglauben … Was? Wieso lachen Sie jetzt wieder? Sie wollten die Geschichte doch hören!«

»Das will ich immer noch.« Mit einer Handbewegung

bedeutet Jared Campbell mir fortzufahren. »Ich dachte nur nicht, dass es ein Märchen sein würde.«

»Ihren Glauben möchte ich haben«, murmle ich. »Was soll es sonst sein? Eine verdammt noch mal verschwundene Insel, liebe Güte …«

»Also gut.« Jared räuspert sich. »Es war einmal, vor langer, langer Zeit …«

Ich verdrehe die Augen. Und dann beginne ich von vorn.

14

Eilean O Shean, vor langer, langer Zeit

Es gab einige junge Männer auf der Insel, ein paar davon waren freundlich genug, doch keiner von ihnen war wie Ciaran, und Ciaran war derjenige, den alle um sich haben wollten. Die Frauen freuten sich, wenn er ihnen den Fisch ausnahm und das Feuer schürte. Die Männer holten ihn für die Aussaat und die Ernte. Den Alten half er bei der Ausbesserung ihrer Hütten, seinem Ziehvater beim Fischfang, und Deirdre, der Schwester seines Freundes Tàmhas, zimmerte er eine Krippe für den Säugling. Und ein Schaukelpferd dazu. Abends, wenn die Jüngeren ums Feuer saßen, spielte er auf der Flöte. Und wenn es Nacht wurde über Eilean O Shean, dann legte Ciaran sich auf das Stück Gras vor seinem Häuschen, kreuzte die Fußgelenke und verschränkte die Arme unter dem Kopf. Dann sah er auf zu den Sternen. Sie hatten ihn hierhergeführt. Sie hatten ihn angespült an den Strand dieser winzigen Insel, die der anderen, größeren Insel vorgelagert war und auf der dennoch keine drei Dutzend Menschen lebten, in unbehelligtem Frieden. Manchmal fragte er sich, weshalb das so war. Ob das, war er erlebte, echt war. Oder ob er doch gestorben war, damals, als Kind in diesem Wasser, das ihn an den Strand wusch, und ob er nun einen Traum lebte, Tag für Tag für Tag für Tag.

Wie er so dalag, dachte Ciaran auch daran, was seine Familie und seine Freunde über ihn sagten: dass er es gewesen sei, der dieser Insel erst Frieden gebracht habe. Dass Plünderer und Clan-Kämpfe und Krieg das kleine Eiland nicht mehr bedrohten, dass sie nicht einmal mehr das Wetter fürchten müssten, dass niemand mehr Hunger gelitten habe und niemand mehr erkrankt sei. Er habe die bösen Geister vertrieben, hieß es, auch wenn niemandem klar war, wie er das fertiggebracht hatte. Er hielt Flüche und Prophezeiungen und Bedrohungen fern, und mehr noch: Er machte die Menschen glücklich. Er hatte die Gabe dazu.

Ciaran schloss die Augen und lauschte dem Wasser, das am Fuße des Steilhangs, an dessen Rand seine bescheidene Hütte stand, gegen die Felsen schlug. Die Menschen waren so abergläubisch. Sie glaubten an Geister und Kobolde und Feen, und würde er nur die Hälfte ihrer Überzeugungen als wahr erachten, müsste er wohl davon ausgehen, dass er ein Gott wäre. Oder zumindest übersinnlich, in irgendeiner Form. Ja, tatsächlich hatten ihm schon einige unterstellt, er gehöre mit Sicherheit dem Feenvolk an, was Ciaran regelmäßig in Gelächter ausbrechen ließ. Er hatte keine Ahnung, wie Feen aussahen, aber doch sicher nicht wie ein bleicher Schlaks mit roten Locken und mehr oder weniger geglücktem Bartansatz? Und er wusste keinen Deut, wozu Feen fähig waren, aber er war sich ziemlich sicher, er brachte nichts davon fertig. Nicht ein Fünkchen Zauber wohnte ihm inne, dafür ein gutes Stück handwerkliches Geschick. Er war hilfsbereit, ja, doch weil er es wollte, nicht, weil es ein Volk für ihn vorsah. *Sein* Volk. Oder ... oder vielleicht doch? Eins war immerhin sicher, nämlich der Umstand, dass Ciaran nicht wusste, woher er stammte. Er war als Säugling an diesen Strand gespült worden, niemand wusste, wie es dazu gekommen war. Vielleicht war er über Bord gegangen? Nur, wie war er dann an Land gekommen, ohne vorher zu ertrinken? War er ausgesetzt worden? Das war die wahrscheinlichere Lösung. Und der Grund dafür, weshalb er nie einen Schritt auf eine der anderen Inseln gesetzt hatte. Falls er wirklich ausgesetzt worden war, wollte er einer möglichen Familie, die ihn verstoßen hatte, lieber nicht über den Weg laufen. Denn Ciaran war glücklich hier. Und niemand sollte dieses Glück trüben. Doch wie man es auch drehte und wendete: Übersinnlich war Ciaran sicher nicht. Und er glaubte auch nicht an Wasserpferde, Wichtel und magische Katzen. Er war einfach dankbar dafür, dass das Leben ihn glücklich machte. Ihn und diejenigen, die ihm am Herzen lagen. Er vermisste nichts. Er wollte nicht mehr. Und er glaubte nicht, dass es irgendetwas gab auf dieser Welt, das seine Überzeugungen ins Wanken bringen könnte. Bis zu diesem einen Morgen im August.

Es war kaum hell, als Ciaran in aller Herrgottsfrühe an den Strand ging, um Muscheln zu suchen. Diese ganz besonderen Muscheln. Man fand sie nur, wenn man rückwärts durch den Sand schlich, einen vorsichtigen Schritt nach dem anderen, denn dann gruben sie sich tiefer in die Erde, und der Kreis, den sie bei ihrer überstürzten Flucht hinterließen, offenbarte die Muschelschalen, lang und scharf. Seine Mutter liebte ihr festes weißes Fleisch, und Ciaran liebte es, was sie in ihrer schweren Pfanne daraus zauberte. Er hatte schon den halben Korb voll, als er mit der rechten Ferse gegen einen Widerstand stieß. Beinahe wäre er nach hinten gekippt, konnte sich aber gerade noch halten. Er drehte sich um und blickte zu Boden, und dann sah er es: ein Mädchen, die Augen geschlossen, die langen blonden Haare voller Salzwasser und Sand, sie klebten an den Wangen der Fremden und an ihren Schultern. Die Beine hatte sie angewinkelt, der Arm war seltsam verdreht. Und sie war nackt. Noch bevor er ihr den Puls fühlte, hatte Ciaran sein Hemd ausgezogen, um sie damit zuzudecken. Dann erst beugte er sich nach vorn und lauschte nach ihrem Atem und fand ihn Gott sei Dank, kaum hörbar nur, doch er war da. Er hob die Unbekannte hoch und trug sie zu seinen Eltern ins Haus. Dort legte er sie auf die Pritsche in der kleinen Stube und sah zu, wie seine Mutter sie pflegte.

Tage vergingen, in denen sie ihr Bewusstsein nicht wiedererlangte, doch so still es in dem kleinen Krankenzimmer war, umso lauter wurden die Stimmen drum herum. Es wurde über die Herkunft des Mädchens spekuliert, über seine übersinnliche Schönheit, darüber, wie erstaunlich es war, dass es in dieser engen Bucht an Land gespült worden und nicht an den Klippen zerschellt war. Ciaran kannte die Geschichten, sie ähnelten seiner zu sehr, also verschloss er die Ohren und konzentrierte sich auf die Fremde. Sie war schön, das konnte Ciaran den anderen keinesfalls absprechen. Und sie zog ihn in seinen Bann, mehr als jedes andere Mädchen zuvor, obwohl sie noch kein Wort zu ihm gesprochen hatte. Und dann, am Abend des vierten oder fünften Tages, öffnete sie auf einmal die Augen und sah ihn an. Und … oh, diese Augen! Dieser Blick, diese Schwärze darin, diese *Tiefe.* Und Ciaran wusste es, er wusste es einfach, auf der Stelle, unmittelbar. Sein Leben würde nie mehr so sein, wie es einmal gewesen war. Nie wieder.

15

Isla

»Wow.« Jared sieht mich an, nachdem ich den Satz beendet habe, seine Augen glänzen, und er wirkt tatsächlich beeindruckt von meiner Erzählkunst, die sich, um ehrlich zu sein, völlig gegen meine Art ins Märchenhafte steigerte, je mehr ich die Geschichte ausgeschmückt habe. »Was für ein Cliffhanger.«

»Ich bin mir nicht sicher, ob das alles wirklich so stimmt«, behaupte ich, obwohl ich mir *ziemlich* sicher bin. Irgendwie kam die Erinnerung beim Erzählen zurück, und ja, ich weiß darüber hinaus seltsamerweise auch, wie es weitergeht.

»Wie geht es weiter?«, fragt Jared.

Wir sitzen nach wie vor auf dem alten Baumstamm, doch inzwischen hat der Wind zugenommen, und die Wolken fegen schneller und schneller über die Insel. Der Herbst kündigt sich an, auf Bailevar früher als anderswo, und die Kälte kriecht durch die Schafwolle auf meine Haut. Ich schüttle mich. »Heute gar nicht«, antworte ich ihm, »sonst frieren wir am Ende hier fest.«

»Dann morgen?«

Ich stehe auf, und Jared Campbell tut das Gleiche. »Sie können das unmöglich so stehen lassen«, sagt er. »Ich weiß schon jetzt nicht, wie ich einschlafen soll, ohne das Ende der Geschichte zu hören.«

Von der Seite werfe ich ihm einen Blick zu, und Jared grinst mich an.

»Sie haben eine Schwäche für Liebesgeschichten?«, frage ich.

»Ich habe eine Schwäche für fesselnd erzählte Geschichten«, antwortet er. Und er sieht dabei auf meine Lippen, ganz kurz nur, so kurz, dass ich es mir genauso gut hätte einbilden können, bloß denke ich nicht, dass es Einbildung war.

»Ich bin mir nicht sicher, ob ich morgen noch hier bin«, sage ich, und dazu schweigt er.

Das alles ist nicht unangenehm. Dieser Spaziergang über den Kamm des Hügels mit diesem fremden Mann an meiner Seite, der sich verdunkelnde Himmel über uns, unter uns das Meer, das Tuscheln des Windes der einzige Laut, der die Stille durchbricht. Jeder hängt seinen eigenen Gedanken nach, und ich für meinen Teil bemühe mich, sie nicht zurück zu Shona schweifen zu lassen und zu der Wut, die ich bis vor ein paar Stunden noch empfunden habe. Es gibt eindeutig zu viel Wut in meinem Leben. Dies hier mag nicht der Ort sein, um daran etwas zu ändern, doch es ist der Ort, wo alles begann und … Schon sind sie wieder da, die Überlegungen, die ich eigentlich gerade nicht anstellen wollte. Ich hebe den Kopf, atme ein, versuche, dem Sauerstoff in meinem Organismus nachzuspüren.

»Dieser Ciaran«, sagt mein Begleiter auf einmal, »wird er je erfahren, wo er hergekommen ist? Wer seine Eltern waren?«

»Das ist es, was Sie interessiert? Was ist Ihrer Anfälligkeit für Liebesgeschichten passiert?«

Jared ist stehen geblieben, er hat die Hände in den Taschen seiner Jacke vergraben und blinzelt dem Horizont entgegen. »Ich finde es eine furchtbare Vorstellung, nicht zu wissen, wo man herkommt«, sagt er. »Das muss einen zermürben, glauben Sie nicht? So als wäre man ewig auf der Suche und würde doch nie irgendetwas finden. Nichts.«

»Nun …«, beginne ich, verblüfft über den Ernst in seiner Stimme, und dann fällt mir ein, dass ich dazu ehrlich nichts zu sagen weiß. Ich meine – mir ist nur allzu deutlich bewusst, wo ich herkomme, aber erleichtert mir das mein Leben in irgendeiner Weise? Ich hasse, dass ich aussehe wie sie. Ich verabscheue die Tatsache, dass dieses Inselblut durch meine Adern fließt, dieses Provinzhafte, Kleineleutemäßige. Und ich bin auf der Suche, das bin ich. Obwohl ich weiß, wo ich herkomme, war ich doch immer …

»Meine Mutter ist an Krebs gestorben. Sie war ihr Leben lang auf der Suche und ist doch nie angekommen.«

Ich sehe Jared Campbell an, der nach wie vor den Horizont anstarrt. »Das tut mir sehr leid«, sage ich, und schon wieder komme ich mir unzulänglich vor, weil mir darüber hinaus die Worte fehlen. Ich räuspere mich. »Wann war das?«

Jared wendet sich mir zu. »Lange bevor …«, setzt er an, doch dann durchbricht auf einmal lautes Hundegebell die Ruhe, ein ängstliches, aufgeregtes Kläffen, und beide schnellen wir herum.

»Dahinten!« Ich deute mit der Hand in die Richtung, aus der wir gekommen sind, und hinunter zum Strand. »Das sind die Hunde von Louise!« Ich warte nicht auf eine Reaktion, sondern setze mich in Bewegung, zurück über den Hügel hin zu dem Pfad, der hinunter zum Strand führt.

»Louise … äh, Madame Lamboure?«, ruft Jared dicht hinter mir, und ich nicke, ohne mich umzudrehen.

Unten im Sand führen Louises Hunde einen verzweifelten Tanz auf, hin und her, einen etwa fünf Meter langen Strandabschnitt entlang und dann nach vorn in die Wellen, von wo sie jaulend zurückkehren, aus Angst vor dem Wasser. Ich stolpere den Pfad hinunter, die Augen auf die Meeresoberfläche gerichtet. Es ist nichts zu erkennen, kein Haarschopf, nicht das Ende eines Schnorchels, den Louise manchmal trägt, keine Flosse oder sonst irgendein Anzeichen darauf, dass sich jemand im Wasser befindet, doch die Wellen peitschen hoch, ich kann nicht wirklich sicher sein. Als Jared und ich in der Bucht ankommen und uns durch den schweren Sand kämpfen, sehe ich aus dem Augenwinkel, wie er den Reißverschluss seiner Jacke öffnet, sich aus ihren Ärmeln befreit und sie unterm Laufen fallen lässt, dann den Pullover über den Kopf zieht, ihn ebenso fallen lässt und sich an den Knöpfen seines Hemdes zu schaffen macht.

»Sie wollen nicht wirklich da rein, oder?« Der Wind ist nach wie vor stark, und die Strömung dürfte es auch sein, wenn meine Inselkenntnisse mich nicht vollends im Stich lassen.

»Denken Sie, Madame Lamboure ist da irgendwo im Wasser?«, ruft er über das Hundegebell zurück. Er hüpft auf einem Bein, während er sich den einen Schuh vom Fuß reißt, dann den anderen. Ich habe mich noch nicht zu einer Antwort durchgerungen, da watet er bereits durch die Gischt ins Meer hinein. Allein bei dem Anblick bekomme ich Gänsehaut. Das müssen Temperaturen sein, die selbst einen Roboter zum Klirren bringen. Ich laufe hinüber zu den beiden Boardercollies, die mir in ihrer Aufregung wenig Beachtung schenken, und an ihnen vorbei zu einem kleinen schwarzen Haufen zwischen den Steinen. Eine Leinentasche, darin Schlüssel, ein altes Handtuch, eine Schwimmbrille und weiterer Kram, daneben graue Flipflops, die aller Wahrscheinlichkeit nach mal weiß gewesen sind, und eine weinrote Strickmütze.

Ich wirble herum. »Louise?«, rufe ich, und die Hunde jaulen einmal auf beim Klang des Namens. Ich laufe zurück, zum Rand des Wassers, und rufe noch einmal. Jareds dunkler Haarschopf taucht zwischen wirbelnden Schaumkronen auf und wieder unter, von Louise fehlt jede Spur. Wasser kriecht durch den feuchten Sand in meine Schuhe. Das Gebell ist inzwischen so laut, dass nicht einmal mehr das Meer zu hören ist. Gott, ich könnte mir Schöneres vorstellen, als hier durch die Gischt zu waten und mich um eine sture alte Frau zu sorgen, die sich einbildet, mit beinahe hundert immer noch der Strömung trotzen zu müssen.

»Louise!«, rufe ich noch einmal. »Jared!«

Und dann, dann wird es auf einmal so still, als habe die Welt aufgehört, sich zu drehen. Die Hunde stehen regungslos am Ufer, die Schwänze in die Luft gereckt, die Ohren gespitzt. Ich sehe aufs Wasser, wo sich nichts regt, bis auf einmal Jareds Oberkörper zwischen den Wellen emporbricht und ein Schrei zu uns herübergellt. Jared kämpft sich durchs Wasser, als sei der weiße Hai hinter ihm her, während mein Blick auf das schwarze Ungetüm fällt, das hinter ihm aufgetaucht ist. Die Figur steht im Wasser wie Neptun persönlich, in einem schwarzen Neoprenanzug allerdings, mit riesigem Schnorchel und ebenso riesiger Brille, eine grell leuchtende Stirnlampe auf dem Kopf, Harpune in der Hand. Als sie jetzt froschmannmäßig ans Ufer watet, wird sie dort wimmernd und schwanzwedelnd begrüßt.

Jared Campbell stolpert neben mir an Land, und ich kann nicht anders, ich breche in schallendes Gelächter aus. Er japst und sieht sich nach der grotesken Gestalt um, bevor er sich in den Sand fallen lässt, eine Hand auf die Brust gepresst, und zu mir aufsieht. »Louise, nehme ich an?«, krächzt er, und ich lache noch lauter, als besagte Louise neben uns stehen bleibt, das Mundstück nach wie vor zwischen den Lippen, die Augen hinter der Taucherbrille weit aufgerissen.

»Sie hat mich mit ihrer Harpune attackiert«, erklärt Jared, während er sich zurückfallen lässt. »Und beinahe erwischt. Eine Harpune!«

Seine Lippen beben. Ich lache immer noch, während ich seine Jacke ausziehe und ihm reiche, damit er sie sich überzieht. Louise hat sich indes von ihrer Atemmontur befreit und schüttelt die kurzen grauen Haare.

»Isch dachte, da kommt ein großer schwachzer Fisch auf misch zu«, beschwert sie sich in ihrem künstlichen französischen Akzent. »Isch konnte doch nischt wissen, dass dieser Fisch ein Mann sein würde.« Sie wirft einen Blick auf Jared, der mit hochgezogenen Brauen zusieht, wie sich Louise umdreht, um ihre Hunde zu begrüßen. »Was abön Sie übaraupt da draußen gemacht?«, ruft sie über ihre Schulter. »Ist es nischt ein bissschön kalt, um nür in einer Ose zu schwimmön?«

Jared sieht mich an, und dann prusten wir beide los, er schüttelt sich beinahe vor Lachen, oder vielleicht zittert er auch vor Kälte, das lässt sich nicht genau ausmachen. Ich laufe zurück, um seine im Sand verstreuten Kleidungsstücke aufzusammeln, und während er sich anzieht, folge ich Louises watschelnder Gestalt zu ihrer Leinentasche. »Die Hunde haben verrücktgespielt«, erkläre ich ihr, während ich mich hinunterbeuge, um einen der beiden hinterm Ohr zu kraulen. »Wir dachten, dir sei womöglich etwas passiert, deshalb ist Mr. Campbell ins Wasser gegangen. Um dich zu suchen.«

»Öh.« Umständlich manövriert sich Louise auf einen der Steine, um ihre Schwimmflossen loszuwerden, doch als ich ihr zur Hand gehen will, schlägt sie sie weg. »Das war ganz und gar unnötig«, betont sie. »Isch wollte lediglisch diese Ausrüstung hier ausprobierön. Isch weiß nicht, was Beaufort hatte. Es war gar nichts.«

Ich seufze. Gar nichts ist nicht gerade das, was mir in den Sinn kommt, wenn sich eine zerbrechliche Greisin bei Wind und Wetter in die Fluten stürzt, aber ich weiß es besser, als es Louise gegenüber laut auszusprechen, denn sie wird niemals damit aufhören. Nicht, solange sie lebt.

»Wozu die Harpune?«, frage ich schließlich. »Ist das Ding nicht gefährlich?«

Louise zuckt mit den Schultern. »Abe isch im Internet bestellt«, sagt sie. »Isch denke nicht, dass sie funktioniert. Sonst hätte dein neuer Freund sischer ein Loch in seinem Poppo.«

»Er …« … *ist nicht mein Freund,* will ich eigentlich sagen, doch wozu Atem verschwenden? Ich würde so ziemlich alles, was ich besitze, darauf verwetten, dass in zwei Stunden jeder auf der Insel davon spricht, dass Isla Grant und Jared Campbell ein Paar sind, auch wenn die Info nur von der verrückten Louise stammt. Und womöglich ist das gar nicht so dumm. Womöglich bringt es die Leute davon ab, die Geschichte zwischen Finn und mir weiterspinnen zu wollen. »Sollen wir dich nach Hause bringen?«, frage ich also, aber Louise schüttelt den Kopf. »Gut, dann …« Ich winke ihr noch mal zu, bevor ich zurück zu Jared gehe, der in sicherer Entfernung auf mich wartet, in seine Klamotten gehüllt, die Arme um den Körper geschlungen. Als ich bei ihm ankomme, gibt er mir die Strickjacke zurück.

»Ich fürchte, meine Beinhaare sind tiefgefroren«, erklärt er, und ich grinse ihm entgegen.

»Zumindest sind jetzt alle wieder wach«, sage ich.

»Dabei war ich noch gar nicht müde«, erklärt Jared. »Ganz im Gegenteil.«

»Ganz im Gegenteil? Was hat das zu bedeuten?«

»Das bedeutet, dieser Nachmittag war schon vorher ziemlich anregend, schon vor dem Sprung ins kalte Wasser.«

Er lächelt mir zu, während wir den Pfad einschlagen, der uns zurück auf den Hügel und auf die andere Seite von Bailevar führt, und da ist er wieder. Dieser kaum spürbare Stich in meinem Magen, den Jared Campbell verursacht, wenn er … ja, wenn er mit mir flirtet, vermutlich lässt sich das nicht anders ausdrücken.

Ich lächle ebenfalls. »Vielleicht hatten Sie die Abkühlung ja nötig, wer weiß?«, sage ich, und dann spurte ich den Hügel hinauf, den Weg entlang, immer weiter, bis ich völlig außer Atem bin, und dann noch ein Stück, bis wir beim Pub ankommen.

Wir verabschieden uns schon vor dem *Old Man's Inn,* dann eilt Jared mit einem entschuldigenden Lächeln auf die Tür zu, die zu den Gästezimmern führt. Ich folge ihm zögernd in den Gastraum. Aus irgendeinem Grund bin ich unschlüssig, wie ich weiter mit dieser Bekanntschaft verfahren möchte, denn auf der einen Seite bin ich womöglich selbst neugierig, auf der anderen Seite sagt mir mein Instinkt, es zu lassen. Irgendetwas ist seltsam an diesem Mann. Und irgendwie habe ich schon genug Ärger am Hals. Denke ich und stehe vor Finn, den ich bis zu diesem Augenblick erfolgreich gemieden habe, so wie auch die Erinnerungen an letzte Nacht, die jetzt selbstverständlich wieder auf mich einprasseln. Er sieht Jared Campbell nach, wie er im Hauseingang verschwindet, und dann mich an, während er eins und eins zusammenzählt.

»Wo bist du gewesen?«, fragt er. »Ich habe dich den ganzen Tag nicht gesehen.«

»Spazieren.«

Noch einmal huscht sein Blick zu der Verbindungstür, dann zu der Jacke, die ich gerade aufknöpfe. »Du musst Hunger haben«, sagt er, während ich beginne mit: »Hör zu, Finn, wegen gestern Abend …« Er klappt den Mund zu und sieht mich an.

»Das war …« Aaaah, das war ein schlechter Beginn, das war es. Ich weiß nämlich nicht, wie der Satz weitergehen soll, denn wie ich es drehe und wende, so betrunken bin ich nicht gewesen, sonst würde ich mich nicht an jedes Detail erinnern, oder etwa doch?

»Du hattest zu viel Alkohol intus«, sagt Finn. Womöglich bilde ich es mir ein, aber er sieht nicht gerade glücklich aus. Eher ein bisschen gequält und ziemlich sicher übellaunig.

»Es tut mir leid«, sage ich. »Ich hätte nicht … das hätte ich nicht …« Ich seufze. »Es kommt nicht wieder vor, okay? Lass uns einfach da weitermachen, wo wir zuvor stehen geblieben sind.«

Jetzt sieht mich Finn noch merkwürdiger an, aber schließlich nickt er. »Ich werde dir etwas zu essen holen«, sagt er, bevor er sich zur Küche umdreht.

»Wieso geht es bei dir immer nur ums Essen, Finn Taylor?«, rufe ich ihm nach. Ich lege die Jacke neben mich auf einen Hocker und hieve mich auf den anderen.

»Weil ich Koch bin«, ruft er zurück, bevor die Tür hinter ihm zuschwingt.

Ich stütze die Ellbogen auf die Bar und seufze. »Morgen«, murmele ich vor mich hin, »morgen muss ich abreisen, sonst – ich weiß nicht, was sonst noch passiert.«

»War das ein Captain Morgan? Den führen wir leider nicht, Liebchen.«

»Uhg.« Ich werfe Adam, der wo auch immer auf einmal herkam und nun hinter dem Tresen Gläser poliert, einen angewiderten Blick zu. »Nimm bitte nicht dieses Wort in den Mund«, grummle ich.

»Welches Wort?«

»Alkohol.« Ich schaudere, und Adam lacht.

»Wie wäre es mit ein paar Vitaminen?« Er stellt ein leeres Glas vor mir ab, greift nach unten ins Kühlfach und zieht einen Krug Orangensaft hervor. »Frisch gepresst«, sagt er. »Geht aufs Haus. Freundinnen vom Chef sind auch meine Freundinnen.« Er zwinkert mir zu, und meine Augen werden schmal.

»Hast du Shona erzählt, dass … nun ja, dass wir … dass ich … ach, vergiss es.«

Noch einmal lacht Adam auf, dann schüttelt er den Kopf und schlendert zum anderen Ende der Bar, an dem Jamie MacCubbin sitzt und sein leeres Pint-Glas in die Höhe hält. Er nickt mir zu. Ich nicke zurück. Der Kerl saß schon hier an der Bar, als ich in Unterhosen durchs Dorf gelaufen bin. Genauso wie Duncan MacCormack. Und Scottie Shaw. Und Ewan Doug Wallace. Ich sehe mich im Pub um und nicke den Leuten zu, die mich schon mein ganzes Leben lang kennen, die so ziemlich alles über mich wissen, zumindest aus den ersten zwanzig Jahren meines Daseins, die einfach immer hier waren, und … Ich muss schnellstens abreisen. Die Fähre legt alle neunzig Minuten ab, das ist nicht das Problem. Das Problem ist der Bus, der von Fionnphort nach Oban fährt. Aus reiner Gewohnheit taste ich die Taschen meiner Jeans ab, obwohl ich weiß, dass ich mein Handy nicht mitgenommen habe. Es liegt auf der Fensterbank und lädt, genauso, wie ich es heute Morgen zurückgelassen habe. Nachdem. Ich. Finn.

Okay.

Ich nehme einen großen Schluck Orangensaft. Und dann spucke ich die Hälfte davon wieder aus, als mein

Bruder mir mit einem sonoren *Hallo* etwas zu herzhaft auf die Schulter schlägt.

»Kyle«, röchle ich.

»Hey, Isla. Sorry, ich hab nicht gesehen, dass du den Mund voll hast.« Er greift hinter der Bar nach einem Stapel Servietten und wischt die Sauerei vor mir weg. »Hier«, sagt er. »Wie neu.«

Genau. Wie neu. Ich räuspere mich. »Was machst du hier?«

»Was essen«, antwortet er. »Und mit dir reden.«

»Aha.«

Finn kommt aus der Küche, einen dampfenden Teller in der Hand, den er vor mir abstellt, während ich noch misstrauisch meinen Bruder beäuge. »Kartoffelsuppe«, sagt er. »Ist kein Fleisch drin, dafür Grünkohl und Graubrot.«

»Grünkohl und Graubrot?«

Finn zuckt die Schultern. »Was kann ich dir bringen, Kyle? Burger? Steak?«

Er sieht von Finn zu mir und dann auf meinen Teller. »Ich nehme auch so eine Suppe … denke ich«, sagt er. »Und ein Bier, bitte.«

»Kommt.« Damit dreht er sich um und ist wieder weg, und ich seufze auf meinen Teller hinab.

»Ich nehme an …«, beginnt Kyle, während er Campbells Jacke an einen der Haken hängt, die am Tresen befestigt sind, und sich auf den Hocker neben mir platziert, aber ich unterbreche ihn sofort.

»Du nimmst richtig an«, sage ich. »Ja, wir haben uns gestern geküsst, es ist reichlich komisch, heute, so nüchtern betrachtet, und vermutlich deshalb ist Finn jetzt seltsam zu mir, was aber eigentlich nicht weiter tragisch ist, gemessen an der Tatsache, dass ich ohnehin morgen abreisen werde.« Ich koste von der Suppe, die sich auf magische Weise warm und wohlig in Richtung meines strapazierten Magens weiterbewegt, und Kyle hält sich eine Hand vor den Bart, um sein Lächeln zu verstecken. Adam stellt ein Glas Bier vor ihm ab.

»Verstehe«, sagt er.

»Natürlich tust du das«, brumme ich. »Weil Shona es womöglich Libby und Libby es ganz sicher dir erzählt hat. Nicht auszuhalten. Wirklich verwerflich.«

»Genau darüber wollte ich mit dir reden«, sagt Kyle.

»Worüber? Über die Art und Weise, wie hier wirklich alles weitergetratscht wird, und sei es noch so privat?«

»Soweit ich mich erinnere, hast du ihn hier an der Bar geküsst, oder? Ziemlich öffentlich, vor so gut wie allen Gästen? Kann von privat kaum die Rede sein. Ich meine, Libby und ich saßen dahinten.«

Kyle deutet auf einen der Tische in absoluter Sichtweite. Ich löffle Suppe. Mein Bruder hat tatsächlich so etwas wie ein Lächeln in seiner Stimme, und ich bringe es nicht über mich, es durch einen zickigen Kommentar zu meucheln. Also sage ich so neutral wie möglich: »Worüber wolltest du mit mir sprechen, Kyle?«

»Darüber, dass es hier deiner Meinung nach nicht auszuhalten ist«, sagt er. »Will meint, du möchtest vermutlich abreisen, nach dem, was mit Dad passiert ist. Ich wollte dich bitten, nicht zu gehen. Zumindest nicht so schnell. Warte noch ein bisschen, bis sich die Wogen wieder geglättet haben.«

Ich stöhne auf, und Finn, der eben den Suppenteller

vor Kyle abstellt, wirft mir einen Blick zu. Woraufhin ich rot werde. Ist es zu fassen? So darf das nicht sein zwischen uns. Finn und ich, das ist Geschichte, ich kann jetzt nicht damit anfangen, mich nach Dingen zu sehnen, die ich seinerzeit freiwillig und sehr bewusst von mir geschoben habe.

»Isla, du kannst jetzt nicht einfach wieder verschwinden«, sagt Kyle. »Wenn du schon nicht ihm zuliebe hierbleibst, dann für Will. Für Shona! Wir haben dich sechs Jahre nicht gesehen, es wird ihr das Herz brechen, wenn du morgen deine Sachen packst, und – paff – das war's dann.«

Ich habe die Augen weiter auf meinen Teller gerichtet. Ich puste die Suppe an und nehme noch einen Löffel. Will ist derjenige in der Familie, der für solche Gespräche zuständig ist. Aber er ist nicht hier, und dass Kyle nun für ihn übernimmt, ist auf eine Weise entwaffnend. Obwohl mir nicht entgangen ist, dass er sich selbst von denen ausgenommen hat, denen meine Abreise augenscheinlich das Herz bräche.

»Wie lange sollte ich deiner Meinung nach bleiben?«, frage ich ihn.

»Ich weiß nicht.«

»Denkst du, es gibt irgendeine Zeitspanne, in der es möglich ist zu kitten, was hier alles im Argen liegt?«

Kyle nimmt seinen Löffel auf und beginnt zu essen. Er schweigt so lange, dass ich schon denke, ich habe seine Kommunikationsfreudigkeit womöglich überstrapaziert, da sagt er:

»Weißt du noch, wie Dad dir immer seine Himbeeren überlassen hat, weil du sie so gern mochtest und es nur so wenige gab?«

»Ja, weil er Ausschlag davon bekommen hat.«

Kyle schüttelt den Kopf. »Das war gelogen. Er isst sie gern. Er hat sie dir überlassen und wollte nicht, dass du deswegen ein schlechtes Gewissen bekommst. Deshalb die Geschichte, dass er sie nicht verträgt.«

»Kyle.« Ich sehe meinen Bruder ungläubig an. »Ich war ein Kind, und er hat mir ein paar Beeren aus dem Garten zugeschoben. Das macht ihn noch nicht zum Superdad.«

»Was ist mit den Fischen, die du hinter seinem Rücken wieder ins Wasser geworfen hast?«, fragt Kyle. »Er hat gewusst, dass du es warst, aber er hat immer so getan, als sei er nur vergesslich und habe sich verzählt.«

Ich seufze. Was tut mein Bruder da? Irgendwie mochte ich ihn lieber, als er noch nicht so viel geredet hat. Ich lege den Löffel auf den leeren Teller und schiebe ihn von mir weg. Ich kann mich nicht an eine Zeit erinnern, in der es zwischen meinem Vater und mir einfach gewesen wäre, und ich *will* mich nicht jetzt daran erinnern, dass es diese Zeit tatsächlich gegeben haben soll.

»Einmal ist er den ganzen Tag unterwegs gewesen, um dir diese komische Haarspange zu besorgen. Du weißt schon, dieses eigenartige Pferd, das du beim Schwimmen verloren hattest.«

»Einhorn«, murmle ich. »Jedes kleine Mädchen hat eine Einhornhaarspange.«

»Nicht auf Bailevar. Nicht mal auf Mull. Dad musste bis nach Oban fahren, um die Spange ...«

»Wo ist eigentlich Will?« Ich setze mich aufrechter hin und nehme einen Schluck Orangensaft. »Ich hab ihn schon ewig nicht gesehen, hat ihn ein Whiskyfass verschluckt?«

Kyle sieht mich an, und dann seufzt er, doch falls ich eben gerade die einmalige Chance sabotiere, ein tief reichendes Gespräch mit meinem eigenbrötlerischen Bruder zu führen, ist mir das leider egal. Oder vielleicht doch nicht. »Soll ich dir sagen«, beginne ich, »wann Schluss war mit Dad und seiner kleinen Prinzessin, der er seine Himbeeren geschenkt hat und für die er einen Tag nicht rausgefahren ist, um Haarspangen zu jagen? Es war Schluss in dem Augenblick, als er mich ansah, aber nur noch sie in mir gesehen hat.«

»Das ist Blödsinn, Isla.«

»Es ist wahr. Und noch wahrer ist: Ich sehe nicht nur aus wie sie, ich *bin* wie sie. Ich bin Caitriona Grant die Zweite, die gelangweilt ist von dieser mickrigen Insel, der es nicht genug war, dass sie Kinder hatte, die sie liebten, und einen Mann, der sie vergötterte.«

Kyle schüttelt den Kopf, noch bevor ich den Satz beendet habe. »Du bist nicht wie sie«, sagt er, »sie war egoistisch und egozentrisch und dabei – ich weiß nicht – leichtfertig. Das bist du nicht. Du würdest niemals deine Kinder im Stich lassen, dafür lege ich meine Hand ins Feuer. Und ich weiß nicht, was damals zwischen dir und Finn gewesen ist, aber ihr wart jung. Ihr wart weder verheiratet, noch hattet ihr Familie.«

»Ich …« Vorübergehend bin ich sprachlos und starre Kyle mit offenem Mund an. Dann sehe ich mich nach Finn um, der Gott sei Dank nicht wieder aufgetaucht ist. Natürlich kann man das, was zwischen mir und Finn war, nicht mit einer Ehe vergleichen, aus der drei Kinder hervorgingen. Nicht mal ich habe diesen direkten Zusammenhang hergestellt, und ich mache mich wirklich für vieles verantwortlich. Dafür, dass sie gegangen ist beispielsweise. Wer sonst sollte schuld daran sein, dass sie ging, wenn nicht das kleine rotgelockte Mädchen, das vielleicht Daddys Liebling war, doch seiner Mutter nicht genug Freude bereiten konnte, um sie zu halten?

»Bleib bitte noch hier«, sagt Kyle.

»Wie lange?« Allmählich geht mir die Kraft aus, gegen meine Familie zu kämpfen.

»Warte ein paar Tage, bis sich der Rauch verzogen hat, dann bringen wir dich und Dad an einen Tisch. Es wird Zeit, mit diesen alten Geschichten aufzuräumen, Isla. Es wird Zeit, an die Zukunft zu denken, an das, was kommt, an unsere eigenen Familien, die wir haben werden.«

Ich verziehe das Gesicht, und Kyle zupft an einer meiner Haarsträhnen. »Das ist so rausgerutscht, tut mir leid. Das Angebot steht noch – ich fahre jederzeit nach Edinburgh und verpasse dem Kerl eine.«

»Mir tut es leid«, sage ich. »Du wirst eine Familie haben – und du hast recht, daran solltest du denken.«

Kyle öffnet den Mund, aber ich bin schneller. »Und nochmals danke, aber nein.« Ich schüttle den Kopf. »Als Vater meiner Kinder habe ich Eric ohnehin nie gesehen.« Was mir irgendwie gerade eben erst eingefallen ist. Ich meine, ich habe mich auch nie als Mutter gesehen, aber Eric? Er ist definitiv kein Familienmensch. Er ist einer, der mit fünfundsiebzig noch seine Kunst macht und große Reden schwingt und an Rotweingläsern nippt, und nicht jemand, der sich zu seinen Enkelkindern herunterbeugt, um *dadada* zu machen.

»Ich drücke dir und Libby die Daumen«, sage ich. »Ich

bin mir sicher, es wird alles gut gehen. Das habt ihr zwei verdient. Wirklich.«

»Danke. Das hoffe ich auch. *Wirklich.«*

Er lächelt.

»Und es tut mir leid«, fahre ich fort, »dass ich … dass ich all die Jahre nichts habe von mir hören lassen. Ich hätte für euch da sein sollen.«

»Ist schon gut, Isla.« Kyle lächelt immer noch. »Jetzt haben wir dich wieder, oder? Das ist die Hauptsache.«

Ich beobachte meinen Bruder, während er Adam zu sich ruft, um unsere Rechnung zu begleichen. Er will zurück zu Libby, aber ist extra hergekommen, um mit mir zu sprechen. Doch hat er mich deshalb wieder? Hat er mich wieder nach einer Unterhaltung darüber, dass ich zumindest versuchen sollte, mit meinem Vater zu reden? Mir fällt sein Gesichtsausdruck wieder ein, als er mir sagte, ich dürfe in seinem Haus nicht sauber machen und nicht kochen und eigentlich überhaupt nicht anwesend sein. Es gibt nicht nur mich in dieser hanebüchenen Gleichung. Womöglich will mein Vater *mich nicht wiederhaben,* so wie Kyle. Und wenn ich gehe, und das werde ich so oder so, hat sich vielleicht nichts geändert, und es ist alles, wie es immer war. Womöglich wird es so passieren. Sehr wahrscheinlich sogar.

»Shona sagte, wir machen ein Fest?«, fragt Kyle, während er seine Jacke anzieht. »Irgendwas mit der Insel, die wieder auftaucht? Du machst Krabbenbrötchen?«

Ich atme einmal tief ein und dann ganz langsam wieder aus. »Ich glaube, das muss noch ein bisschen genauer geplant werden«, presse ich zwischen zusammengebissenen Zähnen hervor.

»Okay. Mach's gut.« Kyle umarmt mich, und wenn ich mich nicht komplett täusche, drückt er mir einen Kuss auf die Haare. »Ich danke dir. Wir sehen uns.«

»Eigentlich habe ich überhaupt nichts davon gesagt, dass ich bleiben werde«, bemerke ich.

»Du hast auch nichts davon gesagt, dass du es nicht tust.«

Er winkt mir zu und geht in Richtung Ausgang, während ich Jareds Jacke über meinen Arm lege und mich auf den Weg nach oben mache. Ich muss allein sein. Den Kopf freibekommen. Aber vorher muss ich diese Jacke loswerden.

»Oh, danke, das hätte ich fast vergessen«, sagt Jared, als er seine Zimmertür öffnet. Er trägt Jeans und ein schwarzes T-Shirt mit V-Ausschnitt, seine Haare sind nass vom Duschen, und er riecht nach einem herben Shampoo. »Wollen Sie reinkommen?« Er öffnet die Tür weiter, aber ich schüttle den Kopf.

»Nein. Äh, danke, ich gehe auf mein Zimmer«, sage ich. »Einen schönen Abend noch.« Ich mache mich schnell auf den Weg, bevor ich wirklich ins Stammeln gerate, doch Jareds Stimme hält mich zurück.

»Wegen vorhin«, sagt er. »Das war ein wirklich schöner Nachmittag.«

Ich nicke. »Ja, das war es. *Richtig* schön. Und so erfrischend.«

»Sehr erfrischend.« Er fährt sich mit einer Hand durch die nassen Haare. »Das werde ich in meinen Artikel über Bailevar mit aufnehmen. So ein Spurt in den eiskalten Ozean ist sicher gut fürs Herz. Für den Kreislauf bestimmt auch.«

»Bestimmt.«

»Auch gut für die Haut.«

»Für alles eigentlich.«

»Ganz genau.«

»Einen schönen Abend, Jared. Schlafen Sie gut.«

»Sie auch, Isla. Das Gleiche für Sie.«

Ich will mich abermals zum Gehen wenden, doch diesmal macht Jared einen Schritt nach vorn und nimmt meine Hand. »Ich habe ein Auto in Fionnphort«, beginnt er. »Und morgen, da würde ich mir gern die Insel Mull ansehen. Besteht eventuell die Chance, dass Sie mich begleiten?«

Einige Sekunden lang sehe ich ihn schweigend an, auf seine Hand, die immer noch meine festhält, bevor er sie unschlüssig loslässt, und dann überrasche ich mich selbst. »Gern«, sage ich. Jared sieht genauso überrascht aus, wie ich mich fühle. »Um wie viel Uhr soll es losgehen?«

»Äh … zehn Uhr?«

»Perfekt.« Perfekt, um mal rauszukommen. Perfekt, um ein bisschen Abstand zu gewinnen, wenn ich schon hierbleiben werde – für einige Tage, wie es scheint. Perfekt … perfekt … Ich seufze. Finn und seine elenden Küsse.

Wortlos drehe ich mich um und steuere auf mein Zimmer zu, wo ich mich auf die gepolsterte Fensterbank setze, Shonas Broschüre in der Hand. Der Abend bricht an auf Bailevar. Der Himmel hat sich violett gefärbt und rot. Ich höre eine Schiffsglocke läuten und zwei Möwen, die sich ankrähen. Mein Kopf wird leerer und leerer und leerer … bis nichts mehr darin Platz hat außer Ciaran und seine Geschichte, die Geschichte eines anderen, zur Abwechslung einmal nicht die Geschichte von Islas verkorkster Welt.

16

Eilean O Shean, vor langer, langer Zeit

Das Mädchen hatte die dunkelsten Augen, die Ciaran je gesehen hatte. Sie wirkten beinahe schwarz, sie glänzten, und sie waren so tief und voller Seele, dass er auf der Stelle sein Herz verlor. Sie sprach nicht. Während der ersten Tage im Haus von Ciarans Eltern ruhte sie viel, aß wenig und äußerte kein einziges Wort. Sie sah trübsinnig aus, sagten alle, trübsinnig und ein wenig verloren.

Am Morgen des zehnten Tages verließ sie das Haus. Sie ging in den Garten, wo Ciaran aus Angst, sich zu weit von dem Haus zu entfernen, damit begonnen hatte, einen neuen Stall für die Hühner zu bauen. Er wollte auf keinen Fall, dass sie ging, während er fort war, also blieb er, ja, er war so gut wie wieder eingezogen. Er wollte nicht riskieren, dass sie ging, ohne sich zu verabschieden. Er wollte überhaupt nicht, dass sie ging, so einfach war das. Er sah auf, als er Schritte hörte auf dem erdigen Weg, der zu ihm in den Garten führte. Sie kam auf ihn zu, ziemlich ungelenk, das fiel ihm auf, obwohl er gebannt an dem Ausdruck auf ihrem Gesicht hing, der zwischen Unsicherheit und einer Art schüchterner Entschlossenheit schwankte. Als sie ihn erreicht hatte, bedankte sie sich bei ihm. Sie dankte ihm dafür, dass er sie gerettet hatte, und in Ciarans Innerem breitete sich eine Wärme aus, wohliger als jedes Ofenfeuer.

Ihre Stimme war so leise, nachdem sie etliche Tage geschwiegen hatte. Ciaran war fasziniert davon, wie zart, beinahe überirdisch sie klang. Er habe nichts getan, erklärte er mit einer abwehrenden Handbewegung, das sei gar nichts gewesen. Jeder hätte in seinem Falle so gehandelt, jeder hier auf der Insel. Sie lächelte ihn an, dann schlug sie die Augen nieder, und automatisch folgte er ihrem Blick und musste lachen. Sie schaute auf, erschrocken, und auf der Stelle tat sie Ciaran leid. Er wollte sie nicht auslachen – aber diese Schuhe! Sie seien viel zu groß, um darin zu laufen. Und dieses Kleid! Wir sollten ihr unbedingt ein neues Kleid besorgen, denn dieses hier sei viel zu weit für sie. Er beobachtete, wie sie zuerst an sich heruntersah, dann den Stoff ihres Rocks in beide Hände nahm. Schließlich hob sie den Kopf und lächelte wieder. Irgendetwas war seltsam an ihr, das spürte Ciaran genau, doch so eigenartig er das stille Mädchen fand, so fasziniert war er auch und so anziehend fand er es. Er legte den Spaten zur Seite und wischte sich die schmutzigen Hände an den Beinen seiner Hose ab. Und dann tat er etwas Außergewöhnliches: Er nahm ihre Hand.

Komm, sagte er zu ihr.

Sie sah ihn an, und das Feuer loderte auf.

Er wolle sie mit zu einer Freundin nehmen, sagte er ihr. Sie werde etwas Passenderes für sie haben, passender als dieses viel zu weite Ungetüm von Kleid. Er drückte ihre Hand ein wenig fester, und dabei schüttelte er den Kopf. Er kannte sich selbst nicht wieder. Noch nie hatte er einfach so ein Mädchen bei der Hand genommen. Er versuchte, an etwas anderes zu denken. Daran, warum er es getan hatte, doch er konnte sich nicht darauf besinnen. Diese Finger. Schmal wie sehr dünne Zweige. Kühl wie Stein. Ciaran blinzelte. Es ging um diese Kleider. Sie gehörten seiner beinahe fünfundvierzig Jahre alten Mutter, und ganz sicher waren sie nichts für eine junge Frau wie … Ciaran blieb stehen. Er wusste nicht einmal ihren Namen. Wieso hatte er nicht früher daran gedacht? Er fragte sie danach, und sie antwortete ihm, sie hieße Moyra.

Moyra. Er hatte keine Vorstellung, was dieser Name bedeutete, doch er ließ ihn auf der Zunge zergehen wie zartes Muschelfleisch.

Er nahm Moyra mit zu Sìne, um ihr ein passendes Kleid und vernünftige Schuhe zu besorgen. Er nahm sie mit zu Tàmhas, Mata, Hamish, Fionn. Er stellte Moyra vor, allen, die er kannte, und als wäre es das Natürlichste auf der Welt, ließ er ihre Hand nicht los.

Es dauerte nicht lange, bis die Gerüchte begannen. Er hatte sie noch nicht einmal geküsst, da sprachen alle davon, was für ein Mädchen sie wohl sei, wo sie herkommen mochte, wie lange sie wohl blieb. Und Ciaran sollte recht behalten: Nie wieder würde sein Leben so sein, wie es einmal war. Nie wieder.

17

Isla

Ich habe einen Albtraum.

Ich bin ein Kind. Ich bin krank. Mein Vater sitzt an meinem Bett und hält meine Hand, Shona sitzt neben ihm, meine Mutter dahinter. Eine geisterhafte Gestalt, beinahe durchsichtig, ein Hauch von hell und dunkelrot. Während ich einen Wimpernschlag lang die Augen schließe und wieder öffne, ist sie verschwunden. Mein Vater lächelt, als ob nichts wäre, und Shona legt mir einen feuchten Waschlappen auf die Stirn, der den Aufdruck der verlorenen Insel trägt. Ich will die Augen verdrehen, doch es geht nicht. Ich will sie darauf aufmerksam machen, dass Caitriona verschwunden ist, aber das Sprechen fällt schwer. Und dann höre ich auf einmal Geräusche, die unten aus der Küche kommen: meine Mutter, wie sie die Schalen der Krebse bricht, um deren Fleisch in ihrer berühmten Mayonnaise zu ertränken.

Als ich aufwache, bleibe ich noch einen Moment liegen, um meinen rebellierenden Magen zu beruhigen. Womöglich war der Gedanke an Krabbenbrötchen am Morgen zu viel, vielleicht ist aber auch die Aussicht auf den bevorstehenden Tag der Grund für meine latente Übelkeit. Der Ausflug mit Jared Campbell fällt mir wieder ein. Ich bin nicht sicher, warum ich gestern zugesagt habe, doch heute, einige Stunden Schlaf und einen abstrusen Traum später, empfinde ich es als seltsam, dass ich, Isla Grant, Bailevars unleidigster Spross, mit einem wildfremden Mann zu einer Landpartie davonbrause. Inselpartie, meine ich. Nichts als Ozean um uns herum. Ich seufze. Dann stehe ich auf, dusche, ziehe mich an und mache mich auf den Weg nach unten.

»Guten Morgen, Isla.« Jared Campbell hat sich den Tisch am Fenster ausgesucht, an dem ich die vorherigen Tage schon saß, ein Teller Porridge steht vor ihm, daneben liegt ein Reiseführer, der Tee dampft, der Mann strahlt mich an. »Wollen wir zusammen frühstücken?«, fragt er. »Ich hab schon ein paar interessante Punkte im Reiseführer gefunden. Vielleicht können wir sie zusammen durchgehen?«

Ich habe noch nicht den Mund geöffnet, da räuspert sich hinter mir jemand, und ich schnelle herum. »Guten Morgen, Isla«, sagt Finn, und es klingt verdächtig danach, als äffe er Jareds Tonfall nach. Er steht hinter der Bar, nein, er hat sich dort positioniert, wie es aussieht, die Arme lang gestreckt, die Hände auf den Tresen gestützt. »Tee oder Cappuccino? Eier oder Brei?«

»Einen Cappuccino, bitte«, antworte ich. »Und auch einen Porridge, wenn es geht.«

»Aber sicher.« Er sieht mich ein paar Sekunden länger an als notwendig, bevor er sich umdreht und durch die Küchentür verschwindet, und ich sehe ihm ein paar Sekunden länger als notwendig hinterher. Eine Menge Dinge sind eigenartig zwischen uns, seit ich Finn vorgestern Abend geküsst habe, aber diese verärgerte Haltung von ihm passt dennoch nicht ins Bild. Wenn ich es nicht besser wüsste, würde ich meinen, er ist eifersüchtig auf Jared Campbell, was absolut lächerlich wäre, gemessen daran, dass er derjenige ist, der eine Freundin hat. *Und?*, bemerkt meine innere Stimme spitz. *Hat er etwa dich geküsst? Oder doch eher du ihn? So lange, bis er dich weggeschoben hat?*

»Jaja, witzig«, murmle ich, während ich zu Jared hinübergehe und mich neben ihn setze. *Zum Totlachen.* Ich lächle Jared zu, und er lächelt zurück. Das scheint der Morgen des Länger-als-nötig-Anstarrens zu sein, denn auch er sieht nicht sofort weg, und auch er hat etwas im Blick, das Bände spricht, würde er es in Worte fassen. Schließlich wendet er sich ab und klopft mit dem Zeigefinger auf seinen Reiseführer. »Tobermory sieht nach einem sehr hübschen Ort aus«, sagt er. »Oder wir könnten uns diese Insel ansehen, Staffa. Da gibt es Basaltformationen, die müssen ziemlich beeindruckend sein.«

»Das ist ein Bootsausflug«, erkläre ich. Ich werfe einen Blick aus dem Fenster, während ich nach dem Reiseführer greife. Es ist grau da draußen, mit der Tendenz zu dunkelgrau. »Wenn die Wetteraussichten schlecht sind, fahren die Boote manchmal nicht raus. Es ist also immer ein gewisses Risiko dabei, diesen Ausflug zu planen. Am besten macht man ihn an einem wirklich klaren Tag.«

»Und da heißt es immer, es gibt kein schlechtes Wetter, nur falsche Kleidung«, sagt Finn, der eine Tasse Cappuccino vor mir abstellt und einen Teller mit warmem Haferbrei.

»Was hilft das, wenn …«, beginne ich, doch da ist er schon fast wieder in der Küche.

»Mr. Taylor scheint heute schlechte Laune zu haben«, sagt Jared und greift nach seiner Teetasse.

»Nun«, sage ich. *Tja.*

Ich schlage den Reiseführer auf, der ganz Schottland behandelt, und suche nach dem kleinen Teil über die Insel Mull. Iona hat darin ein eigenes Kapitel – natürlich, mit der Wiege des Christentums und all dem Brimborium. Über Bailevar gibt es kaum zwei Abschnitte. »Fischerinsel, südwestlich von der bedeutenderen Iona gelegen«, steht da. »Seehund- und Wal-Beobachtung, schneeweiße Sandstrände.« Ich frage mich, wie Jared Campbell darauf gekommen ist, ein Abstecher hierher würde sich lohnen. Der Reiseführer kann ihm die Überfahrt kaum schmackhaft gemacht haben, erst recht nicht die Aussicht, seine Nächte in den »zweckmäßig möblierten Fremdenzimmern des einzigen Pubs auf Bailevar« zu verbringen, das »seit Generationen in Familienbesitz ist«.

Ich blättere mich durch die Seiten. Tobermory, Staffa, Iona, Ben More, Duart Castle. Lady's Rock. »Das wäre vielleicht etwas«, sage ich und halte Jared, der ohnehin versucht, über meine Schulter mitzulesen, das aufgeschlagene Buch hin. »Einer der MacLeans hat im frühen sechzehnten Jahrhundert eine Campbell geheiratet. *Catherine Campbell.* Weil Catherine ihm keine Kinder schenken konnte, ließ er sie auf einem Felsen aussetzen, dem Lady's Rock.« Ich sehe Jared an, der auf das Buch starrt, einen eigenartigen Ausdruck auf dem Gesicht. »Er wollte sie loswerden«, füge ich deshalb hinzu. »Bei Flut wurde der Felsen von Wasser überspült.« Immer noch nichts. »Lady's Rock?«, wiederhole ich. »Campbell? Ich meine, wo Sie offensichtlich berühmte Namensvetter auf der Insel haben, wäre das doch …«

»Meine Mutter stammte aus Schottland«, sagt Jared.

»Oh!« Seine Mutter. Diejenige, die an Krebs gestorben ist und von der er mir erzählen wollte, bevor uns Louises Hunde unterbrochen haben. »Sind Sie deshalb hierhergekommen?«, frage ich. »Um das Land kennenzulernen, aus dem Ihre Mutter stammte?«

Jared blinzelt, erst dann sieht er von dem Buch auf. »Dabei war Campbell nicht einmal ihr Mädchenname«, sagt er. Er räuspert sich. »Dennoch, ich finde, das ist eine ausgezeichnete Idee. Lassen Sie uns zu dem Castle fahren. Man kann nicht Urlaub in Schottland machen, ohne eines der alten Schlösser gesehen zu haben, richtig?«

Er greift nach seiner Teetasse, und ich klappe den Reiseführer zu. Einmal mehr ist er einer Frage ausgewichen, doch in diesem Fall kann ich es womöglich sogar verstehen. »Es tut mir leid. Ich wollte keine traurigen Erinnerungen wecken.«

»Das haben Sie nicht.« Jared schüttelt den Kopf. »Ich erinnere mich gern an meine Mutter. Das muss ich, denn mehr als die Erinnerung ist mir von ihr nicht geblieben.«

»Mir auch nicht.« Ich werfe Jared einen Blick zu. Ich bin selbst überrascht, dass ich Caitriona ins Gespräch bringe, denn wie meistens möchte ich nicht über sie nachdenken. »Ich will nicht über sie sprechen«, sage ich deshalb. »Meine Erinnerungen sind nicht mal halb so schön wie Ihre.«

Jared nickt. »Gut«, sagt er. »Kreieren wir unsere eigenen Erinnerungen. Ich war noch nie in einem schottischen Castle. *Diese* Erinnerung wird jetzt immer mit Ihnen verknüpft sein, Isla.«

»Na, dann sorgen wir dafür, dass sie *spektakulär* wird, oder nicht?«

Es dauert nicht lange, da haben wir die eigenartige Stimmung des Morgens abgeschüttelt. Die Melancholie um unsere Mütter, Finns Blicke, die sich auf dem Weg zur Fähre in unsere Nacken bohren. Wir besteigen das Schiff und lassen uns den Wind um die Nase wehen. Es tröpfelt, sehr leicht nur, aber wir bleiben an Deck und atmen die feuchte, salzige Luft ein. Jared macht sich einen Spaß daraus, den Wellengang mit jeder Bewegung seines Körpers zu imitieren. Er sieht aus wie einer dieser Improvisationstänzer, Roboterstyle allerdings. Ich habe noch nie so viel gelacht auf der Überfahrt von Bailevar nach Fionnphort, das zumindest muss ich zugeben.

»Das ist es«, sagt er, nachdem wir die Fähre verlassen und uns auf den Weg zum Parkplatz gemacht haben, wo wir vor einem Monster von Auto stehen bleiben.

»Sie haben einen Jeep gemietet?«

»Ich dachte, das sei genau das Richtige für so eine wilde Hebrideninsel.«

»Wild?« Ich sehe von Jared auf das schwarze Ungetüm und wieder zurück. »Das hier ist nicht der Yellowstone-Nationalpark. Die Insel mag wild sein, aber sie hat auch furchtbar kleine Sträßchen …« Ich seufze. »Anfänger«, murmle ich schließlich und versetze ihm mit dem Ellbogen einen Stoß in die Seite.

»Angsthase«, gibt er zurück. »Immerhin bin ich damit schon von Oban hierhergekommen.« Er öffnet die Beifahrertür und hält sie auf, und während ich hineinkrabble und mich anschnalle, beobachte ich Jared, wie er um das Auto herumgeht. Er ist ein gut aussehender Mann, so viel steht fest. Er trägt blaue Jeans und Wanderschuhe und einen schwarzen Rollkragenpullover unter einer grauen Regenjacke. Die dunklen Haare glänzen, und die dunklen Augen funkeln, als er zu mir herüberlächelt, während er sich anschnallt. »Woran denken Sie?«, fragt er.

»An meinen Ex-Freund«, antworte ich, ohne zu überlegen.

Jared zieht eine Augenbraue hoch.

»Eric«, schiebe ich hinterher, keine Ahnung, wieso. »Er hat mich verlassen, für eine etwas ältere, verheiratete Frau. Er ist etwas kleiner als Sie, denke ich, und er würde niemals Wanderschuhe tragen, nicht einmal zum Wandern.«

Inzwischen ist Jareds Stirn gerunzelt, und ich winke ab. »Ich weiß nicht, weshalb ich jetzt gerade an ihn denke«, sage ich, und zumindest so viel ist wahr. »Und ich weiß auch nicht, weshalb ich überhaupt über Eric spreche. Eigentlich bin ich gerade dabei, ihn zu vergessen. Je schneller, desto besser.«

»Sind Sie deshalb hierhergekommen? Um Ihren untreuen Ex zu vergessen?«

Ich sehe aus dem Wagenfenster auf die anderen Autos. Durch den Spalt zwischen zwei Häusern hindurch schimmert blau das Wasser der Bucht. »Ich habe keine Ahnung, weshalb ich hergekommen bin. Und ich bin nicht sicher, ob ich es herausfinden werde.«

»Nun.« Jared dreht den Zündschlüssel herum und startet den Motor. »Zumindest dürfte es Ihnen nicht schwerfallen, über diesen Eric hinwegzukommen«, sagt er. »Gemessen an seiner Größe, meine ich.«

Ich hätte es heute Morgen noch nicht dafür gehalten, aber der Tag mit Jared Campbell entwickelt sich zum schönsten, den ich bislang zu Hause verbracht habe. Wir lachen noch mehr. Über dieses lächerlich große Gefährt, das mit seiner schwerfälligen Manövrierfähigkeit dafür Sorge trägt, dass wir noch länger auf der Single-Track-Road herumkurven, als es ohnehin der Fall gewesen wäre. Dann die Schafe. Jared Campbell *ist* ein Tierfreund. Er spricht mit ihnen. Denn wer es nicht gewohnt ist, sich durch die nicht gerade Auto-scheuen Herden hindurchzumanövrieren, greift womöglich zu unangepassten Mitteln.

»Ja, du Schöne, genau, dich meine ich. Nein – da kannst du nicht stehen bleiben. Schau mal, das ist Onkel Jareds Auto. Lässt du mich vorbei? Hmmmm?« Ich bin nicht sicher, ob er das tut, um die Stimmung aufzuheitern oder mich persönlich, doch den größten Teil der Fahrt über kichere ich wie ein Schulmädchen und fühle mich genauso unbeschwert.

Der Weg zum Parkplatz von Duart Castle ist noch ein wenig schmaler, das Schloss selbst eingezäunt, der Tag nach wie vor trüb. Wir besichtigen den Innenhof und den ehemaligen Gefangenenkerker, in dem Gejammer und Geschrei und Gehuste durch Lautsprecher geschickt werden, als wäre so ein Verlies nicht schon unheimlich genug. Jareds Finger streifen meine, schließlich nimmt er meine Hand. Ich beiße mir auf die Lippen, um nicht loszukichern, so seltsam kommt mir das vor. Wir schleppen uns schmale, steile Wendeltreppen nach oben, durch muffige Gemächer, und dann, vor dem großen Fenster mit Aussicht auf das Meer und die Inseln davor, bleiben wir stehen. Die Geschichte des Lady's Rock ist hier auf Tafeln beschrieben, und der Felsen, auf dem dieser Barbar seine unglückselige Frau ausgesetzt haben soll, müsste von hier aus zu sehen sein, was er nicht ist.

»Flut«, sagt Jared.

»Mmmmh.«

»Bei Ebbe«, erklärt eine der Schloss-Mitarbeiterinnen neben uns, »sieht man den Felsen, er ist ungefähr … hier.«

Wir folgen ihrem ausgestreckten Zeigefinger mit unseren Blicken. Jared sagt: »Weiter hätte er sie nicht wegschaffen können.«

Mir ist nicht ganz klar, warum, doch je tiefer wir in diese alten Gemäuer eindringen, desto unwohler fühle ich mich. Bei der nächsten Wendeltreppe, noch steiler, noch enger als die davor, nutze ich die Gelegenheit und lasse Jareds Hand los. Die Treppe endet vor einer Tür, die hinaus auf den Wehrgang führt, und als wir sie öffnen, blasen uns der Wind und eisige Tropfen ins Gesicht. Die Kälte kriecht durch meine Kleidung auf die Haut, trotz der Regenjacke, die ich trage, trotz des Pullovers darunter. Ich schüttle mich, und diesmal nimmt Jared nicht meine Hand, sondern legt mir einen Arm um die Schultern. Und dann den anderen. Er drückt mich an sich und reibt mit seinen Händen über meinen Rücken, während wir im Nieselregen stehen und auf das verhangene Nichts starren, das eine hervorragende Aussicht hätte sein sollen. Ich lasse es geschehen. Es fühlt sich nicht unaushaltbar unangenehm an, selbst dann nicht, als Jareds eine Hand auf meinem Hinterkopf verharrt und er mich noch ein wenig enger an sich drückt.

»Ich schätze, es war ein guter Gedanke von dir, den Bootsausflug sein zu lassen«, sagt Jared, nachdem wir uns in den Tearoom geflüchtet haben. Wir schütteln unsere Jacken aus, froh, im Warmen zu sein, doch offensichtlich sind wir nicht die Ersten: Der Raum, nicht gerade klein, ist vollgepackt mit Menschen, die vor dem miesen Wetter flüchten. Und mir ist nicht entgangen, dass Jared und ich deutlich vertraulicher miteinander sind als noch heute Morgen, ich bin nur nicht sicher, was ich dabei empfinden soll.

»Ach herrje«, kommentiert er.

»Das sieht schlecht aus.«

»Was hältst du von einer Teepause im Auto? Ich hole uns etwas zum Lunch, und wir setzen uns in den Jeep.«

»Für irgendetwas muss er ja gut sein.« Ich nicke.

Jared drückt mir einen Kuss auf die Stirn. »Irgendwelche besonderen Wünsche?«

»Äh …« Die Frage ist zu kompliziert für mein handlungsunfähiges Hirn. »Einen Tee?«, stammle ich schließlich.

»Kommt. Etwas zu essen?«

»Ich … irgendetwas?«

Jared dreht sich um und geht auf die Selbstbedienungstheke zu, während ich mir mit der Hand über die Stirn reibe. Als mir auffällt, was ich da tue, lasse ich es sein. Er hat meine Haut kaum berührt. Ich schüttle über mich selbst den Kopf. Ich mag Jared Campbell, ich hatte den ganzen Vormittag über Spaß mit ihm, ich genieße seine Gesellschaft, und das mit dem Kuss – das war ja nicht mal einer. Und diese Umarmung, die war – zweckmäßig. Okay, Isla, wem machst du hier was vor? Du bist nicht lange genug vom Markt gewesen, um eine Annäherung nicht zu erkennen, wenn sie dir auf den Kopf schlägt.

Jared kehrt zurück mit zwei Bechern Tee und einer Tüte voller Sandwiches und Gebäck, und damit machen wir uns auf den Weg zum Parkplatz, umwölkt von Regen, der mittlerweile stärker geworden ist, und springen geradezu in den Jeep. Jared hilft mir beim Einsteigen, und ich nehme ihm unsere Getränke ab.

»Diese ritterlichen Manieren«, sage ich, während ich die Becher in die dafür vorgesehenen Halter verstaue, »die sind der Umgebung geschuldet, habe ich recht?«

»Keinesfalls. Diese Manieren waren schon vorher da, ich konnte sie nur bislang nicht so ausgiebig zur Schau stellen, wie ich es gern getan hätte, aus … Gründen.« Er wirft mir einen Blick zu, die Brauen hochgezogen, eine mehr als die andere. Dann zieht er ein Stofftaschentuch aus seiner Hosentasche und beginnt damit, mein Gesicht trocken zu tupfen, was mich für einige Sekunden die Luft anhalten lässt, denn unbeschreiblicherweise empfinde ich diese Geste als intim, und ich weiß ehrlich nicht, was ich davon halten soll.

Aus Gründen.

Ich räuspere mich. »Was waren das für *Gründe?«,* frage ich, und der Augenblick ist vorbei.

Jared steckt sein Taschentuch wieder ein und nippt an seinem Tee. Danach breitet er eine Serviette auf der Ablagefläche unter dem Fenster aus, greift in die Tüte und platziert dort nacheinander seine Einkäufe: zwei Sandwiches, zwei Scones, einen Flapjack. Ich vermute schon, er ist über dieser meditativen Tätigkeit eingeschlafen und wird gar nicht mehr antworten, da sagt er: »Hast du dich in letzter Zeit mal gefragt, ob Eric tatsächlich die Person ist, mit der du dich auseinandersetzen solltest? Ist da nicht noch jemand anderer?«

»Wie bitte?« Ich blinzle verwirrt.

»Ich meine Finn Taylor. Er sieht mich an, als würde er mich zum Duell herausfordern wollen, jedes Mal, wenn ich ihm über den Weg laufe. Heute Morgen hätte er mir beinahe ein Loch in den Hinterkopf gebohrt mit seinen Blicken.«

Ich greife nach meinem Tee und nehme einen Schluck. »Zwischen mir und Finn Taylor ist gar nichts«, erkläre ich, bevor ich den Becher noch einmal ansetze. »Sollte er wirklich schlechte Laune verbreiten, kann das nur an seiner Freundin liegen.«

»Seiner Freundin?« Jared macht ein erstauntes Gesicht. »Er hat eine Freundin?«

Ich nicke, während ich nach dem Flapjack greife und hineinbeiße, nur um den Satz nicht wiederholen zu müssen.

»Interessant«, sagt Jared. »Das hätte ich nun nicht vermutet. Für mich sah es wirklich so aus, als sei er verrückt nach dir.«

Beinahe verschlucke ich mich. »Das ist er nicht, ganz sicher nicht.«

»Nein?« Jared sieht nach wie vor zweifelnd aus, also genehmige ich mir die andere Hälfte des Haferriegels auch noch. Ich widme mich voll und ganz meiner Teatime, während der Mann neben mir mich nachdenklich beobachtet, die Stirn in Falten gelegt. »Ich dachte gerade daran, wie diese alte Dame mit den rosa Haaren vor einigen Tagen auf Finn Taylor eingeredet hat. Diesbezüglich. Also, wegen dir.«

Ich stöhne, und Jared lacht. »Deshalb kam ich wohl drauf«, erklärt er. »Bei ihr klang es so, als wäret ihr beide einander schon seit jeher versprochen. Sozusagen.«

Mittlerweile kneife ich vor Schmerz die Augen zusammen, während ich den Kopf schüttle. »Nein«, sage ich schließlich. »Nichts davon. Nicht seit jeher, nicht versprochen. Aber ich sehe, du hast Shona kennengelernt.«

»Kennengelernt ist zu viel gesagt. Aber ich finde sie ziemlich amüsant. Shona Thomson, richtig?«

»Ja, das ist sie. Wie sie leibt und lebt.«

»Sie scheinen sich recht nahezustehen, sie und Finn. Zumindest nah genug, sodass sie ihm Tipps in Liebesdingen geben kann.«

»Liebesdingen?« Ich schnaube, und Jared lacht lauter.

»Sie scheint sich sehr um Finn Taylor zu sorgen.«

»Ja, das tut sie.« Ich seufze noch einmal, und dann schüttle ich den Kopf. »Abgesehen von ihrem stetigen Bemühen, Finn und mich zusammenzubringen – was mehr als aussichtslos ist, nebenbei bemerkt –, *abgesehen davon* und abgesehen von ihrer Neugierde vielleicht noch, ist Shona der allerliebste Mensch, den ich kenne. Ich habe ihr viel zu verdanken. Und sie möchte nur das Beste für Finn, weshalb es ehrlich verwundert, dass sie mich für ihn auserkoren hat. Nachdem seine Eltern weggezogen sind, ist er der einzige Verwandte, der ihr noch geblieben ist.«

»Verwandte?«

»Shona ist die Schwester von Finns Großvater.« Ich zucke mit den Schultern. »Also eine Art Großtante, nehme ich an?«

»Hat sie denn keine eigenen Kinder?«

»Nein.«

Während ich über den Rand des Bechers hinweg Jareds Gesicht betrachte, huscht ein Ausdruck darüber, den ich nicht recht deuten kann. Dann lächelt er mich an, aber echt wirkt es nicht mehr, und trotz des heißen Tees in meiner Kehle fröstle ich auf einmal.

»Es tut mir leid, ich wollte nicht neugierig sein.« Jared seufzt, dann fährt er sich mit einer Hand durch die Haare. »Es ist nur – diese Umgebung, ich weiß es nicht. Meine Mutter wurde in Schottland geboren, und ich habe keinen Anhaltspunkt, wo, deshalb hat jeder Ort irgendwie etwas Geheimnisvolles für mich, denn es *könnte* ja der sein, der ihre Heimat war, verstehst du?«

»Ich verstehe. Aber dann solltest du eventuell nicht zu lange auf Bailevar bleiben, denn von dort stammt sie sicher nicht, sonst wüsste jemand etwas darüber.«

»Ja. Das ist wohl wahr.«

Ich umfasse meinen Becher mit beiden Händen, es ist so kalt in diesem Auto.

»Hier.« Jared zieht seine Jacke aus und reicht sie mir, aber ich schüttle den Kopf. »Nicht schon wieder«, sage ich abwehrend. »Das letzte Mal, als du mir deine Jacke gegeben hast, wärst du beinahe erfroren.«

»Das wird nicht passieren, solange du mich nicht wieder in den Ozean jagst.«

Ich verdrehe die Augen, aber ich nehme die Jacke und breite sie auf meinem Schoß aus. »Wie war sie?«, frage ich dann.

»Wer? Oh.« Jared sieht aus dem Fenster, während er einige Minuten lang überlegt. Schließlich sagt er: »Meine Mutter war wundervoll. Sie war gütig. Sie hatte ein gewisses Temperament, doch wenn es darauf ankam, bestand sie aus nichts anderem als Hingabe.«

Hingabe. Ich brauche ein paar Augenblicke, um Jareds Worte sinken zu lassen. Etwas verstört mich daran, ich weiß nicht genau, was es ist, womöglich der Umstand, dass ich nie so empfunden habe, nicht einmal, als Caitriona noch da war. Weshalb mir, als Jared mich fragt: »Wie war deine Mutter?«, herzlich wenig einfällt, was ich darauf antworten könnte.

»Abwesend«, sage ich schließlich.

»Abwesend?«

»Die meiste Zeit, ja.«

Schweigen folgt darauf, und beide starren wir durch die regennassen Scheiben nach draußen, beziehungsweise durch den Spalt, der noch nicht beschlagen ist. Diese Stimmung, sie liegt plötzlich schwer auf uns, obwohl ich nicht einmal genau benennen kann, was sie eigentlich ausmacht. Jedenfalls bin ich dankbar, als Jared schließlich die Stille durchbricht.

»Womöglich sollten wir uns auf den Rückweg machen, was meinst du?«, fragt er. »Der Regen wird stärker statt schwächer, und wir könnten ewig brauchen bis zur Fähre.«

Ich nicke. »Besser, wir verpassen sie nicht«, sage ich. »Am Ende müssen wir uns von Connor mitnehmen lassen.«

Jared lässt den Wagen an, und wir machen uns auf den Rückweg. Erneut verfallen wir in Small Talk. Es gibt Menschen, mit denen es sich schweigen lässt, für mich gehört Jared Campbell nicht dazu. Die Stille zwischen uns wirkt düster, bedrohlich irgendwie, also spreche ich lieber über Fischfang und schottische Trinkgewohnheiten. Und dennoch fühle ich mich auf einmal sehr viel weniger wohl in Gegenwart dieses Mannes als noch auf der Hinfahrt. Und umso nervöser bin ich, als wir in Fionnphort ankommen, Jared den Wagen parkt, den Motor aus- und dennoch keinerlei Anstalten macht auszusteigen. Stattdessen dreht er sich zu mir und legt den rechten Arm auf die Lehne meines Sitzes.

»Dann ist also nichts zwischen dir und Finn Taylor?«, fragt er.

Für einen Moment bin ich sprachlos, obwohl mir der Mund ein Stück offen steht. Ich meine, gerade haben wir noch von Tobermorys Whisky gesprochen. Ich räuspere mich. »Es ist nichts zwischen Finn Taylor und mir«, antworte ich, komplett ignorierend, welches Gefühl diese Aussage in meinem Magen auslöst. Kein gutes.

Jared sagt: »Das ist schön zu hören.« Und dann beugt er sich vor und drückt seine Lippen auf meine, während er mit der Hand meinen Nacken umschließt.

18

Isla

ISLA: Ich habe in zwei Tagen zwei Männer geküsst.
MAC: Das macht dich noch nicht zu einer Prostituierten, Schätzchen.
MAC: Wer waren die zwei Glücklichen?
ISLA: Ein alter Freund und … ein Tourist.
MAC: Ein alter Freund und ein Fremder? Ooooh, das klingt nach Dorothy Parker, aber nicht nach meiner Isla.
MAC: Wie war's?
MAC: Gab's eklatante Unterschiede zu verzeichnen?

Meine Finger schweben über der Tastatur des Handys, während ich mir überlege, was ich Mac antworten soll und wieso ich ihn überhaupt kontaktiert habe. Dieser Kuss, er beschäftigt mich. Und der Kreis derer, mit denen ich darüber sprechen kann, ist nicht gerade groß. Plus: Mac gehört zu den Menschen, die bereits in aller Herrgottsfrühe auf sind, um ihren Körper mit Yogalates zu quälen. Mein Blick fällt auf das Stück Strand neben dem Hafenbecken, das ich von meinem Fenster aus sehen kann. Es ist noch keine sieben Uhr, doch Lilian watet dort unten mit ihren Gummistiefeln im Wasser, um Algen zusammenzuklauben – wozu auch immer. Also hätte ich wohl auch mit ihr sprechen können. Ganz sicher würde Lilians erster Gedanke nicht Prostitution gelten, wenn ich ihr von Jareds Kuss erzählte.

ISLA: Ich habe ihn nicht erwidert.
MAC: Keinen der beiden?
ISLA: Den zweiten nicht.
MAC: Den ersten schon.
MAC: Ich weiß zwar nicht, wie genau die Frage lautete, aber hier hast du deine Antwort, Liebes.
ISLA: Wann habe ich angefangen, wild um mich zu küssen, Mac?
MAC: Zehn Jahre zu spät, würde ich schätzen. Geh wieder schlafen. Und komm bald nach Hause. Dir sollen keine Schwimmhäute zwischen den Zehen wachsen, bei all dem Wasser um dich herum.
ISLA: Ich bin auf einer Insel, Mac. Nicht auf einem Gummiboot.
MAC: Aaah, und man fragt sich, ob das wirklich schlimmer wäre.
ISLA: Ich melde mich bald wieder.
MAC: Ein Dritter könnte ins Spiel kommen, um dich aus deiner Seenot zu retten.
ISLA: Das wäre traumhaft.
MAC: Hab dich lieb, Darling.
ISLA: Hab dich auch lieb, Mac.
MAC: PS: Du hast nie versucht, mich zu küssen. Wo du gerade so in Fahrt bist – vielleicht wäre es einen

Versuch wert? Ich könnte mir keine Bessere vorstellen, um mich dem anderen Geschlecht zu öffnen.

ISLA: MAC!

MAC: :-D

MAC: Hab dich lieb, Mäuschen.

ISLA: Schlaf weiter.

Ich schließe das Nachrichtenprogramm und öffne stattdessen die Wetter-App – nicht, dass man sich auf Bailevar oder überhaupt in Schottland auf irgendetwas verlassen könnte, was das Wetter angeht, doch ich bin mit Jared zu diesem Bootsausflug verabredet, und ein kleiner Blick auf die Prognose kann nicht schaden.

Ah, Mann. *Ich bin mit Jared zu einem Bootsausflug verabredet.* Wem mache ich hier etwas vor? Seit knapp einer Woche bin ich auf der Insel, und seither habe ich das Verhältnis zu meinem Vater zerstört, die Beziehung zu Finn verkompliziert, und dieses … dieses *Ding* mit Jared Campbell, das sollte besser enden, bevor es überhaupt angefangen hat, sonst wird womöglich alles nur noch schlimmer. Noch vertrackter. Noch viel *mehr*. Und während ich das denke, frage ich mich: Wieso habe ich überhaupt zugesagt, als er mich bat, ihn gleich am nächsten Tag wieder zu treffen? Als sein Kuss so gut wie ins Leere verlief und sich dort in nichts auflöste, tat er völlig ungerührt, und später, beim gemeinsamen Abendessen vor dem Pub (und ja, es war kalt, aber immer noch besser, als sich den Blicken halb Bailevars auszusetzen, das ohnehin hinter den Fenstern lauerte wie eine Bande Schaulustiger), floss das Gespräch so leicht und entspannt wie schon die Male davor. Wir verabschiedeten uns früh, ganz ohne Küsse, bevor Jared einige Zeit später noch mal an meine Zimmertür klopfte, Smartphone mit geöffnetem Wetter-Bericht in Händen, und den Ausflug zur Insel Staffa vorschlug. Und …

»Isla!«

»Autsch! Was, zum Teufel?« Ich reibe mein Knie, das ich mir angeschlagen habe, als Adam ohne zu klopfen und lauter als Godzilla in mein Zimmer stürmt und ich vor Schreck einen Schritt nach vorn springe. »Bist du wahnsinnig geworden? Wieso trampelst du einfach hier rein?«

»Ich hab gerufen, aber du hast nicht geantwortet!«

»Ich …« War in Gedanken. Beschäftigt. Keine Ahnung. Adam sieht aufgelöst aus. Ich habe irgendwie nicht das Gefühl, dass ich wissen möchte, was …

»Du musst schnell mitkommen, Isla. Es ist was mit Shona. Zieh dir was an, ich warte unten.«

»Was?« Ich laufe um das Bett herum und greife nach Adams Handgelenk, bevor er aus der Tür verschwinden kann. »Was? Was ist mit Shona?«

»Ich weiß es nicht genau. Finn hat angerufen und mich angewiesen, dich hinzufahren. Er hat nur gesagt, es sei etwas passiert und ich solle dich sofort holen. Mehr weiß ich nicht.«

»Adam …«

»Mehr weiß ich wirklich nicht.«

»Gottverdammt, Finn! Okay. Warte.« Ich sause durchs Zimmer auf der Suche nach irgendwelchen Schuhen und schlüpfe in die ersten, die ich finden kann – Flipflops –, bevor ich nach meiner Jacke greife. »Gut. Lass uns gehen.« Vor Adam holpere ich die Treppe hinunter, er ruft irgendetwas, das ich unter dem Stampfen meiner Schritte nicht verstehen kann, dann bin ich schon auf dem Parkplatz, im Auto, auf dem Weg. *Es geht ihr gut,* murmle ich in Gedanken. *Shona geht es gut.* Sonst hätte Finn nicht nach mir schicken lassen. Sonst wäre er selbst gekommen, und … und …

Adam lenkt seinen alten Polo das kurze Stück die Straße hoch, und schon parken wir vor Shonas Ladentür. *Das Stück hätte ich gut und gerne zu Fuß gehen können,* denke ich, während ich aussteige und bevor mich abermals Panik befällt. Wieso sollte Adam mich fahren? Wieso die Eile, wenn nicht etwas wirklich Schlimmes passiert ist?

»Shona?« Ich reiße die Eingangstür auf und spurte durch den Laden, die Treppe hoch, in ihre Wohnung. »Shona?«

»Wir sind hier.«

Einen Augenblick bin ich irritiert, weil Finns Stimme nicht aus der Küche kommt, dann laufe ich in Richtung des Schlafzimmers. »Shona!«

Sie sitzt auf ihrem Bett, die Beine hochgelagert, den Rücken ans Kopfteil gelehnt. Ein großes, quadratisches Pflaster klebt auf der rechten Seite ihrer Stirn und halb über dem Auge, dessen Lid und die Haut drum herum sich rot-blau verfärbt haben. Ihr linkes Handgelenk ist in einen Verband gehüllt, die andere Hand hält Finn, der neben dem Bett auf einem Sessel kauert, während meine alte und ewig nicht gesehene Schulfreundin Fiona Wood in einer Ledertasche kramt, die verdammt nach einem dieser alten Arztkoffer aussieht.

»Hi, Isla«, begrüßt sie mich. »Lange nicht gesehen.« Sie mustert mich von Kopf bis Fuß, und ich räuspere mich.

»Hi, Fiona.« Mann, mir steht jetzt nicht der Sinn nach Höflichkeitsfloskeln. Shona öffnet beim Klang meiner Stimme die Augen, und ich drängle mich an Finn vorbei, dicht ans Bett heran. »Was ist passiert?« Aus irgendeinem Grund kann ich nur flüstern. »Bist du gestürzt? Geht es dir gut?«

»Es geht mir prima, Kindchen.« Shona löst ihre gesunde Hand aus der von Finn und tätschelt damit meine Wange. »Kein Grund zur Dramatisierung. Ich habe Finn gesagt, er soll nicht so einen Firlefanz anstellen, aber er hat darauf bestanden, dich holen zu lassen.«

»Firlefanz? Aber …«

»Shona ist überfallen worden«, fährt Finn dazwischen, die Stimme schärfer, als ich sie je gehört habe. »Gestern Abend schon. Wer auch immer es war, war zu laut, ist von Shona überrascht worden, hat sie am Handgelenk gepackt, zur Toilette gezerrt, sie dort hineingestoßen, woraufhin sie mit der Stirn gegen das Regal geschlagen ist.« Er macht eine Pause, in der ich quasi seine Zähne knirschen höre. »Es ist ein *Wunder,* dass nicht mehr passiert ist«, presst er schließlich hervor. »Dass sie nicht gestürzt ist, nicht ohnmächtig wurde, sich nichts gebrochen hat, weiß Gott was.«

»Mir geht es gut«, wiederholt Shona im selben Augenblick, in dem Fiona Wood erklärt: »Du hattest sehr viel Glück, Shona. Und du solltest heute im Bett bleiben. Ruh dich noch ein bisschen aus. Lass dich von Finn und Isla verwöhnen.«

»Natürlich«, antworte ich sofort. »Du … du bist Ärztin geworden?« Ich bin verwirrt. Und überfordert. Shona ist überfallen worden. Wieso denn nur?

»Tierärztin, und ich muss jetzt auch los – bei Duncans wird ein Kälbchen erwartet. Die Salbe morgens auf die Wunde auftragen, wenn du das Pflaster wechselst, Finn. Das Handgelenk dürfte bald wieder in Ordnung sein, am besten kühlst du es immer wieder mal. Gegen die Kopfschmerzen lasse ich die hier.« Sie stellt ein schmales Pillenröhrchen auf dem Nachttisch ab.

Tierärztin. Ich starre Fiona an. Und dann Shona.

»Danke, Fiona. Ich bin froh, dass du so schnell kommen konntest.«

»War doch klar. Kommst du, Adam?«

Ich sehe Fiona nach, die nach Adams Hand greift und ihm einen Kuss auf die Wange drückt, bevor sie gemeinsam das Zimmer verlassen. Ich hatte keine Ahnung, dass Fiona mit dem Barkeeper liiert ist, den ich bis vor ein paar Tagen nie im Leben gesehen habe, aber – ja. Nicht das Erste, das mir neu ist hier auf Bailevar. Und nicht das Einzige, das gerade völlig egal ist. Ich wende mich wieder Shona zu. »Geht es dir wirklich gut?«

Shona nickt. »Viel besser, Kindchen, wirklich. Die Nacht in der Toilette war ein bisschen ungemütlich, aber ich habe es überstanden.«

»Du hast die Nacht in der Toilette verbracht?«

»Ally hat sie gefunden«, erklärt Finn.

»Ich habe sie gerufen«, mischt sich Shona ein. »Der Einbrecher hat offenbar nicht bedacht, dass die Toilette ein Fenster hat, aus dem man hinausrufen kann. Leider war gestern Nacht niemand mehr auf der Straße.«

»Ach, Shona.« Ich nehme ihre Hand und drücke einen Kuss darauf. »Das hört sich alles so furchtbar an. Und ich verstehe nicht – wer war das? Was wollte derjenige hier?«

»Ich weiß nicht, Kindchen. Ich habe ihn im Wohnzimmer überrascht, als er den alten Sekretär durchwühlte. Aber die Jalousien waren heruntergelassen, und es war viel zu dunkel, um etwas zu erkennen. Und dann hat er mich auch schon herumgerissen und ins Klo gestopft. Wie ungebührlich!« Shona lacht schon wieder, doch ich bringe nicht einmal ein Lächeln zustande.

Ich lasse mich auf die Lehne von Finns Sessel fallen und sehe ihn an. »Wer könnte denn so etwas tun?«

»Theoretisch jeder, denn die Tür war ja wie immer nicht abgeschlossen«, grummelt er. »Praktisch? Ich habe keine Ahnung. Aber ich habe eine ziemlich genaue Vorstellung davon, was ich mit ihm mache, wenn ich ihn erwische.«

»Wir wissen sicher, dass es ein Mann war?«

»Ich bin ziemlich sicher, ja.«

»Ein Mann, ganz in Schwarz gekleidet«, fügt Finn hinzu.

Er ist wütend, das ist ihm deutlich anzusehen, doch da ist noch etwas anderes in seinem Blick. Etwas Vorwurfsvolles, das ich nicht ganz verstehen kann, bis …

Ich reiße die Augen auf. »Du glaubst, dass Jared etwas damit zu tun hat?«

Finn antwortet nicht, und Shona blickt von einem zum anderen.

»Wieso sollte er so etwas tun? Er kennt Shona doch gar nicht?«

»Fragen wir mal andersherum«, sagt Finn. »Wieso sollte er es *nicht* tun? Bei Jared Campbell ergibt das Ganze genauso wenig Sinn wie bei jedem anderen auf dieser Insel – aber die anderen kennen wir nun mal.«

»Als in dein Büro eingebrochen wurde, hat es noch geheißen, es sei unrecht, jemanden zu verdächtigen, bloß weil er nicht auf dieser Insel geboren wurde!«

»Als in mein Büro eingebrochen wurde, ging es auch um mich und nicht um eine alte, hilflose Frau, die beinahe umgebracht wird bei dem Versuch eines Arschlochs, ein bisschen Kram zu stehlen.«

Inzwischen sind wir beide hochgeschnellt und stehen uns wütend gegenüber. Shona sagt: »Also, sooo hilflos bin ich nun auch wieder nicht«, doch ich habe nur Augen für Finn.

»Wir waren den ganzen Abend zusammen«, erkläre ich. Ich habe keine Ahnung, weshalb ich Jared Campbell so vehement verteidige, obwohl ich ihn kaum kenne. Es könnte daran liegen, dass ich nicht von einem brutalen Einbrecher geküsst worden sein möchte. Womöglich. Ja, vielleicht.

»Den ganzen Abend?« Finns Augen sind schmal geworden, und seine Stimme ist ruhig.

»Wir …« Haben uns früh voneinander verabschiedet, denke ich, und dann ist Jared später noch einmal vorbeigekommen, um mich zu bitten, ihn heute wieder zu treffen. Ich weiß nicht, wie viel Zeit dazwischen lag, doch er wirkte entspannt, ruhig, freundlich, wie immer. Soll er tatsächlich davor oder danach aufgebrochen sein, um Shona in ihrer Wohnung zu überwältigen? Und falls er das wirklich getan haben sollte, wozu? »Wann ist es passiert?«, frage ich schließlich.

Shona setzt sich auf ihrem Bett zurecht. »Ich bin früh schlafen gegangen«, erklärt sie, »also womöglich gegen neun Uhr?«

»Neun Uhr«, wiederhole ich. »Ich weiß nicht, was Jared

um neun Uhr gemacht hat, aber so gegen zehn habe ich ihn gesehen. Er wirkte nicht so, als käme er gerade von einem Einbruch.« Ich werde tatsächlich rot unter Finns mörderischem Blick, aber ich sehe es überhaupt nicht ein, seine falsche Mutmaßung richtigzustellen. Er will denken, ich hätte mit Jared Campbell geschlafen? Nur zu. Es sollte nicht nur ihm gestattet sein, jemand anderen zu haben und mich dennoch zu küssen. Ansatzweise zumindest.

»Diesmal möchte ich, dass die Polizei ermittelt«, sagt Finn. »Ich fahre zurück in mein Büro und rufe dort an.«

»Ich bleibe bei Shona.«

Finn würdigt mich keines Blickes, beugt sich zu Shona, um ihr einen Kuss auf die Wange zu geben, und marschiert aus dem Zimmer.

Ich sehe ihm hinterher. Shona stöhnt. Sofort sinke ich neben ihrem Bett auf die Knie. »Was ist? Tut dir etwas weh? Geht es dir schlechter?«

»Männer sind so unglaublich leicht hinters Licht zu führen«, jammert sie. »Es ist nicht auszuhalten.« Sie mustert mich prüfend. »Du willst mir nicht wirklich erzählen, dass du mit diesem Touristen geschlafen hast, Isla.«

Ich verdrehe die Augen. »Ich habe gar nichts erzählt«, sage ich. »Oder hast du mich etwas sagen hören? Nicht, dass es dich etwas anginge«, füge ich hinzu. »Oder irgendwen sonst.«

»Ich nehme an, nach dem schmauchenden Abend im Pub hat Finn jedes Recht, ein wenig verwirrt zu sein.«

»Schmauchend? Was ist das überhaupt für ein Wort, Shona?«

Sie kichert, und ich lasse mich ächzend in den Sessel fallen.

»Er konnte die Augen nicht von dir abwenden, hast du das bemerkt?«

»Nein.«

»Was kein Wunder ist. Bestimmt hat er sich gefragt, wie lange es her ist, dass er dich so gesehen hat.«

»Er hat sich – *was?*« Ich blicke an mir herunter und stelle das erste Mal, seit Adam in mein Zimmer gestürmt ist, fest, dass ich so gut wie nichts anhabe. Meine Flipflops, ein zitronengelbes Schlafanzug-Oberteil und meine Regenjacke.

»Du hast wirklich famose Beine, Kindchen«, sagt Shona.

Ich borge mir eins von Shonas Kleidern, das zwar auch kurz ist, aber immerhin meine Knie bedeckt, und verbringe den Rest des Nachmittags damit, mich um die Patientin zu kümmern. Ich bereite Tee zu und koche Nudeln mit Käsesoße, und nachdem zwei Polizisten aus Mull das halbe Wohnzimmer umgekrempelt haben auf ihrer Spurenjagd, sehen Shona und ich gemeinsam die Sachen durch, die der Eindringling durcheinandergebracht hat. Papiere hauptsächlich. Alte Dokumente, Zeitungsartikel, Fotoalben. Nicht, dass Shonas Wohnung irgendwelche Kostbarkeiten bereithielte, doch weshalb sollte jemand in ihren privaten Unterlagen wühlen?

»Wieso hast du diesen Mr. Campbell so leidenschaftlich verteidigt?«, fragt sie schließlich. Ich habe sie auf das Sofa umgezogen, damit sie mir Anweisungen gibt, wo ich was wieder einräumen soll, doch Shona wäre nicht

Shona, wenn sie sich nicht gegen zu viel Fürsorglichkeit zur Wehr setzen würde. Nun thront sie in ihrem Ohrensessel, ein altes Fotoalbum auf dem Schoß.

»Wo gehört die hin?«, frage ich, eine Kiste mit vergilbten Postkarten in der Hand.

»Ich glaube, sie war da oben im Schrank, ganz rechte Tür.«

»Mmh.«

»Es ist erstaunlich, wie viel Zeug man mit den Jahren ansammelt, das man sich nie mehr ansieht. Es vergeht über Jahrzehnte vor sich hin, ohne dass es irgendwer eines Blickes würdigt. Da fragt man sich, ob es das wert war. Es aufzuheben, meine ich.«

»Das sind Erinnerungen, Shona. Wenn dir danach ist, wirst du sie dir wieder ansehen. Wenn nicht, dann nicht. Aber sie sind da, verstehst du?«

»Natürlich, Kindchen, ich habe sie gesammelt.«

Ich bin dabei, die durcheinandergekommenen Bücher wieder ins Regal zu sortieren, als sie fortfährt: »Wenn ich mal nicht mehr bin, versprichst du mir dann, all den Krempel fortzuschaffen? Du sollst dich nicht damit belasten und Finn auch nicht. Ihr müsst eure eigenen Erinnerungen sammeln, nicht den Klimbim einer alten Frau aufbewahren.«

»Shona.« Ich lege den Ordner zur Seite, den ich gerade ins Regal räumen wollte, und gehe neben ihrem Sessel in die Knie. »Rede nicht so. Du bist fit wie ein Turnschuh. Wenn jemand in deinen Erinnerungen stöbert, dann bist du es.«

»Ich bin achtundachtzig Jahre alt, Liebes.«

»Für eine Schildkröte ist das gar nichts«, sage ich.

Shona lacht, dann zupft sie an einer Locke, die sich aus meinem Pferdeschwanz gelöst hat. »Und nun erzähl's mir«, sagt sie. »Weshalb nimmst du Mr. Campbell in Schutz? Magst du ihn?«

Ich sehe Shona an und denke dabei an Jared, wie er vor Louises Harpune geflohen ist, wie er mit den Schafen und über seine Mutter gesprochen hat. »Ich kann mir einfach nicht vorstellen, dass er so etwas tun würde«, sage ich schließlich. »Und wir sollten niemanden verurteilen, solange wir nicht mit Sicherheit wissen, dass er es war. Das passt so gar nicht zu Finn.«

»Du weißt doch genau, warum er es tut.«

»Shona.« Ich lege alle Eindringlichkeit der Welt in meine Stimme. »Lass es. Bitte.«

Shona seufzt und schüttelt den Kopf, und währenddessen fällt mein Blick auf das Fotoalbum in ihren Händen. Wie von selbst fährt ihr Zeigefinger über ein Bild, schwarz-weiß, schon so verblasst, dass die Figur darauf kaum mehr zu erkennen ist. Es könnte ein Junge sein, er hält einen Fisch in Händen, bestimmt einen Meter lang, und er steht vor einem kleinen Boot, das auf den Strand gezogen worden ist.

»Wer ist das?«, frage ich.

Und Shona, ohne meinem Blick zu folgen, sagt: »Noch so eine Erinnerung«, bevor sie das Album schließt und mich losschickt, es im Schrank zu verstauen.

19

Finn

Ich weiß nicht, wann ich das letzte Mal mitten am Tag etwas Starkes getrunken habe, aber heute muss es wohl sein: Noch nicht einmal sechzehn Uhr, mein Kopf fühlt sich an, als habe sich eine Schreinerei darin eingemietet, und der Whisky schimmert in dem Glas in meiner Hand wie der letzte Lichtschein am Horizont. Er schmeckt allerdings nicht so, um ehrlich zu sein. Und er trägt sicher nicht dazu bei, das Hämmern und Hauen hinter meiner Stirn zu dämpfen. Ich stelle das Glas auf dem niedrigen Wohnzimmertisch ab und setze mich in den Sessel daneben, direkt unters Fenster. Ich öffne es. Sofort strömen Seeluft und das Geschrei der Möwen zu mir herein, was gut ist, weil es das Stühlerücken von unten übertönt, das mich daran erinnert, dass ich eigentlich im Pub sein sollte, statt mich hier oben in der Wohnung zu verstecken. Okay, nicht verstecken. Oder ja, womöglich verstecken – doch hauptsächlich, um den anderen meine miese Laune zu ersparen. Keine Ahnung, was Mr. Wichtig und Mr. Wichtiger stundenlang in Shonas Wohnzimmer getrieben haben, aber ich schätze nicht, dass die Polizei von Mull irgendetwas finden wird, das auf einen Täter verweist, der in alten Papieren gekramt hat. Als ich sie anrief und den Fall schilderte, wollten sie beinahe nicht kommen. Die Überfahrt wegen eines Einbruchs bei nicht abgeschlossener Haustür, bei dem augenscheinlich nichts gestohlen wurde? Mull möge zwar nicht Manhattan sein, aber Papierflieger bastle die Polizei dort auch nicht, hieß es.

Ich greife nach meinem Glas und nehme doch noch einen Schluck, als es an der Tür klopft, was ich geflissentlich ignoriere. Irgendwie kommt es mir so vor, als hätte ich keinen Augenblick Pause gehabt, seit ich das Pub von meinen Eltern übernommen habe. Bis heute hat mich das nicht gestört, kein bisschen. Aber nun … das hier ist der erste Tag, an dem ich es einfach etwas langsamer angehen lassen möchte. Das muss drin sein. Wozu ist man Chef, wenn man die Arbeit nicht auch mal anderen überlassen darf?

Es klopft noch einmal, lauter diesmal.

»Finn?«

Ah, Jesus. Für einen Augenblick bin ich in Versuchung, so zu tun, als sei ich nicht hier, doch sicher haben sie ihr unten gesagt, wo sie mich findet. Shit. »Komm rein.«

Ich brauche mich nicht nach Isla umzusehen, ich kann sie spüren, so wie früher. Sie ist im Raum stehen geblieben, und vermutlich nimmt sie die Veränderungen in sich auf, seit sie die Wohnung das letzte Mal betreten hat. Damals lebten meine Großeltern hier oben, und meine Eltern und ich, wir wohnten in einem alten Cottage auf der anderen Seite der Insel. Das Haus gibt es noch, doch es war mir zu einsam, also habe ich die Wohnung über dem Pub renoviert und bin hier eingezogen. Es gibt ein Wohnzimmer mit Kochecke, ein Schlafzimmer, ein kleines Bad. Ich mag es, mir reicht es, aber es ist sicher nicht das, was Isla von ihrem Fotografen gewohnt ist – oder von sonst jemandem. Wieso frage ich mich jedes Mal, wenn ich sie sehe, ob die alte Isla wohl noch irgendwo da drinsteckt? Diejenige, die sie früher war – sehr viel früher. Die sich mit mir den Schlafsack geteilt hat, unten beim Leuchtturm, die mit den Netzen half, der kaum eine Arbeit zu hart war. Ich sage nicht, dass sie damals fröhlicher war, denn das war sie ganz sicher nie. Doch wir waren uns näher, viel näher als jetzt. Sieht sie auf das herab, was ich bisher erreicht habe? Weil sie, nach zehn langen Jahren, mittlerweile anderes gewöhnt ist?

»Es sieht hier ganz anders aus«, sagt sie, während sie sich in dem zweiten der beiden Sessel vor dem Fenster niederlässt. »Du hast einiges dran gemacht.«

Aus dem Augenwinkel werfe ich ihr einen Blick zu, sage aber nichts.

»Es gefällt mir. So minimalistisch.« Dann nimmt sie mir das Whiskyglas aus der Hand und setzt es an ihre Lippen.

Ich stehe auf und hole mir ein neues Glas, dann gieße ich uns beiden nach. Habe ich erwähnt, wie mies meine Laune ist? Nun, sie ist in den letzten zehn Sekunden nicht nennenswert besser geworden. Ich setze mich wieder und trinke und höre den Möwen zu, und eventuell, wenn ich das nächste Mal nach links sehe, ist Isla ja weg.

»Warum bist du so wütend auf mich, Finn?«

»Wütend? Ich bin nicht wütend auf dich.«

»Du kannst mich nicht einmal ansehen.«

»Ich kann dich ansehen, Isla. Wieso auch nicht?« Und dann tue ich genau das, zum ersten Mal, seit sie in die Wohnung gekommen ist, und wie erwartet spüre ich ein vertrautes Ziehen im Magen. Sie sieht blass aus. Die Haut, noch heller als sonst, lässt ihre Sommersprossen und die störrischen roten Locken in stärkerem Kontrast erscheinen. Die Lippen sind … ich möchte nicht auf Islas Lippen starren, und ich weiß nicht, weshalb ich es tue. »Shona geht es besser«, sage ich schließlich, und Isla zieht verblüfft die Augenbrauen hoch.

»Sie hat dich angerufen?«

»Gleich nachdem du von ihr weggegangen bist.«

»Gut. Dann weißt du, dass ich bis auf Weiteres in ihrem Gästezimmer wohne? Ich dachte, es sei besser, wenn jemand ein Auge auf sie hat. Sie tut so, als sei nie etwas gewesen, aber ich finde, sie sollte sich schonen, meinst du nicht?«

»Unbedingt. Allerdings ist niemandem geholfen, wenn ihr euch beide einer Gefahr aussetzt.«

»Du machst dir also doch Sorgen um mich?« Wieder diese hochgezogene Braue, diesmal, um den Spott in ihrer Stimme zu unterstreichen.

Ich seufze. »Ihr könntet beide im Pub wohnen«, schlage ich vor. »Bis die Sache geklärt ist.«

»Denkst du denn, er kommt wieder? Der Täter, meine ich.«

»Nun, keine Ahnung, vermutlich nicht, doch es wäre auf jeden Fall sicherer …«

»Ich werde zuschließen, versprochen. Und ich denke … ich denke, etwas Abstand wäre gut.«

Abstand. Von mir? Von Campbell? Ich suche in Islas Blick nach einer Antwort, doch sie ist das leibhaftige Pokerface, wenn es darauf ankommt, so wie jetzt. Campbell. Er wird sich ordentlich ärgern, dass er nicht mehr abends die drei Meter in Islas Zimmer kriechen kann, so viel steht fest.

»Wirst du denn noch lange genug hier sein, bis Shonas Wunde abgeheilt ist?« Ich nehme einen Schluck Whisky, um den bitteren Zug um meinen Mund zu verbergen. Ich meine – sie taucht hier auf, nach mehr als zehn Jahren, sie stiftet Unfrieden, bringt alles durcheinander, küsst mich, was … nichts zur Sache tut, und glaubt, sie könne Shona retten? Oder irgendwen? *Abstand?* »Weißt du, dass sie oft nachts zum Ceann Tórr hochklettert, um das Herz der verlorenen Insel zu hören? Im Dunkeln, über den unebenen Hang?«

»Was? Um Himmels willen, was denkt sie sich …«

»Dass sie sich einmal den Fuß verstaucht hat bei einer solchen Wanderung? Dass der alte MacCubbin sie in den Morgenstunden fand, als er nach dem Vieh sehen wollte?«

»Nein, das wusste ich nicht. Aber für die Zeit, die ich noch hier bin …«

»Und wie lange wird das sein, Isla? Wolltest du nicht eigentlich schon gestern abgereist sein? Was hindert dich daran, es zu tun? *Abstand* zu gewinnen? Jared Campbell?«

Isla bleibt still. Ich schließe die Augen. Was ist das nur, das erwachsene Männer dazu bringt, sich wie tollwütige Halbstarke zu benehmen, bloß weil – ja, bloß weil *was* eigentlich? Dieser Kuss? Sie war betrunken, Herrgott noch mal. Und ganz sicher verschwendet sie nicht jede freie Minute damit, daran zu denken. Ich stelle mein Glas ab, drehe mich zu ihr und sage: »Es tut mir leid. Ich schätze, es sind die Kopfschmerzen. Der Tag fing nicht gut an. Ich bin gereizt.«

»Vielleicht, aber es tut dir nicht leid.« Sie nippt an ihrem Glas, dann stellt auch sie es auf den Tisch zwischen uns. »Haben wir irgendeine Möglichkeit festzustellen, wer es war?«

Okay. Themenwechsel. Das ist gut. Ich zucke mit den Schultern. »Ich denke, wir können davon ausgehen, dass es derselbe war, der in mein Büro eingebrochen ist. Ich meine, auch da wurde nur in Papieren gekramt, wieso auch immer – gestohlen wurde nichts. Scheint die gleiche Motivation gewesen zu sein, was auch immer das für eine sein soll. Ist Shona noch etwas eingefallen, das fehlen könnte?«

Isla schüttelt den Kopf. »Nein, nichts. Ihre Fotos waren durcheinander und auch die Reiseberichte über die Insel, die sie gesammelt hat. Augenscheinlich fehlt aber nichts, sie sind alle noch da. Soweit sie das beurteilen kann – es sind ziemlich viele.«

»Okay.«

»Die beiden Polizisten haben Fingerabdrücke genommen – sie haben zwar wenig Hoffnung, dass dabei etwas herauskommt, aber …« Sie zuckt mit den Schultern. »Es ist der einzige Anhaltspunkt momentan.«

Ich seufze.

»Finn?«

»Hm?«

»Denkst du wirklich, es könnte Jared gewesen sein?«

Für ein paar Sekunden verspannt sich mein Kiefer, dann lasse ich den Ärger los. »Ich weiß es nicht«, sage ich. »Und es stimmt, wir sollten niemanden verdächtigen, bis wir nicht mehr wissen. Oder irgendwas.« Ich sehe Isla an, und ihr Blick spricht Bände. *Heuchler.*

»Du kannst nicht wissen, ob er der einzige Fremde auf der Insel ist. Wer weiß, wer wen gerade zu Besuch hat? Wer weiß, ob nicht irgendein Tagestourist beschlossen hat, über Nacht zu bleiben und sein Zelt in den Hügeln aufzuschlagen? Es könnte jeder gewesen sein, sogar einer von euch.«

Von euch. Jetzt starre ich Isla an, und *mein* Blick spricht Bände, und ich fühle, wie sich in meinem Inneren Kälte ausbreitet. Sie zieht alles zusammen, Magen, Herz, alles. »Wieso bist du hier, Isla?«

»Nicht du auch noch, Finn«, presst sie hervor.

»Nein, ich meine, wieso bist du *hier?* In meiner Wohnung?«

Sie öffnet den Mund, schließt ihn, öffnet ihn wieder. Die Augen sind dunkelgrau wie der Himmel vor dem Sturm. »Ich wollte mit dir darüber sprechen, wie wir am besten weiter vorgehen. Machst du dir keine Sorgen um Shona? Oder um dein Pub? Bei dir ist auch eingebrochen worden.«

»Oh ja, das weiß ich, glaub mir, und damit werde ich sehr gut allein fertig.« Ich stehe auf, um ein bisschen *Abstand* zwischen uns zu bringen. Ha! »Bleib bei Shona, solange es dich auf der Insel hält, aber mach dir darüber hinaus keinen Kopf, denn sie wird niemals allein sein. Ich werde sie hier bei mir unterbringen, bis die Sache mit den Einbrüchen geklärt ist. Für Shona ist bestens gesorgt.«

»Oh ja, natürlich, mit einer Tierärztin ist sicher bestens für sie gesorgt.« Isla ist nun auch aufgestanden, und wie schon heute Morgen stehen wir beide uns gegenüber und funkeln uns an.

»Was bist du nur für ein Snob.«

»Was ist das hier für ein Ort? Was ist mit Dr. … wie hieß er noch? Ist diese verdammte Insel jetzt nicht einmal einen richtigen Arzt wert?«

»Dr. Shennan hat sich schon vor drei Jahren zur Ruhe gesetzt, was du wüsstest, wenn du dich ab und an mal um deine Familie gekümmert hättest. Und Fiona, sie macht ihre Sache sehr gut, wenn es um Notfälle geht und darum, schnell zu handeln. Aber du bist ja groß im Vorverurteilen! Das warst du schon immer.«

»Ooooooh.« Inzwischen sind Islas Hände zu Fäusten geballt, ihre Wangen rot vor Zorn. Ich sehe an ihr herunter, und erst jetzt fällt mir auf, was sie trägt: ein geblümtes Kleid aus Flanell, wie es aussieht, knielang und so unförmig, dass es eines von Shonas sein könnte. Unnötig zu sagen, dass das Islas wilder Schönheit nicht das kleinste bisschen abtut. Ob ein plumpes Kittelkleid oder ein Seidenpyjama-Oberteil, Isla Grant wird immer eine Versuchung auf zwei viel zu langen Beinen darstellen. Zumindest für mich. Ich raufe mir die Haare, ich kann nicht fassen, dass ich hier stehe und ihr Vorwürfe mache, ich dachte wirklich, ich sei über diesen Groll längst hinweg.

»Hör zu …«, beginne ich, da zischt sie mir entgegen:

»Ich dachte, wenigstens du wärst auf meiner Seite, Finn Taylor.«

Für ein paar Sekunden halte ich den Atem an über den Ausdruck in ihren Augen, der zwischen Starrsinn, Wut und abgrundtiefer Enttäuschung schwankt. Trotz allem, nach all den Jahren, nach allem, was gewesen ist, möchte ich nicht derjenige sein, der Isla enttäuscht. Ich will nicht für diesen Gesichtsausdruck verantwortlich sein. »Ich bin auf deiner Seite«, sage ich deshalb ruhig. »Das war ich immer, das weißt du genau.«

»Ach, ehrlich, Finn, das kommt mir gerade nicht so vor.« Sie macht einen Schritt zur Tür, bleibt dann aber stehen und dreht sich noch einmal zu mir um. »Ich bin hergekommen, um dir zu sagen, dass ich mit Jared Campbell über Shona gesprochen habe. Gestern Nachmittag. Während unseres Ausflugs.«

Ich schüttle den Kopf über diesen abrupten Themenwechsel. »Ich verstehe nicht. Denkst du, das hat etwas mit dem Einbruch zu tun? Was hast du ihm erzählt?«

»Ich …« Für einen Moment beißt sie auf ihrer Unterlippe herum, dann holt sie Luft. »Es ging darum … er hat mitbekommen, dass Shona um unser beider Wohlergehen bemüht ist.«

Ich runzle die Stirn.

Isla macht eine wegwerfende Handbewegung. »Es war nichts weiter. Unterm Strich habe ich ihm wohl erzählt, dass Shona deine Großtante ist und für mich der allerliebste Mensch. Und ich denke, es hat nichts zu bedeuten. Ich wollte nur, dass du es weißt, das ist alles.«

»Okay. Danke.« Ich habe zwar keine Ahnung, was ich davon halten soll, aber ich nicke. Wieso zum Kuckuck sollte sich Jared Campbell für mich oder Shona interessieren? Auf der anderen Seite … es ist nur hier und in Shonas Wohnung eingebrochen worden, also ist ein Zusammenhang nicht auszuschließen.

Isla geht zur Tür und öffnet sie. »Ich packe jetzt meine Sachen«, sagt sie. »Stellst du mir eine Rechnung aus über meinen Aufenthalt hier? Ich würde sie morgen gern begleichen. Kann sein, dass ich von jetzt auf gleich verschwinde, du kennst mich. Dann möchte ich lieber keine Schulden hinterlassen.«

»Isla …«

»Lass sie einfach unten an der Theke liegen.« Damit zieht sie die Tür von außen ins Schloss.

20

Isla

Die Schuld nagt an mir.

Gestern habe ich Finn erzählt, dass ich mit Jared über Shona gesprochen habe, bevor der Einbruch passierte, und nun muss ich damit fertigwerden, einen Mann angeschwärzt zu haben, der bislang nichts weiter als reizend zu mir war. Höflich, hilfsbereit, positiv. Ich bin nicht sicher – verdächtige ich ihn? Bloß weil ich mich einige Stunden zuvor mit ihm über Shona unterhalten habe, über so belangloses Zeug wie meine Beziehung zu Finn? Ich denke, Jared ist auf der Suche, er ist nicht umsonst nach Schottland gekommen, es geht um seine Mutter, so viel steht fest, ob er es sich nun eingesteht oder nicht. Bloß was hat das mit Bailevar zu tun? Mit Shona im Konkreten? Es ergibt keinen Sinn, dass er zwischen ihren alten Fotos nach irgendwelchen Hinweisen auf seine eigene Geschichte sucht, denn wenn es da etwas gäbe – warum sollte er nicht einfach fragen? Also muss es etwas anderes gewesen sein, *jemand* anderer, der bei Finn und bei Shona eingebrochen hat.

Ich zerbreche mir den Kopf darüber, während ich mich auf den Weg zu meinem Elternhaus mache. Es ist kaum zu fassen, aber ja: Shona hat mich dazu überredet, nach diesem vermaledeiten Mayonnaise-Rezept zu suchen, das Caitriona für ihre vermaledeiten Krabbenbrötchen verwendete. »Ich fühle mich nicht gut, Isla, nahezu … mir fällt nicht einmal ein Wort dafür ein. Und dieses Fest, es ist im Augenblick das Einzige, das mich noch mit Zuversicht erfüllt. Und es wäre traumhaft schön, wenn du mir nur diesen einen Gefallen dafür tun könntest, ja? Oh, vielen Dank, Liebchen!«

Bin ich leicht zu manipulieren? Ich bin leicht zu manipulieren. Und ich bin ein Feigling. War ich bei besagter *Kuss-Affäre* in Jareds Jeep schon unsicher über ihn und die Verbindung, die wir eventuell aufbauen oder auch nicht, bin ich seit gestern schlichtweg versteinert. Es ist ungerecht und dumm, diese Vorverurteilung, in dem Zusammenhang hatte Finn ganz recht. Aber ich kann nicht. Ich kann einfach nicht.

Gott, Finn.

Finn, Finn, Finn.

Auf der Straße vor unserem Haus bleibe ich stehen. Es ist elf Uhr vormittags, mein Vater und meine Brüder dürften noch einige Stunden auf See sein, und doch fühle ich mich wie eine Diebin, als ich den Blick hinüber zum Kiosk schweifen lasse, in dem festen Vorhaben, dort einzudringen. Im Haus gibt es keine Spur mehr von Caitriona oder dem, was sie tat oder ausmachte. Falls mein Vater nicht alles weggeworfen hat in seinem Abschiedsschmerz, müsste es da drin zu finden sein. Ihr Rezeptbuch. Und der ganze Rest.

Ich gehe auf die Tür zu, die sich an der linken Seitenwand des Holzhäuschens befindet. Sie ist zugesperrt, was mich nicht überrascht. Die Haustür mag für jeden offen stehen, doch die Familie verbirgt, was es zu verbergen gilt. Ich sehe unter der Fußmatte nach, und da liegt der Schlüssel. Fast muss ich lachen über die amateurhafte Art und Weise, wie wir Insulaner unsere Geheimnisse bewahren. Nur unsere Herzen, die verschließen wir, als befänden sich die Kronjuwelen darin.

Wir. Uns. *Euch.*

Dieses kleine Wort war es, das Finn so fürchterlich aufregte, dass er mich am liebsten aus seiner Wohnung geworfen hätte. Meine Verweigerung, mich zu der Insel zu bekennen. Dabei fühle ich sie nicht einmal. Ganz im Gegenteil. Je länger ich hier bin, desto … desto … Ich schüttle den Kopf, greife nach dem Schlüssel und sperre den Kiosk auf.

Eine Wolke aus Dunst und Staub schlägt mir entgegen und der Geruch jahrzehntelanger Vergessenheit. Ich bekomme auf der Stelle Gänsehaut, und mein erster Impuls ist, umzukehren und die Tür wieder zu schließen, doch die Neugierde ist größer. Kisten zeichnen sich ab in dem finsteren Raum, der nur durch den Lichtstrahl eines der schief hängenden Holzbretter an der Fensterfront erhellt wird und durch die Tür, die ich wohl oder übel einen Spaltbreit offen lassen muss. Niemand soll wissen, dass ich hier bin. Doch im Dunkeln herumzutasten würde diesen kleinen Ausflug wohl ad absurdum führen.

Ich bin nicht sicher, was ich erwartet habe, hier zu finden, doch dass mein Vater mindestens ein Dutzend Kartons aufbewahrt hat, hätte ich nicht vermutet. Nicht diese

Anzahl. Was um Himmels willen hat er hier ausgelagert, neben dem bisschen Kram, den Caitriona damals zurückgelassen hat? Ich gehe zu dem Stapel an der Rückwand und hebe die erste Kiste hinunter. Sie ist leicht. Ich öffne sie und finde eine Reihe Kleider darin – luftige, geblümte Sommerkleider, einige Schals und Tücher, Strickjacken, Sandalen. Die mit den dünnen braunen Riemchen und der Margerite über dem großen Zeh. Im nächsten Karton das gleiche Bild – Röcke, Blusen, Schuhe, Jacken – und im übernächsten auch. Mir war nicht klar, dass sie so viele ihrer Kleider hiergelassen hatte, oder besaß sie einfach zu viele, um sie mitzunehmen?

Die vierte Kiste ist schwerer. Ich hieve sie von ihrem Platz auf dem Stapel und finde eine Nähmaschine darin. Ich wühle mich durch Stoffreste, Näh- und Bastelutensilien, und am Ende halte ich ein winziges Kleidchen in Händen, das mir den Atem stocken lässt. Es ist gar kein Kleid, es ist ein Tutu. Weißer Tüll ist an einem mit Pailletten besetzten Gummiband befestigt, der wiederum zu einem ebenfalls weißen Body gehört, der noch nicht ganz fertig ist, die Ärmel fehlen. Fäden hängen lose heraus, Enden, die niemand mehr befestigt hat.

Meine Mutter war Tänzerin.

Und ihre kleine Tochter, die hatte gerade mit dem Tanzen angefangen.

Es ist zu stickig hier drin. Ich stehe auf und öffne die Tür weiter, und dann nehme ich einen tiefen Atemzug. Ich weiß nicht, warum ich auf einmal das Gefühl habe, keine Luft mehr zu bekommen. Das hier drin ist nichts als alter Kram aus einer längst vergangenen Zeit, die nichts mehr mit der Isla zu tun hat, die gerade im Türrahmen lehnt.

Ich schließe die Augen.

Meine Mutter war Tänzerin. Und als sie aufhörte zu tanzen, brachte sie es anderen bei. In MacCubbins Scheune neben der Schaffarm, an jedem Donnerstagnachmittag.

Das Rezept.

Ich öffne die Augen wieder. Ich werde mich darauf konzentrieren, das zu erledigen, weshalb ich hergekommen bin, und nicht in verdrängten Erinnerungen schwelgen, die ohnehin nie wirklich glorreich waren.

Die nächsten Kartons öffne und schließe ich wieder, ohne mich mit ihrem Inhalt zu beschäftigen, der aus Büchern, noch mehr Bastelkram wie Muscheln und Seil sowie Küchenutensilien besteht. Caitrionas Krabbenzange. Dass er es nicht einmal geschafft hat, die zu behalten.

Ich nehme mir die nächste Kiste vor, die beinahe mit Fotos überquillt. All die gerahmten Bilder, die im Haus fehlen, aber auch Papiertaschen mit Fotostapeln darin und Alben, viele davon. Wider besseres Wissen schlage ich das erste auf. Es sind Hochzeitsaufnahmen darin. Caitriona in einem schmalen, mit Spitzen besetzten Brautkleid, ihr strahlendstes Lächeln im Gesicht, und daneben mein Vater, nichts als Bewunderung im Blick, das und Zuneigung. Mehr als das. Viel davon.

Ich klappe das Album zu und mache weiter.

Ich habe keine Ahnung, wie lange ich schon hier bin. Im Schneidersitz hocke ich auf dem schmutzigen Boden des alten Krabbenkiosks und blättere in Caitrionas Rezeptheften. Irgendwie habe ich das Gefühl, ich werde nie etwas finden, weil ich gar nicht richtig *sehe.* Vor meinen Augen tanzen die Bilder der vergangenen Stunden, Fotos, Sandalen, Tutus. Ich werfe besagtem Tüllröckchen aus dem Augenwinkel einen Blick zu. Ich habe es aus seinem Karton gekramt, ebenso die Fotoalben mit den Kinderbildern von mir und meinen Brüdern. Was ich damit anstelle, ist noch nicht ganz klar, erst mal das Rezept suchen.

Wieso hat mein Vater diesen alten Kram überhaupt aufgehoben? Das frage ich mich wirklich. Nicht nur, dass das Zeug hier verstaubt und vergammelt, es weckt Erinnerungen, die er doch wohl am wenigsten ertragen kann? Ich bin beinahe wütend auf ihn, einmal mehr sozusagen. Ich starre auf die lavendelfarbene Tinte, mit der Caitriona ihre Kochanleitungen in dieses Schulheft geschrieben hat, ich sehe sie vor mir, wie sie am Küchentisch sitzt und genau das tut. Bilder, Bilder, Bilder. Gedanken, Gedächtnis, Gefühl.

»Wie kannst du da lesen, es ist viel zu dunkel hier drin.«

Ich zucke zusammen, als ich die raue Stimme meines Vaters höre. Am liebsten würde ich aufspringen, die Hände abwehrend vor den Körper halten, ein »Nichts. Ich habe nichts getan« auf den Lippen. Doch wie er so dasteht, einigermaßen unschlüssig, der Gesichtsausdruck zahm, da fürchte ich mich auf einmal nicht mehr vor seinem Zorn, sondern viel mehr davor, was darunter begraben sein könnte. Er hält mir eine elektrische Laterne entgegen, und ich nehme sie und stelle sie vor mich auf den Boden.

»Ich suche nach einem Rezept«, erkläre ich ihm. »Shona hat mich darum gebeten.«

»Geht es ihr gut?«

»Ja, es geht ihr gut. Du kennst sie – selbst wenn es nicht so wäre, würden wir nie davon erfahren.«

Mein Vater nickt, und danach tut er etwas schier Unfassbares: Er setzt sich neben mich auf den Boden und nimmt mir Caitrionas Rezeptheft aus der Hand.

»Deine Mutter konnte hervorragend kochen«, brummt er, und ich bekomme beinahe einen Herzinfarkt vor Schreck. »Dafür, dass sie noch so jung war – und dafür, dass sie wegen des Tanzens kaum etwas aß –, konnte sie es tatsächlich erstaunlich gut.«

»Nun.« Mir fehlen die Worte, also belasse ich es dabei. Dass mein Vater von ihr erzählt, ist das eine. Dass er etwas Positives äußert, das andere. Ich dachte, zumindest in unserer Wut auf Caitriona wären wir auf einer Ebene. Oje, Isla. Das ist es, was dir in diesem Augenblick einfällt?

Und dann sagt er: »Ich hätte mich nicht so aufregen sollen darüber … du weißt schon, dass du sauber gemacht hast im Haus. Du wolltest nur helfen.«

Ich starre ihn an. »Es ist dein Haus«, sage ich tonlos. »Ich hätte mich nicht einmischen sollen.«

Mein Vater seufzt. »Ich hätte dich nicht so angehen sollen.«

Ich nicke. *Fast ein »Tut mir leid«,* denke ich. Mehr Zugeständnisse zwischen Vater und Tochter Grant wären womöglich eine Entschuldigung, und das hat es in dieser Konstellation noch nie gegeben. Eine Weile sitzen wir schweigend da, doch seltsamerweise ist das gar nicht unangenehm. Es ist, als flössen die Worte, die wir nicht aussprechen können, um uns herum, bevor sie sich wie eine Decke über uns ausbreiten, beruhigend und warm und säuselnd, *das ist doch schon etwas. Ein guter Anfang.*

»Sie hat das Tanzen nicht nur gemocht, sie war besessen davon«, sagt mein Vater schließlich. Er greift nach dem Tutu, das auf einem der Kartons neben mir liegt, und besieht sich die offenen Nähte. »Sie wollte es dir beibringen.«

»Sie hat es mir beigebracht«, murmle ich. »Wenn auch nur kurz.«

Mein Vater nickt, das Tutu immer noch in der Hand. »Ich denke, daran hat sie genäht, bevor sie ging. Bevor sie …« Er atmet aus, und dann schließt er für einen Moment die Augen.

»Dad.« Ich nehme ihm das Stück Stoff aus der Hand und räume es zurück in seine Kiste, die Fotoalben folgen. Ich verstaue alles wieder so, wie es war, bis auf die Rezepthefte, die ich mit zu Shona nehmen möchte. Mein Vater beobachtet jeden meiner Handgriffe, sagen tut er nichts, und er rührt sich nicht vom Fleck.

»Gut.« Ich wische mir die staubigen Hände an meiner Jeans ab und sehe unschlüssig auf meinen Vater, der nach wie vor im Schneidersitz auf dem Boden hockt. »Sollen wir gehen? Ich weiß gar nicht, wann ich zuletzt an der frischen Luft war. Man könnte glatt Asthma bekommen hier drin.« Ich mache ein Haha-Gesicht, doch falls mein Vater den Scherz witzig findet, lässt er es sich nicht anmerken.

»Würdest du …«, beginnt er, doch dann reibt er sich mit einer Hand über die Augen und seufzt nur.

»Würde ich was?«

»Setz dich noch einen Augenblick zu mir.«

»Dad, ich weiß nicht, ist das wirklich der richtige Ort oder Zeitpunkt für …«

»Bitte, Isla.«

Mein Vater blickt zu mir auf, und er sieht erschöpft aus. Erschöpft und ergeben und *schuldbewusst.* Also gut. Bevor sich mein Magen auf Rosinengröße zusammenkräuselt, möchte ich mich selbst daran erinnern, dass ich Menschen generell nicht sehr gut lesen kann. So gut wie gar nicht eigentlich. Genau. Also setze ich mich, und Dad beginnt noch einmal:

»Isla, würdest du mich hassen, wenn ich dir sagen würde, ich hätte deine Mutter fortgeschickt?«

Und schon bin ich wieder aufgesprungen.

»Was?« Ich starre auf meinen Vater herunter, der sich abermals die Augen wischt, mit beiden Händen diesmal. Als könne er mich nicht ansehen. Mich oder die vielen Denkwürdigkeiten, die in den Kisten um uns herum auf ihn lauern. »Du hast sie *weggeschickt?«*

Mein Vater seufzt, doch dann hält er meinem Blick stand. »Sie wollte gehen. Die Insel war ihr zu klein. Sie wollte tanzen.«

»Ja, ich meine, so weit kennen wir die Geschichte, aber …«

»Sie wollte euch mitnehmen.«

»Sie wollte …« Ziemlich sicher habe ich nie ungläubiger ausgesehen in meinem Leben.

»Sie wollte euch mit nach Irland nehmen. Euch bei ihren Eltern abliefern, bis sie sich überlegt hätte, wie sie beim Ballett wieder Fuß fassen könnte. Für eine Ballerina war sie womöglich zu alt, aber als Trainerin, für den Unterricht, irgendetwas an der Oper – sie wollte reisen, Isla, das war ihr großer Traum. Die Welt sehen. Es verging kein Tag, an dem ich nicht in ihren Augen lesen konnte, wer ihr diesen Traum vereitelt hatte.«

»Wir Kinder«, erkläre ich tonlos. Dann lasse ich mich neben ihn auf den Boden fallen.

Mein Vater schüttelt den Kopf. »Nein. Nicht ihr. *Ich* war es. Ich habe sie nach Bailevar geholt und das Leben einer Fischersfrau führen lassen.«

»Aber anfangs war sie doch glücklich.« Oje, ich klinge verzweifelt. Und, ah, Gott, ich habe keine Ahnung, warum ich das überhaupt sage. Ich kenne diese Frau kaum, und ich weiß wirklich nicht, ob sie jemals glücklich war. *Sie wollte euch mitnehmen.* Das ist alles, woran ich denken kann, doch ich habe Angst, meinen Vater noch einmal danach zu fragen.

»Anfangs. Ach, ich weiß nicht. Vielleicht. Ich dachte es. Dann kamen die Kinder, und ich dachte, *jetzt* – das ist es, was wir beide wollten. Nur war es das nicht. Nicht für sie.«

»Aber sie wollte … sie wollte uns mitnehmen«, bringe ich schließlich hervor.

»Das wollte sie. Und ich habe ihr gesagt, wenn sie das tut, wenn sie es auch nur versucht, dann verfolge ich sie bis ans Ende der Welt, bis ans Ende ihrer Tage.«

Ich gebe einen skeptischen Laut von mir, denn irgendwie scheint es für einen ganzen Satz nicht zu reichen. Oder vielleicht doch.

»Wieso?«, frage ich. »Wieso hast du sie uns nicht mitnehmen lassen?«

»Sie hätte euch bei ihren Eltern versauern lassen, Isla. Sie war nicht der Typ Frau, der zurücksteckt, um drei Kinder großzuziehen. Wäre sie dieser Typ gewesen, hätte sie uns nie verlassen.«

»Also hast du die Entscheidung für sie getroffen. Und für uns Kinder.«

»Sie sollte nicht euer Leben auch noch zerstören.«

Ich sehe meinen Vater an, aber ich verstehe nicht, was er mir sagen will. Ich bin so müde. Wenn ich nur nicht so müde wäre. Wäre ich nicht so müde, würde ich jetzt womöglich toben vor Wut, meinem Vater Dinge an den Kopf werfen und Wörter, ihn anschreien und ihm sagen, was ich davon halte, dass er uns unserer Mutter beraubt hat. Aber das tue ich nicht. Denn obwohl ich das Gefühl habe, rein gar nichts zu verstehen, weiß ich doch so viel, dass mein Vater niemals etwas getan hätte, das uns Kindern hätte schaden können. Und ich weiß, wie diese Geschichte ausgeht, noch bevor ich die nächste Frage stelle.

»Hat sie danach je wieder versucht, uns zu sich zu holen?«

Mein Vater atmet ein, dann lacht er kurz und bitter. »Die ersten zwei Monate. Sie schrieb Briefe und kündigte an, mit ihren wutschnaubenden Eltern und einer Horde Anwälte hier aufzutauchen. Ich habe ihr damit gedroht, das Sorgerecht zu beantragen, das ich ganz sicher bekommen würde, wenn rauskäme, dass sie vorhabe, die Kinder zu ihren Großeltern zu geben. Ich weiß nicht, ob das stimmte – ich habe es einfach behauptet. Und ich habe ihr gesagt, ich würde nie in die Scheidung einwilligen. Sie hätte mich vor Gericht zerren und erklären müssen, warum sie diese Familie zerstört hat.« Wieder dieses Lachen. »Sie hatte bereits diesen Choreografen kennengelernt, mit dem sie an ein Theater was weiß ich wo weiterziehen wollte. Sie hat ihn auf der Fähre getroffen.« Mein Vater sieht mich an. »Auf der Fähre von Liverpool nach Dublin.«

Auf der Fähre. So wie sie Dad damals auf einer Fähre kennenlernte, der von Fionnphort nach Bailevar.

»Hat sie sich später je wieder gemeldet?«, frage ich. Mein Vater schüttelt den Kopf, und mein Herz bricht ein bisschen mehr. »Ist sie … womöglich ist sie …«

»Sie lebt, Isla. Dass sie sich nie gemeldet hat, heißt nicht, dass ich nicht darüber Bescheid weiß, was sie tut. Sie hat diesen Choreografen geheiratet, dann einen Physiotherapeuten, dann einen Scheidungsanwalt.« Er lächelt, aber er sieht ganz und gar resigniert dabei aus. »Sie ist wieder in Dublin, wo sie ein Tanzstudio leitet.«

Mir fällt nichts ein zu sagen, also schweige ich. Eine ganze Weile sehen wir uns an, Vater und Tochter, im Schein dieses mickrigen Windlichts. Ich weiß nicht, warum er mir das gerade heute, gerade jetzt erzählt hat. Ich habe keine Ahnung. Ich weiß nicht, warum er all den alten Plunder aufgehoben hat, vielleicht aus schlechtem Gewissen oder weil er wollte, dass wir ihn irgendwann haben. Ich weiß nicht, ob ich Caitriona Grant nun anders sehe als vorher. Ich denke nicht. Oder womöglich ist jetzt alles noch schlimmer. Sie hat uns verlassen, und ich glaube, das hätte sie selbst dann getan, wenn sie uns mitgenommen hätte. So war sie. So muss sie heute noch sein, sonst hätte sie sich sicherlich in all den Jahren einmal gemeldet.

Es fühlt sich an, als säßen wir ewig so da. Doch als ich mich bewege, bemerke ich aus dem Augenwinkel einen Schatten und drehe mich um.

Will steht in der geöffneten Tür, einen zerstörerischen Ausdruck in den Augen. Mein Vater steht auf, und an den Seiten seines Körpers ballt Will die Hände zu Fäusten. Dad sagt: »Sie war nicht die Mutter, die man sich für seine Kinder wünscht«, und mein Bruder dreht sich um und stürmt davon.

Nun, das war ein ereignisreicher Nachmittag, würde ich meinen. Nach Wills plötzlichem Auf- und Wiederabtauchen habe ich mich mit den Rezeptheften davongemacht, muss ich gestehen, und die beiden Männer ihre Sache unter sich austragen lassen. Ich werde bei Gelegenheit mit Will sprechen. Und mit Kyle. In der Zwischenzeit aber möchte ich mich sammeln und zurückfinden zu dem Gedanken an meine Mutter, der das darstellt, was sie nun einmal war: unerreichbar. Unberechenbar. Unhaltbar. Wie eine Feder oder ein Luftballon. Man jagt ihnen nach, doch der Luftzug, den man dabei aufwirbelt, treibt sie nur noch weiter davon. So war Caitriona. Dass sie ursprünglich plante, meinem Vater auch noch die Kinder zu nehmen, nur um sich dann, bei der geringsten Unbequemlichkeit, nie wieder zu melden, spricht Bände über ihren Charakter. Diese neue Enthüllung muss mich nicht schockieren, denn sie ändert gar nichts. Nicht das Geringste.

»Hey, Shona.« Ich lege den Stapel Hefte auf dem Küchentisch ab und nehme ihr den schweren Topf aus der Hand, den sie eben mit Wasser gefüllt hat. »Was machst du? Du solltest im Bett liegen und dich ausruhen.«

»Ich habe eine kleine Beule am Kopf und kein Hirntrauma«, gibt sie zurück, greift sich den Topf und platziert ihn auf dem Herd. »Ich bin durchaus in der Lage, uns Abendessen zu fabrizieren.«

Ich seufze. Dann lasse ich mich auf einen der Stühle

fallen, falte die Arme auf dem Tisch und lege den Kopf darauf.

»Es gibt Nudeln mit Tomatensoße«, erklärt Shona, und ich gebe einen zustimmenden Laut von mir. »Ich habe keinen Thymian mehr, aber es wird sicher auch so gehen.«

Es rumpelt und klirrt an Waschbecken und Herd, die Kühlschranktür wird quietschend geöffnet und wieder geschlossen, Shonas Schritte tapsen über den Boden, dann wirft sich brummend das Gebläse in Gang, und auf einmal bin ich wieder drei. Hier, in Shonas Küche. An dem Tag, an dem Caitriona mich bei ihr abgab, um sich davonzustehlen. Ich blinzle. Stahl sie sich davon, oder hat mein Vater gewusst, dass sie uns an diesem Tag verlassen würde? Vermutlich nicht. Er wäre sonst nicht rausgefahren, und sie hätte ihm keinen Eintopf und einen Zettel hinterlassen. Hätte sie uns wirklich gewollt, hätte sie uns nicht einfach mitnehmen können? Ich schließe die Augen und vergrabe meine Stirn noch etwas mehr in meinen Händen.

»Weißt du, was Ciaran immer gesagt hat?« Shonas Stimme ist ganz dicht neben mir, und eine Hand umschließt meinen Nacken. »Er sagte: ›Du kannst eine Kirche oder eine Hütte daraus machen.‹«

Ich pruste in meinen Ellbogen, und Shona wuschelt in meinen Haaren. »Also, Liebes, was ist los?«

»Mein Vater hat mir heute eröffnet, dass Caitriona plante, uns Kinder mit nach Irland zu nehmen.« Ich hebe den Kopf und sehe Shonas erstauntes Gesicht. »Er wusste, sie würde nicht für uns sorgen, und hat sich dagegen gewehrt, und sie wollte es womöglich nicht genug, um tatsächlich darum zu kämpfen.«

»Nun, das ist eine Neuigkeit.« Shona geht zurück zum

Herd und schwenkt den Kochlöffel einige Male durch die Pfanne, in der die Soße köchelt. Mittlerweile duftet es nach Wein und Rosmarin, und ich setze mich aufrechter hin, um ihr den Rest meines Nachmittags zu berichten: von den verstaubten Kisten im Schuppen, von den Dingen, die ich darin gefunden habe, von Dad, der auf einmal keinen Groll mehr gegen mich zu hegen scheint und anfängt zu erzählen, und von Will, der die Nachricht nicht ganz so stoisch aufgenommen hat wie ich.

»Manchmal tun Männer so, als würde sie nichts umstoßen können, und dann gelingt es dem leisesten Hauch«, sagt Shona.

»Ich denke, es ist etwas anderes.« Ich bin mir sogar ziemlich sicher. Mein ganzes Leben lang habe ich mich gefragt, ob ich Schuld daran hatte, dass Caitriona uns verlassen hat. Obwohl Will oder Kyle nie etwas in diese Richtung geäußert haben – das habe ich schließlich auch nicht –, ging es ihnen womöglich genauso. Und nun stellt sich heraus, dass wir uns zumindest das hätten sparen können. Zumindest das.

»Du solltest mit ihm sprechen, Isla.«

»Das werde ich.«

»Es ist Zeit für euch Geschwister, an einem Strang zu ziehen. Und es ist Zeit, mit eurem Vater ins Reine zu kommen.«

Ich seufze. Shona hat recht, das weiß ich. Es ist nur nicht so einfach, die Bürden seines ganzen Lebens hinter sich zu lassen und unvoreingenommen von vorn anzufangen.

»Was ist?«, fragt sie, bevor sie mit dem Kochlöffel in der Hand zu mir herüberkommt und mit dem Zeigefinger an meine Schläfe tippt. »Was geht da vor in diesem hübschen Köpfchen?«

»Wieso hat er nicht versucht, sie zu halten?«, frage ich.

»Nun, wir können nicht ausschließen, dass er das getan hat, oder doch?«

Ich rümpfe die Nase. »Du kennst meinen Vater?«

»Oh ja, ich denke, ich kenne ihn.«

»Da hast du es. Wenn er mehr redet als ›Was gibt es zu essen?‹ und ›Wir brauchen Holz‹, können wir uns glücklich schätzen.«

»Er hat mit dir geredet.«

»Ja, das erste Mal in fünfundzwanzig Jahren.« Ich seufze. »Vielleicht … womöglich dachte Dad, es sei egoistisch, jemanden zurückzuhalten, bloß weil man ihn nicht gehen lassen möchte. Jedenfalls dachte ich das immer über die Geschichte von Ciaran und Moyra – wie selbstsüchtig er gehandelt hat, und das alles unter dem Vorwand der Liebe.«

»Selbstsüchtig?« Die Eieruhr klingelt, und für einen Augenblick ist Shona abgelenkt. Ich stehe auf und gieße die Pasta in einem Sieb ab, während sie zwei tiefe Teller aus dem Schrank nimmt und unser Essen hineinfüllt. Wir setzen uns an den Tisch. Der Tomatensugo sieht köstlich aus. Der Abend ist angebrochen, und ich denke, wenn ich nur hier sitzen bleiben könnte, in Shonas warmer, heimeliger Küche, dann wäre ich unantastbar. Für immer.

»Ich finde nicht, dass er selbstsüchtig gehandelt hat. Er hat das getan, von dem er dachte, dass es sie beide glücklich machen würde.«

»Das ist ihm nicht gelungen«, stelle ich fest.

»Nein, das ist ihm nicht gelungen.«

21

Eilean O Shean, vor langer, langer Zeit

Moyra sei kein Mensch, sie sei ein Selkie. Das war es, was sie sich im Dorf erzählten, seit Ciaran das schöne Mädchen am Strand aufgelesen hatte. Er könne sie nicht haben, erklärte ein Freund. Er werde sie nicht halten können, warnte ein anderer. Ciaran selbst sah unschlüssig auf seine Moyra, wie sie am Strand mit ihm Muscheln suchte, dieses übernatürliche Lächeln auf ihn gerichtet, wie sie der Mutter half in der Küche und im Garten, eifrig und ergeben. Ciaran war verliebt in diese junge Frau, vom ersten Augenblick an und jeden Tag mehr. Er wollte nicht glauben, dass sie ein magisches Wesen sein sollte, bloß weil er sie am Strand gefunden hatte – er selbst war auch in der Bucht angespült worden, und war er etwa ein Märchenprinz? Und doch, da war etwas in Moyras Blick, wenn sie durch die Gischt sprang, mit bloßen Füßen über Steine balancierte, die Augen auf den Horizont gerichtet, wo das Meer den Himmel traf.

Sie sprach kaum, und er fragte nie etwas. Aus Angst

vor der Antwort, das konnte schon sein. Dann und wann hatte er sich gewundert, wo sie wohl herkam. Sie machte ganz den Anschein, als habe sie noch nie ein Lagerfeuer gesehen, geschweige denn selbst eines angeheizt. Moyra wusste auch viele andere Dinge nicht. Wie man einen Korb flocht, beispielsweise, oder Geflügel rupfte. Sie spielte kein Instrument, sang nicht, tanzte nicht. Ciaran dachte manches Mal, sie habe womöglich ihr Gedächtnis verloren in der Nacht, als sie von Bord ging, als die Wellen sie an seinen Strand spülten, als er sie fand, bewusstlos im Sand. Doch dann dachte er, sie wusste ja auch ihren Namen, also … nein. Das Gedächtnis war es nicht. Die anderen Male dachte Ciaran ohnehin etwas anderes, dass Moyra nicht von dieser Welt sei nämlich, denn nur das konnte ihre Schönheit erklären, nicht wahr, und ihren Liebreiz. Das dachte er so lange, bis er sie berührte, bis ihre Augen leuchteten, ihr Lächeln ihn hypnotisierte. Denn dann, dann dachte er überhaupt nicht mehr.

Ein Selkie werde nie an Land glücklich werden, erklärte ihm Tàmhas. Ein Selkie sei immer nur vorübergehend Mensch, dann rufe ihn das Meer zurück. Ein Selkie werde niemals jemandem gehören, sich nie an jemanden binden. Es sei wahr, was die anderen ihm erklärt hätten, sagte auch Tàmhas. Er könne Moyra nicht behalten, es ginge einfach nicht.

Ciaran schwieg. Und dann las er über diese Wesen, nachdem die Gerüchte im Dorf lauter und lauter und unüberhörbar geworden waren. Eines Abends war er ins Zimmer gekommen und hatte ein Buch auf seiner Bettdecke vorgefunden – ein altes, abgegriffenes Buch über eine verrückte schottische Legende von einem Wesen, das seine Haut abstreifen konnte, um fortan ein anderes Wesen zu sein. Ein Seehund im Wasser, ein Mensch an Land. *Selkies sind sanfte und schöne Wesen,* las er, *mit Augen, so schwarz wie die sternlose Nacht.* Nur einmal im Jahr könne ein Selkie die Gestalt eines Menschen annehmen, und seine Seehundhaut, die müsse er an einem sicheren Ort aufbewahren, sonst gäbe es niemals ein Zurück. Und dass er irgendwann heimkehren wolle, stehe ganz außer Frage, denn die Sehnsucht nach der Tiefe treibe ihn fort.

Ciaran sagte nichts.

Stattdessen saß er mit Moyra nachts auf den Felsen, unten am Rande der Bucht. Er genoss die Stille und die Berührungen und die vorsichtigen Küsse. Er betrachtete sie. Moyra hatte die dunkelsten Augen, die er kannte, so schwarz, dass man kaum die Pupille sah. Sie war genauso schön und betörend, wie die Legende es behauptete, doch sollte sie deshalb etwas anderes sein als ein Mädchen? Niemals würde er das glauben. Doch auch wenn er sich weigerte, die dummen Geschichten als Wahrheit zu betrachten, so ertappte er sich mehr als einmal dabei, hinter einen Stein oder einen Baum zu spähen, auf der Suche nach ebendiesem Pelz, den der Selkie an Land abzustreifen pflegte. Er hatte sie am Strand gefunden, und sie war nackt gewesen. Sollte es dieses Seehundfell wirklich geben, musste er es dann nicht besser finden? Denn wenn er es nahm, dann würde sie bei ihm bleiben – für immer. Oder etwa nicht?

22

Finn

»Das gibt dir nicht das Recht, einfach in eines der Zimmer einzudringen und dort herumzuschnüffeln. Was hast du dir dabei gedacht, Isobel? Jared Campbell ist ein Gast, und was du getan hast, ist eine Straftat.«

»Ach, komm schon! Ist ja nicht so, als hätte ich ihm eins über die Rübe gehauen, um ihn zu bestehlen. Ich habe lediglich …«

»Okay, das reicht.« Ich weiß, mein Ton klingt harsch, und ich bin lauter geworden als sonst, denn Izzy hält quasi die Luft an, während sie mit schlechtem Gewissen zu mir aufsieht und darauf wartet, was als Nächstes passieren wird. Ich greife nach dem Anhänger, den sie in der Hand hält, doch sie lässt ihn nicht los.

»Izzy.«

»Finn …«

»Ich werde das zurücklegen. Was willst du überhaupt damit?«

»Ich weiß nicht. Das hier ist keltisch, oder etwa nicht? Was macht ein Amerikaner mit einem solchen Schmuckstück? Und sonst ist nichts in diesem Zimmer, Finn. Gar nichts! Ein Koffer mit Kleidung, aber weder ein Computer noch …«

»Izzy? Was macht ihr denn hier oben? Wir haben unten alle Hände voll zu tun, und …« Liam rennt die Treppe nach oben, dann blickt er von seiner Freundin zu mir und wieder zurück. Wir stehen vor Jared Campbells geöffneter Zimmertür, und das imaginäre Fragezeichen nimmt beinahe die Größe seines ganzen Gesichts ein. »Campbell sitzt unten«, sagt er, und es klingt misstrauisch. »Was macht ihr hier?«

Ich reiße noch einmal an dem Schmuckstück, und Izzy lässt los. »Ich lege das zurück«, erkläre ich. »Wo hast du es her?«

»Nachttisch«, murmelt Izzy.

Ich seufze. »Geht jetzt nach unten, okay?«

»Finn!«

»Geh jetzt, Isobel!«

Ich sehe ihr hinterher, wie sie den Gang hinunterstürmt, wo sie am Treppenabsatz beinahe mit Isla zusammenrumpelt – die mir gerade noch gefehlt hat, um ehrlich zu sein. Nach wie vor sieht Liam mich an, als müsse ich ihm erklären, weshalb seine Freundin heimlich Gästezimmer durchwühlt, und nach wie vor halte ich diesen Anhänger in der Hand, der mir nicht gehört. Ich werfe einen Blick darauf: Er dürfte keltisch sein, in der Tat, ein verwobenes Nest aus Knoten und Mustern, die sich um einen Baum in ihrer Mitte winden. Blätter und Äste verzieren Steine, doch der größte, der in der Mitte, fehlt.

»Ach, hör doch auf, Isla, jeder weiß, wie gut du dich mit ihm gestellt hast.« Ich sehe auf, als Isobels Stimme abermals Fahrt aufnimmt. »Tröstet er dich über noch eine gescheiterte Beziehung hinweg?«, raunzt sie eine staunende Isla an. »Ist es leichter, sich in die Arme eines Fremden zu schmeißen, als bei Finn zu Kreuze zu kriechen, den du schon einmal für deine Zwecke benutzt hast?«

»Was glaubst du eigentlich …«

»Aber deshalb muss Connor nicht der Schuldige sein! Wieso sollte er hier einbrechen? Oder bei Shona?«

»Connor?« Islas Verwirrung ist ihr deutlich anzusehen. »Welcher Connor, und wieso sollte ich …«

»Connor? Was ist hier los, Izzy?« Und jetzt hat auch Liam erfasst, worum es Isobel bei ihrer Aktion eigentlich ging, und er stürmt auf sie zu. Herrgott noch mal.

»Okay, das reicht jetzt.« Mit ein paar Schritten bin ich neben den dreien und werfe Isobel einen tödlichen Blick zu. »Runter! Jetzt! Es ist mein Ernst.«

Sie geht, stampft vielmehr, Liam folgt ihr, und bei dem Lärm, den die beiden machen, steht womöglich wirklich bald Jared Campbell auf der Matte. Ich drehe mich um, gehe zurück zu seinem Zimmer, lege nach kurzem Zögern den Anhänger auf den Nachttisch – in oder auf den Nachttisch? Hat Isobel das überhaupt erwähnt? – und ziehe die Tür hinter mir zu, bevor ich sie mit dem von Izzy missbrauchten Universalschlüssel wieder abschließe.

»Was ist hier los?«, fragt Isla hinter mir, und ich seufze. Es genügt doch, wenn ich mich mit Isobels Irrsinn auseinandersetzen muss, es ist nicht nötig, dass noch mehr Leute davon erfahren. Doch das hier ist Isla, und ihr habe ich noch nie etwas abschlagen, geschweige denn etwas vor ihr verheimlichen können, also sage ich: »Izzy hat Campbells Zimmer mit dem Universalschlüssel aufgesperrt. Sie wollte irgendetwas finden, das beweist, dass er bei Shona eingebrochen hat. Sie will den Verdacht von Connor lenken, der ihr Ex-Freund ist, während Liam, einer der Köche, ihr aktueller Freund ist, und …« Ich zucke mit den Schultern, schüttle den Kopf, mache eine fahrige Handbewegung, alles auf einmal. »Ich schätze, du bist ihr zur falschen Zeit am falschen Ort begegnet«, sage ich. »Keine Ahnung, weshalb dieser Connor und alles, was er anstellt, in ihrem Leben überhaupt noch eine Rolle spielt, aber er tut es, und das tut ihr nicht gut.« So wie … Ich blinzle. Ja, eine gewisse Ähnlichkeit zwischen Izzys Faszination mit ihrem Ex und meiner eigenen mit meiner Ex ist vermutlich nicht von der Hand zu weisen.

Isla blinzelt ebenfalls. Doch dann fragt sie: »Hat sie etwas gefunden?«

»Einen alten Anhänger. Für eine Kette oder was weiß ich. Ich habe ihn zurückgelegt.«

Mit ihren großen grauen Augen sieht mich Isla an, und für einen Moment entfällt mir, was ich als Nächstes tun wollte. Ah, klar. Die Küche. Es gibt einiges zu tun da unten, und Izzys kleiner Stunt hier hat mich schon lange genug aufgehalten. Mit einem »Entschuldige mich« dränge ich an Isla vorbei in Richtung Treppe.

»Was war das für ein Anhänger?«, ruft sie mir hinterher.

»Keine Ahnung. Alt und … ich weiß nicht. Könnte genauso gut aus einem Antiquariat wie aus einem Souvenirshop stammen.«

»Hast du ihn schon mal gesehen? Könnte er Shona gehören?«

Als ich den Treppenabsatz erreiche, drehe ich mich zu Isla um. »Wieso fragst du das nicht Shona selbst?«, schlage ich vor. »Oder besser noch, Campbell, wenn du ihn das nächste Mal zu später Stunde besuchst?« Für einen Augenblick sieht sie tatsächlich sprachlos aus, und ich nutze die Gelegenheit, um die Stufen hinunter in die Küche zu laufen. Während ich die Tür aufdrücke und an Liam und Erin vorbei in den hinteren Teil des Raums zur Spüle stampfe, hat die Wut auf mich selbst einen neuen Rekordstand erreicht. Wie schlau war es wohl, Isla gegenüber den eifersüchtigen Ex zu spielen? Und seit wann habe ich nicht mehr die Eier in der Hose, mich Konflikten zu stellen? Ich drehe den Hahn auf und spritze mir kaltes Wasser ins Gesicht.

Der Abend ist fast vorbei, die meisten Essen ausgegeben. Ich werfe einen Blick auf Nick und Robin, die ihre Stationen bereits gesäubert haben. Adam steckt den Kopf zur Tür herein, die in die Bar führt. »Ich könnte ein paar Limetten gebrauchen«, sagt er.

»Ist draußen viel los?«

Er schüttelt den Kopf. »Die üblichen Verdächtigen. Und meine Frau.«

Ich gehe in den Kühlraum, um die Limetten für Fionas üblichen Cuba Libre zu holen, und als ich zurückkomme, steht Isla da, neben Erins Dessertstation, und starrt mich an, während die drei anderen Köche im Raum plus Adam so tun, als hielten sie nicht gerade den Atem an.

Ich drücke meinem Barmann die Limetten in die Hand, dann wende ich mich Isla zu. »Bist du hergekommen, um deine Rechnung zu begleichen? Das ist nicht nötig, ich möchte dich gern einladen. Um der alten Zeiten willen, wie es so schön heißt. Es ist also alles gut. Du kannst beruhigt abreisen.«

»Ich bin … ich bin nicht …«

Ich sehe Isla an, und irgendetwas stimmt nicht. Sie ist rot im Gesicht, ihre Augen funkeln, und sie scheint innen auf ihrer Unterlippe herumzunagen. Sie wirkt, als stünde sie kurz vorm Platzen, obwohl ich mir ehrlich nicht vorstellen kann, wie diese kleine Bemerkung über sie und Jared Campbell sie dermaßen in Rage versetzen konnte. »Ich hab noch zu arbeiten«, erkläre ich vorsichtshalber. »Ich hoffe, wir sehen uns noch, bevor du die Insel verlässt.« Damit nicke ich ihr zu und mache mich auf den Weg zurück in den Kühlraum. Ich bin noch nicht ganz drin, die Tür hinter mir ist noch nicht ganz zugefallen, da höre ich ihre Schritte hinter mir, Isla ruft: »Du hast kein Recht, eifersüchtig zu sein«, und ich kann den Luftzug des kollektiven Ausatmens meiner Mitarbeiter quasi spüren. Ich ziehe die Tür hinter uns zu, und sie lehnt sich mit dem Rücken dagegen.

»Für jemanden, den der Tratsch auf dieser kleinen Insel so sehr anwidert wie dich, machst du es den Leuten ganz schön einfach«, sage ich, doch ich fürchte, sie ist zu fokussiert auf ihren Ärger, um auf meinen Spott einzugehen. »Isla«, beginne ich, »was …«, doch sie unterbricht mich, und ihre nächsten Worte bringen mich abrupt zum Schweigen.

»Wieso hast du damals nicht um mich gekämpft?«

Ich starre sie an.

»Als ich dir sagte, ich würde Bailevar verlassen und … du weißt, was ich gesagt habe. Wieso hast du nicht versucht, mich zu halten?«

Ich starre sie immer noch an, ich habe mich nicht vom Fleck bewegt, doch in meinem Inneren ist so einiges in

Bewegung geraten. Mein Blut zum Beispiel, das heiß und kalt durch meine Venen rast und mittlerweile in meinen Ohren rauscht. »Das ist ein Witz, oder? Deshalb bist du hergekommen? Um mich das zu fragen?«

Sie funkelt mich an, doch irgendwann kann oder will sie den Blickkontakt nicht mehr halten, stößt sich von der Tür ab und geht um mich herum in den Raum hinein. Der winzig ist, gemessen daran, dass es ein Kühlraum ist. Es gibt keine Möglichkeit, sich zu setzen, es gibt kaum eine, um zu stehen, denn drei der vier Wände sind mit Regalen und Schränken voller Lebensmittel zugestellt, an der vierten befindet sich die Tür. Einige Sekunden lang lässt Isla den Blick über die Kisten mit Obst und Gemüse schweifen und über die Meerestiere, die in einem Kühlschrank mit Glastür aufbewahrt werden.

»Ich bin hergekommen, um meine Rechnung zu begleichen«, sagt sie schließlich, aber ich kenne Isla gut genug, und lügen ist nicht ihre Stärke.

»Okay, das hätten wir dann geklärt, oder?«, frage ich dennoch. »Du solltest wieder nach draußen gehen, es wird schnell kalt hier drin und …«

»Weißt du, dass wir nur noch streiten, seit wir uns geküsst haben?«

Ich blinzle verwirrt, und Isla wird rot. »Und wieso hast du es überhaupt getan, wo du doch eine Freundin hast?«

Und dann lache ich. Ein überraschtes, humorloses, ungläubiges Lachen. »Sag mal, geht es dir gut? Hast du über Nacht beschlossen, mit einem Jahrzehnt Schweigen ist es getan, und nun sprechen wir einfach alles aus, was uns in den Sinn kommt? Aber, oh, Schwachsinn, was rede ich! Darin, andere vor den Kopf zu stoßen, warst du immer schon brillant, stimmt's? Die Beste eigentlich.«

Ein Ausdruck huscht über Islas Gesicht, eine Mischung aus Betroffenheit und Ärger. Schließlich hebt sie trotzig ihr Kinn. »Wieso hast du es getan?«

Ich schüttle den Kopf. Dann raufe ich mir die Haare. Was habe ich in diesem Leben eigentlich verbrochen, um mit einer so nervtötenden Frau gestraft zu werden? Die nicht einmal meine ist? Ja, allerdings, *Isla ist nicht meine Freundin, und sie ist nicht mein Problem.* Wieso also lasse ich mich von ihr in meinem eigenen Kühlraum in die Enge treiben, und wieso kommt sie jetzt auf mich zu und …

Sie hat beide Hände um meinen Nacken geschlungen, zieht meinen Kopf zu sich herunter und drückt ihre Lippen auf meine. Die kalt sind. Und warm und weich, alles in einem. Okay. Das ist ein Traum, oder? Ich kann förmlich spüren, wie sich meine Züge entspannen, wie alles in mir nachgibt, wie mein Hirn seine Rädchen zum Stillstand bringt, mit quietschenden Bremsen. Ich schlinge die Arme um Islas Taille und drücke sie an mich.

Gott.

Meine Fingerkuppen berühren die Spitzen ihrer Locken, und ich schiebe eine Hand nach oben und greife in ihre seidigen, widerspenstigen Haare. *Diese Haare.* Hätte mich jemals jemand gefragt, was Islas Reiz für mich ausmache, rein körperlich gesehen, wäre das die Antwort gewesen. Nicht die großen grauen Augen, nicht die helle Haut. Nicht die wirklich langen Beine, ganz knapp nicht. Diese Locken, sie sind wie ein Trigger für mich. Ich schlinge die ganze Mähne um ein Handgelenk und ziehe Isla enger an mich, während ich wie in Trance den Kuss vertiefe. Sie gibt einen Laut von sich. *Diese Laute.* Und diese Küsse. Ich habe nie Drogen probiert, aber ich kann mir nicht vorstellen, dass sie gefährlicher sind als Isla Grant.

Und genau. *Das.* Bin ich wirklich dumm genug, einen Fehler immer wieder zu begehen? Ich löse mich von ihr und taumle ein Stück zurück. *»Du* hast *mich* geküsst«, bringe ich hervor. »Und du hast es schon wieder getan.«

Isla sieht mich an, der Blick verklärt, was mir eine absurde Art von Genugtuung verschafft. Es sollte mir egal sein, aber das ist es nicht, auch nicht, dass ihre Stimme fast so rau klingt wie meine, als sie sagt: »Dann frage ich eben anders: Wieso hast du dich von mir küssen lassen, wo du doch eine Freundin hast?«

»Isla.« Ich seufze. Dann gehe ich um sie herum, nehme Bestellblock und Stift vom Kühlschrank und beginne damit, fehlende Lebensmittel aufzulisten. Kartoffeln. Lauch. Zwiebeln. »Ich habe keine Freundin«, erkläre ich mit dem Rücken zu ihr. »Sonst hätte ich mich sicher nicht von dir küssen lassen.«

»Shona sagte …«

»Shona weiß sehr wohl, dass Heather und ich uns schon eine ganze Weile nicht mehr sehen, sie hielt es aber für amüsant, dich in dem Glauben zu lassen, du hättest Konkurrenz.« Ich drehe mich wieder um, als mir mein Versprecher auffällt, und noch bevor Isla den Mund öffnen kann, füge ich hinzu: »Von wegen Konkurrenz. Es gibt hier nichts zu konkurrieren. Du und ich, wir sind Geschichte, richtig? Das sind wir schon seit einer ganzen Weile.«

Wieder dieser Blick, wieder diese Verletztheit, dicht gefolgt von Trotz. Ich habe keine Ahnung, was heute in Isla vorgeht, aber ich weiß ziemlich sicher, ich kann ihr nicht helfen. »Ist das hier wegen Eric?« Womöglich hat die Trennung sie mehr verwirrt und mitgenommen, als es bisher den Anschein machte. Und womöglich deshalb hat sie sich mit Jared Campbell eingelassen, aus ebendieser Verwirrung heraus. »Wenn dem so ist, dann glaube ich nicht …«

»Hast du sie geliebt?«

»Was?«

»Hast du?«

Ich starre sie ungläubig an. Und ein weiteres Mal ist Ärger das stärkste Gefühl in meinem Inneren. »Hör zu, wenn weiter nichts ist, ich muss wirklich …«

»Und hast du gewusst, dass meinem Vater klar war, dass Caitriona gehen würde? Sie hatten darüber gesprochen. Er hat sie daran gehindert, uns Kinder mitzunehmen.«

Immer noch ist sie die wilde Isla mit dem störrischen Blick und den glühenden Wangen, doch jetzt, da ich weiß, wonach ich suchen muss, sehe ich die Verwundbarkeit in ihren Augen. Und in ihrer Haltung. Sie wirkt zerbrechlich und klein trotz ihrer Größe, und ihre Hände sind an den Seiten ihres Körpers zu Fäusten geballt. »Das habe ich nicht gewusst«, sage ich ihr schließlich. »Von wem hast du es erfahren?«

»Von meinem Vater.« Sie zuckt mit den Schultern. »Auf einmal hielt er den Augenblick für gekommen, um mir zu erklären, dass meine im Nirgendwo verschollene Mutter, die uns zwar von Bailevar fortbringen wollte, aber nicht genug, um es auch wirklich zu tun, mittlerweile mit einem Scheidungsanwalt verheiratet ist und in Dublin lebt.« Wieder zuckt sie mit den Schultern.

Ich lege Block und Stift beiseite, gehe zu ihr und nehme sie in meine Arme. Eine Weile stehen wir so da, in der Mitte des Kühlraums, und ich drücke sie noch ein wenig enger an mich, als die Kälte mehr und mehr in unsere Körper kriecht. »Wir sollten rausgehen«, murmle ich in ihre Haare. »Ich will nicht, dass du krank wirst und anschließend behauptest, ich hätte es extra gemacht, um dich hier auf dieser Insel zu halten.«

»Würdest du das tun wollen? Mich hierbehalten?«

Jeder einzelne Muskel meines Körpers spannt sich an bei dieser Frage, aber irgendwie schaffe ich es, mit Isla im Arm stehen zu bleiben und sie nicht durchzuschütteln, wonach mir eigentlich wäre. *Was tust du da?*, würde ich gern rufen. *Was ist auf einmal los mit dir, und was stellst du mit mir an?* Stattdessen atme ich einmal tief ein und frage: »Was wirst du unternehmen wegen Caitriona? Hast du vor, sie zur Rede zu stellen? Jetzt, wo du weißt, wo du nach ihr suchen musst?«

»Nein.« Isla schüttelt den Kopf gegen meine Brust, und dann legt sie ihre Wange an die Stelle, unter der mein Herz schlägt. Hämmert. Immer lauter, wie es sich anfühlt. Ich weiß nicht, was heute in sie gefahren ist, aber ich muss das hier stoppen, das weiß ich genau.

»Es ist spät«, sage ich, während ich die Umarmung löse und Isla ein Stück von mir wegschiebe. »Warte draußen auf mich, okay? Ich mach das eben fertig, dann bringe ich dich zurück zu Shona.«

»Finn …«

»Isla, was ist los mit dir?« Ich habe das Gefühl, mir die Haare raufen zu müssen, so sehr verwirrt sie mich in diesem Augenblick. »Willst du mit mir über deine Mutter sprechen? Über Eric? Über Jared Campbell? Was zur Hölle geht gerade in dir vor?«

»Über Jared?« Isla runzelt die Stirn. »Wieso sollte ich mit dir über Jared sprechen wollen? Wegen des Kettenanhängers?«

»Aaaargh.« Und nun raufe ich mir tatsächlich die Haare. »Isla. Du kommst hier rein, stellst mir heikle Fragen, küsst mich und lässt mich dann wissen, dass das Ganze vermutlich darauf zurückzuführen ist, dass du nun noch schlechter von deiner Mutter denkst als vorher.«

»Was lässt dich das glauben?« Auch ihre Stimme ist lauter geworden, und wie so oft in den vergangenen Tagen stehen wir uns auch nun wieder gegenüber und starren uns an.

»Hör zu ...«

»Was lässt dich das glauben?«

»Was lässt mich *was* glauben?«

»Dass ich dich nur geküsst habe, weil ich das von Caitriona erfahren habe?«

»Oh, ich weiß nicht. Womöglich die Tatsache, dass du einen völlig verstörten Eindruck auf mich machst. Konfus. Kopflos. Aber wer weiß, vielleicht liege ich auch völlig daneben. Immerhin bin ich ja nicht der Einzige, der sich dieser Tage über deine Zuwendungen freuen darf, habe ich recht?«

Und. *Shit.* Nicht schon wieder dieses Thema.

Für eine Sekunde herrscht Stille zwischen uns, luftdichte, dröhnende Stille, doch bevor ich noch etwas hinzufügen kann, um diesen erneuten Anfall unsinniger Eifersucht zu rechtfertigen, hat Isla ausgeholt, und ich schaffe es gerade noch, ihr Handgelenk zu packen, bevor ihre Finger meine Wange berühren.

Und dann ziehe ich sie an mich. Und bevor ich hinterfragen kann, was ich da tue, habe ich meine Lippen auf ihre gepresst und küsse sie mit ungebremstem Enthusiasmus, angefeuert von meinem Ärger und meiner Verwirrtheit und der Gekränktheit darüber, was sie wohl mit diesem Jared getan haben mag in der Nacht, in der Shona überfallen wurde. Und Isla erwidert den Kuss. Zunächst einmal, bis ich spüre, wie sich ihre eine Hand gegen meine Brust stemmt und die andere, die ich immer noch in einem Klammergriff gefangen halte, sich herauszuwinden versucht. Ich lasse sie los, sie taumelt ebenso zurück, wie ich es vorher getan habe, und ich muss beinahe lachen, über uns beide und über diesen lächerlichen Tanz, den wir da aufführen. Eins vor, zwei zurück, zwei vor, eins seitwärts – kein Wunder, dass einem schlecht wird, so außer Takt, wie wir uns derzeit bewegen.

»Wärst du nur damals so wütend geworden«, zischt Isla mich an, und sie hätte mir genauso gut einen Kübel Eiswürfel in den Nacken schütten können. »Einiges wäre womöglich anders gekommen.«

»Damals? Was wäre damals anders gekommen?«

»Keine Ahnung. Sag du's mir.« Damit dreht sie sich um, greift nach der Türklinke, doch bevor sie sie herunterdrückt, wirbelt sie schon wieder herum. »Weißt du, wie ich mich fühle?«, ruft sie. »Wie Moyra! Ja, ganz genau so! Als hätte ich mein Kleid abgestreift, und dann – und dann bin ich doch nie wirklich glücklich geworden, und … Bist du dieses Kleid, Finn? Es kommt mir vor, als wärst du dieses Kleid. Es kommt mir vor, als könnte ich nur dann meinen Frieden finden, wenn ich diese Haut wieder überstreife und als sei ich nie … als sei ich nie …«

Ich habe keine Ahnung, wovon Isla spricht, doch sie sieht aus, als würde sie gleich in Tränen ausbrechen und/oder sich in Dampf und Rauch auflösen, also mache ich erneut einen Schritt auf sie zu, um sie festzuhalten, doch sie schlägt meinen Arm weg. »Du hast nie um mich gekämpft«, sagt sie, und diesmal weiß ich sehr wohl, was sie meint. »Du hast nie versucht, mich zu halten.«

»Ich hätte dich nicht halten können, selbst wenn ich dich an einen Baum gefesselt hätte. Was zum Teufel, Isla? Was zum Teufel geht in dir vor, dass du jetzt damit anfängst?«

»Du gehst in mir vor, du und deine schreckliche Erhabenheit! *Schön, dich zu sehen, Isla«,* äfft sie mich nach. *»Wie lange ist das her? Zehn Jahre? Ach was, du hast dich gar nicht verändert. Was sind schon zehn Jahre? Lass uns einfach Freunde sein.«*

»Ich dachte, du willst diese Freundschaft, denn wenn nicht, dann …«

»Hast du deine Freundin je geliebt? Hast du *mich* je geliebt?« Sie hat den Kopf schief gelegt und die Hände in die Seiten gestemmt. Sie sieht aus wie eine Irre. Eine irische Irre voller Feuer und Wut.

»Ist dir bewusst, dass einem Iren nur ein R zu einem Irren fehlt?«, frage ich sie. Was soll ich sonst sagen? Ich stehe ratlos vor dem Mädchen, das die Liebe meiner Jugend gewesen ist und ihr Ruin, alles in einem.

»Ich bin Schottin«, faucht sie.

»Bestenfalls zur Hälfte.« Mit beiden Händen reibe ich über mein Gesicht, dann lasse ich sie erschöpft sinken. »Was willst du von mir? Ich habe keine Ahnung, was ich dir sagen soll. Dass du schon immer auf der Suche nach etwas anderem, Besserem gewesen bist? Das weißt du selbst. Und du weißt, dass du nie auf die Idee gekommen wärst, es womöglich schon gefunden zu haben. Hier. Auf der Insel.« *Bei mir.*

»Ciaran ist gestorben bei dem Versuch, jemanden zu halten, der nicht zu halten war, hast du dir das einmal klargemacht?«, fragt sie. »Dieser ganze verfluchte Verlorene-Insel-Kram wegen einer Handlung, so überflüssig wie ein Kropf?« Sie greift sich an die Stirn und schließt die Augen, als würde sie sich selbst aus diesem seltsamen Zustand, in dem sie sich befindet, befreien wollen. »Mein Vater ... ist ihm je in den Sinn gekommen, für seine Frau zu kämpfen?«

»Isla ...«

»Vergiss es.« Sie öffnet die Augen, und die Raumtemperatur sinkt um noch ein paar Grad, so kalt ist ihr Blick.

»Was soll ich vergessen? Dass ich nicht wie Ciaran bin? Dass ich nie versucht habe, dich hier zu halten? Auf dieser Insel, auf der du nie sein wolltest?«

»Ich sagte, vergiss es.«

»Mach mich nicht verantwortlich für deine Entscheidungen.«

Sie wendet sich zum Gehen, aber einem Impuls folgend, halte ich sie abermals am Handgelenk fest. »Wie jetzt, Isla? Du stellst Fragen, und dann kannst du die Antworten nicht ertragen? Richtig? Ist das so?«

»Finn.«

Ich lache, denn sie knurrt geradezu, aber ich greife ihr Handgelenk nur fester. »Oh, hört die Warnung in dieser hübschen, rauchigen Stimme. Gut, dann will ich dir etwas sagen, Isla Grant. Habe ich Heather geliebt? Keine Ahnung, vermutlich war ich verliebt in die Tatsache, dass sie in mich verliebt war und umgekehrt, wenn du verstehst, was ich meine?«

Mit einem Ruck unternimmt Isla den erneuten Versuch, sich aus meinem Griff zu befreien, aber ich bin noch nicht fertig. »Du willst wissen, ob ich dich geliebt habe?«

»Lass mich los, Finn.«

»Aber ich dachte, du wolltest es gern wissen? Hast du nicht eben danach gefragt?«

»Lass. Mich. Los.«

»Das werde ich, gleich nachdem ich deine Frage beantwortet habe, denn weißt du, nicht jeder hat ein Herz wie eine Insel – unberührbar, unerreichbar, *aus Fels und Stein.* Ich habe dich damals gehen lassen, und zwar nur aus dem einen Grund, weil ich dich selbstverständlich …« Und weiter komme ich nicht, denn mit ihrer freien Hand hat Isla nach einer Tomate gegriffen und sie mir ins Gesicht geklatscht. Auf den Mund, um genau zu sein.

Für einige Sekunden blinzle ich sie sprachlos an, dann landet die nächste Tomate unter meiner Nase, bevor eine dritte auf meiner Stirn zerplatzt. Tomatensaft läuft mir in die Augen und das Kinn hinunter, und ich lecke ihn von meinen Lippen. Inzwischen hat Isla sich von mir losgerissen und greift mit beiden Händen nach den roten Früchten, die sie auf mich wirft wie auf eine dieser Schießbudenfiguren auf dem Jahrmarkt. Ich bin zu verblüfft, um auch nur im Entferntesten darauf zu reagieren, weshalb ich einfach nur dastehe. »Ich habe dich geliebt, und deshalb hätte ich dich nie zu halten versucht«, sage ich schließlich, während eine Frucht mich in die Brust, die andere an der Schulter trifft, eine nächste im Bauch und dann etwas tiefer. »Autsch. Und weil ich weiß, wie sich das anfühlt, Isla, werde ich – aaaah – werde ich mir von dir nicht noch einmal das Herz brechen lassen.«

Das bringt den Tomatenhagel zum Stillstand. Isla steht da, die Augen riesig, die Lippen zu einem schmalen Strich zusammengepresst. Ich denke: *Tja, Miss Austeilen, zu viel Wahrheit hast du noch nie vertragen,* da hat sie sich umgedreht, die Tür aufgerissen und ist davongestürmt.

Die Tür ist weit offen, und ich stehe nach wie vor in der Mitte des Raums. Liam steckt den Kopf herein. »Schreib Tomaten auf die Liste«, sagt er trocken, und ich lache los, laut und hysterisch, ich kann nicht mehr aufhören. Ich lache so lange, bis mir der Magen wehtut.

23

Isla

Wenn du mir sagst, wie ich mich verhalten soll, dann ist es schon zu spät für mich, es zu tun. Liebe ist nicht an Bedingungen geknüpft. Liebe ist absolut. Liebe ist, den anderen dafür zu lieben, was er ist. Nicht dafür, was er sein könnte.

Erics Kalendersprüche flirren durch meinen Kopf, während ich die Position in Shonas Ohrensessel zum gefühlt hundertsten Mal wechsle, die Decke über den Knien, das Handy in der Hand. Ich habe seit drei Tagen die Wohnung nicht verlassen, allerdings kommt es mir vor wie drei Jahre. Finn hat sich nicht mehr gemeldet seit meiner Tomaten-Attacke, und ich kann es ihm kaum verdenken. Was ist in mich gefahren? In dem einen Augenblick flirte ich mit Jared Campbell, lasse mich sogar von ihm küssen, und im anderen flehe ich Finn geradezu an, mir zu sagen, dass ich liebenswert bin. Dass zumindest er mich geliebt hat, wenn Eric mich schon wegen einer anderen verlassen musste. Ich vergrabe die Stirn in einem der beiden Sesselohren und kneife die Augen zu. Hat Eric auch nur irgendetwas damit zu tun? Spielt er überhaupt eine Rolle in diesem ganzen Wirrwarr? Ich fürchte mich vor der Antwort, denn ziemlich sicher lautet sie nein. Eric ist nicht die große Liebe meines Lebens, er ist es nie gewesen. Ich hätte es früher bemerken müssen, spätestens aber in dem Moment, in dem ich meine Sachen gepackt und ihn verlassen habe. Und dann ausgerechnet ein Ticket hierher gekauft habe, nach Bailevar. Und dann, spätestens als ich Finn das erste Mal wiedersah, kaum mehr einen Gedanken an Eric verschwendet habe. Zehn Jahre, derselbe Mann, die scheinbar große Liebe, ausgelöscht in wenigen Tagen durch knappe dreihundert Kilometer. Und ein längst vergessenes Leben.

Ich spiele mit dem Handy in meiner Hand und mit dem Gedanken, Eric anzurufen. Ich bin jetzt seit fast zwei Wochen hier und habe insgesamt achtundsechzig seiner Anrufe geblockt, doch sie sind kaum weniger geworden. Drei am Tag statt fünf, die aber regelmäßig. Die letzte Voicemail ist kaum dreißig Minuten her. Ich lasse den Zeigefinger über dem kleinen blauen Pfeil schweben, dann drücke ich *Play,* doch sobald ich Erics Stimme meinen Namen sagen höre, beende ich die Sache wieder. So viel Vorwurf in nur einem Wort, das steht ihm nicht zu. Vielleicht bin ich die Kindische hier, die sich weigert, die Dinge auszudiskutieren, wie Eric das so gerne tut, doch ich bin nicht diejenige, der man darüber hinaus etwas vorwerfen kann. Das war ganz er. Alles er.

Etwa nicht?

Ich werfe das Telefon aufs Bett und ziehe die Wolldecke von den Knien hoch zu meinem Kinn. Womöglich trifft mich die gleiche Schuld wie ihn. Mein Herz ist eine Insel. Das hat Finn zu mir gesagt. Eine Insel, unerreichbar, Fels und Stein. Ich frage mich, ob das wahr ist. Ob das tatsächlich stimmt.

»Isla, Liebes? Bist du angezogen?«

»Es ist drei Uhr nachmittags, Shona, natürlich bin ich angezogen«, rufe ich durch die geschlossene Tür.

»Aaaah, das ist gut zu wissen, kleiner Deprifisch. Dann komm doch bitte zum Tee in die Küche. Wir haben Besuch.«

»Besuch?« Ich setze mich aufrecht, und prompt zieht sich mein Magen zusammen. In den vergangenen drei Tagen bin ich Anrufen – sowohl auf meinem Handy als auch auf Shonas Festnetz – aus dem Weg gegangen, ich habe weder mit Finn noch mit Lilian, noch mit Jared Campbell gesprochen und nur deshalb einen Anruf meines Bruders entgegengenommen, weil ich das Gefühl hatte, ich müsste Will beistehen nach dem, was mein Vater mir beziehungsweise uns eröffnet hat. Und das offenbar an meinen Brüdern noch mehr nagt als an mir, denn sie waren diejenigen, die seit Jahren mit ihm zusammenleben, ohne dass Dad auch nur eine Andeutung in diese Richtung gemacht hätte wie beispielsweise: *Kinder, es war nicht eure Schuld, dass sie fortgegangen ist, hört auf, euch zu grämen.*

»Besuch«, antwortet Shona.

»Wer ist es?«, frage ich, doch da höre ich schon ihre trippelnden Schritte, die sich vom Gästezimmer wegbewegen.

Ich seufze. *Besuch.* Bitte lass es nicht Finn sein. Oh Gott, Finn. Sein Gesicht, als ihm der Tomatensud das Kinn hinunterlief. Er stand einfach da, ungläubig und regungslos, und ließ es geschehen – er ließ zu, dass ich ihm wehtat. Und ist das nicht immer so gewesen?, frage ich mich. Ich muss mich bei ihm entschuldigen, das muss ich wirklich. Für mehr als ein paar Tomatengeschosse. Also atme ich tief ein, bevor ich mich auf den Weg in die Küche mache, aus der Lachen zu mir dringt, doch es ist nicht Finn, der da am Tisch sitzt, eine Tasse in der Hand, einen Inselkeks vor sich und daneben ein aufgeschlagenes Fotoalbum, von dem er jetzt aufsieht.

»Jared?«, frage ich überrascht. »Was tust du denn hier?« Ich sehe von ihm zu Shona, die mit den Schultern zuckt und an ihrem Tee nippt. Die beiden machen einen gut gelaunten Eindruck, und alles deutet darauf hin, dass sie schon länger hier sitzen, eine Weile womöglich.

»Du hast nicht auf meine Anrufe reagiert«, sagt Jared, »und allmählich habe ich mir Sorgen gemacht. Deshalb dachte ich, ich sehe mal nach dir – in persona, meine ich.«

»Aha.« Ich setze mich neben Shona und ihm gegenüber, während sich eine unerklärliche Mischung an Gefühlen in meinem Inneren zusammentollt. Ich spüre … Überraschung, dass Jared hier auftaucht, auch darüber, dass er noch hier ist, auf Bailevar. Der Kuss fällt mir ein, natürlich, und im selben Augenblick vergleiche ich ihn mit dem von Finn, was das Wirrwarr in mir drin nur noch mehr verheddert. Und dann ist da die Tatsache, dass der Einbruch hier und in Finns Pub immer noch nicht aufgeklärt ist, zumindest habe ich nichts Anderslautendes gehört. Misstrauen mischt sich unter den ganzen anderen Mist. Ich sehe Jared an, der mich anlächelt, etwas unschlüssig, während Shona neben mir abwartend von einem zum anderen blickt, ganz sicher in der Hoffnung auf fulminante Nachmittagsunterhaltung.

»Was seht ihr euch da an?«, frage ich schließlich mit Blick auf das Fotoalbum in der Mitte des Tischs. »Was sind das für Bilder?«

»Um ehrlich zu sein, habe ich nach Fotos von dir gesucht, Liebchen. Jared hätte gern gewusst, wie du als Kind ausgesehen hast, nun ja, *entzückend,* habe ich gesagt, aber die Beweise fanden sich noch nicht.« Sie lächelt mich an, und dann: »Oh! Ich weiß! Wartet hier, ich denke, ich habe sie in dem alten Schrank, der …« Shonas Worte verlieren sich in Gemurmel, als sie aus der Küche eilt, um nach den Bildern zu suchen. Ich denke, sie macht das absichtlich. Wie ich sie kenne, versteckt sie sich im übernächsten Türrahmen und wartet darauf, dass das Gespräch, das sie so brennend interessiert, endlich in Gang kommt.

»Ich hoffe, es ist dir recht, dass ich hergekommen bin«, sagt Jared schließlich. »Ich habe sonst keine andere Möglichkeit gesehen, mit dir in Kontakt zu treten.«

»Nun ja.« Ich räuspere mich. »Ich war etwas überrascht, dich hier mit Shona zu sehen. Ihr kennt euch doch gar nicht.«

»Sie ist eine sehr nette alte Dame.«

»Ja, das ist sie.«

»Sie hat mir von dem Fest erzählt, das sie in nächster Zeit zu veranstalten gedenkt. Sie hat mich eingeladen.«

»Jared, ähm … ich …«

Wir sehen uns an, und mit einem Mal wird mir klar, dass ich das alles nicht will. Ich will nicht hier sitzen mit einem mir nahezu fremden Mann, denn ich will mich nicht auch noch mit ihm auseinandersetzen müssen. Mir reichen Finn und meine Brüder und Dad und Eric, vielen Dank, auf Wiedersehen. »Es tut mir leid, dass ich unseren Ausflug habe sausen lassen«, sage ich deshalb, »aber ich denke nicht, dass ich ihn werde nachholen können. Es ist einiges passiert in diesen Tagen, und …« Den Rest des Satzes lasse ich in der Luft hängen, doch Jared nickt.

»Ich verstehe«, sagt er.

»Es war wirklich schön, unsere Fahrt nach Duart Castle, aber ich fürchte, den Rest wirst du dir allein ansehen müssen.«

»Auch das habe ich verstanden.«

»Okay.«

»Okay.«

Oh Gott. Bescheuertster Augenblick seit … Nun ja. Vermutlich seit mir Eric mitgeteilt hat, dass er eine andere liebt. Oder dem verblüffenden Geständnis meines Vaters. Oder der Tomatenschlacht mit Finn. Alles klar. Mein Leben besteht aus einer Aneinanderreihung bescheuerter Momente, und dies ist nur einer davon, dennoch sieht Jared mich an, als hätte ich sein Lieblingsspielzeug in den Teich geworfen.

Ich blicke auf meine Hände und auf das Blümchenmuster von Shonas Wachstischdecke. Irgendwo in der Wohnung rumpelt es, und ich fange an, mich darüber zu ärgern, dass sie uns so lange allein lässt. Nach all den unbeschwerten oder auch nicht ganz so unbeschwerten Gesprächen, die ich schon mit Jared geführt habe, weiß ich dann doch nicht mehr, was ich ihm sagen soll. Ich meine, ich kenne ihn kaum. Ich bin ihm keinerlei Rechenschaft schuldig. Ich habe ihn nicht geküsst, ich habe mich nicht mal von ihm küssen lassen. Außerdem … Ich runzle die Stirn, als mir etwas einfällt, dann sehe ich zu ihm auf. »Woher wusstest du eigentlich, dass ich hier bin? Von Finn?« Ich kann mir nicht vorstellen, dass Finn Jared Campbell auch nur irgendetwas mitteilt, aber wie schon oft bemerkt, diese Insel ist klein.

»Nun, ich … Es gab nicht viele Möglichkeiten, schätze ich. Ich bin mehrmals am Haus deines Vaters vorbeigegangen, doch ich war mir ziemlich sicher, dass du dort nicht sein würdest. Also habe ich …«

»Augenblick!« Ich halte eine Handfläche in seine Richtung, damit er aufhört zu sprechen und ich eine Sekunde über das gerade Gehörte nachdenken kann. »Woher weißt du, wo mein Vater wohnt?«, frage ich dann, ziemlich irritiert vermutlich, doch Jared zieht lediglich eine Augenbraue hoch.

»Ich bin jetzt schon eine Zeit lang hier«, erwidert er ruhig, »und diese Insel ist klein wie eine Mausefalle. Ich weiß, wo ich Eier herbekäme und welcher der Farmer zusätzlich Brot backt. Ich kenne das Pub von Finn Taylor, den Craft Shop von Aiden Brimer, den Gemischtwarenladen von Shona Thomson, die Schaffarm von Jamie MacCubbin und die Rinder von Malcom Duncan.« Er macht eine kleine Pause, in der mir bewusst wird, dass ich ihn verärgert habe, auch wenn sein nach wie vor freundlicher Gesichtsausdruck mich anderes glauben lassen möchte. »Und ich weiß«, fährt er fort, »dass Anthony Scott, der Mann, der seit mehr als dreißig Jahren die Fähre von und nach Bailevar lenkt, in einem hellgrauen Haus am Rande des Dorfes lebt, unmittelbar neben dem rosafarbenen Cottage der Familie Grant.«

Ich starre ihn an. Das alles hier, das fühlt sich plötzlich nicht mehr wie harmloses Interesse an, sondern wie schamloses Herumschnüffeln. Ich stutze, als mir einfällt, dass Finn genau das schon erwähnt hatte, an meinem ersten Tag hier, beim Leuchtturm. Er sagte, er fände es eigenartig, dass Jared so viele Fragen stellt, und ja – ich weiß, was er meint. Jared Campbell stellt nicht nur viele Fragen, er zieht auch Schlüsse, und er kennt die Menschen hier bei Vor- und Nachnamen, was mehr als merkwürdig ist, wie ich finde.

»Es tut mir sehr leid, Isla, ich wollte dich nicht verärgern.«

Ich runzle die Stirn, als Jared den Strom meiner Gedanken durchbricht, doch er sieht mich an, der Blick offen und gelassen, als hätte er mir nicht gerade erklärt, dass er quasi ein Stalker ist, der mehr über mein Leben zu wissen scheint, als ich ihm je erzählt hätte.

»Jared«, beginne ich im selben Augenblick, in dem er sagt: »Hör zu, Isla«, und wir beide klappen den jeweiligen Mund wieder zu.

»Du zuerst«, sagt Jared schließlich.

Ich nicke. »Gut. Wie lange wirst du noch hierbleiben?«

Das bringt seinen gleichgültigen Blick zumindest ein bisschen ins Flattern. »Ich meine«, fahre ich fort, »du schaffst es womöglich noch in das *Guinness Buch der Rekorde* als derjenige Tourist, der am längsten von allen auf der langweiligen Insel Bailevar blieb.«

»Die Insel hat mich eben in ihren Bann gezogen.« Jared zuckt mit den Schultern. »Das oder *jemand.«*

»Nun, Letzteres war nicht jemandes Absicht.«

Wir sehen einander an. Ich weiß nicht, wieso, aber ich

habe das Gefühl, er sollte gehen, ich möchte nicht weiter mit ihm hier sitzen und um den heißen Brei herumreden – ich will dieses Gefühl loswerden, das mit Jared in Shonas Küche einhergeht, denn es passt einfach nicht.

Ich schüttle den Kopf. »Ich denke, du solltest gehen, Jared«, sage ich. »Ich habe mich sehr gefreut, dich kennenzulernen, es war wirklich schön, aber … dass du mich hier aufsuchst, in Shonas Wohnung, das kommt mir nicht richtig vor.«

»Was? Oh.« Er sieht mich überrascht an, dann steht er auf, eine Hand auf sein Herz gelegt. »Das tut mir ehrlich leid, Isla, das wollte ich nicht. Ich habe nur daran gedacht, dass ich dich sehen möchte und nicht weiß, wie ich dich sonst erreichen soll. Du bist wie gesagt nicht an dein Handy gegangen.«

»Ich weiß«, sage ich. »Ich wollte eine Weile allein sein.«

»Gut …« Jared räuspert sich, dann kommt er um den Tisch herum, und ich stehe ebenfalls auf. »Ich will mich nur noch von deiner Großmutter verabschieden.«

»Shona ist nicht meine Großmutter.«

»Nein, natürlich nicht, ich …«

»Ich wünsche dir eine gute Weiterreise, falls wir uns nicht mehr sehen. Ich hoffe, du findest, wonach du suchst.« Ich sehe das Staunen in seinen Augen und eventuell Ungläubigkeit und dann noch etwas anderes. Etwas, das vorher nicht da gewesen ist, das definitiv nicht da war, als wir beide bei unserem Ausflug so viel Spaß hatten, als Jared Campbell mich umarmt und mit mir geflirtet hat. Etwas wie … Verachtung. Oder schlimmer noch, Abscheu.

»Ja, Isla«, sagt er schließlich, und aus welchen Gründen

auch immer bereiten mir diese zwei Worte eine Gänsehaut. »Das wünsche ich dir auch. Dass du findest, wonach du suchst.«

»Oh, Jared, Sie wollen schon gehen?«

Ich trete einen Schritt zur Seite, als Shona zurück in die Küche stürmt, einen verstaubten Schuhkarton unter dem Arm, und ich könnte nicht glücklicher sein, sie zu sehen. Was ist nur los mit mir? Das ist Jared, der freundliche, unkomplizierte Mann, der dir seine Jacke überlassen und das Gesicht trocken getupft hat. Ihn hier in Shonas Küche zu sehen macht ihn nicht zu einem völlig anderen Menschen. Oder zu einem Fremden.

»Ich denke, ich habe die richtige Kiste erwischt«, kündigt Shona an. »Hier dürften sich ein paar von Islas Kinderfotos versteckt halten.« Sie setzt sich zurück an den Tisch, hebt den Deckel des Kartons und beginnt damit, Bilder zu sortieren. »Setzen Sie sich noch einen Augenblick. Ich bin sicher, ich werde sehr bald fündig werden.«

Aus dem Augenwinkel werfe ich ihr einen Blick zu, während ich Jared zunicke, der sich zurück zu seinem Stuhl begibt, als vom anderen Ende der Wohnung auf einmal ganz andere Schwierigkeiten auf mich zustürmen.

»Shona?«

Finn stampft herein, mit großen Schritten, doch er nimmt mich kaum wahr, sondern rauscht an mir vorbei, um zu Shona zu gelangen. »Hey. Alles in Ordnung hier?«

»Aber natürlich, mein Schatz, wieso auch nicht?« Shona sieht nicht einmal von ihren Bildern auf, sie blättert weiter durch sie hindurch, die Zungenspitze zwischen die Zähne gesteckt.

»Ally rief mich an. Sie sagte, du hättest Besuch«, erklärt Finn, und die fehlenden Puzzleteile rutschen vor meinem inneren Auge an ihren Platz. *Jared.* Deshalb ist er hier. Finn stört es genauso wie mich, ihn in Shonas Küche zu sehen – wenn auch eventuell aus anderen Gründen. *Er ist nicht wegen dir hier.* Auch diese Worte formt das Puzzle. Er sieht mich nicht einmal an, nicht einmal aus dem Augenwinkel, nicht einmal kurz.

»Aaaah, diese Ally.« Shona schnalzt mit der Zunge. »Hat kein eigenes Leben, das arme Ding. Oh, hier! Ich denke, ich habe etwas gefunden.« Sie hält ein Foto hoch, und ich zucke zusammen. Es zeigt mich im Badeanzug am Strand, Hand in Hand mit Finn, in Badehose, beide sind wir noch keine fünf Jahre alt, und beide bibbern wir vor Kälte nach einem Sprung in die Wellen. »Wenn das nicht süß ist«, sagt Shona mit einem riesengroßen Grinsen im Gesicht, und Jared bestätigt tonlos:

»Ja, wenn das nicht süß ist.«

Ich verlagere mein Gewicht von einem Fuß auf den anderen. »Jared wollte gerade gehen.«

»Was hat *Jared* denn überhaupt hier gemacht?«, fragt Finn.

»Er wollte nach Isla sehen«, sagt Shona. »Es war sehr nett von Mr. Campbell, hier persönlich vorbeizukommen.« Dabei bedenkt sie wiederum Finn mit einem bedeutungsschweren Blick, woraufhin ich mein Gewicht abermals auf den anderen Fuß verlagere.

»Isla geht es gut«, sagt Finn. Er hat mich immer noch keines Blickes gewürdigt.

»Und das wissen Sie so genau, weil …« Jared sieht ihn fragend an.

»So genau kann er das nicht wissen«, sagt Shona. »Er hat sich hier seit Tagen nicht blicken lassen.«

»Shona.«

»Ja, ja, du hast angerufen«, sagt sie. »Aber du hättest durchaus mal vorbeischauen können. Wie Mr. Campbell hier.«

»Ich glaube nicht, dass Isla ...«, beginnt Finn, woraufhin Jared einwirft:

»Sie glauben, alles zu wissen, das scheint Ihr Problem zu sein.«

Ich sehe von einem zum anderen, und es reicht. »Hallo? Ich stehe genau hier, falls euch das für den Moment entfallen ist. Und ich bin weder taub noch krank, ergo braucht niemand nach mir zu sehen, bloß weil ich ein paar Tage mal nicht an der Bar eines Pubs rumhänge.«

»Ach nein?« Zum ersten Mal, seit er hier hereingestürmt ist, sieht Finn mich an, und warum auch immer beginnt mein Herz plötzlich, schneller zu schlagen. Ich kann mir nicht helfen, er sieht hinreißend aus. Müde, aber die dunklen Ringe unter seinen Augen lassen ihre Farbe nur noch mehr leuchten. Blau wie ... Ich weiß nicht, wann ich das letzte Mal darüber nachgedacht habe, wie attraktiv Finn Taylor tatsächlich ist und wie wenig mich das kaltlässt, doch nun trifft mich diese Erkenntnis mit ungeahnter Wucht.

»Mir geht es gut«, erkläre ich heiser.

»Ich dachte, du wolltest abreisen«, antwortet Finn.

Ich zucke mit den Schultern, als Shona sagt: »Er hat jeden Tag unter einem anderen Vorwand angerufen, um zu erfahren, ob du noch hier bist.«

»Shona!« Wir rufen es beide, und dann herrscht Stille.

»Also gut.« Jared steht schließlich auf, ich gehe einen Schritt zur einen, Finn zur anderen Seite, wo er Shona über die Schulter sieht, die durch den Stapel alter Fotos blättert. »Es tut mir leid, dass ich dich so überfallen habe, Isla, ich werde wieder gehen.«

»Apropos«, sagt Finn. »Wie lange haben Sie eigentlich vor, noch hierzubleiben? Es gibt Reservierungsanfragen für Ihr Zimmer, die ich gern beantworten möchte.«

»Scheinbar macht sich heute jeder Gedanken über meine Reisepläne.« Jared sieht mich an. Ich öffne den Mund, um zu sagen, dass es mir leidtut, denn irgendwie tut mir gerade alles leid: dass ich ihm misstraue, dass ich ihn abgewiesen habe, dass ich vor seinen Augen Finn angestarrt habe, als hätte ich erst jetzt den Unterschied zwischen beiden bemerkt. Die Trennung von Eric mag mich hierhergetrieben haben, aber Finn ist es, zu dem ich wollte. Das weiß ich jetzt. Ich meine, ich denke, das weiß ich jetzt, und wenn ich Finn richtig verstanden habe, dann …

»Halt!«, ruft Finn.

Ich zucke zusammen. Für einen Augenblick befürchte ich, meine Gedanken laut ausgesprochen zu haben, doch er steht nach wie vor hinter Shona, wobei er ihr nun eines der Fotos aus der Hand nimmt. »Was ist das?«, fragt er.

»Das ist meine Mutter, Schätzchen, das weißt du doch, oder?« Mit erhobenen Brauen sieht Shona zu Finn auf, der jetzt Jared ansieht. Und dann wieder das Bild. Mit einem Mal werden seine Augen ganz schmal, und er läuft um den Tisch herum, packt Jared am Kragen seines Hemdes und drückt ihn gegen Shonas Küchenschrank.

»Finn!« Ich quietsche, Shona hat eine Hand gegen ihre Brust gepresst und sieht mit großen Augen zu den Männern auf, während Jared nach Luft schnappt und Finn mit der Hand, die nicht an Jareds Hals klebt, das Foto vor seinem Gesicht herumwedelt.

»Woher haben Sie den Anhänger?«, knurrt er.

»Was zur Hölle, Taylor … Lassen Sie mich los!«

»Der Anhänger!«

»Finn!« Ich mache einen Schritt auf ihn zu und greife nach dem Arm, der Jared zu erwürgen droht, doch Finn positioniert sich anders und blockiert mir die Sicht.

»Der Anhänger auf Ihrem Nachttisch, Jared, und ich frage nicht noch mal.«

Irgendetwas klingelt in meinem Kopf. Ich nehme Finn das Bild aus der Hand, das schon sehr, sehr alt sein muss, denn Shonas Mutter ist darauf zu sehen, als sie selbst noch jung war, und sie trägt eine Kette mit einem recht auffälligen Anhänger. Er ist groß, bestimmt handtellergroß, ein verschlungenes Wirrwarr um einen mit Steinen besetzten Baum herum. Und er sieht offenbar dem Schmuckstück ähnlich, das Isobel in Jareds Zimmer gefunden hat.

Ich schiebe mich an Finn vorbei, um wieder Blickkontakt mit Jared aufzubauen. »Was ist das?«, frage ich. »Was bedeutet das alles?«

»Es bedeutet offenbar, dass dein Freund hier in meinen Sachen geschnüffelt hat«, erklärt Jared durch zusammengebissene Zähne.

»Ich schwöre bei Gott, wenn Sie mir nicht sofort sagen, woher Sie den Anhänger haben, werde ich noch ganz andere Sachen tun. Haben Sie ihn von hier? Haben Sie ihn mitgehen lassen, als Sie bei Shona eingebrochen haben?«

»Was? Nein!« Jared ruckelt an Finns Faust, doch der

hat ja nun zwei Hände frei und hält seinen Gefangenen damit schön in Schach.

»Woher haben Sie das Ding?«, knurrt er zum x-ten Mal, und nun steht Shona plötzlich neben uns.

»Ich habe diese Kette nicht mehr gesehen, seit ich ein Kind war«, sagt sie. »Und Sie … Sie haben sie?« Ihre Augen sind groß und rund vor Staunen, und sie scheint keinen Gedanken daran zu verschwenden, dass hier vermutlich der Mann steht, der ihr eine Platzwunde und blaue Flecke zugefügt hat.

»Ich habe die Kette nicht gestohlen, Herrgott noch mal.«

»Ja, womöglich«, sagt Shona, während sie nach Finns Arm greift, »hier war sie jedenfalls nicht. Sie ist irgendwann einfach verschwunden, niemand hat sie mehr gesehen, seit ich ein Teenager war.«

Schweigen füllt die Küche daraufhin, das und das schwere Atmen von Jared, als er endlich wieder Luft bekommt, nachdem Finn Shona zuliebe den Griff um seinen Kragen gelockert hat. »Das wurde Zeit, Taylor«, zischt er, »ich bin kurz davor, Sie wegen Nötigung zu belangen.«

»Mr. Campbell.« Shona zupft an dem Ärmel seines Hemds. »Dürfte ich den Anhänger mal sehen? Falls es wirklich der meiner Mutter ist … Ich würde ihn gern einmal sehen.«

»Es ist nicht …«, beginnt Jared, doch auf einmal flackert etwas in seinem Blick, etwas Ähnliches wie schon zuvor, dem ich Shona auf keinen Fall aussetzen möchte. Also dränge ich mich zwischen sie und Jared und schiebe Shona dabei ein Stück nach hinten.

»Es ist wirklich besser, du gehst jetzt«, sage ich ruhig. »Wenn das ein Zufall war mit Shonas Kette und dem

Anhänger, dann tut es mir leid, und …« Ganz sicher war das kein Zufall, schießt es mir durch den Kopf, doch irgendetwas stimmt hier nicht, das fühle ich, irgendetwas explodiert gleich, und dann möchte ich uns alle bitte so weit von hier wegbekommen wie möglich. Diese Neugierde, die Fragen, die Suche, denke ich. Jareds Mutter, sein ewiger Aufenthalt hier, aber was soll das Ganze?

»Dieser Anhänger hat *meiner* Mutter gehört«, zischt Jared jetzt durch schmale Lippen und in Shonas Richtung. »Es war das Einzige, das ihre sogenannte Familie ihr mitgegeben hat, bevor man sie zur Adoption abschob. Wenn Sie dieses gute Stück also vermisst haben, dann nur, weil Ihre eigene Mutter aus welchen Gründen auch immer ein Kind in die Welt setzte, das sie nicht haben wollte. Und das letztlich über der Suche nach seinen Wurzeln gestorben ist.«

»Was?« Ich blinzle.

»Wovon reden Sie überhaupt?« Finn scheint kurz davor, Jared ein zweites Mal an die Kehle zu springen, überlegt es sich dann aber anders und greift stattdessen Shona unter den Arm. Die blass geworden ist. Wie eine Wand.

»Was für ein Kind?«, fragt sie, während sie ein Stück von Jared wegtaumelt und Finn sie zurück an den Küchentisch führt. »Es gibt kein Kind.«

»Ja, ganz offensichtlich nicht. Dafür hat Ihre Familie sehr gut gesorgt.«

»Was soll das, Jared? Du hast gesagt, du wüsstest nicht, woher deine Mutter stammt. Wie kommst du darauf, dass das irgendetwas mit Shona zu tun haben könnte?«

»Es gibt kein Kind«, sagt Shona, und ihre Augenbrauen haben sich zu kleinen Knoten zusammengezogen, so angestrengt wirkt sie. »Sie haben gesagt, es gibt kein Kind, sie haben gesagt, das Kind sei tot, sie haben …«

»Schhhh, ist gut.« Mit einer Hand streichelt Finn über Shonas Wange, doch es sieht nicht so aus, als würde sie es spüren. Sie starrt Jared Campbell an, die längste Zeit, und dann blinzelt sie auf einmal, schnell und schneller, als habe sich etwas in ihren Wimpern verfangen, das sie nicht loswird.

»Shona? Shona!«

»Was ist mit ihr? Sie ist gar nicht mehr ansprechbar!«

»Shona!« So lange ich denken kann, habe ich Shona nicht so gesehen. Ich blicke in Finns Gesicht und bin mir sicher, er auch nicht. »Shona.« Ich knie neben ihr nieder und tätschle ihre weiße Hand. »Atme erst einmal durch, okay? Du musst dich nicht aufregen, sicher wird sich bald alles klären. Okay? Okay?« Ich drehe mich zu Jared um. »Du musst jetzt gehen«, fahre ich ihn an, während ich aufstehe, ihn am Ellbogen packe und Richtung Tür ziehe. Wir holpern ein paar Schritte den Gang hinunter, vor der Wohnungstür bleibe ich stehen. »Was sollte das?«, flüstere ich aufgebracht. »Du kennst Shona doch überhaupt nicht. Wie kannst du sagen, sie hätte etwas mit dir und deiner Mutter zu tun? Du hast sie zutiefst verstört, ist dir das klar? Ich weiß zwar nicht, was das alles zu bedeuten hat, aber – geh jetzt einfach! Los!«

»Ich …« Mit beiden Händen greift Jared in seine Haare, während er durch mich hindurchstarrt, der Blick abwesend und leer.

»Jared …«

»Was hat sie da gesagt? Sie wusste von einem Kind? Aber man hat ihr gesagt, das Kind sei tot?«

»Du musst jetzt wirklich gehen. Ich habe keine Ahnung, was hier gerade passiert, aber Shona …«

»Weißt du, dass Shonas Mutter noch ein weiteres Kind hatte? Dass sie es weggegeben hat?«

»Was? Nein!« Ich schüttle den Kopf. »Wieso hätte Shonas Mutter ein Kind zur Adoption freigeben sollen? Aus welchem Grund? Jared, du denkst doch nicht, dass Shonas Familie irgendetwas mit deiner Mutter …«

»Ja, ich meine … es hat geheißen Taylor, und ich bin davon ausgegangen, dass es eine Mrs. Taylor gewesen sein muss, ich hatte vergessen … natürlich … Shona hieß Taylor, bevor sie …« Und nun fokussiert sich sein Blick, und er starrt mir in die Augen. Sekundenlang. Aus der Küche höre ich Finns Gemurmel und ich will nichts weiter als sehen, wie es Shona geht, aber Jareds Verhalten beunruhigt mich, und ich bin abgrundtief verwirrt.

»Isla.« Jetzt lässt er die Hände sinken und legt sie stattdessen auf meine Schultern. »Hat Shona je ein Kind geboren?«

»Was? Shona hat keine Kinder.«

»Aber hat sie eins *geboren?* Hat Shona je ein Kind *geboren?«*

Ich starre den Mann an, der vor mir steht wie ein Irrer, mich ansieht wie ein Verrückter und Dinge erzählt, die sich anhören wie komplette Idiotie. »Gott, wovon redest du, ich habe wirklich keine Ahnung, was hier los ist. Was für ein Kind?«

»Sie könnte … könnte sie es gewesen sein?«, murmelt er, während er mich loslässt. »Dann wäre sie … dann …«

»Isla!«

Mein Blick schnellt in Richtung Küchentür, aus der

Finn nach mir ruft. »Isla! Komm her, wir müssen einen Arzt holen.«

»Was? Ah, um Himmels willen!« Ich laufe zurück, während ich Jared zurufe: »Geh ins Pub und warte da, hörst du?« Und dann sinke ich auf die Knie neben Finn, der Shonas Gesicht in beiden Händen hält und sie stützt, Shona, deren Augen nun nach hinten rollen, während die Lider flattern und ihre Lippen immer wieder den gleichen Satz flüstern: »Es gibt kein Kind. Es gibt kein Kind.« Bis sie auf einmal nichts mehr flüstern.

Finn ruft Fiona, die noch auf dem Weg zu uns das Krankenhaus in Glasgow kontaktiert. Es könnte ein Herzinfarkt sein, heißt es. Ich kann nicht begreifen, was sie da sagt.

Ich stehe neben Finn hinter Masons Haus, dessen ausladende Wiese zu einem Hubschrauberlandeplatz umfunktioniert worden ist. Es ist laut und windig, und meine Tränen fliegen über meine Wangen wie Regenwasser über eine Windschutzscheibe.

»Wir müssen los«, sagt Finn. Er hält mich im Arm und drückt mich an sich, während wir die Straße zurücklaufen, erst ins Pub, dann zur Fähre. Der Hubschrauber konnte uns nicht mitnehmen. Wir müssen mit dem Auto ins Krankenhaus nach Glasgow.

»Ich möchte mitkommen«, sagt Jared in dem Moment, in dem wir zur Tür hereinstürmen, und wenn Blicke töten könnten, dann sähe es gerade nicht gut aus für ihn. »Bitte«, sagt er. »Wenn ich gewusst hätte, dass das passiert, hätte ich ihr sicher nicht auf diese Weise davon erzählt.«

Finn ignoriert ihn, aber ich bleibe neben Jared stehen. »Du kannst nicht mitkommen«, erkläre ich ihm. »Wenn du etwas gutmachen willst, dann bleib so lange hier, bis ich mich bei dir melde.«

Jared öffnet den Mund, doch dann überlegt er es sich anders und nickt. »Hier.« Er zieht ein Taschentuch aus seiner Hosentasche und hält es mir hin. Es ist das gleiche Tuch, mit dem er mir vor einigen Tagen den Regen aus dem Gesicht gewischt hat, und ich starre erst das Stück Stoff an, dann ihn.

Wer um Himmels willen bist du?, denke ich. Was um Himmels willen ist passiert seit unserem Ausflug, der mir Lichtjahre entfernt vorkommt, und dem heutigen Tag, der eine solche Katastrophe verursacht hat. *Shona.*

Als Finn zurückkehrt mit einer kleinen Reisetasche unterm Arm, da zögere ich keine Sekunde und nehme seine Hand. Was auch immer geschieht, ich weiß, ich werde es überstehen, solange ich Finn an meiner Seite weiß.

24

Finn

»Shona?«

Isla wispert Shona zu, während sie ihr mit einem feuchten Tuch die Stirn abwischt – was nicht viel helfen wird, nehme ich an, doch ich verstehe, dass sie sich beschäftigen will, die Warterei macht uns beide verrückt. Shona habe einen Schock erlitten, erklärten die Ärzte. Momentan steht sie noch unter dem Einfluss von Medikamenten, und wir warten darauf, dass sie aufwacht. Ich ziehe mein Handy aus der Hosentasche und werfe einen Blick auf die Uhr. Gleich neun. Die Fahrt war die Hölle, die Atmosphäre im Wagen eine Mischung aus Fassungslosigkeit und Wut und Trauer und Schweigen. Dieser Campbell. Mir wird heiß vor Zorn, wenn ich nur an ihn denke. Was auch immer er da für kranke Fantasien in seinem Hirn zusammenspinnt, ich hoffe, er ist am Ende des Tages noch da, um meine Meinung dazu in Empfang zu nehmen. Die nicht sehr kieferfreundlich ausfallen wird.

»Was zur Hölle hat der Kerl uns überhaupt sagen wollen?« Ich drehe mich vom Fenster weg und sehe Isla an.

»Was sollte das, der Anhänger habe seiner Mutter gehört, und sie wurde zur Adoption freigegeben? Ich habe nur die Hälfte von dem verstanden, was er gesagt hat. Wer hat wen zur Adoption freigegeben? Heißt das, Shonas Mutter hatte noch eine Tochter? Shonas Schwester? Und die ist die Mutter von Campbell?«

»Schhhh. Nicht so laut.« Isla steht auf, läuft die paar Schritte zu mir herüber und legt eine Hand auf meinen Arm, nur um sie sofort wieder wegzuziehen, als hätte sie sich verbrannt. »Ich bin mir nicht sicher, ob im Augenblick irgendjemand weiß, was das alles bedeutet, Jared eingeschlossen. Er wirkte völlig verwirrt über Shonas Zusammenbruch und ihre Bemerkungen über ein Kind.«

Ich schüttle den Kopf. »Shona hat keine Kinder.«

»Ich weiß.«

»Was soll das Ganze dann? Ist er bei ihr eingebrochen? Was hat er gehofft zu finden? Irgendeinen Hinweis darauf, dass Shona – was? Mit ihm verwandt ist?«

Isla sieht zu mir auf, der Blick unruhig und voller Fragen und … *Gott,* wie gern würde ich sie einfach packen und küssen, aber das ist jetzt wahrlich nicht der beste Moment für derlei abwegige Gedanken.

»Ich habe wirklich keine Ahnung«, sagt sie schließlich, und es wirkt erschöpft. »Gar keine.«

»Ich weiß nicht, ob ich mir wünschen soll, dass er verschwunden ist, wenn wir nach Bailevar zurückkommen, oder …« Ich beiße die Zähne zusammen. Ich muss nur einen Blick auf Shona werfen, wie sie schmächtig und blass in diesem Krankenbett liegt, und Wut kocht in mir hoch, so heiß und brodelnd, dass ich Jared Campbell vermutlich mit einem Atemhauch pulverisieren könnte.

»Ich denke, er wird noch da sein«, sagt Isla. »Er schuldet uns eine Erklärung.«

»Was auch immer er uns erklären will, ich verstehe einfach nicht, wieso er jetzt, plötzlich, aus heiterem Himmel damit ankommt. Wenn seine Familiengeschichte tatsächlich mit der von Shona – oder *meiner,* verdammt noch mal – zusammenhängt, wieso ist er nicht sofort damit rausgerückt, wieso erst jetzt und wieso auf diese Art, die Shona …«

»Schhhh. Ehrlich, Finn, du musst aufhören zu schreien.« Wir werfen beide einen Blick in Richtung Krankenbett, in dem Shona nach wie vor regungslos bleibt.

»Was wollte er?«, flüstere ich. »Rache? Wollte er Shona umbringen?«

»Finn.«

Ich seufze. »Du hast recht. Tut mir leid.« Ich drehe mich von Isla weg, stütze beide Hände auf dem Fensterbrett ab und sehe hinaus. Es ist noch nicht ganz dunkel, aber auch nicht mehr wirklich hell. Der Parkplatz da unten ist so gut wie leer, und nichts rührt sich darauf.

»Finn?«

»Mmmh?«

»Es tut mir leid, dass ich dich mit Tomaten beworfen habe.«

Ich drehe mich nicht um, stattdessen strecke ich eine Hand nach hinten aus, wo Isla ihre in die meine legt. Ich drücke ihre Finger. »Ist schon okay«, sage ich. »Ist sicher gut für die Haut.«

Isla seufzt. Dann lehnt sie ihre Stirn gegen mein Schulterblatt.

Eine Weile lang stehen wir so da. Ich versuche, Islas

Spiegelung in der Fensterscheibe auszumachen, doch es gelingt mir nicht. Ihr Duft umwölkt mich. Ihre Nähe beginnt an meinen Nervenenden zu kitzeln, so sehr, dass ich unmöglich stillstehen kann. Ich lasse ihre Hand los, gehe hinüber zum Bett und setze mich auf den Sessel daneben. Shona stöhnt und dreht den Kopf auf ihrem Kissen zur anderen Seite.

»Ich fürchte, ich muss Campbell umbringen«, sage ich.

»Lass ihn erst erklären, was es mit dieser ganzen Geschichte auf sich hat.«

»Denkst du denn wirklich, es ist irgendetwas dran an dem Kram, den er erzählt hat?«

Isla antwortet nicht gleich, und als ich zu ihr aufsehe, schüttelt sie den Kopf. »Ich weiß es ehrlich nicht. Das, was ich weiß, ist, dass er sagte, seine Mutter sei gestorben, weil es sie zermürbte, nicht zu wissen, wo sie herkam. Etwas in der Art? Ich erinnere mich nicht mehr. Sie starb an Krebs.«

»Bei welcher Gelegenheit hat er dir davon erzählt?«, frage ich, und ich höre selbst den Spott in meiner Stimme. »Von seiner *Mama.«*

Isla sagt nichts. Ich seufze. »Entschuldige. Das war bescheuert.«

»Wir sollten aufhören …«

»Nicht jetzt, Isla. Und vor allem nicht hier.«

»MmmmmmAaronnnnjein.«

Beide sehen wir zu Shona, die offenbar etwas gemurmelt hat, zumindest hat es sich so angehört, doch sie rührt sich nicht weiter.

»Was ist?«, fragt Isla. Sie tritt zu mir und lässt sich wieder auf der Kante von Shonas Bett nieder. »Hat sie etwas gesagt?«

»Ich weiß nicht.« Ich nehme Shonas Hand. »Sie hat gemurmelt, ich konnte nicht verstehen, was.«

Shona stöhnt, und beide halten wir den Atem an. »Mmmmmmmmmh«, macht sie. »Mmmmjeeeeinneeeeeeein.«

»Hat sie Schmerzen?« Ich fühle Shonas Stirn und ihre Wangen, während sie den Kopf hin und her windet, als träume sie. »Vielleicht tut sie genau das«, murmle ich. »Vielleicht träumt sie.«

»Denkst du, wir sollten den Arzt rufen?«

»Vielleicht. Ja. Tun wir das besser.«

»Ich hole ihn.«

Isla springt auf und läuft aus dem Zimmer, und ich nehme ihren Platz an Shonas Bett ein. Ich kann nicht fassen, dass ich hier sitze und mich um sie sorgen muss. Sie war immer so gesund. Fidel. Ich habe kaum je einen Gedanken daran verschwendet, dass es Shona einmal nicht mehr gut gehen würde. Und dann kommt dieses Arschloch von Campbell, erzählt irgendeinen verquasten Mist und bringt sie damit so aus der Fassung, dass beinahe ihr Herz stehen bleibt.

»Aaron.«

Ich beuge mich ein Stück vor, das Ohr jetzt näher an Shonas Lippen. »Was hast du gesagt?«, flüstere ich ihr zu. »Shona? Bist du wach?«

»Aaron.«

Diesmal bin ich mir sicher, sie hat diesen Namen gehaucht, auch wenn ich ihn vorher noch nie gehört habe.

»Aaron? Shona, bist du wach?« Ich streiche über ihre Stirn, wie Isla das vorhin getan hat, doch ich habe nicht den Eindruck, dass Shona bei Bewusstsein ist. Ihre

Augen bewegen sich unter ihren Lidern. Ihre Finger bewegen sich und sogar die Füße. Ich bin versucht, nach Isla und dem Arzt zu sehen, aber ich möchte Shona nicht allein lassen. Das Stöhnen ist lauter geworden, die Bewegungen stärker.

»Aaron. Du musst nicht … meine Mutter …«

Es ist, als spiele sich hinter Shonas Lidern ein Film ab, mit ihr als einsamer Zuschauerin. Und so, wie es auf mich wirkt, sieht es nicht nach einer Komödie aus.

»Aaron.

Shona. Wir werden das schaffen, vertrau mir. Ich werde ein bisschen öfter rausfahren, noch härter arbeiten, wir werden jeden Cent sparen, und dann schaffen wir das, zusammen, wir alle drei. Du, ich, das Baby. Wir gehören zusammen, Shona, egal, was sie sagen.

Meine Eltern, Aaron. Das werden sie nie zulassen. Ich weiß nicht, was ich ihnen sagen soll, ich weiß nicht …

Schhh. Liebe. Meine Shona. Wir werden es deinen Eltern sagen, nur noch nicht jetzt. Lass uns erst ein wenig sicherer sein. Lass uns beweisen, dass wir das können – dass wir zwar jung sind, aber dass wir das schaffen. Deine Eltern können sagen, was sie wollen, wir sind keine Kinder mehr. Ich bin bald achtzehn, und du … wir werden heiraten, hörst du? Es wird alles gut werden. Wir zwei bleiben zusammen. Wir alle drei.«

Shonas Wimpern zittern. Für einen Moment denke ich, sie wird die Augen öffnen, doch dann presst sie die Lider abermals zusammen, als wolle sie sie nie mehr aufmachen. Ich streichle ihre Hand und frage mich, wer Aaron ist. Warum sie von einem Baby murmelt und von ihren Eltern. Ob dieser verflixte Jared Campbell mehr als ein Leben durcheinanderbringt, wenn er nicht noch Schlimmeres anrichtet. Was weckt er hier für Geister?

»Nicht. Aaron.«

Ich beuge mich vor, ganz nah an Shonas Gesicht, und flüstere ihr Laute zu, Worte, beruhigende, wie ich hoffe, denn sie wird unruhiger, strampelt, immer mehr, zuckt mit den Fingern und den Zehen.

»Ruhig, Shona, es ist alles in Ordnung, Isla holt den Arzt, sie wird gleich hier sein. Alles wird wieder gut, hörst du? Hörst du mich, Shona?«

»MmmmmmneinAaronnein.«

Ich drücke ihre Hand fester. Sie ist so fahrig. Nachdem sie nicht aufzuwachen scheint, würde ich es für das Beste halten, der Arzt könnte ihr noch etwas zur Beruhigung geben. »Shona.«

»Nein.«

»Shona, wach auf, bitte. Es wird dir besser gehen, wenn du aufwachst.«

»Nein, Aaron, nein. Nicht, Aaron. Nicht, Aaron.«

Es ist zum Verzweifeln. Wo bleibt Isla mit dem Arzt? Ich wünschte, ich wüsste, was hinter Shonas Lidern vor sich geht. Was hinter ihrer Stirn passiert. Wer Aaron ist und was der Himmel dieser Campbell getan hat.

»Das Meer ist zu wild, um rauszufahren. Der Sturm wird bald kommen. Du musst das nicht tun, Aaron. Nicht heute.

Wir können es uns nicht leisten, heute keinen Fang zu haben. Es wird mir nichts passieren. Mach dir keine Sorgen. Ich pass auf.

Aaron …

Ich passe auf. Versprochen. Achte du nur auf dich. Du wirst noch weggeweht, so stark ist der Wind.

Aaron.

Aaron!

Wo ist das Boot? Hat jemand Aarons Boot gesehen? Er ist seit Stunden weg.

Aaron! Nein, nicht, nein …

Das Baby!

Es tut mir leid, Kind. Das Baby … es ist …

Nein! Mein Baby! Aaron. Mein Baby!«

»Sie ist kurz vorm Aufwachen. Mrs. Thomson? Mrs. Thomson, hier ist Doctor McLeand. Sind Sie hier bei uns? Können Sie mich hören? Drücken Sie meine Hand, wenn Sie mich hören können.«

»Was hat sie gesagt?« Isla steht neben mir, wir sehen dem Arzt über die Schulter, oder wir versuchen es zumindest.

Ich schüttle den Kopf. *Das Baby! Mein Baby!* »Wirres Zeug. Von einem Aaron und einem Boot … ich weiß wirklich nicht, ich habe nur Bruchstücke verstehen können.« Und die haben mir gereicht. Himmel, was für ein Albtraum. Shonas Haut ist mit Schweiß bedeckt, und sie ist so weiß wie das Laken.

»Das ist furchtbar seltsam. So als kenne ich Shona nicht mehr. Sie sieht auf einmal ganz gebrechlich aus. So *alt.*«

Ich höre das Zittern in Islas Stimme und lege einen Arm um ihre Taille, ohne sie anzusehen. Shona wird wieder gesund werden, das steht außer Frage. Ich lege den zweiten Arm um Isla, denn inzwischen weint sie. Ich wiege sie hin und her, während wir darauf warten, was als Nächstes passiert.

»Finn?« Shonas Stimme klingt so rau und leise, ich hätte sie beinahe nicht gehört.

»Shona.« Ich löse mich von Isla und greife stattdessen nach Shonas Hand, während der Arzt nach wie vor in ihrem Gesicht herumtätschelt, die Augen überprüft, was weiß ich was. Mit schwacher Hand versucht Shona, den Arzt von sich zu scheuchen, doch der ist nicht so leicht zu beeindrucken. »Lassen Sie mich noch kurz Ihre Pupillen ansehen«, sagt er, und ich drücke Shonas Hand.

»Was tut der Mann da?«, krächzt sie.

»Der Mann da ist dein Arzt«, erkläre ich. »Du bist in einem Krankenhaus in Glasgow.«

»Ich bin … wieso …?«

Der Arzt tritt einen Schritt zurück, und ich nehme dankbar seinen Platz ein. Shona sieht verwirrt aus, desorientiert. Alt und gebrechlich, genau wie Isla gesagt hat.

»Sie haben einen Schock erlitten«, erklärte Dr. McLead. »Wir haben Ihnen ein Beruhigungsmittel gegeben, deshalb werden Sie die nächsten Stunden noch sehr schläfrig sein. Wir behalten Sie sicherheitshalber die Nacht zur Beobachtung hier. Doch es wird Ihnen bald besser gehen, daran habe ich keinen Zweifel.«

»Was? Die Nacht … nein«, sagt Shona, während sie versucht, sich im Bett aufzusetzen, es aber nicht fertigbringt, so schwach ist sie. »Ich will nicht hierbleiben, ich will nach Hause.«

»Shona.« Ich streiche ihr mit einer Hand über die Wange und drücke sie mit der anderen sanft zurück auf ihr

Kissen. »Es ist zu spät, um jetzt noch zurück nach Bailevar zu fahren. Es gehen nicht einmal mehr Fähren.«

»Aber …«

»Ruh dich aus, okay? Nur noch ein paar Stunden, dann ist Morgen, und wir fahren zurück. Versprochen. Isla und ich werden hierbleiben, wenn du möchtest. Sicher können wir noch einen Sessel …«

Dr. McLead räuspert sich. »Mr. Taylor darf Sie gleich morgen früh abholen«, sagt er. »Im Augenblick ist vollkommene Ruhe das Wichtigste. Diese Nacht hier wird Ihnen gut tun, glauben Sie mir.«

Shona stöhnt, und ich blicke unentschlossen von einem zum anderen.

»Wir bleiben in der Nähe«, erklärt Isla schließlich, während sie sich neben das Bett kniet und Shonas andere Hand nimmt. Aus dem Augenwinkel werfe ich ihr einen Blick zu. Sie wirkt gefasst. Keine Spur mehr von Tränen auf ihrem Gesicht, ganz so, wie man es von Isla gewohnt ist. Sie ist niemand, der schnell weint. Niemand, der sich seinen Emotionen hingibt. Ich habe ehrlich keine Ahnung, weshalb ich am Krankenbett meiner liebsten Verwandten nichts anderes im Sinn habe, als eine Ex-Geliebte zu analysieren. Ich kann nur hoffen, ich komme nicht in die Hölle dafür.

Ich räuspere mich. »Wir fahren zu meinen Eltern, da ist immer ein Zimmer für mich frei. Wozu haben sie ein Hotel?«

»Siehst du?« Isla steht auf und beugt sich zu Shona herunter, um ihr einen Kuss auf die Wange zu drücken. »Wir bleiben ganz in deiner Nähe. Und morgen früh sind wir im Nu wieder da und holen dich ab.«

»Ihr zwei«, sagt Shona schwach. »Teilt ihr euch das Zimmer?«

Isla und ich wechseln einen leidvollen Blick, so müde klingt dieser Scherz, so freudlos wirkt Shona dabei. Sie versucht ein Lächeln, doch ihre Haut ist blass, ihre Augen sind wässrig, und es liegt eine nie da gewesene Traurigkeit darin, die mir Angst macht. Der Arzt sagte, das, was diese akute Belastungssituation ausgelöst habe, müsse eine Erinnerung traumatischen Ausmaßes gewesen sein. Und mir ist klar, irgendwann wird jemand die Sprache auf Campbell, seine haarsträubenden Äußerungen und Shonas Reaktion darauf bringen müssen, und ehrlich – ich fürchte mich davor. Ich sehe es Shona an. Sie weiß genau, was passiert ist und wie sie hier gelandet ist. Sie sollte wenigstens eine Nacht haben, um ihre eigenen Gedanken zu sortieren, bevor wir sie mit unseren Fragen quälen.

Wir küssen Shona zum Abschied. Sie macht einen wachen, einen klaren Eindruck. Doch als wir das Licht löschen und die Tür hinter uns zuziehen, da hören wir sie murmeln.

»Aaron. Wenn ich nur wüsste, was passiert ist. Aaron. Aaron.«

Isla sagt kein Wort, während wir zum Parkplatz gehen, ins Auto steigen, den kurzen Weg zum Hotel meiner Eltern zurücklegen. Schließlich fragt sie: »Wer ist Aaron?«, und ich zucke mit den Schultern.

»Ich habe keine Ahnung. Sie hat von ihm geträumt, denke ich, während du weg warst, um den Arzt zu holen. Sie hat immer wieder seinen Namen gemurmelt und irgendetwas von einem Kind. Und einem Sturm.« Ich reibe mir die Stirn. »Wir müssen mit ihr sprechen, schätze ich. Morgen, falls es ihr dann besser geht.«

»Oder wir warten noch ein bisschen.«

»Ja. Oder wir warten.«

Wir gehen ins Hotel. Meine Eltern sind mehr als überrascht, Isla zu sehen, doch das Staunen und die Freude darüber werden im Keim erstickt, als sie vom Grund unserer Fahrt nach Glasgow erfahren.

»Himmel, Shona! Wie ist das passiert? Wie geht es ihr jetzt?«

Wir berichten meinen Eltern von Jared Campbell, dem Anhänger, seinen abstrusen Behauptungen und Shonas beängstigender Reaktion darauf. Meine Eltern sind ebenso verblüfft wie Isla und ich. Sie haben keine Ahnung, wer dieser Campbell ist, weshalb auch immer er mit unserer Familie verwandt sein sollte, und den Namen Aaron haben sie nie gehört. Mein Vater ruft im Krankenhaus an, um ruhig schlafen zu können. Meine Mutter weist mir und Isla je ein Zimmer zu, wobei ich den Eindruck habe, dass sie sich einen Augenblick fragt, ob wir nur ein Zimmer bevorzugen würden.

Schweigend steigen wir die schmale Treppe nach oben in den dritten Stock. Ich habe Isla eine Zahnbürste eingepackt und ein T-Shirt, in dem sie schlafen kann. Wir sind so überstürzt aufgebrochen, dass wir ihre Sachen nicht mehr holen konnten. Wie sie jetzt vor ihrer Zimmertür steht, mein T-Shirt in der Hand, der Blick unglücklich und erschöpft, da … Es löst etwas aus in mir. Etwas, das ich schleunigst in den Griff bekommen sollte.

»Gute Nacht«, sage ich, und dann haste ich förmlich zur nächsten Tür, hinter der sich mein Zimmer verbirgt.

»Finn?«

Ich drehe mich zu Isla um.

»Deine Freundin, Heather ...« Sie zögert, und ich runzle die Stirn. »War sie in dem Krankenhaus? Ist das der Ort, an dem sie arbeitet?«

Heather. Okay. Shona hat Isla ein bisschen erzählt, aber längst nicht alles, wie es scheint. »Heather ist Altenpflegerin«, antworte ich. »Sie arbeitet in einem Heim.«

»Ah. Natürlich. Das hatte ich vergessen. Entschuldige.« Isla nickt, sie macht aber keine Anstalten, ihre Zimmertür aufzuschließen. Ich starre sie an. *Wir* starren *einander* an. Sie wird doch nicht ... Sie will doch wohl nicht ... Ich öffne den Mund.

»Isla ...«, beginne ich, doch da manövriert sie beinahe wie in Panik den Schlüssel ins Schloss.

»Nacht, Finn«, ruft sie, dann fällt die Tür hinter ihr zu.

25

Eilean O Shean, vor langer, langer Zeit

Sie sehe schlecht aus, sagte sein Vater. Ob sie ausreichend esse? Ihr die Arbeit nicht zu viel sei? Ob die Mutter das Mädchen nicht zu hart rannehme im Haus und im Garten? Sie sei ein wenig blass, antwortete Ciaran, doch es gehe ihr gut. Ihr Magen habe getobt die vergangenen Tage, dies mache ihr zu schaffen, weiter sei nichts. Die Mutter sah Ciaran seltsam an, der Vater seufzte. Sie solle von morgen an länger schlafen, rieten beide. Sie solle sich Ruhe gönnen. Es schien, als sei sie seit Monaten auf den Beinen und erlaube sich nicht einen Augenblick Muße.

Ciaran sah dem Vater nach, wie er mit seinen Krabbenkörben den schmalen Pfad hinunter zum Hafen ging, und dann sah er zu Moyra hinüber, die im Beet kniete und die Kartoffeln ausgrub. Der Blick seiner Mutter war streng und nach wie vor wissend. Er solle sie aus dem Beet herausholen, sagte sie. Sie könne drinnen helfen, bei den Näharbeiten.

Drei Monate war Moyra nun schon auf der Insel, und sie war Ciarans Ein und Alles, selbst wenn er sie immer noch nicht wirklich kannte, wenn sie nach wie vor ihre Geheimnisse nicht mit ihm teilte. Dass sie welche hatte, da war er sich sicher. Kein Wesen war so verschlossen und in sich gekehrt wie Moyra. Selkie, dachte Ciaran bei sich, dass ich nicht lache. Eher ein Muschelwesen, wunderschön, geheimnisvoll und still. Die gesamte Insel hatte er auf den Kopf gestellt auf der Suche nach dieser Seehundhaut. Er hatte nichts gefunden. Nichts. Es gab nichts und rein gar nichts, das darauf hindeutete, dass seine Kumpel mit ihren seltsamen Ideen auch nur ein Fünkchen Wahrheit von sich gaben. Ciaran hegte den Verdacht, dass sie heimlich auch danach suchten. Nach dem Beweis, dass Moyra ein Selkie war und ihm, Ciaran, irgendwann davonschwimmen würde. Ciaran schüttelte den Kopf. *Unsinn,* dachte er bei sich, während er sich zu Moyra hinunterbeugte und ihr einen Kuss auf die Stirn drückte. Absurde Fantasterei. Er würde Moyra zu seiner Frau machen, das hatte er fest vor. Sie war das einzige Mädchen für ihn, der einzige Mensch. Sollte es ihr schlecht gehen, würde er für sie beide arbeiten. Sollten sie eine Familie gründen wollen, würde er sich noch mehr anstrengen. Er würde sich mehr bemühen als irgendjemand sonst, sich härter fordern, sich über alle Maßen anstrengen, um dieses wunderbare Wesen zum glücklichsten der Welt zu machen.

Es war nach ziemlich genau einem Jahr, als Ciaran eines Morgens aufwachte und seine Frau nicht finden konnte. Das Bett neben ihm war leer. Das Laken war kalt. Ciaran sprang auf und durchsuchte die Hütte, ihren Namen auf den Lippen. Er zog sich an und lief nach draußen. Er fand sie schließlich, und als er sie sah, blieb ihm beinahe das Herz stehen. Moyra stand am Rand der Klippen. Sie war in ihrem Nachthemd, barfuß, sie hielt etwas in der Hand, und sie sah hinunter aufs Meer, das mindestens dreißig Meter unter ihr gegen den scharfkantigen Felsen schlug.

Moyra.

Ciaran rannte auf sie zu, so schnell er konnte. Was machte sie da? Was machte sie in aller Herrgottsfrühe auf den Klippen, wieso stand sie dort, und was, um Himmels willen, hielt sie in der Hand? War das ein Stück Stoff? Ihre Jacke? Ein *Fell?*

Moyra.

Sie hörte ihn nicht. Nicht, bis er sich ihr bis auf fünf Schritte genähert hatte. Er rief noch einmal ihren Namen, laut und viel zu schrill. Moyra sah auf, erschrocken, und in ihrem Schrecken machte sie einen Schritt zurück. Sie sah Ciaran. Und dann ließ sie sich fallen. Und sie war weg. Ciaran griff nach der Luft, die jene Stelle füllte, an der seine geliebte Frau gerade noch gestanden hatte. Er schrie. Er sackte auf die Knie. Und dann robbte er nach vorn, zum Klippenrand, um nach unten zu sehen.

Das Meer schlug gegen die kantigen Felsen. Von Moyra war nichts zu sehen. Und Ciaran, er ließ sich zur Seite fallen, weinend, die Augen geschlossen, die Hand gegen die Brust gepresst. Dann rollte er ein Stück. Noch ein Stück weiter. Er holperte über den steinigen, schmutzigen Boden bis zum Rand, und dann rollte er darüber hinweg.

26

Isla

Ich höre, was Shona sagt, aber ich kann es nicht glauben. Ich lausche der hanebüchenen Geschichte von Jared, aber ich begreife sie nicht. Sie sitzen beide am Tisch. Shona erzählt Jared, wie sie sich als Teenager verliebte. Wie sie schwanger wurde. Und ein Kind bekam. Und wie dieses Kind bei der Geburt starb, zumindest war es das, was ihre Eltern ihr erzählten. Und Jared, er sagt ihr, dass das Kind keinesfalls gestorben sei. Dass es einem Pfarrer übergeben wurde. Der es in ein Kinderheim brachte, von wo aus eine Adoption in die Vereinigten Staaten in die Wege geleitet wurde. Das Mädchen. *Rose.* Das Kind, das ein Leben lang versucht hat, seine leiblichen Verwandten zu finden, und darüber gestorben ist.

Ich wechsle einen Blick mit Finn, der genauso angeschlagen aussieht, wie ich mich fühle. Es geht Shona nicht gut. Was auch immer für Dämonen Jared Campbell hier heraufbeschworen hat, ich wünschte, er wäre weggeblieben. Shona ist blass und eingefallen und klein. Finn lehnt hinter ihr an der Küchenanrichte, zum Sprung bereit, sollte sie vom Stuhl kippen. Ich lehne gegenüber an der Spüle. Beide können wir uns nicht überwinden, mit an diesem Tisch zu sitzen, an dem gerade ein Leben ausgebreitet wird, von dem wir noch nie etwas gehört haben.

Ich bin nicht sicher, ob Shona aufnahmefähig genug ist, um zu begreifen, wie Jared Campbell die Spur seiner vor dreißig Jahren verstorbenen Mutter hierher nach Bailevar zurückverfolgt hat. Rose selbst konnte ihre Adoption bis nach Glasgow nachvollziehen, wo diese stattgefunden hatte. Da war sie allerdings schon drei Jahre alt gewesen, und woher das Baby seinerzeit gekommen war, das wusste niemand. Rose gab die Suche auf, als sie erneut an Krebs erkrankte – zweimal hatte sie den Kampf bereits geführt, beim dritten Mal fehlte ihr die Kraft. Sie starb, als Jared zwölf Jahre alt war. Und erst im letzten Winter, dreißig Jahre nach ihrem Tod, erzählte Jareds Vater ihm davon, dass Rose ein Adoptivkind gewesen sei. Und dass die vergebliche Suche nach ihrer Herkunft sie zermürbt und letztlich umgebracht habe.

»Ich bin aufgebrochen, sobald meine Situation in den USA es zuließ«, erklärt Jared. »Zu Beginn des Sommers war ich in Schottland, und einen Monat später hatte ich mit Dutzenden von Leuten Kontakt aufgenommen, bis ich eine Spur fand, die auf die Zeit vor den Kinderheimen hindeutete. Ich sprach mit Schwestern, die zwischen 1944 und 1947 in den Heimen in Dunoon und Glasgow beschäftigt waren. Es waren nur eine Handvoll, die noch lebten, und die meisten waren schon so alt, dass sie sich an nichts erinnern konnten. Doch die Tochter einer der Heimleiterinnen meldete sich bei mir, als ihr einfiel, was ihre Mutter ihr erzählt hatte. Dass sie sich in diesen schlimmen Kriegszeiten oft fragen mussten, woher die Babys kamen, die bei ihnen abgeliefert wurden. Was sich wohl für Geschichten hinter ihren Schicksalen verbargen. Dass viele Kinder im Krieg zu Waisen geworden waren und oft nur der Pfarrer den Kleinsten half. Ihr eigener Bruder habe damals in diese Richtung Gutes bewirkt. Er war Pfarrer auf der Insel Mull und für viele Verzweifelte eine Anlaufstelle gewesen.«

»Verzweifelte«, bringt Shona hervor.

Ich sehe wieder Finn an. Ich bin mir ziemlich sicher, er möchte Jared den Hals umdrehen, ganz genauso wie ich gerade. Dabei ist mir klar, er kann kaum etwas dafür, er ist genauso verwirrt und verletzt und erschüttert wie Shona. Er hat ewig gebraucht, um eine Spur zu finden, um die Menschen ausfindig zu machen, die seine Mutter damals zur Adoption freigegeben hatten.

»Sie bewahrte Teile seines Nachlasses auf ihrem Dachboden auf«, fährt Jared fort. »Bücher und Tagebücher, Notizhefte. Ich fand einen Hinweis in einem Heftchen, in dem er seine Ein- und Ausgaben verzeichnet hatte. *Familie Taylor, Bailevar, Mädchen. Fünfundzwanzig Pfund.«*

Ich japse, Finn reißt die Augen auf. Und Jared Campbell sitzt hier und sieht aus, als sei es ihm lieber, er hätte nie irgendetwas über seine Vergangenheit herausgefunden, doch dafür ist es nun leider zu spät. Und Shona ist schon achtundachtzig Jahre alt. Sie atmet so schwer durch die Nase, dass ihre Wangen ganz eingefallen sind. Sie zupft seltsam an ihren Fingern herum. Und sie wirkt, als würde sie jeden Augenblick in Tränen ausbrechen, ganz genau so wie ich auch.

»Ich habe erst gar nicht an Shona gedacht«, sagt Jared.

»Ich war so auf den Namen Taylor fixiert.« Er wirft Finn einen Blick zu, und dessen Augen werden ganz schmal. »Erst als Isla …« Und dann stoppt er sich. Und seufzt. »Selbst da habe ich nicht damit gerechnet, dass die Mutter meiner Mutter erst fünfzehn gewesen sein könnte.« Er sieht Shona an. »Ich verstehe es einfach nicht«, sagt er. »Wieso haben Ihre Eltern behauptet, das Baby sei tot gewesen? Wer tut so etwas?«

»Du kannst bitte du zu mir sagen«, flüstert Shona. »Ich bin schließlich deine Großmutter.«

Und nun ist der Augenblick gekommen, ich muss für einen kurzen Moment das Zimmer verlassen, ich ertrage das nicht länger. Ich lehne mich an die Wand neben den Türrahmen. Ich höre Shona schniefen, und Jared … er schnaubt irgendwie, und dann erklärt sie mit zitternder Stimme: »Wie gesagt, ich war erst fünfzehn, als ich schwanger wurde. Damals … das war keine gute Zeit, um seinen Eltern so etwas zu beichten. Es herrschte Krieg. Ich war selbst noch ein Kind. Sie waren sofort dagegen. Gegen Aaron, der kaum älter war als ich, und natürlich auch, dass ich das Baby behalten wollte. Wir hatten uns dennoch in den Kopf gesetzt, es zu versuchen. Wir sehnten uns danach, eine Familie zu sein. Aaron wollte alles dafür tun, dass wir es schaffen. Wir waren so schrecklich verliebt ineinander.«

Shonas Stimme bricht, dann klappert Geschirr, als Finn sich vom Schrank abstößt und mit schweren Schritten durch die Küche und nach draußen in den Gang marschiert. Er stützt beide Hände an der Wand über meinem Kopf ab und lehnt seine Stirn gegen meine. Ich lege meine Hände auf seine Brust. Sein Herz schlägt wie wild, empört und unregelmäßig, und automatisch streiche ich mit den Fingern darüber, bis sich sein Atem beruhigt hat.

»Aaron war Fischer. Er war so ehrgeizig. Besessen davon, unsere Zukunft zu sichern, meine und die des Babys. Er fuhr mit dem Boot raus, öfter als jeder andere. Er fuhr bei jedem Wetter. Einmal …«

Ihre Stimme stockt, und Finns Kiefer verspannt sich. Meine Hände gleiten an der Seite seines Hemdes entlang auf seine Schulterblätter. Seine Hände verschränken sich in meinem Nacken, während beide Daumen mein Kinn entlangstreifen, vor, zurück, vor, zurück.

»Einmal fuhr er bei Sturm«, flüstert Shona, »und ich habe ihn angefleht, es nicht zu tun. Ich habe ihn angefleht.«

Es ist totenstill in der Wohnung. Nichts ist zu hören. Ich atme Finns Atem ein und er meinen, und wir bleiben stocksteif in dieser seltsamen Umarmung stehen, als hätten wir keine Glieder mehr, um uns zu bewegen.

»Was ist dann passiert?«, fragt Jared, die Stimme ungelenk und rau.

Shona antwortet nicht.

»Ist er …« Jared räuspert sich. Und dann schweigt auch er, als wolle er die Antwort nicht mehr wissen.

»Ich habe ihn nie wiedergesehen«, sagt Shona so leise, dass Finn den Kopf hebt, um die Worte zu verstehen. »Sein Boot wurde nie gefunden. Er … wurde nie gefunden. Ich war oft oben auf dem Hügel, um nach ihm zu sehen. Er ist nie mehr zurückgekehrt.«

Finn runzelt die Stirn, und ich runzle meine. All die Male, die Shona am Ceann Tórr war, vorgeblich um den Herzschlag der imaginären Insel zu hören – hat sie da in

Wirklichkeit darauf gewartet, dass ihre erste große Liebe zu ihr zurückkehrt?

»Und dann?«, fragt Jared.

»Dann war alles wie … wie im Strudel«, sagt Shona. »Er zog mich immer weiter nach unten, tiefer und tiefer, bis ich irgendwann nichts mehr erkennen konnte, auch nicht den Boden. Ich war … mein Herz, es war mit ihm verschwunden. Und an seiner Stelle war dieses hässliche schwarze Loch.«

Finn sieht auf mich herunter. Und ich weiß nicht, was ich fühlen soll. Mein Herz ist keine Insel, das ist einfach nicht wahr. Denn wenn es eine wäre, würde es dann den mächtigen Drang verspüren, sich an dieses andere Herz zu klammern, das … ergibt überhaupt keinen Sinn?

»Sie haben mir gesagt, das Baby sei tot auf die Welt gekommen. Mir war nicht klar … ich wusste nicht …« Und dann ist Weinen zu hören, und Finn stürmt zurück in die Küche, wo er neben Shona in die Hocke geht und sie in seine Arme zieht. Ich bleibe im Türrahmen stehen.

»Das reicht jetzt«, erklärt Finn verärgert. »Campbell, verschwinden Sie. Sie haben gehört, was Sie hören wollten, und …«

»Nein!« Shona windet sich aus Finns Armen und greift nach Jareds Hand. »Ich möchte hören, wie es ihr ergangen ist.«

»Shona.« Finn sieht aus, als wolle er die arme Shona schütteln, aber stattdessen legt er seine Hand an ihre Wange. »Denkst du nicht, du solltest dich ein bisschen ausruhen? Du bist erst gestern aus dem Krankenhaus gekommen, und du bist schwach, das sehe ich dir an, du …«

»Jared kann uns etwas Suppe heiß machen, ja?« Shona tätschelt die Hand auf ihrer Wange. »Mir geht es gut, Finn. Mein lieber, lieber Finn. Ich möchte ein wenig allein sein mit meinem Enkelsohn. Nur heute Abend. Ist das in Ordnung für dich? Geh und nimm Isla mit. Ihr habt ebenso viel zu besprechen, da bin ich mir sicher.«

Finn lässt den Kopf hängen, und mein Blick schweift zu Jared, der nach wie vor am Tisch sitzt, steif, wie festgefroren. Er hat den eigenartigsten Ausdruck im Gesicht, eine Mischung aus Verlorenheit und Ehrfurcht, und mit einem Mal weiß ich, dass es das Beste für die beiden ist, wenn sie sich allein durch ihre Erinnerungen kämpfen. Jared wird Shona nichts tun. Zu Beginn mag Wut in ihm gebrodelt haben, Enttäuschung über eine Frau, die ihr Kind zur Adoption freigegeben hat, ein Kind, das ihm später eine so großartige Mutter gewesen ist. Er hat nicht wissen können, dass Shona nicht dafür verantwortlich zu machen ist. Er hat nicht wissen können, dass ihre Eltern ihr das Baby gegen ihren Willen einfach wegnahmen. Und er hat nicht wissen können, dass er hier seine Großmutter finden würde.

»Finn.« Ich gehe die paar Schritte in den Raum und lege ihm eine Hand auf die Schulter. »Lass uns gehen, es war ein langer Tag. Wir kommen morgen früh wieder her, um nach dir zu sehen, Shona.«

»Mach das, mein Liebes.«

Sie lächelt mich an, und ich drücke ihre Hand. Dann gehe ich zum Kühlschrank, nehme den Eintopf heraus und stelle ihn auf den Herd. »Es ist noch Brot da«, sage ich zu Jared. »Sorg bitte dafür, dass sie isst, bevor sie ins Bett geht.«

Shona verdreht die Augen, was ich als gutes Zeichen werte, und Jared steht auf. »Das mache ich.« Er geht einen Schritt auf mich zu und fabriziert eine derart ungelenke Umarmung, dass sie Kyles ernsthaft Konkurrenz machen könnte. »Danke, Isla. Ich werde gut auf Shona aufpassen.«

»Hey!«

Ich werfe Finn einen Blick zu. Er hat sich neben dem Tisch aufgebaut, die Schultern breit, die Hände in die Seiten gestemmt. »Ich werde ganz sicher keinen Typen hier mit Shona allein lassen«, sagt er, »der zuvor in ihre Wohnung eingebrochen ist und sie halb umgebracht hat.«

»Finn …«

»Nein, Shona!«

Ich sehe von Finn zu Jared, der sich mit einer Hand durch die Haare fährt und mit der anderen seine Brille höher auf die Nase schiebt. »Das …«, beginnt er, und dann lässt er beide Arme hilflos sinken.

»Wir werden das klären«, sagt Shona.

»Das tut mir ehrlich unfassbar leid«, erklärt Jared. Für einen Augenblick ziehe ich in Betracht, doch hierzubleiben, denn tatsächlich ist mir die Sache mit dem Einbruch vorübergehend entfallen, und sie ist bis zu diesem Moment auch nicht mehr zur Sprache gekommen. Wie konnte er das tun? Wie konnte er Shona nur derart hart anfassen, sie in die Toilette schubsen und dann dort über Nacht einsperren? Aber jetzt hierzubleiben, das wäre ein solch großer Misstrauensbeweis, den bringe ich dennoch nicht übers Herz. »Jared …«

»Ich verstehe euren Argwohn«, unterbricht er mich. »Mir würde es vermutlich ganz genauso gehen. Und ich habe ehrlich keine Erklärung dafür, was in dem Moment in mich gefahren ist. Nach dem Ausflug mit Isla wusste ich plötzlich, dass Shonas Nachname einmal Taylor gewesen war, und zu diesem Zeitpunkt war ich schon so verzweifelt. Alle Spuren endeten in diesem gottverlassenen Kinderheim, meine Mutter konnte nie mehr über ihre Adoption herausfinden, und als ich endlich den Hinweis auf Bailevar bekam, da war ich wie im Rausch. Ich war so nah dran, und ich brauchte nur noch einen Beweis, der …«

»Und da brichst du hier ein und schubst eine alte Frau durch die Gegend, ohne Rücksicht darauf, was mit ihr passieren könnte?«

Finn brüllt jetzt, natürlich, aber ich zucke erst zusammen, als Shona mit einem quälenden Atemzug aufschluchzt und das Gesicht in ihren Händen vergräbt.

»Shona!« Von drei Seiten stürmen wir auf sie zu.

»Es ist schon gut.«

»Es tut mir leid.«

»Was sollen wir tun? Sollen wir dich allein lassen, Shona? Willst du dich ausruhen?«

»Nein!« Und jetzt ist es Shona, die die Stimme hebt. »Versteht ihr nicht – Jared hat so lange nach mir gesucht. Und er hat mich vermutlich gehasst, weil ich seine Mutter ihrem Schicksal überlassen habe, und … ich will jetzt alles wissen, Finn, verstehst du das nicht? Ich *muss* jetzt alles wissen!«

Für zwei, drei Sekunden herrscht Schweigen, dann sagt Jared: »Ich finde keine Worte dafür, wie leid mir das alles tut. Hätte ich gewusst, was hinter der Geschichte steckt – ich hätte mich niemals so verhalten, das schwöre ich.

Ich schwöre es!« Er drückt Shonas Hand, und sie sieht zu Finn auf.

Der einmal tief Luft holt. »Lasst uns ins Pub gehen. Ihr könnt dort reden. Und dann möchte ich, dass du bis auf Weiteres in einem meiner Gästezimmer wohnst, Shona. Ich pack dir ein paar Sachen zusammen.«

Ich nehme den Eintopf vom Herd und stelle den Ofen aus.

Wir verbringen den Abend gemeinsam im Pub, Shona und Jared an einem Tisch weit weg von den anderen, Finn und ich an der Bar, mit gutem Blick darauf. Als es Zeit ist, schlafen zu gehen, begleite ich Shona hinauf und helfe ihr in ihr Nachthemd, und dann setze ich mich zu ihr ans Bett und drücke ihre Hand.

»Wie geht es dir?«, frage ich sie. »Der Arzt hat mir ein paar Tabletten mitgegeben, für den Fall, dass das Ganze zu aufregend für dich wird. Soll ich dir eine holen? Sicher kannst du damit sehr gut schlafen.«

»Nein, Kindchen, danke. Mir geht es gut. Den Umständen entsprechend.«

Ich lasse Shonas Hand los und streiche stattdessen eine Haarsträhne von ihrer Wange. »Es tut mir leid«, sage ich leise. »Was du durchmachen musstest. Ich wünschte, ich hätte das alles irgendwie von dir fernhalten können.«

»Aber es ist nicht deine Schuld, Isla. Und es wäre so oder so auf mich zugekommen, ob du nun hier bist oder ...«

»Ich habe das Gefühl, ich habe ihn zu dir gebracht.«

»Ach, Isla.« Jetzt nimmt Shona meine Hand und drückt

sie, doch so schwach, dass mir einmal mehr Tränen in die Augen schießen. »Er ist mein Enkel. Er sollte seinen Weg zu mir finden.«

Ich nicke. Shona wischt über meine Wangen. »Als hätte ich auf ihn gewartet«, flüstert sie. »Als …«

Ich halte den Atem an, aber es kommt nichts mehr. Und ich, ich weiß nichts zu sagen.

Schließlich tätschelt Shona meine Wange ein letztes Mal, bevor sie sich um einen leichteren Tonfall bemüht, was ihr nur beinah gelingt. »Also, Kindchen. Wie findest du ihn? Er sieht gut aus, nicht? So intellektuell.«

»Nun. Ja.« Ich lächle sie an. »Er sieht in der Tat recht … intelligent aus.«

»Er schreibt.«

»Mmmmh.« *Und er lügt.*

»Und seine Mutter, sie war … sie muss eine sehr, sehr ungewöhnliche Frau gewesen sein.«

»Das war sie sicher«, bestätige ich.

»Sie ist Krankenschwester gewesen. Sie wollte Ärztin werden, aber durch ihre frühe Diagnose hielt sie es für besser, einen Beruf zu ergreifen, der nicht jahrelanger Studien bedarf.«

Ich finde keine Worte mehr, ich starre Shona an, während sie mir von dem Kind erzählt, das sie nie hatte.

»Ich hätte wissen müssen, dass sie noch lebt, meinst du nicht? Hätte ich es nicht spüren müssen? Ich dachte, da sei ein Babyweinen gewesen, aber es hätte genauso gut ich sein können, ich habe damals nur geweint, so viel geweint … und … sie hatte meine Augen, Isla. Hat Jared dir das erzählt?«

Und dann beginne ich zu weinen, diesmal richtig. Und

Shona weint mit mir, und am Ende liege ich neben ihr auf dem Bett und halte sie im Arm, und gemeinsam schluchzen wir, bis alle Tränen der Welt geweint sind, zumindest die dieser Insel. Als das Heulen nur mehr ein Schniefen ist, lege ich meinen Kopf auf ihre Brust.

»Die Geschichte von der Insel, sie bricht einfach ab«, flüstere ich. »In der Broschüre. Moyra fällt, und Ciaran rollt über die Klippe, und dann … nichts mehr.«

»Weil dann nichts mehr war«, flüstert Shona zurück. »Die Erde bebte und grollte, und dann verschluckte das Meer die Insel, so wie es sie damals geboren hatte, und gab sie nie mehr zurück.«

Wie Aaron, denke ich. Und dann verdränge ich den Gedanken wieder. Es wurde schon zu viel geweint an diesem Abend, und ich möchte Shona nicht noch mehr aufregen. Das schafft sie sehr gut allein.

»Moyra war schwanger«, sagt sie.

Da haben wir's. »Shona …«

»Sie hielt ein Babydeckchen im Arm, keine Seehundhaut. Sie wollte gar nicht springen. Sie wollte nur aufs Meer sehen. Das ist so tragisch, Isla. So tragisch wie das Leben selbst.«

Ich seufze in Shonas Nachthemd. Ich kann mich zwar nicht genau erinnern, wie die Geschichte in meiner Kindheit erzählt wurde, doch dass Moyra schwanger war, das … Ich bin mir ziemlich sicher, davon habe ich noch nie gehört. Er tut weh, dieser Schmerz, den Shona spüren muss, er tut mir körperlich weh. Ich merke es in meiner Lunge, ich bekomme kaum Luft, und in meinem Herzen, das wie wild hämmert für diese lebenslustige, optimistische Frau, die es so schwer hatte in ihrem Leben. Und dann hat sie gewartet, oben auf dem Hügel, beim Ceann Tórr. Und sich an Geschichten geklammert. Ob sie dort oben stand, um auf Aaron zu warten? Ob die verlorene Insel die ganze Zeit nur als Metapher stand für das, was sie verloren hatte? Nur wir, die wir sie lieben und all die Jahre kannten und glaubten, alles über sie zu wissen – wir haben es nie begriffen?

Ich bleibe noch eine Weile neben Shona liegen. Als ihre Atemzüge regelmäßiger werden, als sie in einen ruhigen, hoffentlich erholsamen Schlaf sinkt, stehe ich auf und verlasse lautlos das Zimmer.

»Es tut mir ehrlich leid, was ich deiner Familie angetan habe. Ich wollte niemanden verletzen.«

Jared steht vor mir. Er muss hier draußen auf mich gewartet haben, er macht den Eindruck, als sei er auf dem Gang hin- und hergelaufen und gerade eben erst, als ich Shonas Zimmer verließ, zum Stillstand gekommen. Ich verzichte darauf, Jared daran zu erinnern, dass Shona und Finn nicht wirklich zu meiner Familie gehören, denn gerade jetzt fühlt es sich sehr danach an. Stattdessen frage ich ihn: »Bist du sicher, dass du das nicht wolltest?«, und Jared schlägt die Augen nieder. »Es war ein langer Tag«, sage ich. »Lass uns ins Bett gehen.«

»Ich will nicht, dass du schlecht von mir denkst.«

»Das will ich auch nicht. Immerhin bist du Shonas Enkel.«

»Aber du tust es.«

Ich seufze. Es war tatsächlich ein langer, langer Tag. Ich bin erschöpft und traurig und beunruhigt, alles in einem irgendwie.

»Hör zu, Isla, ich wollte wirklich nicht …«

»Was? Shona wehtun? Sie so hart anpacken, dass sie beinahe gestürzt wäre und sich sonst wie hätte verletzen können?«

Jared verzieht das Gesicht. »Ich weiß nicht, was in mich gefahren ist«, erklärt er. »Ich weiß nur, ich wurde von einer unbändigen Wut getrieben, weil meiner Mutter so wehgetan wurde.«

»Es hätte alles ganz anders sein können. Was, wenn deine Mutter tatsächlich Kriegswaise gewesen wäre? Niemand wäre dafür verantwortlich gewesen. Solche Dinge geschehen. So grausam ist das Leben nun einmal.«

»Ja.« Jared zuckt mit den Schultern. »Es hätte alles ganz anders sein können. Doch als ich hierherkam und auf die Familie stieß, die einem Pfarrer fünfundzwanzig Pfund dafür gezahlt hatte, ein Baby fortzuschaffen – da hatte sich mein Ärger schon manifestiert. Was mir jetzt aufrichtig leidtut. Es gibt keine Worte dafür, wie sehr.«

Ich sehe Jared an, und ich weiß, er meint es ernst. Er ist kein böser Mensch, nur jemand, in dem Zorn und Hass so lange gebrodelt haben, bis er nichts anderes mehr fühlen konnte als die heiße Wut in seinem Inneren. Das, denke ich, kann ich nachvollziehen. Mein Leben lang habe ich diese Wut für Caitriona empfunden, und ich werde hart dafür kämpfen müssen, dieses Kapitel irgendwann einmal abzuschließen.

»Ich werde dir verzeihen, dass du dich mir nur angenähert hast, um mehr über Finn und die Menschen auf der Insel zu erfahren«, sage ich schließlich.

»Isla …«

»Jared. Ich werde versuchen zu vergessen, unter welchen Umständen wir uns kennengelernt haben, Shona zuliebe«, sage ich ihm. »Aber mehr – mehr kann und wird nicht sein zwischen uns.«

»Nein.« Jared schüttelt den Kopf. »Das konnte es ohnehin nie.« Er lächelt, aber auch er sieht erschöpft aus. »Du solltest mit Finn sprechen«, sagt er dann. »Und ich denke, das weißt du. Gute Nacht, Isla.«

Damit dreht er sich um und verschwindet in seinem Zimmer.

Es ist schon beinahe Mitternacht. Ich bin ziemlich sicher, dass Finn noch unten im Pub mithilft, dennoch begebe ich mich zu der Tür, die in seine Wohnung führt, nur um sicherzugehen. Ich weiß, worauf Jared angespielt hat. Und sosehr ich wünschte, es wäre anders, ist mir klar, dass nur Finn mir in diesem Augenblick noch helfen kann. Dass er mich beruhigt, tröstet, mir den Schmerz nimmt. Was auch immer. Es scheint Licht unter der Tür hervor. Ich lege ein Ohr an das Holz, Musik ist zu hören. Noch bevor ich klopfen kann, öffnet Finn die Tür, und wie er da steht, Jeans, T-Shirt, die Haare wild vom vielen Raufen, bleibt mir beinahe das Herz stehen.

Ich weiß, ich darf nicht noch einmal den ersten Schritt machen wie unten, in seiner Kühlkammer. Ich darf mich ihm nicht an den Hals werfen und ihn daran erinnern, dass ich ihm das Herz gebrochen habe, damals, als ich einfach fortging, ohne mich noch einmal nach ihm umzudrehen. Ich weiß, ich darf nicht, obwohl mir inzwischen bewusst ist, dass nicht nur sein Herz gebrochen ist auf diesem Weg. Ich weiß das jetzt. Es wird mir immer dann schmerzlich bewusst, wenn ich Finn ansehe und weiß, dass ich ihn nicht wiederbekomme, nicht so, wie ich es mir wünsche. Weil es eben nicht geht.

»Shona schläft«, erkläre ich. »Ich wollte dir Gute Nacht sagen. Und dass alles in Ordnung ist. Im Moment.«

Finn steht nach wie vor da, in einer Hand die Tür, die andere an den Rahmen gelehnt. Er wirkt, als würde ein Orkan in ihm toben, und ich möchte ihn nicht in diese Situation bringen, nicht noch einmal. Also sage ich: »Wir sehen uns morgen«, und drehe mich weg, nur um Finns Hand an meiner Hüfte zu spüren und dann den Türrahmen im Rücken, als er mich dagegenpresst. Er starrt mich an, der Sturm kurz unter der Oberfläche, ich kann ihn spüren, ebenso wie die Unentschlossenheit.

»Du hast geweint«, sagt er.

Ich zucke mit den Schultern.

Finn starrt mich weiterhin an, und für eine unzulänglich lange Zeit spricht abermals niemand ein Wort.

»Das sollten wir nicht tun«, erkläre ich schließlich, obwohl ich es wirklich, *wirklich* nicht so meine. Ich wiederhole die Worte, doch ich denke: Bitte, *bitte* hör nicht auf mich. Küss mich einfach. Küss mich.

Ich habe keine Ahnung, was in Finn vorgeht. Er braucht so lange, bis er überhaupt den Kopf in meine Richtung neigt, dass ich allmählich finde, es ist doch keine so gute Idee, doch dann … Ich seufze, als Finns Lippen sich auf meine legen, und er gibt einen zufriedenen Laut von sich, weshalb ich es nicht verstehe, dass er nach zwei Sekunden schon wieder davon ablässt.

»Warum sollten wir das nicht tun, Isla?«, fragt er, während er eine Haarsträhne aus meiner Stirn schiebt und ich meine Hände in seinem Hemd vergrabe.

»Ich will nicht, dass du mich hasst«, sage ich.

»Weil du wieder weggehen wirst?«

»Ja. Unter anderem.«

»Aber du willst es.«

»Ich denke, ja.«

»Das hier?«

Ich nicke.

»Um der alten Zeiten willen?«

»Nein.« Nun schüttle ich den Kopf. Dann atme ich ein. Ich habe das Gefühl, all meine Sinne sind betäubt durch diese Nähe, die absolut nicht nah genug ist.

Noch einmal beugt sich Finn zu mir herunter, diesmal nimmt er meine Unterlippe zwischen seine Zähne, und mir läuft ein Schauer über den Rücken. Der Kuss ist furchtbar sanft, viel zu sanft. Ich balle die Hände mitsamt Hemd zu Fäusten, während ich seinem Mund nachjage, der sich schon wieder von meinem zu entfernen droht.

»Finn.«

»Isla.«

»Ich hab's mir überlegt: Wir sollten das tun. Wir sollten das unbedingt tun.« Mit einer Hand umfasse ich seinen Nacken und ziehe seinen Kopf zu mir herunter.

»Weil die letzten Tage hart waren?«

»Ja.«

»Weil gerade kein anderer hier ist?«

»Finn.«

»Was ist mit Campbell?«

»FINN!«

»Ohne Konsequenzen?«

»Ohne Konsequenzen.«

Er zögert ein, zwei Sekunden, dann küsst er mich, diesmal richtig. Er vergräbt seine Hände in meinen Haaren, fasst sie hinten in einer Faust zusammen und zieht meinen Kopf ein Stück zurück, wie er es immer schon getan hat. Gott, und ich liebe das. Ich hatte vergessen, wie sehr es mir gefällt, Finn zu küssen. Wie gut wir darin waren, immer schon, von Anfang an. Eric … Erics Küsse … nicht zu vergleichen. Vergessen. *Oh, Eric. Du hast nichts zu suchen in meinen Gedanken, schhhh. Schhhh.*

Finns andere Hand schiebt sich unter meinen Pullover, fährt über meinen nackten Rücken hin zu meinen Schulterblättern, nach vorn, tiefer. Ich mache mich an seinem Hemd zu schaffen, dann an den Knöpfen seiner Jeans. Wir taumeln in die Wohnung, Hände, Lippen, Laute, die Tür kracht ins Schloss, und Finn hebt mich hoch und trägt mich in sein Schlafzimmer.

Ich starre ihn an, mit halb geöffneten Lippen. *Was, wenn ich die Konsequenzen nicht ertragen kann,* frage ich mich. *Was dann?*

27

Finn

Neben Isla aufzuwachen ist alarmierend auf so viele unterschiedliche Arten. Mein Puls beginnt zu rasen, gleichzeitig stockt mir der Atem. Bilder von letzter Nacht flimmern vor meinen Augen, ihr Duft hängt in meiner Nase, ihr warmer Rücken liegt an meine Brust geschmiegt, und ich wage es nicht, mich zu bewegen, aus Angst, sie könnte aufwachen. Oder ich.

Ohne Konsequenzen. Natürlich. Sie wird wieder weggehen, von Anfang an ist das klar gewesen, und diese bittere Süße, die sich bei dem Gedanken daran um mein Herz schließt, sie sagt alles aus. Ich muss mich schützen. Ich *werde* mich schützen. Ich kann es ihr nicht übelnehmen, dass sie ist, wer sie ist. Ruhelos, immer auf der Suche, niemals intakt. Ich bin schon lange genug auf dieser Welt, um einzusehen, dass man Kalendersprüche durchaus für bare Münze nehmen darf: Wenn sich etwas nicht ändern lässt, nimm es mit Gelassenheit hin. Wenn sich *jemand* nicht ändern lässt … nun, sollte man überhaupt versuchen, einen Menschen zu ändern, bloß weil er nicht in den Rahmen passt, den man sich für sein eigenes Leben gesteckt hat? Ich meine, ich werde immer auf dieser Insel bleiben, das spüre ich – es ist, als sei ich mit ihr verwachsen, mit den Menschen hier, mit meiner Arbeit, meinem eigenen Lokal. Und wenn ich nicht hier bin, dann fehlt ein ganzes Stück von mir. Größer als das, was Isla mit sich nimmt, wenn sie Bailevar wieder verlässt.

Neben Isla aufzuwachen. Ich bin gar nicht sicher, wann wir zuletzt so gelegen sind, schlafwarm und schlaftrunken in einem großen, bequemen Bett. Ich erinnere mich an unser Lager am Leuchtturm, das immer nur für kurze Stunden zu ertragen war, bevor es zu hart wurde und vor allem zu kalt. An Islas schmales Bett oder meins, aber auch nur dann, wenn die Eltern nicht zu Hause waren. Jahrelang habe ich um die Zeit getrauert, die Isla und ich zusammen waren, und jetzt frage ich mich – waren wir das wirklich? Waren wir tatsächlich zusammen?

Isla gibt ein Geräusch von sich, und ich rücke ein Stück von ihr ab, woraufhin sie sich umdreht und halb über meine Brust drapiert. Ihre roten Locken sind überall, ihre rechte Hand liegt auf meinem Herzen. Ich atme tief ein, und dann schließe ich die Augen, aber ich weiß, an Schlaf ist nicht mehr zu denken. Stattdessen stelle ich mir Fragen: Wie lange wird sie noch hier sein? War dies das erste und einzige Mal, dass wir so zusammen waren? Wenn sie diesmal geht – wird es für immer sein?

Ich öffne die Augen wieder. Es ist sinnlos, über all das nachzugrübeln, also lasse ich es. Stattdessen lenke ich meine Gedanken zu Shona: Ich sollte aufstehen und nach ihr sehen. In den letzten drei Tagen hat sie so viel durchgemacht wie in den vergangenen zwanzig Jahren nicht, von dem Tod ihres Mannes einmal abgesehen. Und selbst da hat sie nie so zerbrechlich gewirkt. Dieser Campbell – ich traue ihm nicht, egal, welche Rolle er in Shonas Leben spielt. Er hat sich an Isla rangemacht, was ein mörderisches Gefühl in mir hervorruft, in mehr als nur einer Hinsicht. Natürlich war ich eifersüchtig und bin es womöglich noch. Aber da ist auch das Gefühl, dass er Isla nur benutzt hat für seine ganz eigenen, üblen Zwecke. Um mehr über mich und meine Familie und später auch über Shona zu erfahren. Er ist bei ihr eingebrochen, Himmel noch mal! Er hat sie gestoßen, ohne Rücksicht auf das, was hätte passieren können. Wenn das ein guter Mensch sein soll, macht das jeden Verbrecher zum Heiligen?

»Was ist los?«, murmelt Isla an meiner Brust. »Wieso bist du plötzlich so verspannt? Dein Herz schlägt, als würdest du Hasen jagen im Traum.«

Ich antworte nicht, stattdessen drücke ich sie fester an mich und einen Kuss in ihre Haare.

Sie hebt den Kopf. »Woran denkst du?«, fragt sie. »An Sex?«, und sie sieht dabei so ungeheuer enthusiastisch aus, dass ich laut auflachen muss.

»Glaub mir, Sex war vor zwei Sekunden noch das Allerletzte, nach dem mir der Sinn stand.«

»Das Allerletzte?«

»Nicht das Erste zumindest.« Ich lächle sie an, es geht einfach nicht anders, genauso wenig wie ich meine Finger von ihr lassen kann, sie wandern über ihre nackte Haut. Über das Schlüsselbein. Den Arm hinunter. An ihrer Wirbelsäule nach oben. Islas Körper vibriert unter meinen Händen. Dann drückt sie einen Kuss auf meine Brust.

»Du hast an Shona gedacht?«

»Mmmmmh.« Mehr Küsse, meine Kehle hinauf, zu der Beuge zwischen Schulter und Hals, während ihre Hände nach unten wandern, weiter und weiter.

»Wie wäre es, wenn wir hinterher wieder an Shona denken?«, flüstert sie, die Lippen dicht an meinem Ohr.

Nun bin ich derjenige, der unter der Berührung erschauert. »Hinterher?«, bringe ich heraus, und ich fühle Islas Lächeln auf meiner Haut.

»Hinterher«, wiederholt sie. Und dann gleitet sie auf mich, und meine Arme umschließen ihren schmalen Körper und halten daran fest, wenn es nach mir ginge, noch viel länger, als *vorher* jemals sein könnte.

»Du traust Jared nicht. Nach wie vor nicht, oder?«

Aus dem Badezimmer höre ich Isla durch die Wohnung laufen, auf der Suche nach ihren Klamotten schätzungsweise. Ich stecke einen Kopf zur Tür heraus. Ihr Anblick in dem viel zu kurzen Handtuch, das sie nach unserer Dusche um den Körper geschlungen hat, macht sich wirklich gut vor meinen Möbeln.

»Ich kann meinen BH nicht finden«, murmelt sie gedankenverloren, bevor sie einen Blick über ihre Schulter wirft. »Denkst du, Jared stellt eine Gefahr dar für …«, beginnt sie.

Ich grinse sie an.

Isla stemmt ihre Hände in die Taille. »Amüsierst du dich?«

»Sehr.«

Sie schüttelt den Kopf, dann fällt ihr Blick auf einen BH-Träger, der unter dem Bett hervorlugt. »Dann werde ich dem besser schnell ein Ende bereiten«, erklärt sie, greift nach ihrer restlichen Kleidung und verschwindet hinter der halb geöffneten Tür ins Wohnzimmer.

Ich seufze. *Lass dich nicht täuschen,* ermahne ich mich im Stillen. *Lass dich nicht darauf ein. Sie ist nicht für dich bestimmt, okay?* Auch wenn es manchmal viel zu überzeugend danach aussieht. »Ich denke nicht, dass er eine Bedrohung für Shona darstellt«, rufe ich ihr also hinterher. »Ich hoffe es zumindest nicht. Okay, ich bin nicht ganz sicher.«

»Jared ist kein schlechter Kerl«, sagt Isla. Sie kommt angezogen zurück ins Zimmer und setzt sich aufs Bett, um ihre Sneakers zuzubinden.

»Und das weißt du, weil …«

»Weil ich ein bisschen Zeit mit ihm verbracht habe. Er hat ziemlich unter dem Tod seiner Mutter gelitten. Er ist extra hierhergekommen, um ihre Herkunft zu entschlüsseln. Ich denke, als er eine Spur fand, die zu Shona führte, war er nicht mehr ganz zurechnungsfähig vor Aufregung.«

»Aufregung«, wiederhole ich. »Oder Rachsucht? Oder weshalb ist er bei ihr eingebrochen und hat sie verletzt? Oh, und obwohl es eigentlich kaum mehr eine Rolle spielt, aber hier ist er auch eingebrochen. In mein Büro. Um was zu finden? Einen zwielichtigen Vertrag mit einem fragwürdigen Pfarrer?«

Isla seufzt. Dann steht sie auf, kommt zu mir herüber, schließt die Arme um mich und legt den Kopf an meine Schulter. »Lass uns die nächsten Tage ein Auge auf ihn haben«, sagt sie. »Wir werden Shona bewachen wie die Königskrone persönlich. Und ihr gleichzeitig die Möglichkeit geben, das zu tun, was sie gerade am liebsten möchte, nämlich den Mann kennenzulernen, der der Sohn ihres *Kindes* ist. Einer Tochter, von der sie bis vor wenigen Tagen noch nicht wusste, dass es sie überhaupt gab.«

Ich umarme Isla ebenfalls. Ich denke, sie hat keine Ahnung, wie *konsequent* sich das alles anfühlt, in jeder gottverdammten Hinsicht. »Was sagt es über mich aus, dass ich nur bis ›die nächsten Tage‹ zugehört habe?«, frage ich schließlich.

Isla sieht zu mir auf.

»Heißt das, du bleibst noch eine Weile?«

»Ich werde nicht gehen, solange alles noch so vage ist zwischen Shona und Jared.«

»Aber irgendwann?«

Wir sehen einander an, und ich hasse den Knoten in meiner Stimme und die Unsicherheit in ihrem Blick.

»Irgendwann«, sagt sie schließlich.

Auf dem Weg nach unten sehen wir nach Shona, doch sie ist nicht in ihrem Zimmer. Für einen Augenblick plagt mich das schlechte Gewissen, den Morgen mit Isla verbracht zu haben und nicht mit ihr, doch als wir die Tür zum Gastraum öffnen, klingt ihr Lachen uns entgegen, und ich atme erleichtert aus. Alles wird gut werden. Ich bin mir sicher.

Isla nimmt meine Hand. Shona sieht auf, blickt auf unsere verschränkten Hände und lächelt uns entgegen. Jared sieht weniger begeistert aus. Die beiden sitzen an dem Tisch unterm Fenster und frühstücken, und Shona scheint wohlauf und guter Dinge zu sein, aber sie wirkt auch erschöpft. Ich wünschte, sie müsste sich nicht ständig mit Campbell und seiner düsteren Geschichte auseinandersetzen, das wünschte ich wirklich. Doch mir ist klar, ich kann die Situation nicht ändern, ich darf nicht eingreifen und erst recht nicht von Shona verlangen, die Dinge ruhen zu lassen, bis sie wieder bei Kräften ist. Bei dem Gedanken daran muss ich beinahe lächeln. Shona mag noch nicht ganz die Alte sein, doch sie ist immer noch Shona genug, um mich mehr als glaubhaft davon zu überzeugen, wer von uns beiden das Sagen hat.

Ich setze mich mit Isla zu den beiden an den Tisch. Adam versorgt uns mit einer großen Kanne Tee und einem noch größeren Grinsen. Liam kommt mit einer Frühstücksplatte aus der Küche, die funkelnden Augen das Einzige, was seine Gedanken verrät.

»Jeder weiß Bescheid, sehe ich das richtig?«, raunt Isla mir zu, und ich gebe ihr einen Kuss als Antwort.

»Willkommen in Bailevar«, flüstere ich zurück, und der Blick, der darauf folgt, ist preisverdächtig. Als hätte ich etwas Unausweichliches ausgesprochen. Als sei ihr erst jetzt klar geworden, hier, in diesem Augenblick, nachdem sie schon zig Tage auf der Insel ist, dass es tatsächlich wahr ist. Sie ist hier willkommen. Sie ist es immer gewesen.

28

Isla

Die Tage vergehen auf Bailevar, und es ist, als wäre ich nie weg gewesen. Macht mir das Angst? Oh ja, und wie, ich finde keine Worte dafür. Je näher mir das Inselleben kommt, desto dramatischer wird mein Wunsch, davor zu fliehen. Das denke ich jedenfalls. Aber dann … dann ist da Finn. Weshalb ich nicht einfach verschwinden kann, nicht Hals über Kopf, so wie ich es schon einmal getan habe. Finn. Und Shona. Und Finn.

Zwischen uns beiden, das ist unbeschreiblich irgendwie. Wir haben zu einer Routine gefunden, die mir gefällt. Wir schlafen gemeinsam ein und stehen gemeinsam auf, ich helfe Finn in der Küche, und er nimmt sich frei, um mit mir am Strand spazieren zu gehen, einen Markt zu besuchen, einen Ausflug mit dem Boot zu machen – er nimmt sich Zeit, *mit mir* zu sein. Und Shona, es scheint ihr allmählich besser zu gehen. Sie verbringt die Tage mit Jared, und gemeinsam arbeiten sie all die Geschichten auf, die sie im Leben des jeweils anderen verpasst haben. Sie holen Zeit nach. Sie spielen sich aufeinander ein. Ja, das ist es wohl: Wir alle spielen uns aufeinander ein wie die Teile eines groß angelegten Puzzles, das endlich in der Lage ist, seine Lücken zu schließen.

Mittlerweile ist es Oktober geworden. Der Regen hat zugenommen, die Stürme auch. An einem besonders scheußlichen Morgen rufe ich Eric an. Ich bin nicht sicher, warum ich es letztlich doch tue, aber ich schätze, es hängt damit zusammen, dass ich abschließen möchte. Womit auch immer. Für einen Neubeginn vermutlich. Nicht hier auf Bailevar, aber auch nicht in Edinburgh. Durch die Scheiben des Inns werfe ich Finn einen Blick zu. Er räumt das gebrauchte Geschirr der Mittagsgäste von den Tischen, er trägt eine seiner sexy Schürzen und ein Wischtuch über der Schulter. Als spüre er meinen Blick, sieht er auf, und wie automatisch muss ich lächeln. Gott, es ist albern, wie wohl ich mich in seiner Gegenwart fühle. Wie sehr ich mich an seine Nähe, an seine Berührungen gewöhnt habe seit dieser einen wegweisenden Nacht. Ich bin zurück ins Pub gezogen. Nicht in mein Zimmer, sondern ins Finns Wohnung. In sein Bett. Wir sind so problemlos in einen gemeinsamen Alltag gefallen, dass man Angst bekommen könnte. Ich. *Ich* könnte Angst bekommen. Wenn nicht von vornherein klar gewesen wäre, dass dies alles nur vorübergehend ist.

»Isla.«

Ich werfe Finn einen letzten Blick zu, dann wende ich mich von ihm ab, denn ich möchte auf keinen Fall, dass er merkt, mit wem ich telefoniere. Erics Stimme zu hören ist mir seltsam gleichgültig. Ich runzle die Stirn darüber, wie kalt es mich lässt, aber es ist wahr: Ich fühle – nichts.

»Isla? Himmel, bitte sag, dass du es bist und nicht irgendein Idiot, der dein Handy gefunden hat und es witzig findet, damit durch die Gegend zu telefonieren. Oder schlimmer, ist … Isla? Ist etwas passiert?«

»Nein.« Ich schüttle den Kopf, unsinnigerweise, während ich vom Pub hinunter zum Pier laufe. »Hallo, Eric. Wie geht es dir?«

Eine Weile bleibt es still in der Leitung, so lange, dass ich das Telefon von meinem Ohr weghalte, um zu prüfen, ob die Verbindung noch steht. »Eric?«

Er räuspert sich. »Ja, hi. Ich bin überrascht, das ist alles. Fast einen Monat meldest du dich nicht, und dann klingst du so, als – ich weiß nicht. Belanglos.«

Belanglos. Ich widerstehe dem Drang, mit den Augen zu rollen, stattdessen hebe ich den Kopf und starre aufs Wasser hinaus. Alles ist grau um mich herum. Das Meer, das Ufer, die Stimmung.

»Ich dachte, ich melde mich *nach all der Zeit* und stelle eine Frage von Belang«, sage ich kühl, kühl wie der Ozean.

»Isla …«

»Hast du mich je betrogen, Eric?«

»Wie? Was …«

»Hast du mich *vorher* schon betrogen?«

Es knistert in der Leitung, eine ganze Weile, aber ich habe Zeit.

»Isla, was soll das? Alles, was du wissen möchtest, ist …«

Ich kann quasi hören, wie Eric den Kopf schüttelt, entnervt über die unbequeme Frage und auf der Suche nach einer geschmeidigen Antwort, die ihn möglichst unbeschadet aus diesem Gespräch entlässt.

»Wie geht es dir?«, fragt er schließlich. »Ich habe mir Sorgen um dich gemacht.«

»Hast du das?«, gebe ich tonlos zurück. »War das, bevor oder nachdem du beschlossen hast, dass es dich eigentlich gar nicht mehr kümmern muss?«

»Isla …«

»Hör auf, meinen Namen zu sagen, *Eric.*« Ich seufze. »Antworte mir. Hast du mich vorher schon betrogen?«

Er schweigt noch einige Sekunden, schließlich seufzt auch er. »Was bringt es, so etwas zu wissen? Man wird nur verletzt dabei.«

»Man. Wie in ›ich‹? *Ich* werde verletzt dabei?«

»I…« Er stockt. Dann noch mehr Seufzen.

Ich gehe langsam die Rampe hinunter, die zu der Stelle führt, an der die Fähre anlegt. Ich spaziere dort am Wasser entlang. Im Grunde habe ich genug gehört, und zu sagen gibt es auch nichts mehr. Nicht, nachdem ich nun die Bestätigung für etwas habe, das sich wohl schon lange Zeit aus meinem Unterbewusstsein nach oben kämpfen wollte.

»Mach's gut, Eric«, sage ich also, und Eric ruft:

»Nein! Isla! Was – leg nicht gleich auf, okay? Bist du immer noch auf diesem Hühnerkack von Insel? Wollen wir uns sehen? Soll ich zu dir kommen?«

»Wage es bloß nicht hierherzukommen«, rufe ich sofort, *und woher weißt du, wo ich bin?,* kreische ich in Gedanken hinterher. Mac. Natürlich. Diese kleine Ratte!

»Wir sollten reden, Isla. Wir waren so viele Jahre zusammen, ich will nicht, dass wir mit einem unguten Gefühl auseinandergehen.«

»Vielleicht hättest du dir das überlegen sollen, bevor

du beschlossen hast, mich für eine andere zu verlassen und *nachdem* du mich nicht zum ersten Mal hintergangen hast.«

Eric seufzt. »Komm schon. Es war eine lange Zeit. Mehr als zehn Jahre.«

Oh ja, das ist mir bewusst, vielen herzlichen Dank. »Ich werde dir nicht sagen, dass es in Ordnung ist, was du getan hast«, erkläre ich, »auch wenn du gerne eine Art Absolution von mir hättest. Aber *obwohl* du dich dann besser fühlst, lass dir gesagt sein, mir geht es gut.«

»Das ist schön zu hören, Isla, wirklich.«

»Ja, nicht wahr? Und du hast absolut nichts damit zu tun, rein gar nichts. Du hast mich nicht zerstört. Ich bin auch nicht in Selbstmitleid zerflossen.«

»Bist du wieder mit diesem Koch zusammen?«

Oh, MAC!!! »An den erinnerst du dich? An *diesen Koch?«*

»Nun ja. Es dürfte nicht viel mehr Interessantes auf dieser Insel geben, oder?«

»Ja, sicher. Okay, Eric, ich denke, ich muss auflegen. Ich wünsche dir ein schönes Leben.«

»Isla!«

Und dann drücke ich ihn weg, einfach so. Von meinem Ohr, meinem Handy, aus meinem Leben. Ich lösche nur deshalb seine Nummer nicht, weil ich wissen möchte, wenn er mich anruft, um dann nicht ranzugehen.

Ich lege den Kopf in den Nacken und sehe in den Himmel. Ich atme die Seeluft. Ein erster Tropfen zerplatzt auf meiner Nase, doch bevor ich mich zurück ins Pub begebe, schreibe ich eine SMS an Mac.

ISLA: Woher weiß er von Finn?
MAC: Uh-oh.
ISLA: Hattest du nicht versprochen, nichts zu sagen?
MAC: Sei froh, dass ich nicht noch ein paar mehr Liebhaber erfunden habe. Der Kerl hätte es so was von verdient.
ISLA: Du hattest es versprochen.
MAC: Aber der Zweck heiligt die Mittel, Baby.

Ich stecke das Handy weg, als ein Regentropfen aufs Display fällt, aber diese Unterhaltung ist noch nicht vorbei. Wenn Eric mich mehr als einmal betrogen hat, muss Mac davon gewusst haben, denn er hat schließlich immer schon behauptet, Eric würde es tun. Weshalb hat er dann nicht vehementer darauf bestanden, dass ich die Augen dafür öffne, statt pausenlos in die andere Richtung zu sehen? Wäre es nicht seine Aufgabe gewesen, als mein *Freund* dafür zu sorgen, dass ich es tue?

Als ich das *Old Man's Inn* erreiche, hat der Regen schon voll eingesetzt. Ich flüchte mich in den Eingang, dann ziehe ich abermals mein Handy hervor.

MAC: Hast du endlich mit ihm gesprochen?

Ich rufe ihn an und beginne ohne Umschweife.

»Kann sein, dass es diesmal anders war, aber er hat mich zuvor betrogen. Nicht nur einmal, wenn ich seine Ausflüchte richtig interpretiere. Wieso hast du mir nichts gesagt?«

Mac seufzt. »Ich habe es dir gesagt, das weißt du sehr genau.«

»Du hast Sachen gesagt wie: ›Bestimmt betrügt dich Mr. Wonderful.‹ Du hast es nie wie eine Tatsache klingen lassen.«

»Das war es auch nie. Es waren immer nur Gerüchte.«

»Mac …«

Einige Sekunden lang herrscht Stille, während wir beide darauf warten, dass der andere etwas sagt.

»Ich wollte dich nicht verletzen«, beginnt Mac schließlich. »Du hättest mir nicht geglaubt und mich womöglich weggeschoben. Und Isla, sei ehrlich zu dir: Du hast gern weggesehen, sonst wäre er nicht so lange damit durchgekommen.«

Dieser eine Moment, in dem dir plötzlich alles hell erscheint … Ist das die Erleuchtung? Oder einfach nur der Augenblick, in dem das Brett vorm Kopf sich löst? Ich drehe mich um, und Finn steht in der geöffneten Tür, aus der ein Lichtschein zu mir nach draußen strahlt, und ich weiß nicht, auf einmal ist alles *gut.* Ich lache ihn an.

»Okay, Mac, ich muss aufhören.«

»Äh … auf einmal so fröhlich? Hast du auf dieser Insel eine bipolare Störung entwickelt? Es würde mich nicht wundern.«

Ich grinse, während Finn mich von hinten umarmt und damit beginnt, an der Stelle zwischen Hals und Ohr zu knabbern. »Mmmmmhhh … möglich«, räume ich ein, und Mac kreischt in mein Ohr:

»Er befummelt dich, stimmt's? Für einen derart unkonzentrierten Tonfall würde ich auf jeden Fall auf unsittliches Verhalten tippen. Ja? Hab ich recht? Du stöhnst, Isla, ist dir das klar? Oh mein Gott, das ist … das ist …«

»Mac.«

Finn lacht jetzt ebenfalls, denn mein verrückter, exzentrischer Freund hat laut genug gekreischt, um halb Bailevar damit zu unterhalten.

»Ich rufe dich wieder an, okay?«

»Halt! Hast du mich lieb?«

»Ich hab dich lieb.«

»Verzeihst du mir?«

Ich zögere nur eine Sekunde, und dann meine ich es ehrlich: »Ich verzeihe dir.«

»Ooooh, ich bin erleichtert! Dann mach weiter, wo ich niemals aufgehört hätte, Schätzchen. Bis bald!«

Ich grinse immer noch, während ich das Telefon zurück in meine Hosentasche schiebe und mich in Finns Armen zu ihm umdrehe. Ich seufze glücklich, als ich die Hände in seinem Nacken verschränke und ihm meine Lippen entgegenrecke. In den vergangenen zwei Wochen habe ich mich so sehr an Finn gewöhnt, es ist, als sei er meine höchstpersönliche, ganz exklusive Insel, auf der ich mich sicher und zu Hause fühle, ganz und gar aufgehoben.

Er küsst mich. Alle Zeit der Welt in unserem Sinne. Doch sobald sich meine Lippen von seinen lösen, fragt er: »Wer ist Mac?«

»Ein sehr guter Freund aus Edinburgh«, antworte ich.

»Und du hast ihn lieb?«

»Das habe ich, mmmh. Ziemlich.«

»Müsste ich eifersüchtig sein?«

»Wohl eher ich – wenn du auf Männer stündest. Mac kann ziemlich überzeugend sein, wenn er sich jemanden in den Kopf gesetzt hat.«

»Und du denkst, ich hätte Chancen?«

»Nun – nein.«

»Nein?«

Finn sieht auf mich herunter, das selbstgefälligste aller selbstgefälligen Grinsen im Gesicht. *Oh Gott, ja,* denke ich. *Selbstverständlich hättest du Chancen.* So wie er hier vor mir steht, die blauen Augen voller Humor, die Lippen noch feucht von meinen Küssen, da könnte er es mit jedem aufnehmen, schwul, Brad Pitt oder Rockstar.

»Finn«, murmle ich, und dann küsse ich ihn ein zweites Mal, und diesmal lege ich so viel Wahrheit in den Kuss, dass sich mein Herz zusammenzieht.

»Oh Mann. Ah, Shit.«

»Wieso bist du stehen geblieben?«

Finn und ich fahren auseinander, als wir die Stimmen meiner Brüder hören, und ich werde rot wie ein Teenager.

»Ich bin mir nicht sicher«, sagt Will, »aber ich glaube, ihr zwei habt mir besser gefallen, als noch Funken zwischen euch geflogen sind, nicht Speichelpartikel.«

»Will!« Ich versetze dem Aas einen Schlag, während mein anderer Bruder von hinten um ihn herumgreift und Finn auf die Schulter klopft. »Hey, Mann. Pass auf dich auf, okay?«, sagt er, und ich starre ihn entgeistert an. Kyle grinst, doch ich weiß, er meint ernst, was er da sagt, und für einen kurzen Moment bin ich enttäuscht darüber, dass mein großer Bruder meint, meinen Freund beschützen zu müssen und nicht mich.

Dann schiebt sich Libby zwischen Will und Kyle hindurch. »Guten Morgen, Isla!«

»Hi, Libby.« Wir umarmen uns, wobei Libby mit ihrem winzigen Babybauch gebotenen Sicherheitsabstand hält. Ich sehe in ihre leuchtenden Augen und dann auf die kaum wahrnehmbare Wölbung unter ihrem hellblauen Wollpullover.

»Wie geht es Mama und Kind?«, frage ich, und Libby strahlt noch ein bisschen mehr.

»Bestens«, erklärt sie. »Wir essen neuerdings am liebsten Cheddar-Sandwiches mit Erdbeer-Pickles, letzten Monat war es noch haschiertes Corned Beef mit Hollandaise, und wir hören Michael Bublés Weihnachts-CD, was Kyle geradezu in den Wahnsinn treibt, weil doch gerade erst Oktober ist, und – wir tanzen mit.« Sie holt Luft, und ihr Lächeln zittert ein bisschen. »Ich meine, der Kleine bewegt sich, und diesmal …« Sie beißt sich auf die Unterlippe, und ich nehme sie erneut in meine Arme.

»Alles wird gut gehen diesmal«, sage ich bestimmt.

Libby seufzt. Sie drückt mich, dann rückt sie von mir ab und nickt. »Auf jeden Fall! Kein Zweifel«, sagt sie, immer noch nickend. Und dann kneift sie mich in den Arm.

»Au!«

»Ihr seid so süß, ihr zwei«, quiekt sie. »Und ich wusste es. Ich *wusste* es!«

»Ja, also …«

»Und seit du und Finn, du weißt schon …« Sie klatscht in die Hände, und ich bin froh über den Themenwechsel – und auch darüber, dass sie sich nicht für eine eindeutigere Handbewegung entschieden hat. »Jedenfalls, seit eurem *Verhältnis* sozusagen macht sich Kyle um Finn beinahe genauso viele Sorgen wie um mich. Es lenkt ihn ab. Gut gemacht, Isla.«

Aaah. Okay. So viel zum Thema Familie. Alle Mann auf meiner Seite. Ich verdrehe die Augen, während ich Libby ins Innere des Pubs folge. Und dann verziehe ich das Gesicht. *Unser Verhältnis.* Das klingt furchtbar. Es klingt billig. Und heimlich. Und es ist nichts Billiges oder Heimliches an meiner Beziehung mit Finn, ganz im Gegenteil. Dies war nicht das erste Mal, dass meine Brüder uns zusammen gesehen haben – so oft, wie wir in den vergangenen Wochen aufeinanderhingen, wäre es unmöglich gewesen, es heimlich zu tun. Und insbesondere nach meinem Gespräch mit Eric kommt mir das, was Finn und ich haben, so tatsächlich vor wie ein Sonnenaufgang.

»Das Essen ist noch gar nicht fertig?« Wie immer schafft es Will, mich aus meinen Gedanken zu reißen.

»Wir waren gerade dabei«, erklärt Finn.

»Ja, ist klar.« Mein Bruder verdreht die Augen.

»Hilfst du mir in der Küche, Isla?«

»Oh, das macht sie sicher gern«, ruft Libby. »Nicht wahr, Isla? Du möchtest nichts lieber, als Finn *in der Küche zu helfen.*«

Die drei gackern wie durchgeknallte Hühner, während Finn einen Arm um mich legt und mich Richtung Küche schiebt. »Wann ist das hier zu einem Irrenhaus geworden?«, frage ich ihn, als wir die Tür hinter uns schließen und das Gegröle meiner sogenannten Familie dahinter aussperren. Ich atme tatsächlich auf.

Es ist Samstag. Das Mittagsgeschäft ist vorbei, der Abend hat noch nicht begonnen, und wir haben das Pub für uns, um das Fest zu planen, das Shona sich in den Kopf gesetzt hatte. Und das ihr sicher so schnell niemand mehr ausreden wird, nicht nach dem, was passiert ist.

»Komm her.« Finn zieht mich erneut an sich, und ich gebe seiner Aufforderung nur allzu gern nach. Im Hintergrund klappert Geschirr, dann ruft Liam: »Ich gehe … keine Ahnung, irgendwas holen«, und die Tür zum Treppenhaus fällt ins Schloss.

Ich muss lachen. »Ist man denn hier nie ungestört?«, frage ich vorwurfsvoll.

»Ich wüsste einen Ort, aber da kann man für deine Gäste keine Sandwiches zubereiten.«

»Meine Gäste?« Ich knabbere an Finns Kinn. »Was ist das für ein Ort?«

»Ein sehr schöner, geräumiger Ort. Mit Kissen und Decken und einer äußerst bequemen Liegefläche.

»Mmmmmmmh.« Ich seufze. »Vielleicht lässt sich das vor dem Abendgeschäft noch einschieben?«

»Einschieben?«

»Finn!«

Letztlich kümmern wir uns um die Sandwiches. Wenn schon das Unvermeidliche planen, dann wenigstens gemeinsam.

»Wie geht es Dad?«, frage ich in die Runde, als wir die Teller mit Gebäck und Broten vor den Wartenden abstellen. »Wollte er nicht eigentlich mitkommen?«

»Er räumt den Kiosk aus.«

Ich setze mich neben Will an den Tisch, während Liam Kannen mit Tee und Tassen vor uns verteilt, wobei er mir vielsagende Blicke zuwirft.

Ich starre zurück. *Was?,* frage ich mit meinen Brauen, und Liam verdreht die Augen.

»Den Krabbenkiosk?« Finn setzt sich auf meine andere Seite. »Er räumt den Krabbenkiosk aus?«

Will nickt. »Einige Kisten hat er auf den Dachboden geschafft. Vieles hat er weggeworfen.« Er beißt in ein Roastbeef-Sandwich, kaut, schluckt, spült mit Tee nach. »Er möchte, dass du dir die Sachen ansiehst, Isla. Falls du etwas mitnehmen möchtest, wenn du weiterziehst.«

Für eine Sekunde halten Finn und ich so still, dass man uns für lebensgroße Pappaufsteller halten könnte, dann atmen wir weiter.

»Ich hätte nie gedacht, dass er sich von diesen Dingen trennt«, sagt Libby nachdenklich.

»Ich hätte nie gedacht«, erklärt Kyle, »dass er das alles aufgehoben hat.«

Ich blicke von ihm zu Will und wieder zurück. »Habt ihr euch nie gefragt, was in dem Kiosk ist? Was er darin aufbewahrt? Warum er all die Jahre verrammelt war?«

Die beiden sehen einander an, dann zucken sie mit den Schultern. Libby seufzt, und wir tauschen einen Blick.

»Ich bin immer noch sauer auf ihn«, sagt Will, aber es klingt milder als das erste Mal, als er das äußerte. »Er hätte uns sagen können, was damals wirklich los war«, fährt er fort. »All die Jahre hat er kein einziges Wort darüber verloren, und dann erzählt er plötzlich so etwas, und nicht einmal uns allen.«

»Ich dachte, du hättest dich mit ihm ausgesprochen.«

»Das habe ich.« Mein Bruder nickt. »Macht es nicht besser. Er ist und bleibt ein *Toffel,* wie Shona sagen würde. Er hätte uns ruhig wissen lassen können, dass sie noch verrückter war, als wir dachten. Hätte es auch nicht schlimmer gemacht.«

War, denke ich. Als wäre sie tot. Für ihn ist sie das womöglich, denn Will denkt, wir seien nur ein Spielball für sie gewesen in dem Gerangel gegen Dad. Er hat keine Sekunde daran geglaubt, dass sie uns wirklich wollte. Er war lediglich sauer, dass unser Vater uns über die Umstände ihres Verschwindens so lange im Dunkeln gelassen hat. Dass er es nicht für nötig hielt, uns Kindern die Angst zu nehmen, wir könnten schuld gewesen sein. Was ihm vermutlich nicht klar war. Also, dass wir so etwas überhaupt dachten. Denn laut ausgesprochen hat es von meiner kommunikationstüchtigen Familie sicherlich niemand.

»Apropos Shona«, sagt Kyle schließlich. »Wie geht es ihr?«

»Es geht ihr gut«, antwortet Finn. »Es geht ihr …« Er runzelt die Stirn, dann sieht er mich an.

»Es geht ihr zwar gut«, erkläre ich, »aber irgendwie ist sie noch nicht ganz die Alte seit ihrem Schock. Sie ist lange nicht so fröhlich. Sie ist oft unkonzentriert. Verwendet keine lustigen Wörter mehr.«

»Oh.« Libby sieht mich traurig an. »Das ist mir schon aufgefallen. Ich dachte, sie hätte einen schlechten Tag gehabt.«

»Wohnt dieser Typ noch bei ihr?«

»Dieser Typ, Will, ist ihr Enkel«, sage ich nachsichtig.

»Ich traue ihm nicht.«

Ich seufze. »Er wohnt bereits seit fast zwei Wochen in Shonas Gästezimmer. Welchen Grund gibt es jetzt noch, ihm nicht zu trauen?«

»Wie lange will er denn noch bleiben?«

»Auf jeden Fall bis zu dem Fest«, antworte ich. »Dafür wird Shona schon sorgen.«

»Also gut.« Finn schiebt seine Tasse von sich und greift stattdessen nach dem Block, der neben seinem Teller liegt. »Das Datum steht, oder? Nächste Woche Samstag?«

»Nächste Woche Samstag.«

»Wir stellen Bänke auf, wir haben die Heizstrahler, und wenn es nicht allzu sehr stürmt, können uns die Schirme vielleicht helfen, die Aiden noch im Schuppen stehen hat. Sie sind eine ganze Ecke größer als meine.«

»Okay.« Kyle nickt.

»Wollen wir das Ganze wirklich vor dem Krabbenkiosk veranstalten?«, fragt Will. »Ist es nicht viel unkomplizierter im Pub?«

»Es ist wegen Shona«, sagt Finn, aber das wissen natürlich alle, weshalb auch jeder nickt. »Sie wünscht es sich. Und sie weiß noch nichts davon, also …«

»Das wird eine wunderbare Überraschung«, sagt Libby. »Es wird sie aufmuntern.«

Wieder zustimmendes Nicken. Hoffen wir das Beste. Nach all dem, was in den vergangenen Wochen passiert ist, verdient Shona das Beste. Ein kleines bisschen Glück. Die Auffrischung einer Erinnerung, die fröhlich stimmt – und keine Dämonen der Vergangenheit heraufbeschwört.

29

Eilean O Shean, vor langer, langer Zeit

Sie sagen, wenn du gehst, sieh dir an, was du zurücklässt. Sie sagen, wenn du gehst, dann folge dem Licht. Ciaran sah das Licht, als er den Steilhang hinunterrollte, als er an Felskanten schlug und Geröll mit sich riss, als die Wände der Insel zu beben begannen und ihr Innerstes grollte. Er sah das Licht, das von der anderen Insel zu ihm herüberschien, als wolle es ihm den Weg leuchten. Es flackerte vor seinen Augen, es drang durch seine Lider, und als er sie schloss, war es das Letzte, das er sah, das Letzte, bevor die Dunkelheit ihn verschluckte.

30

Isla

Die Nacht vor der Party. Sie ist unruhig. Als ich um halb drei auf die Uhr sehe, habe ich das Gefühl, ich habe noch überhaupt nicht geschlafen, und das, obwohl Finn und ich vor mehr als zwei Stunden ins Bett gegangen sind. Es ist – ich weiß nicht. Irgendetwas. Genug, um mich nicht einmal an Schlaf denken zu lassen trotz der Wärme, mit der Finn mich umgibt, trotz seines regelmäßigen Atems, der es normalerweise in Sekundenschnelle schafft, mich einzulullen. Behutsam hebe ich seinen Arm an, der um meine Taille drapiert ist, sein Kopf liegt auf meiner Brust. Er murrt, als ich mich unter ihm weg und aus dem Bett schiebe, wacht aber nicht auf dabei.

Dieser Mann hat einen Schlaf, denke ich, während ich in Jeans und T-Shirt schlüpfe. Und er hat noch einiges mehr, um ehrlich zu sein. Das wird mir so fehlen. *Er* wird mir fehlen. Finn hat keine Ahnung, wie sehr es mich schmerzen wird, wenn wir am Ende dieses Weges wieder auseinandergehen. Und er soll es auch nicht wissen. Ohne Konsequenzen, so war es vereinbart. Er soll sich nicht schlecht fühlen, wenn ich gehe. Es soll eine schöne Erinnerung für ihn bleiben. Diesmal. Nicht eine bittere wie die, die mein Abschied damals für ihn gewesen sein muss. Ich frage mich, wie ich es geschafft habe, einfach so zu gehen. Ich habe ehrlich nicht die leiseste Ahnung.

Als ich die Schlafzimmertür hinter mir zuziehe, bleibe ich für einen Augenblick stehen. Es ist dunkel vor den Fenstern, aber nicht schwarz, denn der Mond scheint hell hinter den Wolken und legt über alles seinen silbernen Schleier. Ich gehe zu einem der Wohnzimmerfenster und sehe hinaus. Ich weiß nicht, weshalb ich so unruhig bin, es ist nur so eine Ahnung, ein Gefühl. *Irgendetwas,* denke ich. Womöglich kann eine warme Milch mir helfen, auch wenn ich das arg bezweifeln muss.

Ich schleiche förmlich in die Küche, um Finn nicht zu wecken. Tatsächlich sind wir im Augenblick die Einzigen im *Old Man's Inn,* nachdem Jared in Shonas Gästezimmer gezogen ist, Liam sich vorübergehend mit Izzy verträgt und kaum mehr Touristen den Weg auf die Insel finden. Es ist irgendwie seltsam. *Dieses riesige Haus, die vielen leeren Zimmer …* Ich denke das, doch verwerfe die Grübeleien sofort. Das hier ist immer noch Bailevar, die Insel, auf der normalerweise niemandem auch nur irgendetwas passiert. Solange nicht eingebrochen wird. Und, nun, den Täter haben wir inzwischen ermittelt, oder nicht?

Ich schalte das Licht ein, gehe zum Kühlschrank und nehme den Karton Milch heraus. Neben der Butter steht ein kleiner Plastikbehälter mit dem Rest Krabbenmayonnaise darin. Morgen früh wird Finn sie frisch anrühren, doch das, was ich heute schon probiert habe, ließ sofort Bilder meiner Kindheit vor meinem inneren Auge entstehen – was nicht unbedingt erwünscht war. Sagen wir so: Ich bin froh, dass es auch andere Speisen geben wird und ich auf Krabbenbrötchen verzichten kann.

Der Milchtopf ist auf dem Herd, als ich Schritte auf der Treppe höre.

»Isla?«

»Küche«, rufe ich zurück, doch da steht Finn schon in der Tür, in Jeans, ohne T-Shirt.

»Was treibst du hier mitten in der Nacht?«, fragt er, während er auf mich zukommt.

»Ich konnte nicht schlafen«, gebe ich zurück.

Ich drehe mich zum Herd, um in der Milch zu rühren, und Finn stellt sich hinter mich, um mich davon abzulenken. Eine Weile bleiben wir so, Finns Kinn auf meiner Schulter, seine Hände auf meinem Bauch, sein Atem in meinem Ohr.

Irgendetwas.

Ich weiß ehrlich nicht, was es ist, das da in meinem Inneren gärt, aber es lässt sich nicht besänftigen.

»Finn.«

Ich löse mich von ihm und mache einen Schritt zur Seite, um wieder Luft zu bekommen.

»Was ist los?« Er sieht mich an mit gerunzelter Stirn, er klingt besorgt, doch im Augenblick spielt sich alles, was ich höre, sehe oder sonst wie wahrnehme, in meinem Kopf und meinem Magen ab. Ich nehme den Topf vom Herd und stelle die Platte aus. »Machen wir einen Spaziergang?«

»Jetzt? Um diese Uhrzeit?«

»Ich weiß, nur …« Ich schüttle den Kopf. »Ich denke, ich brauche Luft. Du musst nicht mitkommen.«

Finn sieht mich noch zwei Sekunden länger an, dann dreht er sich um und geht zur Tür. »Ich hole uns Jacken«, sagt er, und ich atme erleichtert die Luft aus, die ich seit gefühlten Stunden angehalten habe.

Das Licht ist schon von Weitem zu sehen. Ein schmaler Schein, nicht größer als die Flamme einer Kerze, und sofort beginne ich zu zittern.

Finn sagt kein Wort. Wir laufen jetzt, statt zu gehen, durch das moosige Gras auf den höchsten Punkt des Ceann Tórr zu, den Punkt, von dem man das Herz der verlorenen Insel schlagen hört, den Ort, den Shona schon mehr als einmal alleine besucht hat, abends, von mir aus auch nachts, doch diesmal …

»Gott, Finn.«

Wir haben die Stelle erreicht, bis auf zwanzig Meter etwa, und das umgestoßene LED-Windlicht ist nun gut zu erkennen, ebenso wie Shonas Gummistiefel. Mir wird übel. Die letzten paar Meter drücke ich meine Faust in den Magen, so schlecht ist mir. Ich kann … *ich kann nicht.* Also bleibe ich stehen, während Finn neben Shona auf die Knie fällt, sich zu ihr hinunterbeugt, ihr Handgelenk nimmt, meine schlimmste Vorahnung zur Wirklichkeit werden lässt. Er zieht sein Telefon aus der Jacke, und da sehe ich es: Seine Finger, sie zittern. Ich bin so starr, niemand kann mich bewegen. Mit leerem Blick nehme ich die Szene vor mir auf, eine Faust im Magen, die andere vor dem Mund. Finn wispert ins Telefon. Dann wirft er es ins Gras und tastet wieder Shona ab. Ihre Schläfe, ihren Hals. Er zieht seine Jacke aus und legt sie über ihre Brust. Er macht eine Handbewegung über ihre Lider, und bevor ich den Gedanken weiterspinne, liege ich im Gras.

»Isla.«

Ich starre zu ihm hoch, und er zieht mich in seine Arme. Und so bleiben wir. So bleiben wir.

»So habt ihr sie gefunden?«

»Was habt ihr hier draußen gemacht?«

»Sie war schon mehr als zwei Stunden tot, würde ich schätzen. Es tut mir so leid.«

»Wann, haben Sie gesagt, haben Sie sie zuletzt gesehen, Mr. Campbell? Haben Sie eine Ahnung, was Shona hier oben wollte?«

»Ihr Herz ist stehen geblieben. Ich denke nicht, dass sie Schmerzen hatte.«

Ich weiß nicht mehr, wie lange wir dort oben auf dem Hügel stehen; Finn, ich, Fiona und Adam, Jared. Ich weiß nicht, wer noch oder wo sie alle herkamen, wer was sagt, sie sprechen alle durcheinander. Jemand bringt eine Trage. Wieso haben wir eine Trage hier auf Bailevar? Es gibt keinen Arzt, also auch keine Praxis, also auch keine Trage. Hat Fiona sie mitgebracht? Transportiert sie normalerweise Schweine damit? Die Gedanken drehen sich in meinem Kopf, während wir den Hügel hinunter ins Dorf steigen, stumm wie ein Trauerzug.

Es ist immer noch Nacht. Wäre ich doch im Bett geblieben, sicher wäre das alles nie passiert. Ich kann nicht aufhören zu weinen. Ich kann Finns Arm nicht ertragen, der sich um meine Schultern legen will. Ich will niemanden sehen, ich will niemanden sprechen. Ich will … gar nichts. Ich fühle mich kalt wie ein Fisch und allein wie eine Insel.

Mein Herz ist eine Insel.

Mein Herz.

31

Finn

Isla verschließt sich wie eine Muschel, ich kann ihr zusehen dabei. Und es ärgert mich, es ärgert mich über alle Dimensionen hinweg, dass ich mir darüber Gedanken machen muss, während wir Shonas Leiche den Hügel hinab, ins Dorf, in ihr Schlafzimmer tragen, während ich mit Dr. McLead telefoniere, während ich versuche, Jared Campbell zu beruhigen und mich selbst im Griff zu halten. Aus dem Augenwinkel sehe ich, wie sich Isla in eine Ecke zurückzieht und in sich selbst, und Wut steigt in mir hoch, *Wut,* denn ich weiß, was folgen wird.

Sie ist nicht ansprechbar. Steht in dieser Ecke und klickt Shonas alten Globus an. Und wieder aus. An. Wieder aus. Seit wir Shonas Körper zugedeckt haben, seit ihr Tod in ihr Bewusstsein gedrungen ist, nehme ich an, hat Isla kein Wort gesprochen. Bis jetzt.

»Ich werde schon vorgehen«, sagt sie. »Ins Pub, meine ich.«

Ihre Stimme klingt so tonlos, dass in meinem Kopf alle Alarmglocken auf einmal losschrillen.

»Isla …«

»Wir sehen uns später.«

Und dann ist sie zur Tür hinaus.

»Finn.« Campbell klopft mir auf die Schulter. Er ist eine wandelnde Wand, seit wir ihn geweckt und ihm von Shonas Herzstillstand erzählt haben, und er sieht aus, als hätte er damit begonnen, sich die Haare auszureißen, ein Büschel nach dem anderen.

»Ich verstehe das nicht«, sagt er. »Herzstillstand? Wieso? War es ein Infarkt?«

»Darüber haben wir schon gesprochen«, sage ich, so ruhig wie möglich und bereits zum dritten Mal. »Fiona geht davon aus, dass es ein Sekundentod war, sie hatte keine Schmerzen. Ihr Herz ist einfach stehen geblieben. Aber Dr. McLead wird das womöglich später besser erklären können.«

»Ich verstehe es nur nicht«, murmelt Campbell, die Hände schon wieder in den Haaren. »Sie hatte keine Schmerzen, sie war doch im Krankenhaus, ihr Herz war gesund.«

Er macht einige Schritte von mir weg; er geht schon so hin und her, seit wir hier angekommen sind.

Ich bin unendlich müde. Ihr lieben Leute habt überhaupt keine Ahnung, denke ich, wie gern ich mich einfach neben Shonas Bett knien, meinen Kopf auf ihren Bauch legen und losflennen möchte wie ein Zweijähriger. Sie war wie eine Großmutter für mich, wie eine Mutter eigentlich, sie war immer da, solange ich denken kann, und ich will mir ein Leben ohne sie überhaupt nicht ausmalen. Es ist … es geht einfach nicht. Unvorstellbar. Ich kneife die Augen zusammen und presse mit beiden

Handballen dagegen. Dann atme ich tief ein und gehe zu Fiona und Adam, um auf den Arzt zu warten, der mit dem Hubschrauber auf die Insel geflogen wird.

Es ist schon beinahe elf Uhr vormittags, als ich zurück ins *Old Man's Inn* komme. Eine Menschentraube hat sich davor versammelt, sie wispern untereinander, verstummen aber in dem Augenblick, in dem ich sie erreiche. Liam ist da, Izzy. Adam, Fiona und Nick. Ich sehe Kyle und Libby und etwas abseits Islas Vater, der neben seinen Bandkollegen steht, die Hände tief in den Taschen seiner Hose vergraben. Sogar Louise hat sich zu den Fischern gesellt, sie trägt einen Schottenrock und einen ganz und gar verständnislosen Ausdruck im Gesicht. Will kommt auf mich zu. Er klopft mir auf die Schulter, bevor er mich in einer kurzen Männerumarmung an sich drückt.

»Tut mir so leid, Mann«, sagt er, und ich nicke.

»Ja, ehrlich, Finn, so eine schreckliche Sache.« Einer nach dem anderen kommt auf mich zu, um mir den Rücken zu stärken, im wahrsten Sinne des Wortes. Beileidsbekundungen, mitfühlende Blicke, aufmunternde Umarmungen. Es ist, als sei ganz Bailevar auf den Beinen, nur Isla fehlt. Als der Stich mein Herz erreicht, lache ich beinahe in mich hinein. *Gewöhn dich dran,* denke ich. *Früher oder später wäre es ohnehin so weit gekommen, oder etwa nicht?* Als so gut wie jeder Inselbewohner mir seine Anteilnahme ausgedrückt hat, hebe ich die Hand und räuspere mich.

»Ihr wisst es sicher schon, aber hier noch mal, was Dr. McLead gesagt hat. Es war ein plötzlicher Herzstillstand.

Es ist nicht sicher, was ihn ausgelöst hat, denn als Shona in der Klinik war, schien ihr Herz gesund.«

»Sie war wieder da oben.«

»Hat auf den Herzschlag gehofft.«

»Und dann hört ihr eigenes Herz auf zu schlagen.«

»Ist das zu fassen?«

»Nein, das ist grausam.«

»Ich kann es immer noch nicht fassen. Was tun wir denn hier ohne unser altes Mädchen?«

Ich höre den anderen zu, wie sie durcheinanderreden, der Schock sitzt tief, das ist ihren Gesichtern abzulesen, *einfach umgefallen, kerngesund, von einem Moment auf den anderen,* das betrifft sie alle, und es schockiert sie gleichermaßen. Und dann war es eben Shona. Jemand schluchzt, und ich sehe Lilian, die auf einer der Bänke zusammengesunken ist. Wenn die Isle of Shean untergegangen ist, weil Ciaran sich von diesem Felsen stürzte, dann dürfte es für Bailevar keine rosige Zukunft geben. Shona war das Herzstück dieser Insel. Sie war das Herz. Sie war der Mensch, der alle anderen zusammenhielt.

Aus dem Augenwinkel nehme ich eine Bewegung an einem der oberen Fenster wahr. Ich sehe gerade noch schnell genug hin, um Islas rote Mähne zu erkennen, wie sie hinter dem Vorhang verschwindet. Will folgt meinem Blick.

»Wie hat sie es aufgenommen?«, fragt er.

»Kannst du dir das nicht denken?«

Beide starren wir auf das Fenster, aber es ist nichts mehr zu sehen.

»Ich schätze, sie packt«, sage ich schließlich.

»Was? Nein!«

Ich seufze.

»Wo will sie denn hin?«

Ich schüttle den Kopf.

»Ich habe es allmählich satt«, knurrt er. »Sie verschwindet, sie kommt zurück, sie hasst die ganze Welt, doch dann braucht sie wieder jemanden, der ihr die Brücken baut, die sie zuvor selbst eingerissen hat.«

»Will …«

»Nun, ich bin nicht derjenige, der bei jeder kleinen Schwierigkeit die Sporen gibt und einfach verschwindet. Und wenn sie diesmal geht, kann es von mir aus das letzte Mal gewesen sein.«

»Will.« Ich halte ihn am Ärmel seiner Jacke fest, als er an mir vorbei und ins Pub stürmen will. »Lass mich mit ihr reden, okay? Bitte.«

»Ich meine es ernst: Wenn sie jetzt geht, braucht sie nicht mehr wiederzukommen.«

Ich drücke seinen Arm, dann nicke ich in die Richtung, in der Lilian nach wie vor allein vor sich hin weint. »Kümmere dich um sie«, sage ich. »Ich bin mir ziemlich sicher, du bist im Augenblick der Einzige, der sie trösten kann.«

»Was? Wen?« Will runzelt verwirrt die Stirn, aber ich drücke nur noch einmal seine Schulter und bin an ihm vorbei. Soll er über etwas anderes nachdenken, als Isla den Kopf abzureißen. Denn welchen Ärger auch immer sie gerade bei mir oder ihrer Familie heraufbeschwört – auch sie trauert und hat Angst, und das führt zu dieser Übersprungshandlung, und obwohl ich keinen Zweifel daran hege, dass sie gehen wird und ich sie irgendwann dafür hassen werde, kann und darf ich jetzt nicht damit anfangen.

Ich höre sie schon auf der Treppe. Sie stampft und rumpelt durch meine Wohnung, ein Hurrikan unterdrückter Gefühle, absolut vernichtend. Ich bleibe in der geöffneten Schlafzimmertür stehen und lehne mich an den Rahmen. Isla hetzt von der Kommode, in der sie ihre Sachen verstaut hat, zu ihrem Koffer und zurück. Ich denke, sie nimmt mich gar nicht wahr, so fokussiert ist sie auf diese Tätigkeit, doch nach einigem Hin- und Herstapfen öffnet sie den Mund.

»Ich kann nicht länger hierbleiben«, sagt sie. »Ich habe von Anfang an gesagt, dass ich bleibe, weil es Shona nicht gut geht, aber jetzt, wo sie … jetzt muss ich wirklich … weiter.«

Hin und her. Kommode, Koffer, zurück. Ich folge Isla mit meinen Blicken, und mit jedem Kleidungsstück bricht mein Herz ein bisschen mehr. Für sie. Sie wirkt so verloren, es tut weh, sie anzusehen.

»Wir haben gesagt, ohne Konsequenzen, Finn«, erklärt sie mit zitternder Stimme und im Grunde mehr sich selbst. »Das kannst du mir jetzt nicht vorwerfen. Es war von Anfang an so ausgemacht.«

»Das war es.« Meine Stimme zittert nicht, sie ist bloß kaum zu hören, also räuspere ich mich. »Es ist schon gut, Isla. Es ist in Ordnung.« Ich kann selbst kaum glauben, wie ruhig ich klinge, aber es ist wahr: All die Wut, all der Ärger, er hat sich irgendwohin verzogen, wo ich ihn gerade nicht erreichen kann. An seine Stelle ist eine merkwürdige Leere getreten. Als habe mein Selbstschutz auf einmal beschlossen, in Kraft zu treten, sodass ich augenblicklich nichts mehr fühle, überhaupt nichts. Ich bin betäubt. Abgestumpft. Alles ist dumpf, nichts berührt mich mehr. Was mich ehrlich fürchten lässt, was da später auf mich zukommen wird. Wenn das alles hier überstanden ist. »Wann willst du weg?«, frage ich schließlich, und Isla, die bis zu diesem Moment nicht aufgehört hat zu rennen, bleibt plötzlich stehen, mitten im Raum, einen Knäuel Strümpfe in den Händen, den sie zusammenpresst wie einen Stressball.

»Die nächste Fähre, die ich erreichen kann.«

»Okay.«

Nach wie vor steht Isla da, den Sockenhaufen umkrampft, doch ihre Zähne mahlen, das lässt sich von der Seite gut erkennen, und ich runzle die Stirn. *Sie* ist wütend? Das kann nicht wahr sein.

»Darf ich fragen …«, setze ich an, doch da ist sie schon auf mich zugeschossen, hat die Strümpfe fallen lassen und mir eine Ohrfeige verpasst. Ihr Gesicht ist rot vom Weinen und immer noch tränenüberströmt, und das dürfte mit ein Grund dafür sein, dass ich sie nicht an den Armen packe und schüttle, wie ich das eigentlich gern tun möchte.

»Und das war wofür?«, frage ich stattdessen.

»Für das *Okay«,* zischt Isla. »Denn wie du dir sicher vorstellen kannst, ist gar nichts okay.«

»O… gut.« Ich runzle die Stirn. »Du hast recht. Nichts ist okay.« Damit drehe ich mich um und mache mich auf den Weg nach unten. Ich habe ehrlich keine Lust auf ein weiteres Isla-Drama, nicht gerade heute, nicht gerade jetzt. »Wenn ich dir bei deinem Gepäck helfen kann«, rufe ich über die Schulter, »einfach schreien, ja? Ich bin unten und mache die Bar auf. Sehr viel mehr kann man an einem solchen Tag nicht tun.«

»Oh, natürlich nicht, sehr viel mehr tust du ja nie.«

»Isla.« Ich lege jede Menge Warnung in das Wort, die Isla selbstverständlich ignoriert.

Sie kommt hinter mir her und hält mich am Arm fest. »Ich habe gerade ein Déjà-vu«, sagt sie. »Ich erkläre dir, dass ich gehen muss, und du sagst: *Okay.* Ich sage dir, dass ich dich verlasse, und du antwortest: *Okay.«*

»Isla.«

»Ich bin nicht sicher, wie *okay* das ist, Finn. Ich fürchte, es ist ganz und gar nicht *okay.«*

Sie weint jetzt, einen lautlosen, aber unaufhörlichen Tränenstrom, und wie automatisch berührt meine Hand ihre Wange, doch Isla schiebt sie weg. Es ist, als sei ihr die Kraft ausgegangen, als hätte sie nicht mehr die Energie, die Hand zu schlagen. Und ich, ich fühle mich ganz genauso – matt, leblos, zu schwach, um weiterzukämpfen.

»Was hast du denn erwartet?«, frage ich schließlich leise. »Dass ich vor dir auf die Knie sinke und dich anflehe, nicht zu gehen? Dass ich dich anbettle, nicht den gleichen Schritt noch einmal zu tun, uns diesmal eine Chance zu geben? Ohne Konsequenzen, Isla, das waren deine Worte. Ich will nicht weiterhin nur deine Übergangslösung sein. Ich werde niemanden dazu zwingen, mich zu lieben. Und ich werde nicht mit jemandem zusammen sein, bei dem ich fürchten muss, dass er bei der ersten Krise seine Sachen packt und verschwindet.«

Isla sieht mich an, starr, den Mund halb geöffnet. In der nächsten Sekunde weint sie so sehr, sie kann kaum sprechen, also nehme ich sie in die Arme und drücke sie an mich, so fest es geht.

»Vielleicht …«, japst sie. »Wenn wir …«

»Isla«, murmle ich zwischen ihren Schluchzern. »Schhhh. Es tut mir leid. Ich wünschte, es wäre ein Wunder geschehen, und wir müssten uns nicht trennen, aber es ist nicht passiert. Ich kann nicht um dich kämpfen. Ich kann das nicht. Ich will dich nicht ändern. Du bist du. Sei nicht so streng mit dir. Irgendwo findest du dein Glück, ich bin mir sicher.«

Und dann lasse ich sie stehen. Denn ich weiß, wann ein Krieg verloren ist, ich habe gegen Isla noch nie einen gewonnen.

32

Isla

Das ganze Dorf ist hier. Alle Bewohner dieser Insel und dann noch ein paar mehr: Dr. Shennan und Mason, der Post-/Müllmann, Anthony Scott, seine Frau Elise und die beiden Töchter, Lucy und Grace. John Graham ist da und sogar Connor, der etwas abseits der Menge steht und Izzy und Liam nicht aus den Augen lässt. Fraser und Leah sind aus Tobermory gekommen, mit mindestens dreien ihrer fünf Kinder. Sie sind hier, um ein großes Fest zu feiern, das offenbar niemand abzusagen gedachte, und nun müssen sie von der liebsten Person auf Erden Abschied nehmen, eine Trauerfeier begehen anstatt einer Party.

Ich stehe am Fenster, hinter dem Vorhang verborgen, und sehe auf sie hinunter.

Finn hat Bänke und Tische vor dem Pub aufgestellt, auch die Tische, die normalerweise drinnen stehen. Es gibt ein paar Heizstrahler, dafür keine Schirme. Es ist, als wollten er und die anderen den Himmel herausfordern. Wage es, uns dieses bisschen hier auch noch zu verhageln, scheinen sie zu trotzen. Wenn Shona schon nicht ihr Fest bekommt, dann wollen wir zumindest unbehelligt um sie trauern. Ich werfe einen Blick nach oben, in das klare, zuversichtliche Blau. Als hätte Shona ihre Finger im Spiel. Der Himmel traut sich nicht, um sie zu weinen, und wir sollen es offensichtlich auch nicht tun.

Ich seufze. Mein Kopf tut weh. Mein Gesicht fühlt sich an wie aufgegangener Hefeteig. Ich habe alles gepackt, aber ich bringe es nicht fertig, nach unten zu gehen, an den anderen vorbei, zur Fähre. Ich müsste mich meinen Brüdern stellen und meinem Vater. Finn. Nein, das geht nicht, das schaffe ich nicht. Aber genauso unmöglich kann ich noch eine Nacht hierbleiben. Nicht nach dem Gespräch mit Finn. Nicht, nachdem ich schon alle Brücken eingerissen habe.

Ich könnte zu Jared gehen, in Shonas …

Nein. Ich schüttle über mich selbst den Kopf. Nein. Nicht in Shonas Wohnung. Lieber erst mal eine Insel weiter, von dort werde ich sehen.

Von unten dringt Lachen zu mir herauf, und mein Magen krampft sich zusammen. Wie können sie lachen? Wie können sie Spaß haben, wenn Shona noch nicht einmal unter der Erde liegt? Verärgert betrachte ich ihre Gesichter. Es liegt eine eigenartige Mischung an Gefühlsausdrücken darauf, zwischen traurig und sentimental, sarkastisch und ergeben. Oder es ist einfach das, was ich fühle und auf die anderen projiziere. Libby weint, fürchte ich. Sie liegt in Kyles Armen, und er wiegt sie beruhigend hin und her, und ich könnte sofort wieder mitweinen, wenn ich noch länger hinsehe.

Ich drehe mich um, weg vom Fenster, und …

»Oh, Scheiße, hast du mich erschreckt.« Ich presse eine Hand auf mein Herz, während ich meinen Vater anstarre, der in der Tür steht, die Arme vor der Brust verschränkt. Jetzt faltet er sie auseinander.

»Tut mir leid«, sagt er, »das wollte ich nicht. Ich wusste nur gerade nicht, was ich dir sagen soll.«

Es ist seltsam. Dieser Satz. Ich blinzle meinem Vater entgegen. Schon wieder ein Déjà-vu, nur bin ich damals sicher nicht dabei gewesen. Als meine Mutter ihre Sachen packte, als sie meinem Vater eröffnete, sie würde gehen, und er dabei stand und sie gehen ließ. *Ich weiß nicht, was ich dir sagen soll.*

»Was soll man auch jemandem sagen, der eigentlich schon weg ist«, murmle ich, mehr zu mir selbst, doch mein Vater hat es verstanden, denn er nickt.

Einige Sekunden lang stehen wir uns gegenüber, schweigend. Schließlich gehe ich ins Bad, um mir das Gesicht zu waschen. Mein Vater folgt mir.

»Isla«, beginnt er, dann räuspert er sich, und ich widerstehe dem Drang, unter dem Wasserstrahl die Augen zu öffnen, um sie zu verdrehen. Ich bin ehrlich gespannt auf diese Ansprache. Auf die Worte eines Wortlosen. Sicherheitshalber greife ich nach einem Handtuch und verstecke mein Gesicht darin.

»Du bist nicht wie deine Mutter, das ist dir klar, oder?«

»Was?« Vergiss das Handtuch. Ich blinzle meinen Vater an.

»Deine Mutter, sie war – ich weiß nicht. So eine Art Getriebene. Immer unruhig. Konnte nicht stillsitzen. War nie zufrieden. Sie fand keine Mitte.«

»Sie fand keine Mitte.« Ich sehe meinen Vater zweifelnd an. Worte des Wortlosen? Was ist los, hat Dad plötzlich seinen Draht zur Esoterik entdeckt?

»Hast du dich mal gefragt, woher es kommt, dass du andauernd auf der Flucht bist?«

»Auf der Flucht? Ich bin nicht auf der Flucht. Ich kann hier nur nicht bleiben. Es war von Anfang an klar, dass ich hier nicht bleibe. Ich meine, was soll ich hier tun? Ich brauche einen Job, ich brauche eine Arbeit. Ich muss neu anfangen.« *Ich rede mich in Rage.* »Ich wäre schon längst weg, wenn Shona nicht ... wenn Shona ...« Ich kann nicht weitersprechen. Ich schiebe mich an meinem Vater vorbei zurück ins Schlafzimmer, von dort ins Wohnzimmer, dann bleibe ich mitten im Raum stehen.

»Ich fände es schön, wenn wir nicht im Streit auseinandergehen«, sage ich dem Bücherregal. »Ich weiß, ich habe es dir nicht leichtgemacht in den vergangenen Jahren, aber vielleicht können wir in nächster Zeit ab und an telefonieren. Oder du kommst mich besuchen. Wenn ich weiß, wo ich gelandet bin.«

Mein Vater sagt so lange nichts, dass ich mich dankbar über ein *Okay* von Finn hermachen würde, doch nicht einmal das kommt.

Ich drehe mich zu ihm um.

Er steht etwa zwei Meter hinter mir, die Arme hängen schlaff an seinen Seiten, und er sieht starr geradeaus, direkt durch mich hindurch.

»Hast du dich je gefragt, woher das kommt?«, wiederholt er.

»Woher was kommt?«

»Dass du glaubst, du kannst nicht schnell genug von dieser Insel wegkommen.«

Er sieht mich jetzt an, und ich halte seinem Blick stand, aber eigentlich würde ich lieber nicht hinsehen. »Dad«, sage ich, »das hat überhaupt nichts …«

»… mit uns zu tun?«

»Nein.«

»Mit wem dann?«

»Nicht *mit wem.* Es hat einfach überhaupt nichts …«

»Es hält dich hier nichts?«

Darauf verweigere ich die Antwort, aber ich kann meinen Vater auch nicht länger ansehen. Ich dachte, es hielte mich nichts auf Bailevar, gar nichts – nicht meine Brüder, nicht mein Vater, nicht Finn. Shona … Ich muss sehr tief einatmen beim Gedanken an Shona, und doch denke ich ihn zu Ende, nichtsdestotrotz. Für Shona bin ich geblieben, zumindest für eine Weile. Jedenfalls dachte ich das. Sie war der Kern meiner Argumentation gegen mich selbst, und jetzt, da sie nicht mehr da ist …

»Ich dachte nur, ich erinnere dich daran, für einen Moment in dich hineinzuhorchen«, brummt mein Vater, der neuerdings offenbar Lebensberater ist. »Dich zu fragen, was du hier nicht findest, woanders aber zu finden glaubst. Dich daran zu erinnern, dass du nicht sie bist. Und es auch nie warst.«

»Ich …« Klappe den Mund wieder zu. Die Tränen drohen mir erneut mein inzwischen abgeschwollenes Gesicht zu ruinieren, und ich atme schwer dagegen an.

»Wenn du wirklich gehen musst«, sagt mein Vater, »dann sei dir darüber bewusst, dass du hier jederzeit willkommen bist.«

Ich blinzle, aber es hat keinen Zweck. Dad macht zwei

Schritte auf mich zu, er nimmt mich in seine Arme, und wie ein Baby schluchze ich auf.

Er drückt mich. Dann lässt er mich los, so abrupt wie Finn das vorhin getan hat, und im Rausgehen sagt er: »Die letzte Fähre legt in drei Stunden ab. Vielleicht möchtest du so lange herunterkommen. Alle sind hier und denken an Shona, tauschen Geschichten über sie aus. Das ist ihre Art, Abschied zu nehmen. Du solltest dabei sein.«

Ich sehe meinem Vater nach, wie er den Gang entlanggeht, zur Treppe, dann laufe ich erneut ins Bad, um mein Gesicht zu kühlen. Es braucht eine halbe Stunde, bis ich mich als einigermaßen präsentabel empfinde, eine halbe Stunde, die von den drei Stunden abgeht, die mir noch auf der Insel bleiben. Bevor dieser Gedanke einen weiteren Tränenstrom verursacht, laufe ich nach unten.

Finn hat eine Art Büfett aufgebaut. Im Inneren des Pubs häuft sich auf einer langen Reihe von Tischen das Essen, das ursprünglich für Shonas Fest vorgesehen war, die Krabbenbrötchen, Krabbensalat, gefüllte Muscheln, schottische Eier, Haggis auf Toast. Ich begegne ihm auf dem Weg nach draußen. Er blickt auf, und dann lächelt er mich an, so traurig, dass davon die Welt untergehen könnte, und ich weiß nicht, *was ist nur los mit mir?* Ich könnte heulen, heulen, heulen, aber nun muss endlich Schluss sein damit, ich kann unmöglich den Rest des Nachmittags im Badezimmer verbringen.

»Soll ich dir was zu trinken holen?«, fragt er.

Er sieht kein bisschen besser aus, als ich mich fühle. Seine Stimme klingt rau, und die schlaflose Nacht zeichnet sich in seinem Gesicht ab. Ganz genauso wie meine Ankündigung, ihn zu verlassen. Wieder einmal.

»Ein Bier wäre gut.«

Finn nickt.

Er geht zur Bar, und ich bleibe im Eingang stehen, genau dort, wo wir vor Kurzem noch gemeinsam standen und nicht die Hände voneinander lassen konnten. Der Gedanke daran, Finn nie mehr zu küssen, reicht aus, um in Sachen Tränenproduktion einen Gang höher zu schalten. Ich wische den Gedanken fort. Stattdessen gehe ich zu meinem Bruder Kyle und zu Libby, die mit verquollenen Augen an seiner Schulter lehnt. Wortlos tauschen wir uns aus, ich drücke Libbys Hand, sie streicht über meinen Daumen.

Uns gegenüber sitzt Will, neben ihm Lilian. Irgendwie wirkt es so, als wolle er mir etwas sagen, doch dann drückt Lilian seinen Arm, und Will schweigt. Er nickt mir stattdessen zu, aber er lächelt nicht. Mit ziemlicher Sicherheit weiß er, dass oben der gepackte Koffer auf mich wartet, und noch sicherer wird er mir nicht verzeihen, wenn ich heute gehe. Ich atme ein und lasse den Blick über all die anderen Köpfe schweifen, über all die Menschen, die hier leben, die Shona mochten, die sich nun Geschichten über sie zuwispern, so wie Shona selbst ihre Geschichten erzählt hat, mit funkelnden Augen und einem Lächeln auf den Lippen.

Shona.

Du wirst mir so fehlen.

»Hey! Kommt hierher, schnell. Alle rein, kommt schon. Das gibt's doch gar nicht. Los!«

Ich zucke zusammen, als Adam uns nahezu anbrüllt,

er schreit über die Köpfe der Leute vor dem Pub hinweg, »kommt rein, schnell, Finn, mach mal den Fernseher lauter.«

Wie paralysiert starren wir ihn an, bis der Erste von seiner Bank aufsteht und sich immer mehr beeilen, Adams Ruf zu folgen. Ich laufe hinter Kyle und Libby her, einfach nur deshalb, weil jetzt alle in Bewegung sind. Durch die offenen Fenster des Pubs dringt die Stimme eines Nachrichtensprechers.

> *Eine neugeborene Insel, mitten im Pazifik: Rund tausend Kilometer südlich von Tokio hat sich eine Insel aus dem Pazifischen Ozean erhoben. Ein Vulkan speit dort Gestein und Asche in die Höhe und türmt damit das neue Eiland auf – ein Naturschauspiel, das Japan das erste Mal seit Jahrzehnten wieder eine Inselgeburt beschert. Zwar waren in den frühen Siebziger- und Mitte der Achtzigerjahre durch Vulkanausbrüche in Japans Gewässern kleine Inseln entstanden, diese sind mittlerweile aber bereits teilweise oder auch vollständig vom Meer überflutet worden. Auch bei der neuen Insel ist ungewiss, wie lange sie den Meeresfluten trotzen kann. Falls sich aber genügend Lava oberhalb der Meeresfläche verfestigt, könnte die Insel sogar einen Eintrag in die Seekarten erhalten.*

Es ist mucksmäuschenstill im *Old Man's Inn,* als die Nachrichten zum Wetterbericht übergehen, und erst recht, als Finn abermals den Ton abdreht. Unsere Blicke treffen sich, und diesmal kann ich die Tränen nicht zurückhalten.

Gott, *Shona.*

»Eine neue Insel«, murmelt Harris Donne neben mir, dann schlägt er mit der flachen Hand auf meine Schulter. »Ha! Eine neue Insel.« Das Gemurmel wird lauter, es nimmt zu und füllt mehr und mehr den Raum, bis Gelächter ausbricht, und dann rufen alle durcheinander, bis Adam die Glocke über der Bar anschlägt, um für Aufmerksamkeit zu sorgen.

»Eine neue Insel im Pazifik«, ruft er, »das ist genauso gut wie eine neue Insel hier. Zum Inselfest. Shonas Inselfest. Shona, du listige alte Dame, wenn du uns hören kannst, die nächste Runde geht auf dich!«

»Yeah«, ruft die Menge zurück. »Auf Shona! Auf Shona!«

Ich stehe wie angewurzelt in der Mitte des Raums, während sich um mich herum Leute drängen, zur Bar, zueinander, nach draußen. Ich schwanke mit den Bewegungen mit wie ein Boot mit den Wellen. Eine neue Insel im Pazifik. Das erste Mal seit Jahrzehnten. Nicht im Traum hätte ich gedacht, dass so etwas überhaupt möglich ist, doch jetzt, da ich die Bilder auf Finns altem schäbigem Fernseher mit eigenen Augen gesehen habe, da ergibt alles plötzlich einen Sinn.

Genau. Wieso nicht?

Wieso nicht, denke ich, und dann fange auch ich an zu lachen, hysterisch und … froh und ungläubig und … keine Ahnung, was noch.

Und dann steht *er* plötzlich vor mir, den seltsamsten aller Ausdrücke im Gesicht. Mein Fels in der Brandung.

Mein Ein und Alles. Die erste Liebe meines Lebens und die letzte, ich bin mir sicher. Ich weiß es einfach. Jetzt weiß ich es. Was ich gesucht habe und niemals gefunden? Dieses Gefühl, das Finn mir vermittelt, wenn er mich ansieht. Eigentlich immer, wenn er in meiner Nähe ist, er muss gar nichts weiter tun. Ich brauche keinen Ort außerhalb Bailevars, ich brauche keine Stadt, keine Menschen, nichts. Ich brauche nichts. Außer ihn. Ihn brauche ich, mehr als die Luft zum Atmen.

»Geh nicht weg«, sagt er.

»Okay«, sage ich.

Er blinzelt verwirrt, und ich, wieder muss ich lachen, ich kichere und grinse und hüpfe auf der Stelle.

»O… okay?«, stammelt Finn.

»Ist es nicht okay?«

Er lacht ebenfalls, und dann schüttelt er den Kopf. »Ich wollte gerade anfangen mit: Wenn das kein Wunder ist, es ist aber eins, womöglich hat Shona es geschickt, sie wollte von Anfang an, dass wir zusammenbleiben, du kannst jetzt nicht gehen, wir gehören zusammen, wir – Isla?«

Ich küsse ihn, inmitten dieses Chaos, inmitten aller anderen, lang, eindringlich, er muss es wirklich, wirklich, *wirklich* verstehen. »Ich liebe dich, Finn«, murmle ich gegen seine Lippen. »Ich liebe dich, ich liebe dich, ich liebe dich.« Kuss. »Ich liebe dich.« Mehr Küsse. »Ich will mit dir zusammen sein, und ich möchte gerne bleiben, ich weiß nur nicht … Finn!« Noch mehr Küsse. »Was, wenn ich bleibe?« Viel mehr Küsse. »Was, wenn ich *bleibe?«*

»Isla.« Finn hält meine Hände fest, die wie wild in seinen Haaren raufen, und legt sie sich um den Hals. Er lächelt auf mich herunter, die Fältchen um seine Augen fröhlicher, als ich sie seit Wochen gesehen habe, dann sehe ich nichts mehr, weil nun er mich küsst. Lang. Eindringlich. Ja, er hat verstanden, denke ich, bis er sagt: »Erinnerst du dich an das R bei den Iren?«

Ich starre ihn an. »Finn!«

»Ich nehme das nicht zurück.«

»Okay.« Ich starre immer noch. Ich hab noch nicht einmal geblinzelt.

»Aber«, sagt er, und jetzt lächelt er nicht mehr. »Das ändert rein gar nichts daran, wie sehr ich dich liebe. Und schon immer, fürchte ich. Und genug, um dich anzuflehen hierzubleiben. Wir können kämpfen, wenn du das willst. Gemeinsam.«

»Ich will nicht kämpfen, Finn.«

»Nein?«

»Nein. Ich will nur bei dir sein.«

»Was, wenn es in ein paar Wochen langweilig wird?«

»Langeweile war nie das Problem.«

»Im Winter wird es sehr früh dunkel.«

»Dann noch weniger, schätze ich.« Ich lächle ihn an, doch Finn verzieht keine Miene.

»Was …« Er räuspert sich. »Was, wenn wir heiraten? Wäre es dann einfacher für dich zu bleiben? Oder schwieriger zu gehen?«

»WAS?«

Mir ist klar, ich habe das Wort gekreischt, in dem Augenblick, in dem es in meinen Ohren klingelt, und zwar nur dieses Wort, denn der Rest des Raums ist stumm wie ein Fisch. Ein Fisch auf dem Trockenen. Genauso atme ich. Laut und mit offenem Mund, und ich starre Finn an, während ich langsam meine Arme um seinen Hals löse und sie dann einfach fallen lasse.

»Du willst mich heiraten, damit ich dich nicht wieder verlasse?«

»Ich will dich heiraten, weil ich dich liebe«, beginnt Finn, »aber – okay, gut. Du hast recht. Ich will dich *auch* heiraten, damit du beim Kofferpacken zumindest an deinem Ehering hängen bleibst.«

»Das ist …«

»… barbarisch!«, ruft Will. »Ehrlich, Isla, lauf schnell weg, sonst haut er dir noch mit einem Holzknüppel über die Rübe.«

»Na, er schleppt sie an den Haaren«, erklärt Jamie MacCubbin, »als kleiner Junge hat er schon an ihren Haaren gezogen, weißt du noch? Da hatte sie Zöpfe. Er war fixiert auf ihre Haare.«

»Oui, Isla war ein sähr süßes Kind«, höre ich Louises Fake-Französisch. »So natürlisch und gesünd.«

Alle brüllen los, zumindest hört es sich nach allen an, ich habe mich immer noch nicht umgedreht. Mein Blick haftet auf Finns blauen Augen, die mich ansehen, ernst und durchdringend, während um uns herum Rufe laut werden, die von »Sag ja, Isla« über »Nimm ihn« bis zu »Küss ihn« und »Sucht euch ein Zimmer« reichen. Ich stehe da, festgenagelt, und denke an Shona, während diese dummen Tränen erneut ihre Aufwartung machen, in meinen Augen und in Finns.

»Das hätte sie so glücklich gemacht«, flüstere ich, und Finn atmet einmal tief durch die Nase, dann schüttelt er den Kopf. »Sie sieht zu, ich bin ganz sicher.«

»Sie wird mir so schrecklich fehlen.«

»Mir auch.« Mit einer Hand streicht er über meine Wange. »Mir auch.«

Meine eigene Hand greift nach Finns Kragen. »Lass uns heiraten, Finn Taylor«, sage ich, und während sich ganz langsam ein Grinsen breitmacht auf seinem Gesicht, bricht um uns herum die Jubelhölle los.

Ich verschränke die Hände wieder in Finns Nacken, während er meine Taille umklammert und mich näher zu sich heranzieht. Der Jubel wird lauter.

»Sag mir, dass es nicht immer so sein wird«, stöhne ich.

»Es wird immer so sein«, sagt Finn. »Das hier ist Bailevar, du erinnerst dich? Diese winzige, mickrige Insel, auf der jeder alles mitbekommt und alle alles über jeden wissen?«

»Gut, Leute«, höre ich Adam rufen. »Ich denke, es ist im Sinne des Wirts, wenn wir die Party nun wieder nach draußen verlegen.«

»Allerdings«, murmelt Finn gegen meine Lippen. »Raus mit euch.«

»Und ein paar Hausrunden auf sein Wohl trinken«, ruft Will, und wieder johlen alle, und dann verklingen die Stimmen endlich, und wir zwei sind allein, in der Mitte des leeren Pubs, und halten uns aneinander fest.

Ich seufze. Das ist so ein verrückter Tag. Der Tag, an dem ich Shona verloren und dafür womöglich mein Leben zurückbekommen habe. Das vielleicht schon immer hier auf mich gewartet hat. *Schon immer.* Was ich nur nicht erkannt habe, weil ich zu sehr damit beschäftigt war, mein Glück woanders zu suchen. Statt in mir selbst.

Dass ich summe, bemerke ich erst, als Finn beginnt,

uns hin- und herzuwiegen. Von draußen höre ich das Signal der ablegenden Fähre. Durch das Fenster sehe ich ihr nach. Dann blicke ich in den Himmel. Shona, denke ich. Geliebte, gerissene Shona. Das hast du dir ja fein ausgedacht. Sehr, sehr fein.

Danksagung

Nachdem ich es bei *Sommer in St. Ives* versäumt habe, eine Danksagung zu schreiben, möchte ich dieser hier unbedingt etwas voranschicken, nämlich meinen herzlichen Dank an Eva Schubert, die mich sozusagen zum Blanvalet Verlag geholt hat und als meine erste Lektorin hier maßgeblich zum Erfolg von *Sommer in St. Ives* beigetragen hat. *Mein Herz ist eine Insel* hat sie ebenfalls angeschoben, und, liebe Eva, Sie sind ganz wunderbar!

Darüber hinaus gilt mein Dank …

… Rosi Kern, weltbeste Agentin, Julia von Natzmer, allerliebste Lektorin und Teil des großartigen Teams von Blanvalet, das mich in jeglicher Hinsicht famos unterstützt (Sebastian, Astrid, Berit, ihr wisst schon …), Angela Kuepper für ihren klugen Feinschliff, Marlis fürs Testlesen und unerschöpfliche Anfeuern, und natürlich blö, strapazierfähiger Ehemann, Kritiker, Mitgrübler, Motivator und Fels. Ich danke Familie und Freunden und jeder Leserin (und jedem Leser), die/der sich aus dem Endlosstapel neuer Bücher für eines von meinen entscheidet. DANKE!

PS: Während das Städtchen St. Ives traumhafter Schauplatz für meinen vorherigen Roman war, ist die Insel Bailevar, die im Mittelpunkt von *Mein Herz ist eine Insel* steht, meiner Fantasie entsprungen. Das heißt, nicht zu hundert Prozent, denn Bailevar hat große Ähnlichkeit mit der Insel Iona, die es tatsächlich gibt und die in meinem Roman Bailevars berühmte Nachbarin darstellt. Wer also Islas Schottland kennenlernen möchte, ist auf Iona bestens aufgehoben – ich habe dort recherchiert und wunderbare Tage verbracht.